アラスカ探検記

最後のフロンティアを歩く

マーク・アダムス

森 夏樹 訳

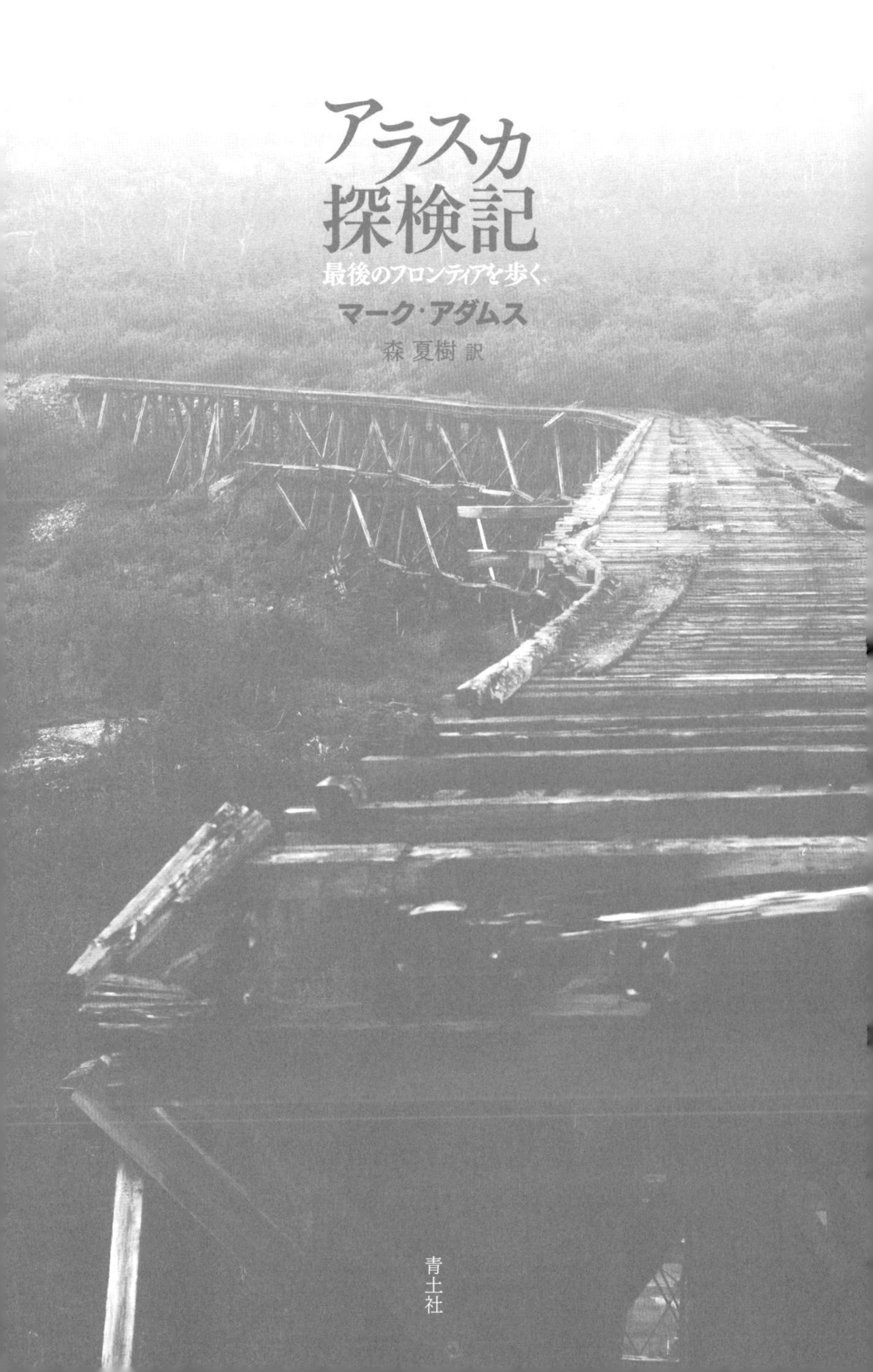

青土社

アラスカ探検記　目次

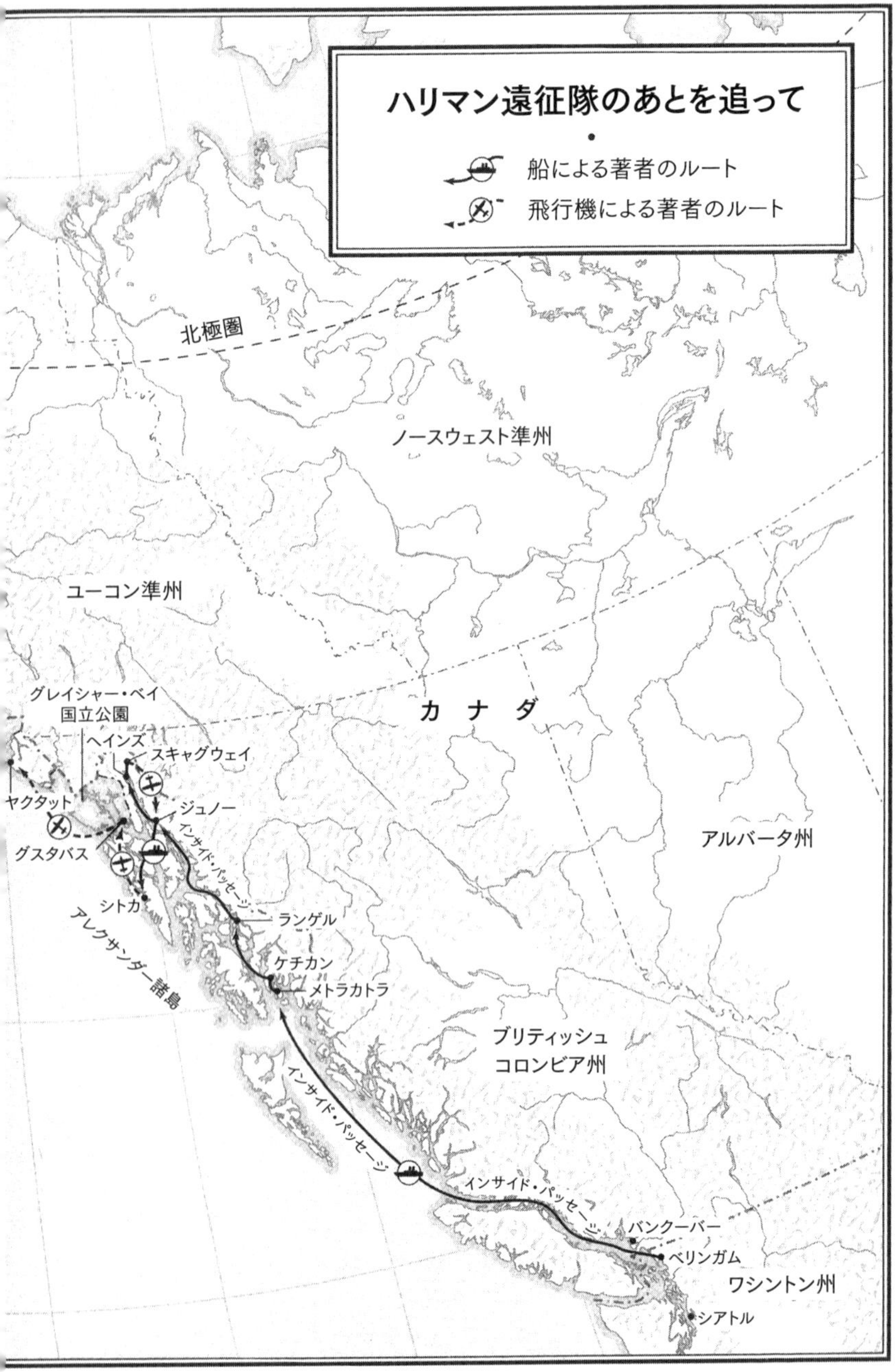
ハリマン遠征隊のあとを追って
船による著者のルート
飛行機による著者のルート
北極圏
ノースウェスト準州
ユーコン準州
カナダ
アルバータ州
グレイシャー・ベイ国立公園
ヘインズ
スキャグウェイ
ヤクタット
ジュノー
グスタバス
インサイド・パッセージ
シトカ
ランゲル
アレクサンダー諸島
ケチカン
メトラカトラ
ブリティッシュコロンビア州
インサイド・パッセージ
インサイド・パッセージ
バンクーバー
ベリンガム
ワシントン州
シアトル

チュクチ海
ボーフォート海
北極圏
ロ シ ア
シシュマレフ
北極野生生物
国家保護区
ノーム
アラスカ
フェアバンクス
デナリ
国立公園
デナリ山
ベーリング海
アンカレッジ
ランゲル・
セント
イライアス
国立公園
プリビロフ諸島
ウィッティア
コードバ
ホーマー
プリンス・
ウィリアム湾
カトマイ
国立公園
ダッチ
ハーバー
チグニック
コディアック
コディアック島
アラスカ湾
アリューシャン列島
太 平 洋
0 Miles
500
0 Kilometers
500
© 2018 Jeffrey L. Ward

アラスカ探検記　最後のフロンティアを歩く

昔からの旅行仲間
ローレン、ケリー、ジェイソン、
そしてサラのために

彼には、改心しなければいけないよといった。というのも、神は信じないし、氷河も信じないのはひどく悪いことだし、不信心者の中でも最悪な者にちがいないからだ。

——ジョン・ミューア『アラスカの旅』

プロローグ
グレイシャー・ベイ国立公園

二人乗りのカヤックが、鏡のようになめらかな水面をかすめるように進んでいく。コンパスの針のようなバウ（船首）がめざしているのは、岩の塊でできたラッセル島だ。太陽が顔を出す。それは南東アラスカではつねにうれしい驚きだった。島の上半分には薄いもやがかかっていて晴れる気配がない。一時間ほど櫂で漕ぎ続けたが、どれくらい進んだのか、あとどれくらい漕げばいいのか私には見当もつかなかった。入り込んだこの広大なスペースに、私のスケール感がまだ慣れていない――水、空、山々、これが今から相手にしなければならないすべてだった。われわれが漕ぐ櫂のしぶきの音、たまにラッコがイガイを割るカチカチという音を除けば、他には何一つ聞こえてこない、すべてが静寂の世界だ。

「ラッセル島には誰かいるのかな？」と私は、うしろに座っているデーヴィッド・キャナエアにきいた。デーヴィッドは学生時代にカヤックの選手をしていたので、今は夏になると毎日、カヤッカーたちを連れて、グレイシャー・ベイ国立公園の周辺を終日案内している。彼はメトロノームが音を刻むように、正確なペースで櫂を漕ぐ。それはまるでボールマシンが繰り出す球を、プロのテニス選手がボレーで打ち返しているようだ。したがって、カヤックが前へ進む力の八割方は、彼のパドリングのおかげだった。

「ほんとうのところ、誰がいるのか私にもわからないんです」とデーヴィッドがいう。「この公園ではたくさんの場所でキャンプをしましたが、ラッセル島では一度もしたことがないんです。おそらくクマだって、あそこにはいないんじゃないでしょうか」

ニューヨーク市にいたときには、こんなに四六時中、クマが出没するとは思ってもみなかった。だが、予想もしなかったのはクマだけではない、他にも予想外のことがいくつかある。太平洋サケの種類が五つもあること、どこへ行っても永久凍土が完璧なまでに続いていること、ムース（ヘラジカ）のレシピ、ゴム長靴の質が悪いこと、そしてワシントンDCへの鬱積した不満。それは「行きすぎた連邦主義」への煮えたぎる怒りだった。もう一つ決まって人々の話題に上るのが氷河である。デーヴィッドと二人でグレイシャー・ベイの静かな広がりの中を、パドルで漕ぎながら横切っていると、四方はすべて、山から流れ落ちる氷河で囲まれていた。氷河の凍った内部は青く光っていて、その光彩は雲一つない空の輝きを失わせるほど鮮やかだった。一時間ごとに数回、巨大な氷河が表面から氷を削ぎ落とす――ひび割れて音を轟かせ、水しぶきを上げて海面に落下する。それは見る者を魅了する自然の最高のパフォーマンスだ。

ライフジャケットの下ポケットから何度も取り出すので地図がしけってしまったが、その地図を見ると、グレイシャー・ベイの氷河では、剥落の他にも何かが起きているようだ。氷河が解けていた。それもこれまでにかなりの期間解け続けている。これを証明するにはラッセル島ほど格好な場所はない。一八七九年、当時はまだ無名だった自然保護論者のジョン・ミューアが、アラスカの先住民トリンギット族のインディアンたちの案内で、はじめてこの湾を丸木舟で偵察した。ラッセル島は、ミューアがこの旅で到達した最遠の地である。島は二〇〇フィート（約六一メートル）に達する固い氷に覆われていて、地平線の彼方のカナダへと逆流する氷河の、最先端の下で押しつぶされた小石のようだった。その後二〇年のあいだに、ミューアはくりかえしグレイシャー・ベイを訪ね、つねに変化してやまないその風景のもとへと戻ってきた。そして一八九九年、七度目のそして最後となった訪問でミューアは、氷壁が推定で四マイル（約六・四キロメートル）ほど後退していることに気づいた。ラッセル島は四方を水域に囲まれていたのである。

私の地図上では波線によって、グレイシャー・ベイと同名の氷河が、前年まで占めていた領域の境目が示されている。それは過去何十年ものあいだ毎年書き込まれてきたもので、包囲網の中、徐々に縮小していく帝国の境界線を表わしていた。そしてそれは、ジョン・ミューアが褒めそやす氷の王国が、太陽の下に置かれたアイスキャンディーのように解け続けた明白な証拠でもあった。ジョン・ミューアは、グレイシャー・ベイを地図上に記載し、ほとんど独力で、眺めの美しいアラスカ・クルージングの市場を開拓した。ミューア氷河という名前も、彼の功績をたたえてつけられたものだ。はじめてここへ来た一八七九年以降、氷河は二〇マイル（約三二・二キロメートル）以上も後退している。

多くの人々、とくにジョン・ミューアを自然の予言者として崇拝する環境保護主義者たちにとって、氷河の後退は地球温暖化のまぎれもない証拠だった。しかし、それが意味をなしたのは、ちょっと立ち止まって、ガソリン車の発明以前に、すでに氷が解けはじめていたのではという疑問を持ち出してくるまでの話だった。アラスカの海岸沿いでは、グレイシャー・ベイの他にもいくつかの場所で、今なお氷河が成長しつつあった。ミューアが調査してから一世紀以上が経つが、このアラスカでは予期せぬ出来事がたくさん起きている。それは氷河だけではない。動物、植物、気候、それに――アメリカ最遠の原生地域で突如カヤックを漕いでキャンプをしたいと思い立った――私もその一つだった。

パドルで漕いでいると、かたわらを白い小さな氷山が流れていく。それで思い出すのは、カヤックの下の水がとても冷たいことだ。見た目はいかにも静かに見えるが、そこに数分間浸かるだけでも人は凍え死んでしまう。アラスカの野外で行なった探検がたちまち悲劇へと変わってしまった話を、私はこれまで数多く耳にしてきた。つい数週間前にも、このひどく冷たい水で網を打っていた六人の漁師たちが、網にかかった獲物をよろこぶあまり、身を乗り出してボートを転覆させている。六人のうち四人は冷水のショックをこらえて生き延びたが、救助されたときには低体温症に罹っていた。それでも人々はアラスカに背を向けることはしなかった。

遠くから眺めたラッセル島は、いかにも囚人の流刑地めいている。デーヴィッドと二人で上陸してみると、あたりは二つの黒々とした山並みに取り囲まれているだけで、荒涼としていて、まったく人のいる気配がない。山並みは徐々に先細りとなり、その先には巨大な白い氷の塊がそびえていた。丈の高い草が生えている海辺の一角でわれわれはキャンプを張った。デーヴィッドが簡単な夕食を作った。十分に注意したのは、食べ物のほんの小さなかけらでも、テントから一〇〇ヤード（約九一・四メートル）以内に残して散らかさないことだ。腹をすかしたクマが近づいて来ないともかぎらない。デーヴィッドはアラスカで育ち、たくさんのクマに遭遇している。そのためだろうか、ラッセル島でクマに出会う恐怖の度合いを、それほど大きなものと考えていないようだ。というのも、クマが出歩いたしるし――いつも見かける爪痕や糞、それに眠るために掘られた大きな地面のくぼみ――が、この島では見られないからである。

「朝一番のクルーズ船が通りすぎる前に、もしあなたが起き出したら、あたりをぐるりと見まわしてみるといいです」と、夜テントへ潜り込む前にデーヴィッドがいった。「おそらくその時間にはどちらを見ても二〇マイルの空間内には、私たちの他に人間は一人もいないと思いますよ」

午前四時――六月の南東アラスカの夜明けだ――を過ぎると、太陽の光がフィヨルドへ差し込みはじめる。そして湾上にそびえる氷河を照らし出す。私の祖父母の祖父母（高祖父母）たちがティーンエイジャーだったころには、今私が立っている場所まで氷河が迫っていた。私が腰掛けている岩も、ジョン・ミューアがはじめて来た一八七九年から、最後に訪れた一八九九年までのあいだに急速に後退した氷河が残したものだ。私は地図を取り出すと、この期間に生じた変化の原因をふたたび解き明かそうとした。

見上げるとデーヴィッドがいっていた通り、朝方の孤独はまぎれもない真実だった。ラッセル島にいるのは二人だけだ。いや、おそらく数マイル先まで、われわれを除けば、どちらを向いても人間の姿を見つけることはできないだろう。だが、そのわれわれにしても、正確にいえばたった一人ではなかった。

1　メリアム氏を訪問

ワシントンDC

一八九九年三月二五日、ニューヨーク市からやってきた一人の紳士が、ワシントンDCにある博物学者のクリントン・ハート・メリアムの事務所に到着した。事前の連絡がない突然の訪問だった。メリアムは四三歳。すでに三〇年ものあいだ、真剣に科学の実践に取り組んできた。振り返るとそれは、姉の死んだネコを当時は許可されていない剥製にしたときにまで遡る。一八七二年には、設立されたばかりのイエローストーン国立公園の遠征に参加した。ハイスクールの夏休みを利用して一博物学者の資格で加わったもので、その際に発見したことを五〇ページの政府報告書の中で発表している。その後、メリアムは医学博士号を取得したが、ほんの数年間医師として働いただけで、のちに米国地理学協会を共同で立ち上げると、数多くの鳥類や哺乳類を同定する仕事に従事した。

いつものように忙しく立ち働いていたメリアムは、突然やってきた見知らぬ男が名前を名乗っても、いったいそれが誰なのかわからなかった。エドワード・H・ハリマンといえば、ウォール街では知らぬ者がないほどで、南北戦争後の大好況時代（金めっき時代）が終わろうとしているいま、もっとも名の知れた――反トラスト法が施行されたあとではもっとも悪名の高い――企業人になりつつあった。メリアムのオフィスは、インディペンデンス通り一四番街のアメリカ合衆国生物調査局の中にある。このオフィスへ足を踏み入れる数年前、ハリマンは、業績が悪化していたユニオン・パシフィック鉄道の経営を指揮していた。指揮をとる前年の夏、新たに経営責任者となったハリマンは、他人を介さずにみずから六〇〇〇マイル（約九六五六・一キロメートル）を超す列車の軌道を調べた。現場の監督によるとハリマンは「段差のついたレールの継ぎ目、摩擦によって傷んだレール、ゆるみの出たボルト」などをこまかく点検したという。彼はユニオン・パシフィック鉄道に、あらゆる面で近代化を進めるようにと命じた。その結果、会社の体質は急速に改善されたが、最高責任者のハリマンの身体は疲労困憊してしまった。彼を診察した医者――メリアムの事務所でハリマンに会っている――は、一八九九年の夏に向けて、長い休暇を取ったほうがいいと彼に進言していた。

ハリマンの移り気な性格は一方で部下の者たちを恐れさせたが、その一方で、他の者には窺い知ることのできないチャンスを彼に察知させることになる。ハリマンが思いついたのは、田舎の大きな屋敷でテニスをしたり、レモネードを飲んで数カ月を過ごすことではなく、それよりはるかに野心的なことだった。彼のプランは大きな汽船をプライベート用のヨットとして使い、アラスカ海岸を調査し探検しようというものだった。この一五年のあいだに、ブリティッシュコロンビア州の海岸地方やアラスカ・パンハンドルと呼ばれるアラスカ州南東部の河川が、人々に知られるようになると、多島海の島々をつなぐインサイド・パッセージ（内海航路）へ向かうパッケージ・ツアーの予約が可能になった。新聞や雑誌はさかんにアラスカの氷河を絶賛する記事を掲げ、それに誘い出されるようにして、裕福な旅行者たちは続々とアラスカへ向かった。氷に閉ざされたアラスカの驚異をさかんに推奨した者といえば、他の誰にもまさっていたのが、冒険心にあふれた作家のジョン・ミューアだったのである。

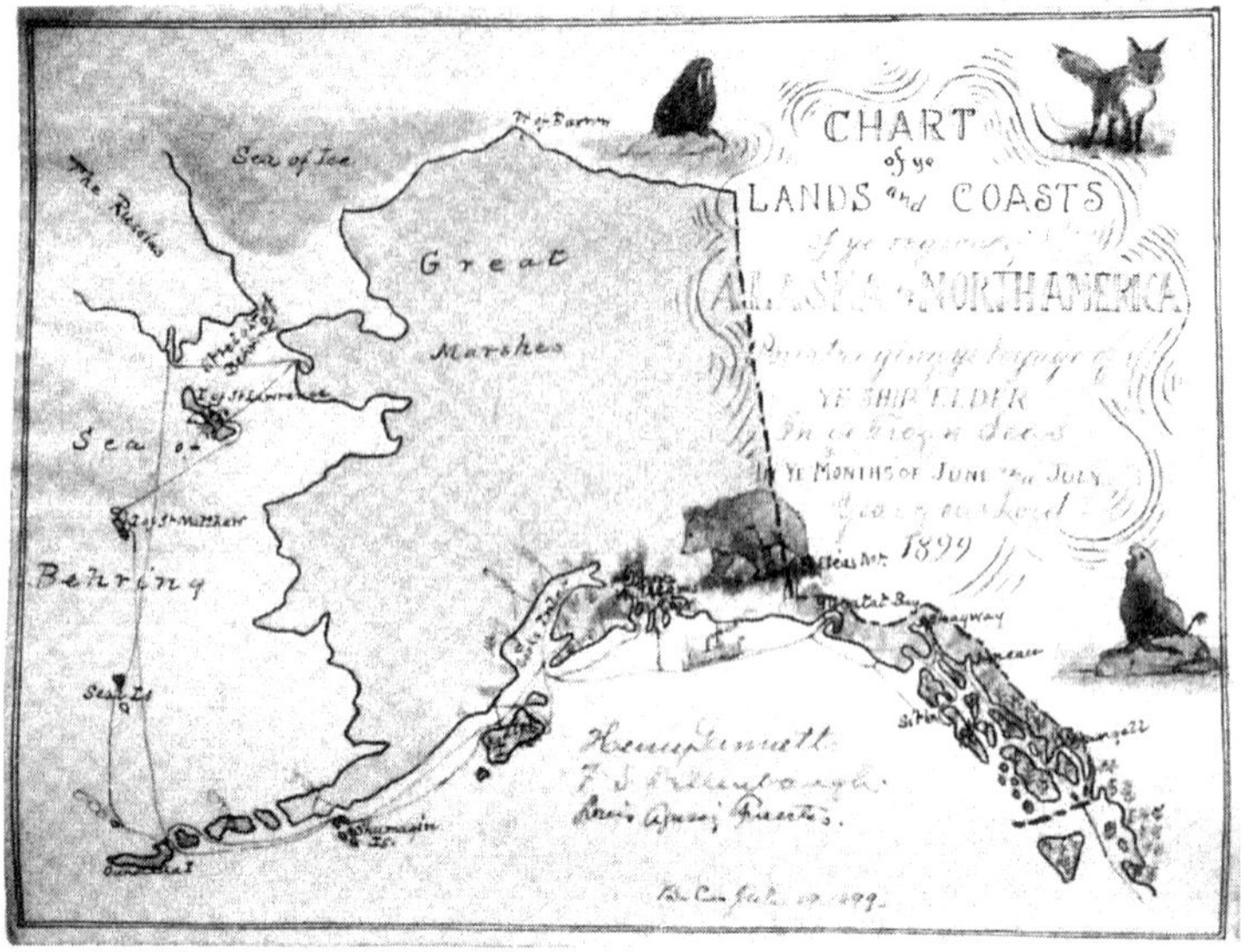

1899年のハリマン・アラスカ遠征隊のルートを描いたおみやげ用の地図。制作したのは遠征に参加した者たち。

ハリマンは調査の航海に数人の客と必要な乗組員、それに妻や子どもたちを連れていく予定にしていた。だが、船にはなお何人か客を乗せる余裕がある。そこでハリマンはメリアムに助力を求めた。航海に同行してくれそうな自然科学の専門家たち、それもアメリカのトップクラスの者たちを集めてほしいと依頼した。のちにメリアムは回想している。「各分野で二名ずつ、広く認められている能力の持ち主に参加してもらうことが望ましいと彼（ハリマン）は考えていた。動物学者が二人、植物学者が二人、地質学者が二人といったぐあいに」。ハリマンはちょうど二カ月後にシアトルから出発するつもりだった。

ハリマンの大まかな旅行プランが、当時流行していてなじみの深い北部の大旅行《グランドツアー》と、未踏の地の探検を結びつけた。予定では、彼の汽船は多島海のインサイド・パッセージへ向けて航海し、そのもっともよく知られた場所を訪れることになっている。法の届かないアレクサンダー諸島のランゲル島や、クロンダイク・ゴールドラッシュの発祥地スキャグウェイ、ロシア領アメリカの首都だったシトカ、それにグレイシャー・ベイなどだ。グレイシャー・ベイはおそらく、ミューアがアメリカでもっとも人気のある雑誌に、自然を礼賛する熱狂的な文章を書いたおかげで、当時、最大の呼び物となっていたのだろう。だが、ハリマンが成功した原因の一つは、他の者たちが設けた限度を無視したところにあった。彼が立案したアラスカ旅行の航路は何千マイルも彼方へと広がっていて、西はベーリング海へと進み、プリンス・ウィリアム湾、コディアック島、アリューシャン列島、さらにその先へと続く帯状の土地の偵察へと向かう予定だった。そこは地図上でも「未知の土地」と記され、足を踏み入れた者には科学上の発見が待ち受けていた。荒れ果てたアメリカ西部の土地も一〇〇年足らずのうちに、ハリマンのような鉄道に従事する人々の努力によって人の住める場所となった。一八〇五年に、ルイスとクラークがバッファローの群を目撃したときには、その大群が地面を揺るがすような轟音を立てて移動していた。それが一八九九年までには、バッファローはほとんど目に入らなくなり、絶滅の危機に瀕するほどになってしまった。今ではアメリカのフロンティアといえば、もはや北部の荒野に存在するば

クリント・ハート・メリアム。ハリマンはアメリカ合衆国生物調査局のチーフ、メリアムに頼んで、全米のめぼしい科学者、芸術家たちを集めてアラスカへ連れていく仕事をしてもらった。

かりだ。歴史家のモーリー・クラインは次のようにいっている。「ハリマンが心に抱いた休養は、最終的には一九世紀最後の大規模な科学調査となったものを組織し、その費用を負担して、アラスカへと連れていくことだった」

事務所で椅子に腰掛けていたメリアムは、ハリマンの申し出に対してていねいに、しかし半信半疑の気持ちで応じた。だが、ハリマンに助言をしてメリアムのところへ向かわせたのが誰だったにしろ、その選択は賢明だった。国会議員の父を持つメリアムはきわめて有力な者たちとつながりがあったからだ。彼は矢継ぎ早にハリマンに質問をして、この鉄道マンがただ生真面目なだけではなく、冗談一ついえない人物であることを確かめた。漫画家たちはおそらくよろこんでメリアムの似顔絵を書くだろう。まん丸な眼鏡をかけて、髪をくしでとかし上げ、フクロウのように先をとがらせている。メリアムが見て取ったのは、とてつもなくつかみどころのない人物に、自分はいまめぐり会っているかもしれないということだった——何一つ資金のめどが立っていない科学調査隊を連れていこうというのだから。その夜ハリマンは、こんどはメリアムの自宅を訪れた。そして今回の遠征の費用はすべて自分がまかなうこと、さらにそれに加えて、メリアムの率いる調査隊の指揮をすべて彼に一任することを伝えた。それを聞いてメリアムは、ハリマンが企画した北へ向かうノアの箱舟は、ただの金持ちが思いついた手すさび仕事などではけっしてないことを確信した。

「箱舟の一員になることは自分にとって、人生の一大イベントになるにちがいない」と彼は思った。

2　すべては北をめざす

ニューヨーク市

オフィスのちらかった机の隣りに、私はマニラフォルダーの小さなコレクションを置いていた。フォルダーにはラベルが貼ってあり、土地の名前が記されている。それはいつの日にか書いてみたいと思っていた場所だった。それぞれのフォルダーには紙切れが入っている——ようやく判読が可能な、ヒエログリフ風の文字が書かれたバーナプキンや、特定の場所に関する黄色く変色した新聞の切り抜きなどだ。アラスカと書かれたフォルダーには、ホテルに備えつけのレターペーパーが一枚入っている。そこには以前、アラスカの友達が私に話してくれた情報が書かれていた。彼がいうには、アラスカに住む人々には三つのタイプがあるという。大昔からそこにいるアラスカ人。何かを「めざして」北へとやってきた人々。それはたいてい、手っ取り早くたくさんのお金を手に入れたいがために、よからぬことをしようとするのが目的だった。たとえば、一日に一二時間、ひたすら魚のはらわたを抜いたり、華氏マイナス四〇度（摂氏マイナス四〇度）のところで溶接トーチを使ったりすることだ。そして第三のタイプとして挙げたのが、何か「から」逃げ出してきた人々である。逃げ出したのは破綻した結婚生活からだったり、水道に混入されたフッ素化合物からだったりとさまざまだ。

旅行記を書くことは、生計を立てるにはちょっと風変わりだが楽しい仕事だ。それは『フォーブズ』に登場するような人々の生き方を知ることができるからである。おそらく彼らも、かつてはハリマンのように財を作り上げていたにちがいない。私は世界を歩きまわっては、興味深い人々に出会って本を書く。だが、旅に出ていないときはたいてい、家のまわりをうろうろしながら時間をつぶしている。そのために子どもたちは、私が職に就いていて、りっぱに仕事をしていることをわざわざ友達に話さなくてはならなかった。ここ何年かのあいだで私が学んだことは、土地に関する興味深い質問には、はっきりとした答えがめったに見つからないことだ。どこがいい場所なのか。そこでいつ何をすべきなのか。何を食べればいいのか。誰といっしょに出かければいいのか。あるいは、どうやってそこへ行けばいいのかさえはっきりとしない。しかし、旅についてもっとも根本的な質問は「なぜ?」ということだろう。おそらく、子どものころに『アウト・オブ・アフリカ』(邦題『愛と哀しみの果て』)という映画を見て、ケニアを夢見る人もいるだろう。あるいはアイルランドにいる遠い親戚に会いたいと思う人もいるだろう。また、荒れ地でキツネザルを見たい者もいるだろう。何か――午前一〇時前に酒を飲むことをよしとしない仕事やストレスや社会規範――「から」逃れる旅はバケーションだ。そして何か――目的を持った旅――を「めざして」行く旅は探検旅行だ。何年ものあいだ、訪れることを(そしてそれについて書くことを)思いとどまらせたほんの一握りのすばらしい土地が私にもある。先送りにしてきたのは、そこを訪れる確固とした理由が見つからないからだ。最近にいたるまでアラスカは私にとってそんな場所の一つだった。

仕事で出かけなければならない旅行を別にすると、私は他の人と同じように、ごくありふれた、ゆっくりとくつろいだ気分になれるバケーションが好きだ。現について先ごろも気がつくと、パイオニア・スクエア近くのやや怪しげな場所に来ていた。そして、そこにあったトーテムポールを見上げていた。車が行き交うシアトルの交差点に立っているトーテムポールは、取り立てて注目すべきものではない――信号にくらべれば、見かけることがやや少ないといった程度のものだ。だが、私が驚いたのは、トーテムポールの下でたまたま、スモーキーベア・ハットをかぶった親切な国立公園の森林警備員（レインジャー）に出会ったことだ。このポールがじつは複製だということを彼は熱心に教えてくれた。オリジナルのポールは一八九九年に、地元の名士でもあるビジネスリーダーたちが手に入れたもので、彼らはアラスカのインサイド・パッセージに船で向かい、ある先住民たちの村からそれを盗んできた。警備員の話によると、パイオニア・スクエアのポールを盗んだ者たちは、それを盗もうとした思いつき自体が盗んだものだったという。ポール泥棒たちは鳴りもの入りで帰還したハリマン遠征隊に大きな刺激を受けたのである。

人とは違った私の仕事で、たまたま持つ資格の一つとして挙げられるのが、探検の歴史についていくらか知識があることだ。オフィスの本棚には、地球の隅々まで旅をした人々の記録がぎっしりと詰まっている。そんな私にとっても、ハリマンの遠征隊の存在はニュースだったし、私の知識に欠落していた空白部分でもあった。ハート・メリアムが一八九九年に招集した桁外れの人々のリストを見ただけでも、私は自分の知識のなさにきまりの悪さを感じて狼狽した。メリアムが選んだ人々は、南北戦争からこのかた、重要な遠征のほとんどに参加していた。中でもまず最初に特筆すべき人物は、明らかにウィリアム・ヒーリー・ドールだった。彼はアラスカの探検家たちのあいだでは最古参で、アラスカがまだロシア領だったときに北の荒野へおもむいて『アラスカとその資源』を書いた。この本はおそらく、アラスカについて発表されたものの中では、もっとも影響力が大きかった著作だろう。グローブ・カール・ギルバートはロッキー山脈の遠征に何度も参加したベテランで、彼ほど偉大な地理学者はいないと多くの人々が思っている。ヘンリー・ガネットは地理学における輝かしい革新によって、「アメリカにおける地図製作の父」として知られるようになった。オーデュボン協会を設立した、有力雑誌『フォレスト・アンド・ストリーム』の編集者ジョージ・バード・グリンネルは、ほぼまちがいなく、わが国でもっとも尊敬を集めている野外活動愛好家だ。このような遠征に参加した人々の中には、すでに仲のよい友達同士になっている者もいたし、他の者たちも、それぞれの名声からおたがいを知っていた。そして、知らない者がいないほど有名だったのがメリアムである。

遠征に参加した者がすべて、アカデミックな専門家たちだったわけではない。旅行で医者が勧めた保養を取ることはさておいて、ハリマンはアラスカで夏を過ごすことについて、二つの大きな目標を立てていた。一つは冒険旅行からクマを捕獲して持ち帰りたい。そのために、二人の剥製師と偵察人が一人雇われて遠征隊に加わった。ハリマンはまた、時代の流行だったカーネギーを彷彿とさせる情熱を抱いていた。そして、何か慈善的な貢献をこの遠征でしたいと望んでいた。そのためにはどうすればいいのか。まず、さまざまな分野の科学者たちに、アラスカの驚異や不可思議の調査を自由にさせること、そして、彼らが集めている動植物の種をさらに充実させること、さらには、科学者たちが発見したことをアメリカ国民とわかち合えるようにすることだった。それを行なうことではじめて貢献が可能になると考えた。当時、アメリカ国民が夢中になっていたのは自然博物館で、現に国中でその数が大幅に増加しつつあった。メリアムはさらに三人の画家と若手の写真家エドワード・C・カーティスを遠征チームに加えた。カーティスは一八九八年に、メリアムとグリンネルがワシントン州のレーニア山でハイキングをしていたとき、道に迷ってしまった二人をぶじに案内して助けたことがあった。遠征の参加名簿の最後をしめくくるのは、ネーチャー・ライティングの分野でもっともよく知られていた二人の作家だ。このジャンルは、アメリカの原野（原生自然）が消滅つつある近年、国内でますます人気が高まっていた。その作家の一人がジョン・バローズだ。鳥や花々について書いた彼のエッセイがベストセラーとなって有名になった。彼は公的な記録を書き記す役割を担ってこの遠征に参加した。

もう一人の作家は明らかに客として招待されたのだが、本人はあまり気乗りがしなかった。原生自然の保護という比較的新しい課題でいえば、ジョン・ミューアはおそらくアメリカで第一のライターだっただろう。原生の荒野を守ろうとする運動は数年のうちに、「自然保護」としてあまねく知られるようになった。ミューアはこれまでにアラスカを六回ほど訪れていて、氷河についてはもっとも詳しい専門家として広く認められていた。一八七九年に彼がカヌーで試みたインサイド・パッセージの旅は、アメリカの探検ではもっとも有名な航海とされている（ミューアがグレイシャー・ベイにはじめて出会ったシーンは、彼の古典的な著書『アラスカの旅』の核心部分だ。私もオフィスの書棚にこの本を差し込んでいた）。ミューアはまたシエラクラブをすでに立ち上げている。このクラブは、ハリマンのような――ミューアがいうところの「がつがつと貪り食う経済力」を実践している――人々から、失われていくカリフォルニアの原野を守る目的で作られた組織だ。ハリマンと面識のないミューアは、彼の唐突な申し出に戸惑いを見せた。だが、ミューアの友達のメリアムが、遠征の船はミューアでさえこれまで探検したことのない場所に立ち寄るからといって説得したために、ミューアはようやく重い腰を上げた。

ハリマンは彼が残すことにしている遺産を念頭に置きながら、ハート・メリアムに金を渡して、アラスカ調査の結果を編集するための便宜を図った。それはのちに、遠征隊のメンバーたちによる記事と写真で構成された美しい一二巻のシリーズとなって結実した。この一二巻（『ハリマン・アラスカ・シリーズ』）を全体として眺めると、それは一八九九年におけるアラスカの自然の豊かさを写し出した、いわばセピア色のスナップ写真の役割を果たしている――そこにはクマやクジラやフィヨルド、それに雪をいただいた峰々が撮影されていた。中でももっとも印象的なのは（ミューアによる影響が大きかったのだろう）何百という氷河の写真だった。それも多くは新たに発見されたもので、それぞれが顕微鏡で見る雪片のように、言葉と写真ではっきりと区別がつくように工夫されていた。

アメリカ合衆国が「ロシア領アメリカ」と呼ばれていた五〇万平方マイル（約一二九万五〇〇〇平方キロメートル）の土地（アラスカ）を、ロシアから購入したのは一八六七年だった。それ以来、この土地は二重の性格を持つことになる。アラスカは「最後の辺境《フロンティア》」であり、荘厳な野生美あふれる土地だった。しかし、そこはまた環境保護運動家のエドワード・アビーによると「最後のポークチョップ」だという。つまり急襲され、ひそかに盗み出されるのを待つばかりの食料貯蔵庫だったというのだ。アラスカはこれまで、三度のゴールドラッシュに見舞われることにより形成されてきた。そしてそれぞれのゴールドラッシュは、通りすぎたあとにまったく違った痕跡をアラスカに残していった。最初のものはラッコやアザラシの毛皮を求めて人々が殺到したいわばソフトなゴールドラッシュだ。一八世紀の中ごろからはじまり、ヨーロッパ最強の国々の船団が次々と「大いなる土地」をめざしてやってきた。第二のものは一八九〇年代に、文字通り金を掘り当てることをめざし一攫千金を夢見て人々が集まった、いわばハードなゴールドラッシュで、先住民ではない何千という者たちを新たに北へと呼び寄せた。ハート・メリアムによって招集された科学者たちが、アラスカで目のあたりにしたのは、営利のために無秩序に開発が進められた結果で、それはまったく予期していなかったものだった――絶滅の瀬戸際に立たされた動植物の種、汚染された原始の土地や水、そして破壊された先住民の文化。科学者たちはアラスカで目撃したこうした結果を『ハリマン・アラスカ・シリーズ』の中でも記録している。

アラスカで起きた第三の、そしてもっとも大きなブームといえば、それはいわば液体（原油）のゴールドラッシュといえるものだった。それがはじまったのは、一九七〇年代に、アラスカを縦断する石油の油送管「トランス・アラスカ・パイプライン」が建設されてからである。私がハリマンの遠征隊の存在を知ったころに、新しいニュースが飛び込んできた。それは四〇年ほど原油景気が続いたあとのことで、第三のゴールドラッシュが危機的な状況だというニュースだ。これは先行のゴールドラッシュがたどったのと同じパターンだった。合衆国が石油の備蓄量を減少させる方針に変えたために、原油の一バレル当たりの価格が崩落し、アラスカ経済が機能不全の状態に陥ってしまったのである。今やアラスカは難しい選択を迫られることになった。従来通りに開発を進めて、これまで保護された地域を開放して掘削を進めるのか。だがこれは、温暖化傾向に警鐘を鳴らす観点からしても、取るべき対策とは真逆の方策だといって、気候科学者たちは異議を唱えている。だとすると、これまで合衆国がつねにそうしてきたように、それがはたしてどんなものになるのかわからないが、ともかく「次の大きな目玉」を見つけることに邁進していくべきなのだろうか。

ようやくここにきて、私がアラスカを訪ねようとした理由がわかりかけたような気がした——それは「なぜアラスカへ行くのか?」という問いかけに対する私の答えだ。ハリマン遠征隊が向かった跡をたどることで、専門家を集めたハート・メリマンのオールスター・チームが記録に残したものと、いまアラスカで起きていることをくらべてみることができる。もちろん、それをどのように実行するかは別問題だ。ともかくアラスカは何といっても、一つの小さな大陸のようなもので、テキサス、カリフォルニア、モンタナの各州(それぞれが合衆国で二番目、三番目、四番目に大きな州だ)をいっしょに抱え込むくらい大きい。それでもなお、ニューイングランド、ハワイの各州、それに大都市を二つ入れる余地がある。アラスカには山脈が七つ、それにアラスカ以外の州のどの山よりも高い峰が一〇もあった。アラスカの海岸線は、合衆国全州の海岸を合わせた距離の「半分」を占めている。舗装された道路でいうと、ルイジアナ州はアラスカの四倍のマイル数がある。大きな都市や町のほんの少数を除くと、アラスカのほとんどの土地――そしてハリマン遠征隊が訪れたほとんどすべての土地――は、ボートや飛行機を使わなくてはそこに到達することができない。州都のジュノーにさえ、車で行くことができないのである。

このような障碍のせいだろうか、アラスカはポリネシアと同様、つねに船で旅をする文化〔海洋文化〕に支えられてきた。今日、レクリエーションを求めてアラスカを訪れる人々も、その大半は一八九九年当時と同じように船で旅をしている。夏がやってくると毎年、大勢の観光客がクルーズ船で、ハリマン遠征隊と同じように景観を眺めながら巡礼の旅を続ける。私が手にしたもっとも最近のデータによると、インサイド・パッセージはラスベガスやオーランドを抜いて、アメリカでナンバーワンの観光目的地になっているという。

これまでに私は船で長い距離を旅したことなど一度もない。それに、こんど思いついたアイディアはなかなか魅力的だ。それはスチーマー・トランク〔一八七〇年代から一九二〇年代にかけて、長い旅行で使われた中型の頑丈なトランク〕や麦わらのボーター・ハット〔一八九〇年から一九二〇年ころに流行した帽子〕の時代へ、そして運輸保安局のボディーチェックもなく、過酷な手荷物運賃を取られることもなかった黄金時代へと、あと戻りをするような旅だったからだ。私がもしアラスカのバケーションで何をしたいかときかれれば、それはインサイド・パッセージのクルージングだと答えるだろう。しかし私の希望は、ハリマンの場合と同じようにやはりもう少し大きかった。

そしてそこには、もう一つの選択肢があった。アラスカには独自の沿岸輸送ネットワークがある。それがアラスカ・マリン・ハイウェイ・システムで、アラスカの独特なニーズに応えるために作られたネットワークだ。州の住民のほとんどは海の近くに住んでいる。マリン・ハイウェイの目的は、遠く離れた場所まで長い距離を、人々や車を移動させることで、それも手軽な金額で運ぶことだった。

アラスカのフェリーはノルウェージャン・クルーズラインのクルーズ船と共通点を持つが、それと同じように、アメリカの長距離バスのグレイハウンドバスとも共通するところを持つ。しかし、アラスカのフェリーはアメニティーの面で欠けるところがあった。だが、それを融通が利くということで補っている。少しのがまんとドラマミン、それにたぶん時間を節約する簡単な方法さえあれば、ワシントン州からアリューシャン列島のダッチハーバーまで、およそ三〇〇〇マイル（約四八二八キロメートル）の距離を、ハリマン遠征隊が要した期間と同じ約二カ月で航海することは可能だ。

ミューアの『アラスカの旅』を書棚から引き出しながら、この旅行はただのバケーションではなく探検だと私はひとりでつぶやいていた。それはミューアの友達のハート・メリアムが口にしたかもしれないが、人生の一大イベントとさえなりうるかもしれない。

3 第一級の男たち

ハリマンの特別列車で西へ向かう

ハリマンと彼に招待された専門家たちはその多くが、一八九九年五月二三日に、ニューヨークのグランドセントラル駅から列車で出発した。そこに用意されていたのは数両の専用列車で、食堂車、二両の寝台車、それに喫煙のできるぜいたくな車両が連なっていた。喫煙車には高級な葉巻きが置かれていたし、アラスカ関連の書籍が五〇〇冊ほどそろった図書室もついていた。ハリマンには専用のプライベート車両があった。彼に呼ばれたゲストたちがこれまで参加していたのは、政府が資金を援助した調査旅行が多かったので、いわば資本主義によって可能となったこの手厚いもてなしを、彼らは十分にくつろいで楽しんだ。画家のフレデリック・デルレンボーはかつて、探検家のジョン・ウェズリー・パウエルと、地図に載っていないコロラド川を、オールで漕ぎながら大きなボートで下ったことがあった。その彼がこの列車に乗って驚いたことがある。自分の個室でお湯と水が使えたこと、そして夕食に出るコース料理のメイン・ディッシュを選ぶことができたことだ——メニューはベイクド・ブルーフィッシュ、最高のローストビーフ、それにローストしたフィラデルフィアの雄鶏である。ハリマンの客たちは一週間かけて大陸を縦断する旅に出かけるわけだが、そのあいだにホストのハリマンは、車両を行ったり来たりして彼らと親しく交流を深めることができた。

列車に乗った参加者のうち何人かは、メリアムと同じように、ハリマンの招待を受けるまでは、口ひげを生やしたこの背丈の小さなパトロンについて、一度もうわさを耳にしたことがなかった。ハリマンはやさしさを表に出すことがない。「どんなときにでも、強い気持ちが表情に現われていた。とくに彼の目がすごい。それは深くていつわりのない、しかし人を見通すような眼差しだった。だがちょっと見には、とても人を寄せつけない人物のように見える」とミューアは述べていた。考え方は創造力に富んでいるし、数字についてもたぐいまれな能力の持ち主だ。ライバルにすると非常に手ごわい相手でもある。そんなハリマンだったが、いくぶん大器晩成の気味があり、彼の名前が「鉄道」と同義語になるまでには、さらに一〇年の歳月を待たなければならなかった。一四歳のときに彼は学校をやめると、ウォールストリートの事務所で雑用係の仕事についた。そして二二歳のとき、苦労の末にようやくニューヨーク証券取引所の仲買人になった。一八七九年に結婚した。妻の父親はアップステート・ニューヨーク（ニューヨーク州北部）の鉄道を所有していた。義父によって鉄道に興味を持つようになったハリマンは、アップステート・ニューヨークの倒産した小さな鉄道会社を買収すると、その権利を売却して莫大な利益を得た。彼がはじめて大きな鉄道会社を手に入れたのは一八九八年のことだ。それがユニオン・パシフィック鉄道だった。

1899年、アラスカ遠征のパトロンのエドワード・H・ハリマンは、国内でもっとも強大な権力を持つ鉄道界の実力者になりかけていた。

ハリマンはすぐれた能力の持ち主で、膨大な量の情報をすばやく処理できることで知られていた。そのために命令を即座に出して、そのまま放っておけば混乱に陥りかねない状況をうまく回避することができた。それはたとえば、狭い船内でひしめきあっている科学者たち――それぞれの世界は軟体動物や鳥類、それに岩石などをめぐって廻っている――をひとつにまとめて、二カ月のあいだ大過なく過ごさせるといったことだった。しかし、ひとたび目下の者の性格を見極め、その人物を十分に知りつくすと、こんどは信頼して、熱心にすべてを彼に任せようとする。科学者たちを乗せた特別列車がシカゴへ向けて音を立てて走っているとき、ハリマンはみんなに話した。「これからどこへ向かうのか、その行き先を決めるのは自分の望むところではないし、みなさんの仕事についてこまごまとしたことまで指図する気持ちはありません」とメリアムは書いている。そのかわりにハリマンが指示したのは、ゲストの科学者たちがそれぞれの分野でさまざまな会を作り、各自がその一員となることだった。彼はこのような会に、遠征の旅行プランの決定を一任したのである。

ミシシッピー川を渡ったあとで、特別列車の乗客たちが目のあたりにしたのは、西部の土地が次々と開拓されている姿だった――それはフェンスに囲まれた農地だったり、炭鉱だったり、道路網だったりした。「国中のいたるところで、あたかも鉄路の力が解き放たれかのように、正気とは思えぬ勢いで地面が掘り起こされ、土地は引き裂かれて、土砂が積み重ねられていった」とジョン・バローズが書いている。数年前には地図上で、わずかにピンのひと刺しにすぎなかった開拓地が、今ではひとかどの町や都市へと大きく変貌していた。ネブラスカ州のオマハではアメリカの大博覧会が開かれていて、ハリマンのゲストたちは特別仕立ての路面電車で会場へ招待された。アイダホ州のボイシでは、地方紙がハリマンを「鉄道業界の時の人」と書き立てていて、遠征の一団は日の出とともに、商工会議所の後援によるパレードによって出迎えられた。日帰りで行ける場所としては、アイダホのスネーク・リバー・キャニオンにあるショショーン滝がいいかもしれない、とメリアムが提案すると、ハリマンはすぐに電報を打った。そして「馬を数頭と駅馬車、それにバギー（一頭立ての馬車）を鉄道でこちらへ送るようにと命じた」という。これを伝えているのは歴史家のウィリアム・ゲッツマンとケイ・スローンである。お金を使うことに関しては何ひとつ物惜しみをする必要がなった。ハリマンがお金を調達するスピードが、お金が出ていくスピードを上まわっていたからである。一八九九年六月三〇日の締めで出した、ユニオン・パシフィック鉄道の営業成績は純利益が一四〇〇万ドルだった。

ハリマンの特別列車がロッキー山脈を越えると、ミューアを含むグループがカリフォルニアから乗り込んできて、オレゴン州のポートランドで別のグループと合流した。ポートランドでは最高級のホテルで晩餐会が開かれた。そして列車による旅の最後の行程は、かつてハリマンのライバルだったJ・P・モーガンによって難なくすませることができた。モーガンは彼が所有するノーザン・パシフィック鉄道の線路を開放して、ハリマンの列車を通してくれた。シアトルで、写真家のエドワード・カーティスと助手のD・G・インヴァラリティが参加すると、ようやく遠征隊のメンバーが勢揃いした。五月三一日に、ハリマンのアラスカ遠征隊はシアトルを出発する予定だった。こまかなことに気を配っているハリマンは、ノースウェスト準州の霧雨が降る中で立ちつくして、おびただしい量の見慣れない荷物が「ジョージ・W・エルダー号」に積み込まれるのをじっと見つめていた。荷物は以下のようなものだ——参加者全員の手荷物や科学装置、猟銃と弾薬、写真を現像する暗室、ピアノ、アラスカに関する五〇〇冊の書物、葉巻き、ブランデー、シャンパン。それにバローズによると「太った雄牛が一一頭、羊や鶏や七面鳥の群、乳牛と一対の馬」などが積み込まれたという。

アメリカの美しい自然を保存しようとする運動がはじまりつつあったちょうどそのとき、ハリマンが集めた人々の中には、その自然保護運動の創始者として知られるようになる人物が何人かいた。これは逆説的に聞こえるが、ハリマンは『ハリマン・アラスカ・シリーズ』の第一巻の冒頭で、自分がアラスカに興味を抱いたのは、コディアックベア（アラスカアカグマ）を狩るチャンスがそこにあったからだと述べている。一世紀以上のちには、とても不釣り合いでちぐはぐに思われることも、当時はまったく矛盾のないつじつまの合ったこととされていた。都市に住む環境保護者たちはこの話題を避ける傾向にあったが、彼らの運動の根っこは狩猟と切っても切れないほど密接に関連し合っている。

おそらくこの二面性の代表的な例がジョージ・バード・グリンネルだったのだろう。一八九九年当時グリンネルは、動植物の生息環境の保護を支持するスポーツ誌『フォレスト・アンド・ストリーム』の編集者として、もっともよく知られた人物だった。アウトドア活動家としての経歴もまたたぐいまれなものだった。子どものころ、家族は博物学者で鳥類画家でもあったジョン・ジェームズ・オーデュボンが所有していた、ノース・マンハッタンの田舎風の土地に住んでいた。その場所でグリンネルは、彼の家庭教師となったジョンの寡婦ルーシー・オーデュボンからさまざまなことを学んでいる。一八七〇年代にグリンネルは何度か西部へ旅をした――はじめて行なわれた恐竜化石の探索に手助けの要員として参加したり（案内をしたのは〝バッファロー・ビル〟コーディである）、カスター将軍が一八七四年に行なったブラック・ヒルズの遠征では、一博物学者として働いた（しかし、モンタナ州のリトルビッグホーンで悲惨な敗北に終わった一八七六年の軍事作戦には、参加を呼びかけるカスターの誘いを断っている）。西部へ何度か行き帰りするうちに、グリンネルは大型動物が乱獲によって、徐々に減少しつつあることに気づいた。一八七〇年にネブラスカ州へ旅したときには、「グリンネルの乗った列車は二度までも、バッファローの大群に止められた」と歴史家のマイケル・パンクが書いている。しかしその二年後、グリンネルはポーニー族といっしょに馬に乗り、最後の大がかりなバッファロー狩りに出かけていた。一八七九年ごろになると、コロラド州ではバッファローの姿を一頭も見かけることができなくなってしまった。

同じように野鳥の数が減っていくのを恐れたグリンネルは、野鳥の保護をめざしてオーデュボン協会を立ち上げた。協会の事務所は手近な『フォレスト・アンド・ストリーム』のオフィスに置いた。さらに彼はこの雑誌を使って、現存の国立公園で行なわれている密猟に対して、法的な処罰を下すようにと主張し、さらに新たな国立公園の設立をも呼びかけた（モンタナ州のグレイシャー国立公園は一九一〇年に作られて、最近、ちょうど一億人目の訪問客を歓迎したという。この国立公園の設立を提案したのがグリンネルだった）。『牧場主の狩猟の旅』という本について、グリンネルがどっちつかずの、気乗りのしない書評を雑誌に書いたところ、その著者である二六歳のニューヨーク州下院議員セオドア・ルーズベルトが、ひどい剣幕でグリンネルの事務所にどなり込み、彼の批評に対して反論した。その後、二人のあいだには友情が芽生え、二年後の一八八七年一二月にグリンネルとルーズベルトはブーン&クロケット協会を作ることに決めた。クラブの会員たちは、それぞれが少なくとも三種類の動物を射止めることが求められた。彼らはその政治的な影響力を使って、原生地域の保護を促進することにつとめた。もちろんそれも、そこには大

ジョージ・バード・グリンネル。「アメリカ自然保護の父」。論争を呼ぶことの多い彼の著書はバッファローを絶滅から救い、セオドア・ルーズベルトの環境保護主義に大きな影響を与えた。

きな獲物が生息しているからである。[1]

グリンネルやルーズベルトのような人々は、徐々に忍び寄るパニックを敏感に感じとっていたのだが、それは銃で射止める動物の数が減りつつあったというためだけではない。一八九三年に歴史家のフレデリック・ジャクソン・ターナーは、直近の調査データを見るかぎり、アメリカの辺境地域が完全に消え失せてしまっていると発表した。何十年ものあいだに、たくましい開拓者たちが西部へおもむき、荒野を征服してしまった。自然はアメリカ先住民と同じように、征服すべき敵として扱われていたのである。このフロンティア体験がアメリカの性格を形づくってきたのだが、それは自由と厳格な個人主義を求める愛によって推し進められた。ヨーロッパは国王や皇帝の下でみずから進んでいやなことにも耐えた。だが、アメリカ合衆国はデモクラシーを求めた。フロンティアが消失してしまったことでターナーや他の人々も、思わず次のように問いかけざるをえなかった。「これから先、アメリカはいったいどうなってしまうのだろう？」

ただし、アメリカのフロンティアはまだ消え去ったわけではない。それはただ北へ移動したにすぎない。アラスカの地はあまりに遠く、あまりに広い。そのために一八九〇年の調査——ターナーがそれをもとに悲観的な考えを抱いた——を行なった責任者が指摘しているように、調査には「アメリカの古くからある地域の情報を列挙するだけなのに、そこにはほとんど考えられないほどの困難」があった。それは、北方の計り知れないほど謎めいて未知の土地が、隠し持っている中身がわからないだけではない。それをどうやって推し測ればいいのか、それすら誰も確信が持てなかった。新しい生態学上の覚醒がわずかに兆しを見せはじめたのは、西部地方《ワイルド・ウェスト》の開拓の終わりに呼応したためかもしれない。しかし、原生地域を救おうという衝動はあくまでも、動物が減少することに対する恐れによって拍車をかけられたものだった。アラスカはあまりに大きく、野生そのものだ。したがって自然の資源も無尽蔵だと思われていて、ひたすら開拓されるのを待っていた。エルダー号が北へと航海を進めるにつれて、資源の限界を見きわめる試みもまた順調に先へと進みつつあった。

（1）　ハート・メリアム――ブーン＆クロケット協会の一員だった――もまた、ハンターと動物擁護者という二面性を持つもう一人の人物である。医学博士としての仕事をした期間は短かったが、その期間中、彼の伝記を書いたキア・スターリングによると、メリアムは「ニオイ腺を除去した三匹のスカンク」を飼っていたという。スカンクはしばしば彼の往診にもついてきた。「家にいるときも、オフィスで彼が仕事をしていると、スカンクたちは彼の靴を脱がせて彼をイライラさせた」

4 二人のジョニー

シアトル

アレクサンダー諸島には一〇〇〇を超す島々がある――「その数があまりに多いので、種子をばらまいたように見える」とミューアが前に書いていた。実際それは、頭の形をした四九番目の州（アラスカ）の陸塊から垂れた三つ編みの髪の毛のようにも見える。だが実はこの島々は、水面下に沈んでいる山脈の山頂に当たる部分なのである。そしてそれは地上に上がって南へと伸び、はるかにカスケード山脈へと続いている。インサイド・パッセージの船旅をしていてしばしば感じるのは、外海を航海しているというより、むしろ河川の渓谷を川下りしているような気分になることだ。これはインサイド・パッセージの航海も渓谷の川下りもともに、両側に迫る岩のあいだをくぐり抜けて航海をするるためだった。念のためにいっておくと、私は旅の第一歩をはじめるに当たって、アラスカに二隻ある外洋航海用のフェリーの一つケニコット号に予約を入れた。

新たに修理をし終えたジョージ・W・エルダー号には、家畜や家禽類とともに一二六人の乗客が乗り込み、五月三一日に出港した。ハリマンの厳しい基準に照らしても船の状態は上々だった。鉄製の汽船で、全長が二五〇フィート（七六・二メートル）あり、白いペンキで塗装されたばかりだ。それは、

ハリマンは汽船のジョージ・W・エルダー号を豪華なヨットに模様替えして、アメリカのトップクラスの科学者、芸術家、作家たちをおおぜい招き、船上で夏をともに過ごそうと誘った。

大きな煙突からもくもくと出る石炭の噴煙の下で、アラスカの雪のようにキラキラと輝いていた。船には甲板（床）が二つある。一つはその上に個室があり、もう一つは船員たちの居住空間のためのものだ。二つの甲板の上にはさらに、ハリケーンデッキ（覆甲板）があって、操舵室や真鍮製の大砲を支えている。ダイニングルームや図書館の他に、ハリマンが用意していたのはサロン（大広間）だった。そこでは講義やボードゲームができたし、礼拝などの宗教的業務も行なわれた。さらには、その日の発見を撮影したスライドを幻灯機で写すこともできた。大きなクレーンが全体を見守るようにして立っている。それはみごとに仕留めたクマを、船上に引き上げるために持ち込まれたものだった。

科学者をはじめ専門家たちは、それぞれ船内の個室（各室に二人ずつがあてがわれている）に落ち着いた。船の中は日に何度も人と話す機会を持つことができる楽しい雰囲気だった。だが、旅の正式な記録係を任されているジョン・バローズはやや不機嫌だ。六二歳の彼はこれまでニューヨーク州のキャッツキル山地に隠れ住んでいて、「隠遁者のわび住まい」に慣れきっていた。彼にとって今回の旅ははじめてのアラスカ旅行というだけではなく、ミシシッピー川を越えて西へ向かうはじめての旅だった。そんなバローズはけっして旅慣れた旅行者ではない。そのために船酔いに苦しめられたし、メランコリックな気分にも襲われた。船がはじめて揺れだしたとき、この船に「ジョージ・W・ローラー」というニックネームをつけたのも、おそらく彼だったのではないだろうか。一方、ジョン・ミューアはバローズの船室の近くにいた。ミューアはバローズより一歳年下だったが、いまだに冒険に対して少年のような憧れを抱いていた。この二人はおそらく、当時のアメリカを代表するネイチャー・エッセイストだったのだろう。たがいにたがいのことをよく知っていた。二人はときにペアで「二人のジョニー」と呼ばれることがあった。旅行のときに撮られた写真を見ると、そろいの長い口ひげが、あたかも「時の翁」がみずからの姿を鏡に写しているような印象を与えた。二人はまたチャンスさえあれば、しつこく相手に噛みつきたい欲望をいつも抱いている点でも共通していた。あるときミューアはバローズから手紙をもらった。そこには諸般の事情でヨーロッパの航海旅行には参加できないと書いてあった。これに対してミューアは友達に「諸般の事情」というのは彼の女房にちがいないといっている。一方バローズは、ハリマン遠征隊の正式な記録の中で次のように書き留めていた。「われわれはジョン・ミューアを氷河の権威だと思っている。まぎれもない権威だと——そうそれは他の誰かが氷河について意見をいおうとしても、けっしてミューアはそれを許さないと思えるほどで、たしかに彼はまぎれもない権威だった」

エルダー号に乗り込んだ科学者たちは、そのほとんど誰もが航海日誌に自分の学術上の称号や仕事上の肩書きを書き入れた。ところがミューアは自分のことを「氷河の作家で、その研究家」と記した。だがいずれにしても、彼の専門的な知識はおおむね自分で学んだもので、それは狂信的なカルバン主義者の父親ダニエルに対する、生涯にわたって続いた反逆行為でもあった。父親は長男のジョンに、

「二人のジョニー」ジョン・バローズ（左）とジョン・ミューア（右）。バローズはアメリカでもっとも有名なネイチャー・ライティングの作家。ミューアはもっとも影響力の大きな自然保護論者。

聖書の節を毎日数行ずつ暗記することを求めた。ジョンが日課の数行の暗記をまちがいでもしようものなら、ダニエルは容赦なくジョンを折檻した。ジョンが一一歳のときに、ミューア一家はスコットランドのダンバーから、ウィスコンシン州の荒れ地に引っ越した。そのころになるとジョンは新約聖書のすべての言葉を丸暗記していて、旧約聖書についてもそのほとんどを覚えていた。ミューア家の子どもたちのあいだでは、いかに積極果敢な悪魔といえども、暇をもてあましている彼らを見つけることなどできなかった。「ミューアの旦那は子どもたちを、まるで牛でも扱うように働かせている」とウィスコンシン州の隣人はいう。家族に新しい井戸が必要になったときも、子どもたちは数カ月かけて、八〇フィート（約二四・四メートル）もの砂岩を掘り続けた。数十年後にジョンは自然の保護運動を早い時期に展開する中で、この上もないほど悪意に満ちた戦いを経験したが、そのあとでもただ一つ、掛け値なしにこの世で憎むべきものとして彼が選ぶのは、おそらく人間の残酷さだったにちがいない。

ミューアはいまとなっては自然界のドルイド僧（古代ケルト社会のドルイド教の僧）として、崇められ尊敬されているが、若いころはむしろ技術的な才能にすぐれていた。そして試行錯誤をくりかえし、新しいものを発明する考案者でもあった。二二歳のとき、ウィスコンシン州のマディソンで開かれたステート・フェアで、ある発明品を出品して大きな話題となった。それは目覚まし時計だったが、ただ深い眠りに落ちた人を目覚めさせるだけではない。ベッドを傾けることで、寝ている人を否応なく立たせてしまうという代物だった（ミューアは新聞を読むなという父親の命令を守っていたために、すぐれた技能だと報じる記事が、彼の虚栄心を燃え上がらせることはなかった）。ウィスコンシン州で新たに作られた州立大学に彼は入学する。そこでは、植物学や自然界の機構に対する彼の興味が花開いて科学に魅了されることになった。

大学で二年間教育を受け、五大湖の周辺で植物を蒐集しながら、一人でぶらぶらと散策をしたあとで、ミューアはインディアナポリスの馬車工場で仕事を見つけた。機械に詳しい彼の知識のおかげで工場ではまたたくまに出世して、すぐに監督の地位を得た。一八六八年三月、ミューアは丸のこぎりからベルトをはずそうとしていた。そのときに手で握っていたやすりが滑って、彼の右目に飛び込んできた。「まぶたを開いてみると、目の水晶体と角膜のあいだを満たしていた液体が手の中にしたたり落ちてきた」と、ミューアの伝記を書いたドナルド・オースターが記している。その日が暮れるころには、左目も見えなくなり、両方の目が視力を失ってしまった。

傷が癒えて快方に向かっているあいだに、ミューアはこれまで長年にわたって、ひそかに抱きつづけてきたプランをあらためて考えていた。それはドイツの科学者アレクサンダー・フォン・フンボルトが行なった植物採集の旅をたどり直してみることだった。フンボルトは中南米の動植物をはじめて包括的に調査した人物である。彼の基本的な考え方は、世界の種は広大な網の中で、分離が不可能なほど密接につながっているというものだった。そしてわれわれは一つの生命体から生じた仲間であり、その一員だという。アリストテレス以降、科学者たちがいってきたように、自然界の秩序は固定されたものではなく、ダイナミックで流動的なものだ。だが、わずかに一つの種だけが、この自然界を回復が不可能なほど破壊し混乱させている。それがホモ・サピエンスだった。

ミューアの失明は一時的なものだった。彼は憧れのフンボルトにならって熱帯地方へ長い旅に出よう、そして自分の魂を「野生の持つ美しさ」で補充しようと決意した。バッグに入れていくものは、着替えの下着、本が二、三冊、それに小さな手帳だ。手帳の表紙をのぞいてみると、そこにはこのフンボルト崇拝者の住所が書かれている。

ジョン・ミューア

地球惑星
宇宙
一八六七年秋と一八六八年冬に、ミューアは南北戦争後のアメリカ南部を一〇〇〇マイル（約一六〇九・三キロメートル）以上歩いた。そして解決困難な問題に取り組み、何とかそれを乗り切った。父親ダニエル・ミューアが信仰する独善的なキリスト教では、神は自分の姿に似せて人間を造り、彼らに海の魚や空の鳥、それに地の上をはう生き物すべてを支配するようにと命じたという。ジョン・ミューアは動物が大好きだった。子どものころ、小鳥を口にくわえた猫を見て、何とか小鳥を助けようと思い、あやまって猫の首をしめて殺してしまったことがあった。「自然が動物や植物を造った目的は、おそらく何はさておいて、それぞれの種が幸せになることで、ただ一つの種が幸せになるためにすべてを造ったわけではないだろう」とミューアは結論を下している。ミューアにとって自然はけっして人間の召使いではなかった。自然と神は一つだった。一八六八年にカリフォルニアに落ち着いてから一年も経たぬうちに、彼はすでに自分の哲学の核心となるものを作り上げていた。「何かを単独で選んで取り出したときでも、われわれが気づくのは、それが森羅万象のすべてとつながり合っていることだ(2)」

アメリカのフロンティアが徐々に縮小していった結果、大きく広がったのはネイチャー・ライティングの市場だった。ミューアは魅力的な話し方で人々の心をとらえることができたし、危険な崖を一人でよじ登ることを臆することなく平気でできた。そんな彼だったが、文章を書くことだけは考えるのもゾッとするほどいやがっていた。しかし、ゆっくりとではあるが、自分の詩的な才能を文字のほうへと移行していった。はじめて国内の刊行物（『ハーパーズ・ニュー・マンスリー・マガジン』）に彼の名前が筆者として載ったのは一八七五年のことだった。その記事では、彼がそれによってちょっとした専門家となったテーマについて書かれていた。記事のタイトルは「カリフォルニアの生きている氷河」である。

(2) ミューアの考えは超越論者たちの影響を受けていた。とくにラルフ・ワルド・エマーソンやヘンリー・デイビッド・ソローなど。彼らは神が自然の中に存在し、すべてのものはたがいにつながり合っていると考えていた。エマーソンは一八七一年に、ヨセミテ渓谷でミューアに会っている。そして、自分はマサチューセッツ州のコンコードの書斎で哲学を練り上げたが、その哲学のままに生きているマウンテン・マンを見つけたといってとてもよろこんだ。「彼(ミューア)はソローよりすばらしい」とエマーソンはのちに語っている。

5　フェリーの話

ケニコット号に乗って

私自身の旅行は、列車と飛行機とバスを乗り継いではじまった。そして、五月最後の土曜日の午後、ワシントン州ベリンガムに停泊中のフェリーにようやくたどり着いた。ベリンガムはアラスカ・マリン・フェリーの最南端の終点で、私が飛行機で乗り入れたシアトルより、むしろバンクーバーのほうに近かった。午後三時、すでにケニコット号に乗り込むために、車が長い列を作っていた。予約したときの情報では、フェリーは六時に出港する予定だった。しかし、フェリーの出札係の話では、干潮が海岸の沖まで続いているので、さらに三時間半ほど出港を遅らせなければならないという。結局、マリン・ハイウェイの手違いで、乗客に出港の遅れを通知していなかったということで、車を運転している多くの人々は肩すかしを食わされた感じとなった。彼らの多くはアラスカへ帰郷する人々で、ベリンガムに来るまでに、すでに何時間も運転しつづけてきた。そしてここにきて、むだな時間をつぶさざるをえなくなった。車から下りると、他の車へ向かって歩いては、不運な目にあったことをたがいに同情し合っていた（すぐにわかったのは、アラスカ人たちが、お役所仕事を完全に見下していることだ）。しかし幸運なことに、ベリンガムの経済はもっぱらレジャーに向けられていて、私には非常に魅力的な町のように思えた。フェリーの出発を待つあいだ、ほんの数時間だが、私は本屋に入って立ち読みをしたり、ビールを飲んだり、買いそびれていた旅に必要な品々をあらためて買い足して時間をつぶした。

ケニコット号に乗り込む人々は、これからツアーの費用込みのカリブ海クルーズへ出かけるという雰囲気ではなく、むしろ造船所へいつもの仕事をしにいくために、タイムレコーダーにカードを差し込んで乗船するといった風だった。車やトラックが歩行者のそばを次々とフェリーに入り込んでいく。

ケニコット号のようなアラスカ・マリン・ハイウェイ・システムの格安フェリーは、道路のない小さな町にとってなくてはならないライフラインだった。

乗客のかなりの人が飲み物用の保冷ボックスや食料品の入った袋を手にしていた。船内に持ち込みが可能な重量は、おそらく一〇〇ポンド（約四五・四キログラム）に制限されていると思う。だが、出会った人々はその誰もが、手荷物のチェックを受けた様子がない。たぶん列に並んでいる人の半分は野球帽をかぶり長靴を履いていただろう。着ている服の色はほぼ統一されていて、それがカモフラージュの役割を果たしている。色はアラスカのネイビーブルーだ。「ここにウィーリー・ネルソンのそっくりさんコンテストに出て、ファイナルまで行った人はいますか、もしいたらキップ売り場まで知らせてください」とスピーカーからひと声放送されれば、おそらくそこにいた人の三分の一はキップ売り場へ行ってしまい、ここにいなくなってしまうだろう。乗客の大半は一人旅の男性のようだが、リタイアをしたカップルや若い家族連れも何組か見かける。私は個室を予約していたので、部屋の鍵をもらい、一組のシーツとタオルを借りるために、パーサーの机の前で並んで待っていた。

乗客の誰もがみんなベッドで眠るために、進んで一晩五〇ドルを支払ったわけではない。壁の地図を見ながら私が、自分の部屋を見つけるころには、寝袋を手にした者たちはカフェテリアへ行って、すべてのボックス席を占領していた。さらに体が頑健な人々は外へ出て、展望デッキの床にテントをダクトテープで貼りつけていた。それはまるで、アウトドア専門店の中に出現した難民キャンプのようだった。上甲板へ向かうエレベーターの中で、楽しげなバカンス気分を漂わせている白髪の老夫婦といっしょになった。ご主人はヤギひげをはやしてベレー帽をかぶっている。手にしていた六フィート（約一・八メートル）ほどのごつごつしたステッキを持ち上げると、それでエレベーターのボタンを押した。「それ見てごらん、いった通りだろう。これでも役に立つんだ」と彼は満足げにかたわらの夫人にいった。

ケニコット号の、心がなごむようなベージュ色とベビーブルーの配色、リノリウムの床、それに洗浄剤と機械油のかすかな匂いなどが、私に海に漂う巨大なローンドロマット（セルフサービス式コインランドリー）を想像させた。私の個室は奥行きがおよそ八フィート（約二・四メートル）、横幅が六フィートあり、アムトラック（全米鉄道旅客公社）の寝台車の二人用個室といった感じだ。人工皮革を張った椅子が二脚、低いフォーマイカ・テーブルをはさんで向かい合わせに置かれている。それはまるで、これから行なわれるチェスの試合の準備のようだった。このテーブルと椅子を折り畳むと狭いベッドができあがる。もう一つの寝台は向かいの壁にひもで固定されている。シャワーのある共同浴場は廊下の突き当たりにあった。部屋には舷窓が一つだけあり、そこからは同乗客のくるぶしやたばこの吸い殻が見える。ペールエールのビールを二杯ほど飲むと、ケニコット号のブーンというやわらかなエンジン音に誘われて、私はたちまち眠気を催した。テーブルを畳んでベットをしつらえると、思いがけずこの部屋が子宮のように感じられたのだが、それと同時に殺菌された無菌空間の印象を受けたことに驚いた。そして数分も経たないうちに私は眠りに落ちていった。

おそらく三〇分ほど眠ったあとだったろう。頭の上の壁をどんどん叩く音と、がなり立てる金切り声で目が覚めた。舷窓から外をのぞいてみるが、同乗客の足元はいつもと変わらぬ平静さを保っている。非常事態が起きたわけではない。だいたいフェリーはまだ港を出てさえいない。音は隣りの部屋から聞こえていた。明らかに携帯電話の話し声だ。どうにか理解ができたのは、同じようにくりかえされる口汚い罵り言葉だった。ケニコット号の個室に関して、いたらない点をうんざりするほどくりかえし怒鳴っている。

「専用の浴室はいったいどこにあるんだ?」

「テレビはどこなんだ?」

「こんなにひどいシーツや石けんに、どうして三ドルものお金を払わなければいけないんだ?」(これはもっともな抗議だった。シーツは薄くてちくちくするし、棒石けんはポーカーチップのようにかたかた音を立て、リノリウムの床に落としたら二つに割れてしまった)。隣人が最後にわめいていた不満は、エルダー号ではけっして耳にできることのない、時宜にかなったまっとうなものだった。

「このフェリーにバーが一つもないなんて、おまえはいったいそれを知っていたのか?」

何年ものあいだアラスカ・マリン・フェリーのバーは、誰もが知っていて人気の高い船の目玉だった。バーは初期の入植者(長年そこに住んでいる住民)や新来者(新たに参入した者)、それに訪問者たちが交流し、知り合いになることのできる場所だった。ジョー・マクギニスは『極限地へ行く』の中で、北へ向かう途上、アラスカ州の高官や元ヒッピーのコークス中毒者とカクテルを飲み交わしたと書いていた。しかし残念なことに、石油の急激な落ち込みがアラスカに膨大な財政赤字をもたらした。そして採算のとれないフェリーのバーは、新たにはじまった緊急経済の最初の犠牲になってしまった。私が目にしたところでは、これから先、さらに大幅な削減が予定されているという。

乗客たちはそれでもまだカフェテリアで、ワインとビールを買うことができる。カフェテリアは真夜中まで開いている。隣人はおそらくこのコースをたどったにちがいないと思った。その証拠に、次の朝早く起きて廊下に出てみると、隣人の鍵がドアノブからブラブラと垂れ下がっている。私は一瞬、昨夜起こされたお礼にこの鍵を海へ放り投げてやろうかと思った。しかし、これは今回の遠征の偏見のない心という主旨に反する。思いとどまって私はシャワーを浴びに下りていった。そしてオヒョウの漁師と楽しい会話を交わした。漁師はうれしそうに、割れてしまった私の石けんの片割れを受け取った。

デッキに上がってみると外の空気は冷たい。階段を下りてカフェテリアに行った。ここは午前四時にはオープンしている（スタッフは真夜中までビールを出していた男と同じだ。サラダバーのためにアイスバーグ・レタスを切っている）。私はコーヒーを一杯入れてもらった。カフェテリアの装飾はレトロ調で、ここでは携帯電話も使えない（そのために人々は窓の外を眺めたり、本を読んだり、クロスワード・パズルをするしか過ごしようがない）。それはいかにも一九九八年だったらありえた風景だった。人々は見知らぬ乗客を見かけると、話しかけては暇をつぶしていた。

私がカフェテリアに行ったのは四時半ころだった。二人の男が離ればなれに立っている。二人は曙光が差し込む外の景色を大きな窓から眺めていた。朝の光が照らし出していたのは、長く伸びたブリティッシュコロンビアの海岸に沿って、どこを見ても目に入る光景だった。それは深い森林に覆われた海岸線だが、薄衣のような霧雨のためにぼんやりと霞んで見える。ところどころに家や灯台が点在していた。どんな見えない力が作用したのか、やがてわれわれ三人はすぐにいっしょになって、フェリーが進んでいる方角について話をしはじめた。

「この光の感じはおそらくパウエルリバーのあたりだと思う」と一人がいう。「ここではよく釣りをしたものだ」

「おそらくそうだと思う」ともう一人がいう。「どこにいるのかわかると安心するよね」。私のほうを振り返り、どう思うかとたずねた。

「今回にかぎっていうと、どこにいるのかわからないことをちょっと楽しんでみたいね」と答えた。実際、ほんとうにそう思った。できることなら一〇〇マイル（約一六〇・九キロメートル）以内はどこにいるのかわからないでいたい。

三人は丸いテーブルに座り、コーヒーをすすった。ダグはフィッシング・ガイドをしていたが、いまは引退して、妻と二人でアラスカのホーマーの町へ引っ越しをしているところだった。かなりの量の家財道具を持ってきた。下のカーデッキにはトラックの中に犬を隠していた。もう一人のボーもやはりリタイア組で、カリフォルニア州の水文学者だった。彼の生活はその多くが旅をめぐって営まれてきた。子どもたちがまだ小さかったころ、次に向かう目的地について書かれた本を箱一杯買い求めて、父と子でそれを読み、キャンピングカーでともに数カ月を過ごしながらあれこれと話し合ってきた。ボーの子どもたちはおそらく、父の日にボーに電話を入れることを忘れないだろうなと思った。

「フェリーでインサイド・パッセージへ行く旅は、たぶん私のもっともお気に入りの旅といっていいかな」と彼はいう。この旅をすでに彼はこれまでに何度もしていた。

ベリンガムから、アラスカで最初の停泊地ケチカンへ行くには三八時間かかる。フェリーの旅で三八時間は理想的だ。よその町で行なわれている結婚披露宴――それも結婚式は抜きにして――に出席するのに要する時間にほぼ近い。丸一日、人々と交流し、夜は気が向けば一晩さらに楽しむこともできる。そして出発の朝には気の合った者といっしょに再度宴席を訪ねてもいいが、気が向かなければ出向くこともない。フェリーのカフェテリアでは日に三度、暖かい食事が出される。これは三度とも、高校の食堂で評判になるようなしろものではない。だが、ちらりと横目で眺めてみるといい。われわれもそこで食事をしていたかもしれないからだ。人々はみんなオレンジ色のプラスチックの皿を手に、各自の部屋を順繰りにまわっている。誰か笑顔で迎えてくれ、食事をいっしょにしてくれる者がいないか探していた。

フェリー内の雰囲気ははなやいでいて、楽しみも限られているので、ここでは社会的なタブーは一時的に緩和されている。誰もが他の者に近づき話しかけることができたし、実際にそうしていた。フェリーの客たちはコーヒーを無料で一杯おかわりすることができた。特典を勝手に乱用しなければ、おそらく飲み食いが規制されることもないだろう。われわれのいたテーブルに、二〇代の空軍パイロットがやってきて座った。彼はC130輸送機の操縦の仕方をしきりに説明する（「どうしても駐車場に着陸しなければならなければ、それは可能だ――この飛行機はそれができるように設計されているからだ」）。ワイナリーを売ってきたばかりだという、北カリフォルニアから来た男がいる。この男はワインのぶどう酒造りがどんなものなのかを語った。それは人が想像するほど華やかなものではないという（「いつまで経っても農夫で、ただのぶどうを育てている農夫にすぎない」）。ダグの妻がやってきて、歌声の片鱗をちらっと見せた。そして彼女とダグはボーに、アラスカの短い生育シーズンでどうすればガーデニングがうまくいくのか、その最良のやり方をたずねていた。ボーは有機農業のコンサルタントだという（その答えは温室を作ること、そして地面は数フィート掘って暖かな土を使うことだという）。ランチの前に、ボーの大学時代のルームメイト、ポールがやってきた。二人はフェリーでもまた個室をシェアしている。

ポールが話をしたのは妹のことだった。妹は『プレイボーイ』の折り込みページでポーズを決めていたという。一九七〇年代の話だ。おかげで大学時代はその影響を被った。「ご想像の通りですよ。何かというとその話題が出てきましたよ」と彼はいった。

私のように、アラスカをはじめて目にすることが待ち切れない様子の者もいるにはいる。しかし、それよりはるかに多いのはアラスカへ帰ることにわくわくしている人々だ。海軍の退役軍人だという人が話しかけてきた。ジミ・ヘンドリックスをプリントしたTシャツを着て、長いあいだ乗っていた船の名前が書かれた野球帽をかぶっている。「五年間『外に』いました」。『外に』（いつも文字で書くときには大文字が使われる）はアラスカ言葉で、アラスカ州以外の四九州を意味する。「でもほとんど故郷にいるような気分でしたよ」

窓には、丘陵に富んだ海岸線が何マイルにもわたって映し出される。数時間おきにスピーカーから乗客に知らせが届く。カーデッキへ降りて、犬をトイレに連れ出したり、車から必要なものを取り出すことができるという。カーデッキはフェリーの実用的な任務をはっきりと示していた。それは連絡道路のないアラスカの場所へものを届けるという任務だ——平台トレーラーに載せたフロントエンド・ローダー（車体の前部に可動式ショベルを取りつけた土木作業機）、数艘のボート、小型の商用トラックなど（アルカン・ハイウェイを使えば、シアトルからアンカレッジまで行くことはできる。だが、走行時間はほぼ四二時間ほどかかる。シアトルからニューヨークまでは直線距離でその二倍はあるが、かかる時間は四一時間だ）。車の中には、アラスカの道路網がはじまる町（ヘインズやスキャグウェイ）をめざすものもいる。そのほとんどは現代の幌馬車といった感じだ。それはピックアップ・トラックや数台つらねたユーホールだったりする。車には家財道具が目いっぱい積まれている。車を運転しているのは、新天地をめざすダグのような人々だった。

そんなフロンティアの一人がスタンである。オハイオ州出身の丸々と太った男で、私が彼と話をした三日間、ずっと同じお気に入りのジャージを着ていた。それはＮＦＬ〔全米プロフットボール〕のクォーターバックのジャージだ。

スタンはボーの地図を借りると、彼が手に入れた古い金鉱の場所を示した。彼のプランでは、バックホー〔長いアームの先にバケットを取りつけた掘削機〕で何杯もの土をかき出し、流し樋で貴金属を選鉱するのだという。指で差した場所はちょうどデナリ国立公園の真南にあたるところで、ちょっと離れている。だがスタンにとっては、国立公園から少ししか離れていないところが、このプランの大きなセールスポイントだった。

「私はロワー四八〔アラスカとハワイを除くアメリカ四八州〕を憎んでますよ」と彼はいった。「もう税金を払うことに飽き飽きしてるんです。他人の子どもを育てるために金を払うなんてうんざりです」（アラスカでは石油の収益金のおかげで、所得税や州全体に課される消費税がない）。気候の変動を信じている人やそれを心配する「素人の専門家」にはがまんができない。「実際に起きているのはたしかに氷河が解けて大洋に落ちていることです。しかし、これは氷河期をもう一度最初からやり直しているプロセスにすぎないんじゃないですか」と彼は、その資料としてマイクロソフトのパワーポイント・プレゼンテーションを引用しながらいった。そのプレゼンテーションは、彼が最近早期に退職したパワープラント・ビジネスが、人々のために行なった集会で目にしたものだった。ともかく彼は未来について は何ひとつ希望を抱いていない。やがてはアルマゲドンがやってくることを、かなり本気で考えているからだ。そのために何丁もの銃やフリーズドライ食品を、新しい家に買いだめしてストックしていた。無料のコーヒーを一杯以上飲んだといって怒られていたが、ケニコット号の乗客の中でそんなことをしたのは彼だけだった。

「アラスカへ到着するのが待ち遠しいです」と最後に彼はいった。ともかくそれだけは乗客のみんなが感じていることだった。

6　大いなる大地

北太平洋で

気候の変動はアラスカでは扱いの難しい、かなり厄介な問題かもしれない。ただ人類学者たちがおおむね同意しているのは、気温の激変が北アメリカに人々が居住することを容易にさせたことだ。二万五〇〇〇年ほど前にはじまったウィスコンシン氷期の最終期には、大量の海水が氷床となって凍りついた。そのために海水面が現在の水位より三〇〇フィート（約九一・四メートル）以上低くなった（フロリダ半島は横幅が現在の二倍もあったし、アリューシャン列島は三日月形の半島のようだった）。シベリアとアラスカのあいだは海底が露出していて、ベーリング陸橋として知られている幅一〇〇〇マイル（約一六〇九・三キロメートル）ほどの帯状の土地となっていた。アメリカ大陸へ最初にやってきた人々が、どのようなルートで到着したのか、その点については多くの議論がなされている――シベリアから徒歩でやってきたのか、あるいは海岸沿いにボートに乗ってきたのか。だが、アラスカがアメリカ大陸への入口であったことは十分に考えられることだろう。

アラスカは新世界で一番はじめに人々が住みついたところだった。だが、実はそこは大航海時代にヨーロッパ人によって最後に見つけられた場所でもあった。一四九二年にコロンブスは最初に大西洋を横断したのだが、それに続いてスペイン人たちがやってきて、三〇年もしないうちに、アメリカ大陸の大半を占領してしまった。一五二二年には、ポルトガル人が船ではじめて世界を一周している。しかし、最初に白人がアラスカに上陸するまでには、なお二〇〇年以上の歳月を待たなければならなかった。

ロシア皇帝のピョートル大帝は一七二五年に死んだが、その直前に資金を出して遠征隊を送り込むことを提案している。それは世界の地理学上でなお残されている大きな疑問の一つを解決したいと思ったからだ。その疑問とは、はたしてアジアは北アメリカと陸続きなのだろうかというものだった。シベリアの先住民のあいだでは、東方に「大いなる大地」があるという話がいい伝えられていた。ピョートルが遠征隊を派遣したのは、この話がほんとうかどうかを確かめるためであり、それがほんとうなら、ヨーロッパ人が居住しているはっきりとした証拠を探して持ち帰ってこさせるためだった（ヨーロッパ人が住んでいれば、もはやそこがロシアの土地だと主張することなどできないからだ）。ピョートルはこの遠征隊の指揮をデンマーク生まれで、ロシア海軍の将校ヴィトゥス・ベーリングに任せた。一七二八年、ベーリングが率いてはじめての大きな遠征が行なわれた。そのときに明らかにされたのは、今ではベーリングの名前がつけられた海峡によって、アジアが他の陸塊から分離されているという事実だった。だが、その新しい土地については、さしたる証拠を見つけることができなかった。そして一七四一年、ベーリングの二度目の遠征隊がシベリアを出発した。二隻の船で出かけて、その一隻をベーリングが指揮した。もう一隻を指揮したのは、一七二八年の航海に参加した将校のアレクセイ・チリコフである。あちらこちらと実りのない航海を重ねたあとで、六月二〇日、二隻の船は嵐に遭遇して別れわかれになってしまった。ベーリングの船はアラスカ湾に入った。七月一六日、乗組員の一人が雪をかぶった一万八〇〇〇フィート（約五四八六・四メートル）のセントイライアス山の頂を見届けている。ちょうどそれと同じころ、チリコフは一一人の船員を長いボートに乗せて、グレイシャー・ベイの南岸へ送り出していた。だが、船員たちがふたたび戻ってくることはなかった。それでこんどは第二のグループとして四人の船員を出発させたのだが、これもやはりどこかへ消えてしまって戻ってこない。チリコフはかなりの数の乗組員を失ったために、そのまま故郷のシベリアへと帰ってしまった。

一方ベーリングはサンブラス諸島のカヤック・アイランドに一時的だが上陸した。そこで遠征隊に参加していた博物学者のゲオルク・ヴィルヘルム・シュテラーは一羽のカケスを見たと記録している。この鳥は以前、南北カロライナ州について書かれた本の中で、シュテラーが目にした鳥によく似ていた——ということは、彼らが実際にアメリカ大陸を見つけたという証拠だった。冬が近づいていた。そのために故郷へ帰ろうとしたのだが、ベーリングの乗った船が座礁してしまう。春の解氷を待つことができずに、一九人の乗組員が壊血病で死んだ。その中には船長のベーリングも含まれていた。それでも次の年の夏には、生き残った四六人が難破船の端切れで作ったボートに乗ってカムチャッカに帰ってきた。彼らが持ち帰ったものの中には、目を見張るほどすばらしい毛皮があった。「これがもたらした効果は」とウィリアム・ドールがエッセイの中で書いている（このエッセイは彼がエルダー号の乗客仲間に行なった歴史の講義から編集されたものだ）。「カムチャッカの全住民を刺激した。そして土地を離れてアメリカ大陸へ向かい、豊富な富を手に入れることに奔走させた」

二度目の遠征に参加した者たちが持ち帰った毛皮の中に、ラッコの毛皮があった。暖かな感触のためにその毛皮はきわめて貴重なものとされた。ロシアの猟師たち（狩猟のために罠を仕掛ける者たちだ）は、さっそくアリューシャン列島沿いに東へと向かいはじめた。そして道々海の哺乳類を捕らえつくした。先住民のアレウト族に対しても猟師たちは野蛮な仕打ちをした。彼らを奴隷にすると、狩人としてこき使い女性をレイプした。子どもたちは人質として取られ、身代金はしばしば毛皮で支払われた。本来アラスカ人には免疫のなかった病気がロシア人によってもたらされ、悲惨な結果をおよぼした。アレウト族の人口は三〇年のあいだに八〇パーセント以上の減少を見た。

ロシア人がアラスカを見つけたという噂は、サンクトペテルブルクの宮廷を通して西ヨーロッパに知れわたった。スペイン人は太平洋に接する地域がすべて自分たちのものだと、精力的にいい張っていて、植民地活動をもっぱら中央および南アメリカに集中していた。だが、新たな脅威を感じ取ると、彼らは太平洋岸に沿ってさらに北上し、サンディエゴやサンフランシスコなどに活動の拠点を置きはじめた。

北アメリカ大陸に領土を有していたもう一つの国は、ヨーロッパの最強国のイギリスだった。イギリスはメキシコからアラスカにかけて太平洋岸のほとんどの地域で、スペインと相争う権利を主張していた。スペインは植民地の広さという点ではすぐれていたが、イギリスには世界でもっともすぐれた海軍があり、歴史上もっとも偉大な船長のジェイムズ・クックを擁している。すでに世界一周の航海を二度終えていて、そのあいだにクックは、これまで知られることのなかったオーストラリアやニュージーランドを含む南太平洋の地図を作製していた。一七七六年七月二日、アメリカではフィラデルフィアで開かれた第二次大陸会議の席上で、イギリスからの独立を宣言することが代議員の投票によって決定した。ちょうどそれと同じ日に、クックはイギリスのプリマスを出港して三回目の大航海へと旅立った。クックのおもな任務は北西航路を見つけ出すことだった。これは北アメリカ大陸をまわる仮定上の航路で、それが発見されれば、ヨーロッパから東洋へ向かう海路は大幅に短縮される（パナマ運河が開通されるまでは、アジアへ向かう船は南アメリカの最南端ホーン岬を経由するか、喜望峰をまわって東に進むしか方法がなかった）。ディスカバリー号とレゾリューション号の二隻の船でクックは、タヒチを経由して東へ航海した。その行く手でこれまで知られることのなかったハワイ群島に遭遇する。クックと乗組員たちは、ワシントン州のすぐ北からベーリング海にいたる太平洋岸北西部の地図を作製した。そしてアラスカの実際の輪郭をはじめて明らかにした。しかし、クックはこの発見に向けられた絶賛の喝采を耳にすることはなかった——一七七九年、ハワイ島の先住民との小競り合いで命を落としたからである。

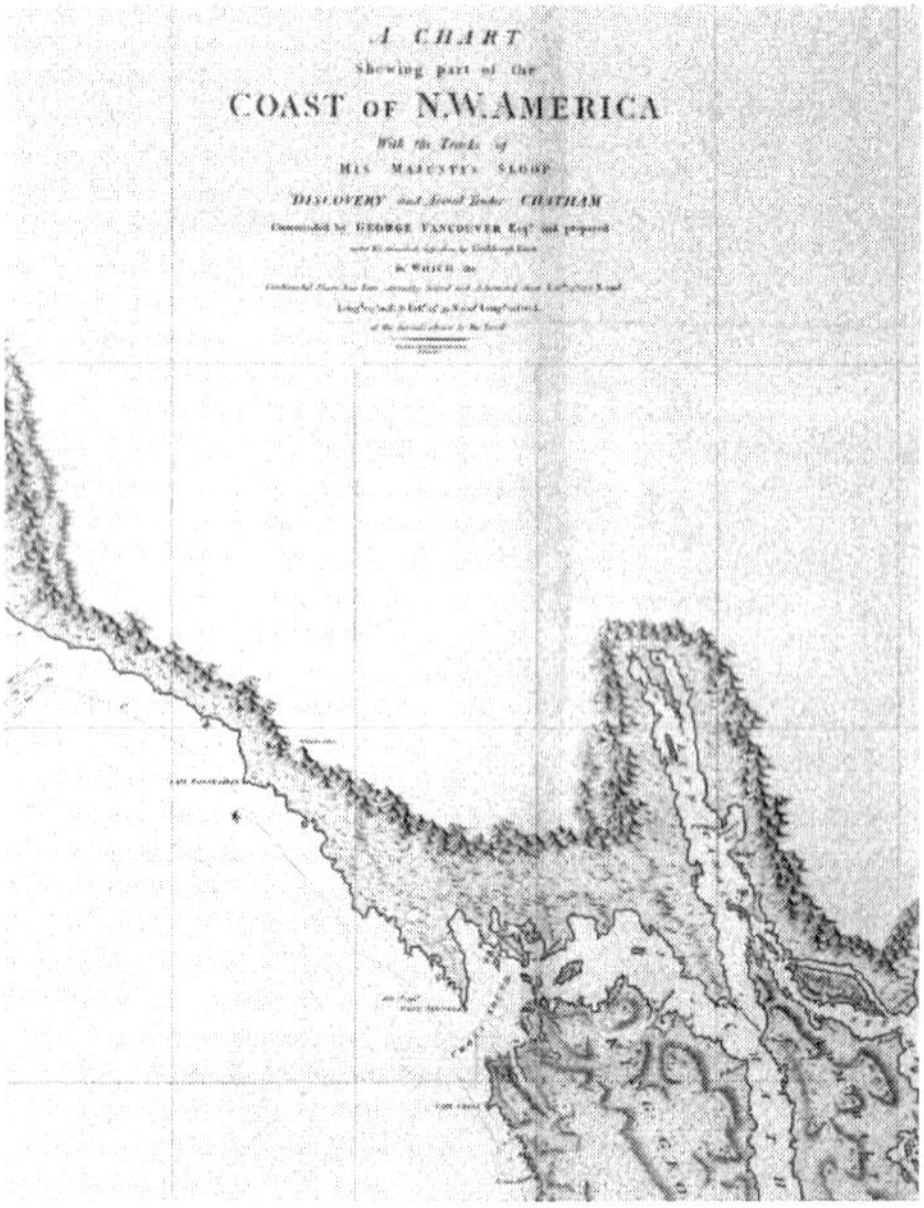

1794年、イギリスの探検家ジョージ・バンクーバーが北西航路を探していたときに作った海図。この海図を見ると、ジョン・ミューアが1879年にグレイシャー・ベイを見つけた地点は氷で覆われた空間でしかない。

クックの航海に参加した士官にジョージ・バンクーバーがいた。彼は一七九二年から一七九四年にわたる一連の航海によって、クックの地図製作の範囲をさらに広げた。クックによって指示されていたのは、遠い北太平洋からハドソン湾へはたして北西航路が通じているのかどうか、それをはっきりと確かめることだった。一七九四年七月一二日、アレクサンダー諸島の入江を探査しているときに、長艇に乗っていた船員のグループ（率いていたのはジョセフ・ホイッドビー大尉である）が、たまたまグレイシャー・ベイの入口に行き当たった。しかし、湾内に入ることはできなかった。のちにバンクーバーが述べたところによると「ぎっしりと詰まった固い氷河が波打ち際から垂直にそびえていて」、とてもボートを進めることができなかったという。

バンクーバーは愚かしいかつらをつけて、こまかいことに小うるさい、感じの悪い男だったが、驚くほど精密な地図の作成者でもあった。彼の乗組員たちによって集められた海図は芸術品の域に達していて、以前にロシア人が作った初歩的なアメリカ地図よりも、むしろアルブレヒト・デューラーの木版画に似ていた。彼らの仕事がすぐれていたために、八五年後ジョン・ミューアがアラスカを遠征したときにも、バンクーバーの地図にはまったく改良を加える必要がなかった。だが、バンクーバーの測量はもはや正確とはいいがたかったかもしれない。というのもミューアがやってきたときには、すでに氷山は消えてしまっていたにちがいないからだ。

7 「野蛮人を文明化すること」

アネット島

エルダー号はブリティッシュコロンビア州のもやのかかった海岸沿いを北上しつづけた。まるでバンクーバー島と本土とのあいだにむりやり割り込むようにして、ゆっくりと北へ進んでいく。ジョン・バローズはこれまで、なだらかなキャッツキル山地を描いたやさしい筆致で知られていたが、ギザギザした太平洋岸を文章で写すのははじめての経験だった。そのために少々困惑気味だ。「大陸の岸辺は一〇〇〇マイル（約一六〇九・三キロメートル）にわたって、まるでハンマーで打ちつけられたように破砕されていて、大小さまざまな破片となっていた」と彼は書いている。雪解けの水が「銀の糸」となって、生い茂ったトウヒやアメリカツガの林から噴き出していた。エルダー号はときおり科学上の調査をするために止まった。あるとき、遠征隊が滝へハイキングをしたことがあった。そのときにわかったことは、すばらしいモノトーンで波立ちうねっていた温帯雨林は、汽船でくつろいでいた心地のよさとは大違いで、徒歩ではとても通り抜けることなどできない密林だった。それはアマゾンのジャングルで探検家たちが遭遇するのに似た困難さだ。ただしここの湿っぽい気候が、他の場所なら下生えを一掃してしまう山火事の発生を防いでいた。巨大なとげのある植物がハイカーたちの手を突き刺す。彼らは深い積雪のようなコケで足を滑らせた。「アラスカの森を通り抜けるのは、シカやクマにとっても耐えがたいことだったにちがいない」とバローズは書いている。

　ウィリアム・ドールはアラスカの探検をして過ごした三〇代に、同じこの海の旅を一四回も行なっている。そのドールが仲間の乗客たちに、いま通りすぎている青々とした景色も、これから先出会う景色にくらべると色あせるほどだと注意を促した。この先にどのような風景が待ち受けているのか、それを知っているのはドールだけだった。エルダー号がカナダからアラスカの土地に入る直前に、彼は自分が経験した探検について講義をした。二〇歳のときにドールは科学上のパーティーの一員になってある調査に参加した。それはカナダのユーコン準州を経由して、アラスカを横切る電信線を張りめぐらせることができるかどうかを探る調査だった。だが、グループのリーダーが突然死んだためにドールに後事が託された。その役割が彼に要求したのは、華氏零下六〇度（摂氏マイナス約五一・一度）という環境の中でふた冬を耐えて過ごすことだった。ドールは一八七〇年代を、アラスカの海岸線に沿って行なう測量の指揮に費やした。そのことによって、彼はアリューシャン列島の先にまで到達することになる。エルダー号がアラスカの海域に達するころには、その土地にはいたるところにドールの名誉をたたえて、彼の名前がつけられた山や川があった――ドール島、ドール尾根、ドール川。そして、そこには数多くのドールシープが生息していた。エルダー号がアラスカで最初に停泊した場所に、二〇年前、ドールは新たに迎えた花嫁の名前をつけている――アネット島。

　一八九九年の時点でアネット島は、アラスカ地区のどの場所とくらべてもはるかによく知られていた。それはアネット島が、アラスカの先住民をアメリカ社会に同化させる実験の場として広く報道されていたからだ。エルダー号に同乗した牧師のジョージ・F・ネルソンは、このプロセスを「野蛮人を文明化すること」として描いている。六月四日、エルダー号が港に入ると、先住民の一団が挨拶にやってきた。そして乗客のグループをこの実験の背後にいた牧師ウィリアム・ダンカンの家へ連れていった。

ダンカンはアメリカ聖公会の布教者で、ブリティッシュコロンビア州のツィムシアン族のあいだで行なった一連の仕事によって知られていた。一八六二年、ダンカンは新たに改宗した小さなグループを中心に、メトラカトラと呼ばれる共同体を設立した。「この運動の背後にあったダンカンの意図は、改宗した先住民たちを、まだ改宗していない彼らの縁者や、交易人たちによって持ち込まれたアルコールや売春などの悪習の影響から引き離すことにあった」とツィムシアン族の歴史家ミーケル・ダンジェリは書いている。天然痘が流行し、他のツィムシアン族の人々がそれから逃れようとするにつれて、メトラカトラの人口は急激に増加していった。

ダンカンは規則を並べてリストを作った。それは止めどなく流入してくる西洋社会に、ツィムシアン族が順応することができるようにするためだった。子どもたちは学校へ行って、宗教教育を受けることが求められ、古代から守りつづけられた風習は禁止された——顔に塗料を塗ること、非キリスト教の超自然的な信仰を持つこと、シャーマンやメディシンマン（呪医）の指示に従うことなどの禁止である。とくにアルコールを追放することについては、ダンカンは毅然とした態度を取った。宗教儀式の際に、ぶどう酒を聖餐のサクラメントとして使うようにと、イギリス国教会がダンカンに執拗に求めたことが国教会との最終的な分裂の原因となり、ダンカンをアラスカへと向かわせることになった。一八八七年、ダンカンがアネット島でニュー・メトラカトラを設立したとき（やがていくらか混乱があって「ニュー」の文字は脱落した）、ダンカンはロワー四八で電撃的ともいえる宣伝活動を行なった。その結果、彼がツィムシアン族の旧来の風習を変えることに成功したとして、アメリカ四八州は彼をほめたたえた。

ハリマンの遠征チームはアネット島で町を案内された。その町をジョージ・バード・グリンネルは「平和で静かなたたずまいが、古めかしいニューイングランドの小さな村」のようだといっている。通りは広くてまっすぐだと彼は書き留めていた。家々には小ぎれいな庭と垣根がある。チームのほとんど全員が町の大きな教会へ連れていかれた。そこには町の大半の人々（ツィムシアン族が一〇〇〇人もいただろうか）が礼拝のために集まっていた。ダンカンが先住民の言葉で説教をしている。どうやら町の住人たちは、夢中になって説教に耳を傾けているように見える。バローズは地元の言葉を耳にして、「不明瞭で、ただがらがらとした変化に乏しい言葉」のような印象を受けたという。

遠征隊のメンバーたちはダンカンがなしとげた業績に強い感銘を受けた。「ダンカン氏がこのようなインディアンたちを、野生のままの人間から、現在の礼儀正しい文明化した者たちに変えるには多くの年月が必要だった」とグリンネルは、町を訪れた報告書の中で書いている。「今日の彼らがどんな風だったとしても、彼らをそのように作り上げたのはダンカン氏に他ならない」

迫害を受けているアメリカ先住民のことでいえば、グリンネルは彼らにもっとも同情の念を抱いていた白人の一人だった。実際、彼は大草原地帯（グレイトプレーンズ）のインディアン、とくにポーニー族について、詳細な文化人類学上の研究を書き記している。それなのに、エルダー号がアラスカに着いたとき、グリンネルも他の誰もがあえて、ツィムシアン族の人々のいい分を聞こうとした様子がない。おそらく彼らはあまりに急ぎすぎたのだろう。明らかに遠征隊の人々は何かを見落としていたからだ。メトラカトラ博物館はダンカンの遺産を守ることに専心しているのだが、そこで公にされた展望は、創建者の仕事に基づいて「建設的な対話を育てる」こと、そして「われわれの共同体がこれまでの歴史にもたらした治癒の力を、これからもますます前向きに促進させていく」ことだった。

エルダー号に乗っていた乗客の中に、アラスカ南東部の先住民のあいだで多くの時間を過ごした人物がいた。それがジョン・ミューアである。先住民たちの助けがなかったら、目を見張るほどすばらしいアラスカの氷河を、ミューアはけっして見ることができなかっただろう。もちろんそのすばらしさを世間に広めることなどできなかったのはいうまでもない。エルダー号もおそらくアラスカにやってくることもなかったにちがいない。

8 秘められた歴史

アンカレッジ

ティムシアン族はアラスカの南東部に少し遅れてやってきた。もともとアレクサンダー諸島は、数千年にわたってトリンギット族の土地だった（第三のグループのハイダ族は一八世紀に南から到着する）。アネット島はアラスカのパンハンドル（細長く伸びているアラスカ南東部）の端にあり、緯度はスコットランドのエディンバラとほぼ同じだ。暖かい黒潮が日本から北上し、太平洋を横切って西に流れ、穏やかな気温と大量の降水をもたらした。インサイド・パッセージの大半は温暖な温帯雨林に覆われていた。トリンギット族の文化はこのような豊かな環境に呼応して発展してきた。たくましいトウヒ、アメリカツガ、ヒマラヤスギ（シーダー）は、ロングハウス（木造の樹皮張り長屋）を建てたり、トーテムポールを彫ったり、丸木舟を作るのに使われた。海は尽きることのないタンパク質源、とくにサケをもたらしてくれ、特定地域の漁業権利は個々の家族によって慎重に管理された。

一九世紀の初頭、トリンギット族の社会はおよそ一六の部族（クワーン）から構成されていた。各部族内の氏族は母系制だった——財産やクラン・アイデンティティ（氏族に対する認識）は母親を通じて代々伝えられた。トリンギット族のネットワークはアラスカ内部に深く広がっていたが、トリンギット族と交易をしたヨーロッパ人は彼らについて次のようにいっている。交渉相手となるのはもっぱら女性で、彼女たちは男よりはるかに厳しい交渉を展開することができた。部族のあいだでは四六時中戦いが起きている。奴隷を所有することがステータスの主要なしるしだった。トリンギット族はポトラッチ〔北太平洋沿岸のネイティブ・アメリカンが、みずからの気前のよさを誇示するために行なった贈与や浪費の応酬〕をしていたことで知られている。裕福さを誇示したり、死者をたたえたり、あるいは他人に負っていた借りを清算するために、数日にわたって大祝宴を開いた。

アレクサンダー諸島にロシア人がやってきたことで、またたくまに変化が生じる。ロバート・フォーチュンの『悪寒と発熱』によると、一八三〇年代に猛威をふるった天然痘の蔓延で、わずか数年のうちに、パンハンドルに住む先住民の人口が少なくとも四分の一、あるいはおそらくその半数以上が失われたという。ロシアが行なった行政努力はもっぱら毛皮交易のライバル、とくにイギリスの侵入を防ぐことに向けられていた。アメリカが一八六七年にアラスカを購入したが、そのときには先住民たちのあいだで混乱が生じた。トリンギット族たちのいい分はこうだ。ロシア人は自分たちの客にすぎなかったので、売るような土地を彼らが所有したことなど一度もない。アラスカが引き渡される前に、議会によってアメリカ・ロシア間のアラスカ買収条約が批准された。それによるとアラスカの白人住民は、三年間その土地にとどまれば帰化市民となることができた。しかし「野蛮な先住民は」すべての法律と規則のもとに置かれていながら、「合衆国の市民が享受するすべての権利、利点、免除」は与えられなかった。先住民たちはこれまで何千年のあいだ、自分たちが所有していた故郷の地で、かろうじでとどまることを許された客の身分になってしまったのである。

「一八六七年から一八九七年のあいだに、アラスカで何が起きていたのか、その歴史はまだ書かれていない。それが書かれたときには、ほとんどのアメリカ人は憤慨せずにそれを読むことなどできないだろう」と、ウィリアム・ドールはハリマン遠征から戻ってきた直後に書いている。アラスカに政府が不在の中、アメリカ合衆国の陸軍に秩序を維持する任務が与えられた。だが陸軍はようやく終結を見たばかりの南北戦争でくたくたに疲れ切っていた。一八六九年、ケイクにあったトリンギット族の三つの村が砲撃された。それは罠を仕掛けた二人の狩人（白人）が彼らに殺された仕返しだった。また、ほんの短いあいだだけだったが、財務省の税関長が唯一の政府当局だったことがある。だが、そのあとにアメリカ海軍が管理を任されると、以前と同じような悪い結果が生じた。一八八二年、アングーンにいたトリンギット族の住人たちが、思いがけずに殺されたシャーマンの補償を求めて騒ぎ出した。海軍は軍艦を送り込んでトリンギット族の村を砲撃した。さらにサケの缶詰工場は自分たちの好き勝手な場所に進出してきては、先住民から伝統的な食料源を奪っていった。そしてのちに金が発見されると、それが先住民を先祖から伝わる土地から追い立てる結果になった。「彼ら（白人たち）はわれわれの財産を奪って土地を取り上げた。われわれがそれに不満をいおうものなら、弁護士を雇って法廷へ出向いては訴訟で勝利を収めた」。一八八四年、トリンギット族のリーダーは地区長の前でこのような証言をした。「いまわれわれはひどく貧しくなっている。そのうちに、われわれの手には何一つ残らない時期がやってくるだろう」。病気が蔓延し、子どもたちは親を失って孤児となり、アルコール依存症がはびこった。トリンギット族の社会は大混乱に陥ってしまった。

行政を司る官庁が存在しない空隙に、キリスト教の宣教師たちが入り込んできた。一八七七年に、長老派教会の牧師シェルドン・ジャクソン師がフォート・ランゲルの居住地へやってきたとき、彼が目の当たりにしたのは怪しげな新興の町だった。町は採金者、ばくち打ち、酒飲み、売春婦であふれていた（「フォート」はのちに郵政省によって町の名前からはずされた）。しかし彼はまた、ランゲルの町でツィムシアン族の木こりたちのグループを見つけている。彼らは以前、ブリティッシュコロンビア州の共同体メトラカトラで、ウィリアム・ダンカンから福音の教えを受けていた。ジャクソン師と仲間の宣教師たちは、そのあとに続いて、トリンギット族の人々にイエスの言葉を広めることをはじめた。ランゲルを活動の拠点として、彼らは野心的なキャンペーンを立ち上げた。禁酒と教育によってアラスカの先住民の人々を救い出そうというのである。キリスト教徒たちが異教徒の文化と考えたものを、ジャクソン師らがこの過程で破壊したのだとしたら、壊されたのはただ単に先住民が生き残るための代償だっただけではない。それはまた彼らにとっては付加価値ともいうべきものだった。

アラスカ関連の情報では、どうしても急いで手に入れたいものがたくさんあった。それで私はケニコット号で出発する二カ月前に、アンカレッジとフェアバンクスへ行き、何人かの専門家に助言をもらうことにした。最初に訪問したのがダイアナ・ベンソンだった。彼女はアラスカ大学フェアバンクス校（UAF）で、アラスカの先住民と地域開発を専門に研究するトリンギット族出身の助教である（トリンギットの名前は「L'xeis'」）。彼女に教えを乞うたのは、エルダー号がアラスカにやってきたときに、はたして先住民たちはそれをどのように感じていたのか、歴史が語っていない空白の部分を埋めてもらいたいと思ったからだ。

「この空白の時代に私はいつも興味をそそられてきました。そこにはたくさんの変化と破壊があったからです」と、長い昼食のあいだにベンソンは話した。われわれが座っていたのはレストランのボックス席で、そこは大学のアンカレッジ・キャンパスの近くにあったメキシコ料理店だった。私がトリンギットの正しい発音をしようとしていたら、ともかくお皿のグアカモレ（アボカドを使用したサルサ料理）を食べてくださいとベンソンにいわれた。トリンギットを正しく発音するためには、前歯のうしろに舌をつけなければならない。

アラスカの人々はその多くが複数の仕事をかけ持ちしている。カプチーノのミルクを泡立てている人が、同時に木を彫る人だったり、あるいは漁師だったり簿記係だったりする。それはよくあることだった。ベンソンがこれまでにしてきた仕事の履歴を見ても、あまりにも多岐にわたっていて、アラスカの人々の基準をはるかに逸脱している。サケ漁のボートで重い網を引き、アラスカのパイプラインではトラクタートレーターを運転した。新聞記者をしていたこともあり、タレントのプロダクションも取り仕切っていた。アラスカの公民権運動の先駆者について書いたこともあったし、それについて人気のあるワンマンショーに出て語ったこともあった。学者の道に進む前には、不成功に終わったものの、アメリカ連邦議会の議員や州の副知事に、民主党の候補者として選挙に出たこともある。

「一八九九年にハリマンの遠征隊がやってきたときには、祖父母と曽祖父母はまだ生きていました」とベンソンはいった。「人々はこのとき、圧倒的な猛攻をなんとかしのいで、生き残る手だてを見つけようとしていました。彼らに襲っていたのは文化の変容と同化を迫る強い押しつけだったのです」。子どもに関心を向ける人などほとんどいない時代だったが、シェルドン・ジャクソンは先住民の子どもたちに教育を施すことを根気強く提唱した。歴史家のノラ・マークス・ダウエンハウアーやリチャード・ハウアーによると、ジャクソンはトリンギット族の言葉が「あまりにも異教徒じみていて罪深く、とても文明化されたキリスト教の考えをいい表わすことなどできない」と思っただけなのだという。いまからすると、政教分離の法則にかなりひどく違反しているように思えるが、ジャクソンはアラスカにおける教育の最高責任者に指名された。先住民の言語に対する彼の個人的な嫌悪は、一八八四年のオーガニック法のもとで法律として成文化されることになる。人々の名前ですら変更を強いられた。「祖父はよそ者には発音のできない、トリンギット族の申し分のない名前を持っていました。それがジョージ・ディックという名前になってしまったんです」とベンソンはいった。

軍隊の支配の下で営まれる生活は、アラスカの先住民たちにとって政府不在の混乱状態に他ならなかった。だが、オーガニック法が制定されても事態はそれほど好転しなかった。非市民として先住民たちは、法律上の権利をほとんど享受することができない。財産は没収されるし、ややもすれば裁判もできずに監獄へ入れられる。「私はパイプラインで三年間働きましたが、そこで法の恩恵を受けていないことがどんなことなのか、かなりはっきりと理解できました」とベンソンはいう。「罪を科せられたときに、いったい誰がわれわれの正義を請け合ってくれるのでしょうか？　誰かがやってきて、あなたの子どもや土地を奪っていったとしましょう。そんなときに、誰がいったい手助けをしてくれるのでしょうか？　誰も助けてくれません。祖父の姉妹の一人は連れ去られてしまいました。おそらくは奴隷として売られてしまったことでしょう」。ジャクソンの制度の下では、子どもたちもまた寄宿学校へ送り込まれた。学校では先住民の言葉を話すとすぐに罰せられた。死をもたらす天然痘やその他の病気が先住民の社会を一掃した。そしてそれは二〇世紀になっても続いた。絶滅か同化かという選択に迫られた先住民たちは、そのほとんどが後者を選んだ。すべての世代が伝統的な言葉や文化を学ぶことなく成長した。「曾祖母は英語を学ぶことを拒否しました」とベンソンはいう。だが、今日は事態が逆転している。先住民社会には、彼らの言語を流暢に話し、自分たちが死ぬ前にひ孫にそれを伝えようとする八〇歳代の老人はほとんどいなくなった。

「そんなわけで一八九九年のアラスカは破壊されて混乱した場所だったのです。そして、最後にやってきた疫病（大いなる死）によってさらに荒廃してしまいました」とベンソンはいう。「それは私の家族の選択に影響をおよぼしました。それについては涙なくして語ることなどとてもできません」。死と破壊の期間は「われわれが頼みとしていたシャーマンにとっても、最終的な打撃となるものでした。そしてそれは先住民の中に大きな恐慌を引き起こしたんです。ある意味でそれは感情的な抑鬱といったものでした」

アラスカの文化に与えたジャクソンの直接的な影響は、メトラカトラを作り上げたウィリアム・ダンカンのそれと同じように、いまもなお議論がなされている。私は九八歳になるトリンギット族の年寄りに会った。この老人はまだ子どもだった一九二〇年代の末に、シェルドン・ジャクソンの学校へ送り込まれた。そのことが彼の生涯でもっとも大きな出来事だったという。アラスカの原野を保存することについては、ジャクソンが間接的に果たした役割はこれまであまり知られていない。彼はしばしば講演活動で、日曜学校の先生方が集まる全国大会に立ち寄っていたが、一八七九年六月七日にヨセミテ渓谷で開かれた大会で、カリフォルニアの氷河について話をする一人の髪を乱したアマチュア研究家ジョン・ミューアに出会った。ミューアが立てていた計画は曖昧模糊としたものだった。だが、北へ探検に行くということだけははっきりとしていた。そしてそれは、アラスカの自然の驚異についてジャクソンが記していた描写によって喚起され促進されたものだった。それから数週間後、二人は最終的にランゲルへと向かう汽船に乗っていた。ジャクソンは魂を救うことを考えていたのだろうが、ミューアは氷河を見ること、そしておそらくはそれについて書く材料を何か見つけること以外には、何一つ計画を立てていなかった。

9　降雨量が最大の地で生き抜く

ケチカン

あと三〇分でケチカンというところまでフェリーが来ると、海岸に家々が現われはじめる。はじめは散発的に、続いて隣りの家のバーベキューがのぞき見できるほど近く、寄り合って家々が建っているの見えてきた。おそらくケニコット号の乗客の半分が、フロントデッキへ出てきて、この町へ着いたことを証すスナップ写真を撮っていただろう。港まで一マイル（約一・六キロメートル）ほどのところで、われわれの視野に入ってくるのは三隻の大型クルーズ船だ。どの船もエルダー号にくらべると何倍も大きい。クルーズ船の白い塊がケチカンのダウンタウンを壁で囲う形になっていて、町のうしろにそびえる深い緑の山々と対照をなしていた。山の頂上は霧の中に霞んでいる。水上飛行機がブンブンと音を立てて、とんぼのように港を出たり入ったりしていた。

とくに私の目を引いたのは船首で働く甲板員たちの姿だった。太いロープをニシキヘビを世話するようにてねいに扱っている。私が関心を持ったのは、ずいぶん昔の話だが、私もこの作業の熟練者だったからだ。一連の作業を私もしたことがあった。大学や大学院で何回か過ごした夏のあいだに、私はシカゴ川を上り下りしたり、ミシガン湖まで周遊する遊覧船で働いていた。とくに長い一日を水の上で働いたときにはいつでも――ときには朝の七時から次の日の午前二時まで船に乗っていることもあった――、家に戻るとそのままベッドに倒れ込んだ。だが、そのときでもまだベッドのマットが左右に揺れているように感じたものだ。

もし甲板員に非常事態が発生して、ケニコット号の乗客の命を救うためには、いち早く誰かモンキー結びや巻き結びなどの結び方ができる者を見つけなければいけない、ということになったら、たぶん私は名乗りを挙げて出ていくだろう。その他に遊覧船で働いていて、いまも頭にこびりついて忘れられない教訓がある。それはウォーターフロントが危険な人々にとって、蛾の集まる灯りのような効力を持つ場所になりかねないということだ。これはアラスカについても同じことがいえる。仲間の甲板員に第二次世界大戦に従軍した経験者がいた。彼は読み書きができないのだが、しばしば私に紙切れをよこした。そこには四桁か五桁の数字が走り書きされている。彼がかかっている医者の電話番号だという。たぶんこの数字は書きまちがえているよと私が指摘すると、彼はひどく腹を立てていた。もう一人スリムという名前で呼ばれていた男がいた。彼は前科者で、六〇代のはじめのころに二人の兄弟を殺した。二〇年後、政府のマラリアワクチン検査のプログラムに参加するために仮釈放された。われわれがこの事実を知ったのは、スリムが仮釈放の書類をどこへ行くにもジム・バッグに入れて持っていたからだ。さらに彼は「シヴ」〔手作りのナイフで、とくに刑務所でこれを持つことがはやっていた〕と呼んでいる非常に大きなナイフをいつも身につけていた。以前、彼はそれを引き抜いて、やはり遊覧船で働いていた私の妹につきつけたことがある。それは妹が彼の注文したピッツァをまちがえたと勘違いしたからだった。

一九二三年、新米の船員だったE・B・ホワイトはケチカンへ向かう遊覧汽船に乗っていた。船内ではスリムのような男をたくさん見かけた。彼がシアトルをあとにしたときには、航海の途中で「深

ケチカンのようなインサイド・パッセージの町は、巨大なクルーズ船が運んでくる観光客にもっぱら依存している。クルーズ船は1日に数千人の客を連れてきた。

い雪が積もった土地やイグルー〔氷のブロックを重ねて作ったドーム状の家〕、エスキモー族、シロクマ（ホッキョクグマ）、荒っぽい男たち、売春婦、酒場、けんか早いそり犬、厳しい寒さ、いたるところにある金」などに遭遇できるのではないかと期待していた。ところがそこには不愉快な驚きが待っていた。ケチカンで彼が見つけたのは冬のアラスカのおとぎのような国ではなく、「暖かくて蚊の多い、魚の臭いのする土地」だった。ここ何十年のあいだ、町ではサケの缶詰製造が盛んに行なわれていた。しかし、一八九九年にエルダー号が入港したときには、小さなケチカンの町にはわずかに一軒の缶詰工場と、立ち寄る価値もないような建物がほんの少しあるにすぎなかった。一方、ケチカンから南へわずか二〇マイル（約三二・二キロメートル）ほど離れたところには、当時世界的に名高いメトラカトラの共同体があった。ところがしばらくすると、ケチカンがアラスカ「第一の都市」としてその地位を確立する。それは町の人口が最大になったためではない（最大になるには一九二〇年代まで待たなくてはならない）。それはインサイド・パッセージへ向かうときに最初に立ち寄る港になったためだった。最近ではもう少しで悪名の高い「どこにもつながっていない橋」（むだな橋）の基点となるところだった。これは四〇〇万ドルを使って、空港から人々を運ぶフェリーのかわりに橋を作ろうとするプロジェクトである（空港は近くの島にあるのだが、ケチカンの近くまで来るのに平坦な地面がないためフェリーに頼っていた）。この橋をかける費用は連邦政府の予算でまかなわれることになっていた。

ケチカンは現在アラスカで六番目の大きな市となっている。人口はおよそ八〇〇〇人で、海岸に沿ったかなり狭い土地にひしめき合って住んでいる。家々は斜面にツタのようにしがみついて建っていた。ケニコット号が港に入ると、私は海岸通りを町の中心部へ向かって一マイルほど歩いた。

ケチカンがアメリカでもっとも降雨の多い都市だった時代がある。といってもこれはたとえで、雨というのはアルコールの意味だ。「一八八〇年代、ここでは酒類の販売許可証が出された数が、人口に比してアラスカでもっとも高いパーセンテージを示していたんです」と、地元の歴史家で市議会議員でもあるデイブ・キファーが私に話してくれた。しかし現在は、酒飲みの大半がクルーズ船でやってきた日帰りの訪問客で、彼らは、宝石やスウェットシャツや記念品などを売っている海岸通りの店にたむろしていた。混雑した店のウインドウ越しに眺めてわかったのは、役に立たないがらくた品を滞在者たちに売りつけた収益が、ケチカンの経済を活性化させている最大のものだということだ。ひょっとして海岸通りの店はすべて、クルーズの船会社がひそかに所有しているのではないのか、とキファーにきいてみた。「この一〇年間というもの、私は同じ質問に何とか答えようと努力してきました」と彼はいった。

ケチカンの特徴としていっておかなければならないのは、この町がトンガス国有林の最南端に位置していることだ。トンガスは外部に住むわれわれにとっては、まぎれもなくすばらしいところだった――『荒野へ』のタイトルで映画や本で描かれているようなところだ（『荒野へ』はジョン・クラカワーが一九九六年に書いたノンフィクション。二〇〇七年にアメリカで映画化された）。だが、アラスカ人の見方はもっと懐疑的だ。トンガスを作ったのは、アラスカに一歩も足を踏み入れたことのなかったセオドア・ルーズベルトである。だが、彼にはメリアム、グリンネル、バローズという仲のいい友達がいた。それにハリマン遠征隊の報告書が刊行されると、それをすぐにむさぼるようにして読んだ。ルーズベルトはウィリアム・マッキンリーが暗殺されたあとを継いで大統領になると、それから一年も経たない一九〇二年に、アレクサンダー諸島の森林保護区をそのまま残すことに決めた。二、三年のちには保護区をさらに拡大して、アラスカ・パンハンドルの大半を含めることにした。それが現在の一七〇〇万エーカーにおよぶトンガス国有林である。

国有林は国立公園ではない。それは農務省が監督する公有地で、同じ省によって管理運営されている。つまり森林の保護は一つの目的にすぎない。トンガスでは原生林が行政上処理される自然資源の一つなのである。コーネル大学の林学の専門家で、エルダー号に乗船していたバーナード・フェルノーは、アラスカ南東部の樹木が財政上の理由から伐採されることに疑問を抱いていた。「岩だらけの山腹で木を切り出すことはとても難しい」と彼は、ハリマン報告書の第二巻に寄せたエッセイの中で説明している。フェルノーやルーズベルトが予測していなかったのは、チェーンソーのようなテクノロジーの登場だった。それは森林の皆伐《かいばつ》を可能にさせた。一九五〇年代から一九九〇年代にかけて、アラスカ南東部では巨大な製紙工場が盛んに稼働していた。しかし一九七七年になるとケチカンの工場が閉鎖される。それは紙の価格の低下と環境問題の訴訟の結果だった。工場の閉鎖によって町の住民五〇〇人は仕事を失ってしまった。しかし、それは森林の皆伐の完全な終焉を意味していない。皆伐の醜い跡はインサイド・パッセージのいたるところで、その山腹に見ることができた。豊かな緑の合間に、湿疹の跡のようにうろこ状に残っていた。

環境問題の専門家たちが異議を申し立てる敵として、ただ一つを選ぶことは、観光客相手のみやげ物屋の全店を誰が所有しているのか、それを解明するよりさらに難しい。ときには悪漢が白い帽子をかぶっていることもあるからだ（昔の西部劇映画ではヒーローが白い帽子をかぶり、ならず者が黒い帽子をかぶっていることが多かった）。私がケチカンに着いたときには、「アラスカ精神衛生トラスト」（困窮している人々にさまざまなサービスを提供していた）が森林の伐採権をサウスダコタ州のディアーマウンテンに売りたいと望んでいた。ケチカンにやってきた観光客が、ワイドアングルで風景の写真を撮ると、どの写真にもその背景として必ず風光明媚なディアーマウンテンが映し出された。その他にも森林の伐採権を持っていたものとしては、ベトナム帰還兵たちのグループ、先住民たち、それにアラスカ大学などがあった。

一九九〇年代に入り、材木業が先細りになってくると、ケチカンの町はこぞって観光事業へとなだれ込んでいく。案内パンフレットで、トーテムポールを彫る人を訪問したり、飛行機で空から観光する旅やアラスカの木こりショー（グレイト・アラスカン・ランバー・ジャックショー）へ招待するツアーをさかんに売り込んでいた。クリークストリートには、以前売春婦が住んでいた家を作り直した昔ながらの博物館がある。その外に掲げられた表示には「男たちとサケが放卵をするためにやってきた場所」と書かれている。これは射精を連想させる宣伝文句で、あまり目にしたくない表示だった。

アラスカの降水量の基準からしても、ケチカンはいまも変わることなく雨がよく降る。年間の雨量は平均で一四一インチ（約三五八一・四ミリ）に達する。クルーズ船の乗客が群がっているところを避けて、どこか食事をする場所を探しているときでさえ、頭の上に雨粒が落ちてくる。アラスカの南東部ではこんな調子で四六時中雨が降っているので、会う人がみんなエクストラタフの膝まで長さのあるブーツ（ブラウン色の）を履いているように見える。このブーツはどこにでもある多用途のブーツで、おおざっぱにいうとテキサスのカウボーイが履いているブーツに似ている（アラスカ人といっしょにいて、もし話のネタに詰まるようなことがあれば、中国へ外注し製造を任せるようになってから、エクストラタフの品質が落ちたと思いませんかとたずねてみてはどうだろう)。品質のよいゴム長靴に長期の投資をすることは賢明だ。最新の気候変動モデルによると、世界の多くの国々はそう遠くない将来に必ずや干ばつや飢饉に直面するというが、インサイド・パッセージでは、降雨量が二一〇〇年までにさらに増加すると予想されているからだ。

10 よく考えてみると

メトラカトラ

メトラカトラは多くの点でケチカンと対照的だ。ケチカンは一八九九年を機に急激に膨れ上がったが、メトラカトラの人口は、最初の入植者の八二六人がカヌーでやってきたときから、ほんのわずか増えたにすぎない。メトラカトラにはレストランもないし、小物屋もない。アルコールは禁じられているし、観光名所にもっとも近いものといえばダンカン小屋博物館くらいしかない。創建者のダンカンの家屋が保存されて、そのまま博物館になったものだ。館長のナオミ・リースクが、案内しましょう、そしてダンカンについて話もしてあげましょうと申し出てくれた（彼女は「控えめにいっても議論好きだ」）。だが、ケチカンから南へ四五分かけて、メトラカトラに向かうためにリツヤ号に乗船したとき、彼女からメールが届いた。出かける直前になって家のことで用事ができたという。そのために私は午後の時間をメトラカトラで、一人ぼっちで過ごさなければならなくなってしまった。その日はあいにく戦没者追悼記念日（メモリアル・デー）だった。リツヤ号に乗ったのは私だけで、すでに乗っていた船客が二人と、外のカーデッキに止めてあるおんぼろライトバンの中でハンドルのうしろに座っているドライバーが二人いるだけだ。メトラカトラの終点に着くと全員が船を下りた。私は駐車場に突っ立って、携帯がうまく作動するかどうかしきりに試していた。急いでフェリーに移動しなくてはと思いながら、あらかじめタクシーを呼んでおいたほうがいいというナオミのアドバイスを、ついうっかりして忘れていたことに気がついた。島にはたった一つの町しかないのだが、ここからそこまでは一四マイル（約二二・五キロメートル）も離れている。私がいまいえることは、ここは道とは名ばかりで、ただ船から降りて、フェリーに乗る人を迎えるためにだけ使われる場所だということだ。フェリーは向こう二日間は運航しないということだった。アラスカではしょっちゅう起こることだが、私の携帯もしつこく「圏外」だと知らせてゆずらない。家のデスクの上に留めてある地図の上で、アラスカ南東部の境界からアリューシャン列島へ旅をしようとしたら、その距離はせいぜい私の前腕の二倍ほどだ。私はいまその旅を、親指の爪の長さよりさらに短い距離をしたばかりだった。それなのにすでに行き詰まってしまったのである。

バックパックを持ち上げ、さて町に向かって歩こうとしたら、一台のエスユーブイ（ＳＵＶ）が私の横に入ってきた。ドライバーがドアを開けた。私はすぐに彼女が大のたばこ好きだということに気づいた。それもこれまで見たこともないほどのたばこ好きだ。横ずわりに体をずらすと、地面に足を下ろす前に細長いたばこに火をつけて深々と吸った。たばこが好きだと思ったのはそれだけではない。白いスウェットシャツの前のところにたばこの火で焦がした跡があったからだ。「町まで車に乗っていきますか？」と彼女がたずねた。息子を迎えにきたのだという。ちょうどそのとき息子がトイレから出てきた。彼女の名前はクリスティン。私はここへナオミに会いにきたのだといった。彼女はうなずくとたばこをもみ消した。ナオミは生まれたばかりの赤ちゃんの世話で忙しかったのかもしれないという。子どもを産んだのはほんの二、三日前のことだった。「この町はちっちゃいの——だからみんなが多かれ少なかれ、何らかの形でつながっている」と車が発車してフェリーの乗り場から離れていくと彼女はいった。

クリスティンと彼女の息子が、メトラカトラの町を簡単に案内してくれた。「缶詰工場」――アラスカの魚加工の工場がどんなものなのかようやく理解ができた。漁船がいっぱい浮かんでいるマリーナ。信用組合。人口が一四〇〇人しかいない島なのに、驚くほどたくさんある教会。島で一番大きな建物はウィリアム・ダンカン記念教会だ。これはオリジナルの教会を復元したもので、オリジナルを私はハリマンが撮影した写真で見たことがあった。道路が碁盤の目のように走っていて、ダンカンが設計した当時のままだ。心地のよい小屋が空き家の隣りに建っている。それはニューイングランドの海辺の町で見かける小屋に似ていた。中には廃品であふれている小屋もあって、それはコリヤー兄弟の家を彷彿とさせる〔コリヤー兄弟は、居住空間に大量の物品を度を越して蒐集することがやめられず、それによって著しい苦痛や不全を起こす「脅迫的ホーディング」の事例として知られている〕。私が宿泊するホテルは島にただ一つしかないホテルで、誰かの家の半分をそれに使ったものにすぎない。玄関のドアを開けて中に入ると、ひどく年をとった男に迎えられた。男はリクライニングチェアに腰をかけて『トラ！トラ！トラ！』を見ていた。手には新しそうなiPhoneを持っている。彼はそれをさかんにスクロールして何かを探している。文字が拡大されて、視力検査表の一番上にあるEの字のように大きい。彼にホテルの支配人はどこにいるのかとたずねた。

「えっ、何だって？」と叫んで、彼は手を丸めると耳に当てた。

「誰か話ができる人はいないんですか？」

「シャーリーに電話をすればいい」と彼はいってiPhoneを渡した。

「シャーリーは支配人なんですか？」

「シャーリーは友達だよ。彼女には来てほしいから」

シャーリーに電話をしてみたが通じない。大きな声で彼女には連絡が取れなかったと男に伝えて、バッグをホールへ置くと、何か食べ物を見つけにホテルを出た。

国民の祝日だと、メトラカトラで食べ物を買うことができるのは、ミニマートくらいしかないとナオミがいっていた。そこで私はミルトン通りを下りて、学校や公民館を通りすぎた。公民館にはそれほど多くはなかったが人々が集まって、メモリアル・デーの行事を行なっていた。ミニマートのカウンターでは女の子がいて、オヒョウとポテトチップを注文すると、「ニューヨークからやってきた作家のマークさん」といって私を出迎えてくれた。彼女はナオミの義理の妹で、あらかじめナオミから電話が入っていて、私がぶじにミニマートを見つけたかどうか確認してくれたようだ。

昼食後、ホテルへ帰ろうとして歩きはじめたが、公民館の外である集団を見かけて足を止めた。伝統的な踊りでこの日を祝っている。おそらく七五人はいただろう。観衆が集まって三人のドラム奏者とツィムシアン族の踊り手たちを見物していた。踊り手たちは赤と黒の昔ながらの服をまとっている。アラスカには先住民のコミュニティが二二九あるが、メトラカトラはその中で唯一インディアンの保留地でもあった。住民は誰もがまったく友好的だったが、この踊りを見ていたときに、私は私的な集まりに入り込んでしまったという気持ちから逃れることができなかった。観衆を見渡してみると、そこにはどこか場違いな顔が一つある。それはアメリカ上院議員のリサ・ムルコフスキーの顔だった。しかしそこにいる誰もが、これをべつだん不自然なことだとは思わないようだ。実際、あとになって何人かの人々から聞いたのだが、アラスカでは遠く離れた村の人々でさえ、選挙で選ばれた役職者たちが定期的にちょっと町に立ち寄るのを、当然のように考えているという。ムルコフスキーが手拍子をしているのを、失礼にならないように見つめていると、男がそばに近づいてきて、私の名前がマークかどうかとたずねた。

「ナオミからいまメールが届いたんです――彼女はあなたがミニマートを見つけたかどうか知りたがっていました」といった。「彼女は五時ころにはこちらに戻ってくるでしょう」

ダンカンはマスコミを使ってメトラカトラのイメージを大切に育てた結果、「手本となるキリスト教のコミュニティ」というフレーズがくりかえしマスコミに登場した。ダンカンは写真の中でもこのイメージを維持しつづける。それは原則的には一九世紀のインスタグラムといった感じで、コミュニティが成長するそれぞれの段階を記録して伝えた。そしてそれは、カヌーに乗ってはじめてこの土地にやってきたときから、木を切り倒して教会を建てたころまでを大げさに煽りたてた。

ダンカンの家の外で、私はナオミに会った。彼女はベビーカーを押してやってきた。ベビーカーの中には就学前の娘がいた。ナオミの夫のジョンが新しく産まれたかわいい赤ちゃんを抱いていた。「よく眠る子なんですよ」とジョンがいう。「お姉ちゃんとは大違いで」。ナオミが玄関のドアの鍵を開けて、われわれは小さな部屋をいくつか通り抜けた。中にはダンカンが使った古い家具がきちんと積み重ねて置かれた部屋もある。前面がガラス張りの箱には遺品が収められていて、それには「古い薬――お願い、どれにも手を触れないで」のような手書きのサインがテープで貼りつけてあった。「この家は一八九一年に建てられたもので、伝統的なロングハウスのモデルにされています」。ロングハウスは太平洋北西地域の先住民のあいだで、ごく普通に見られる集合住宅だとナオミはいう。

先住民の慣習や文化を吸収し組み込むということでは、いくつかの点でダンカンは、シェルドン・ジャクソンにくらべるとより柔軟な考え方をしていた。おそらくもっとも重要だったのは、彼が積極的にツィムシアン語を使って礼拝を行なっていたことだろう。しかしだからといって、すべての人が愛情をもって彼のことを記憶しているというわけではない。

「私が前庭で仕事をしているとするでしょう、すると意地の悪い言葉を残して、人々が通りすぎていくことがありました」とナオミはいった。「中にはここへ足を踏み入れることを拒否する人もいるんです。でも、他の人々は彼の悪口なんてけっしていいません」。私はナオミ自身の気持ちがどのあたりにあるのか、それを少し探ってみようとした。だが、彼女はさすがに専門家らしく、しっかりと公平さを保っていた。しかし彼女もときには、次のような思いつきのコメントをするようなことがあった。「そう、前に書類を見つけたことがあるんです。そこには誰にも小学校四年生以上の教育を受けさせたくない、という彼の気持ちが書かれていました」

ダンカンのオフィスには大きな写真が飾られていて、まわりには台帳がきちんと積み重ねられていた。宗教的な像は一つもない。まるで彼が入り込む隙間なんてどこにもないといっているようだ。「すべてのことがすばらしく計画化され、組織化されていました」とナオミがいう。「古い文化を忘れて新たに出発するという契約書にサインしなければならないんです」。メトラカトラの財政面を支えた缶詰工場や製材所の建物を、ダンカンは管理し監視していた。しかし、仕事の効率を求める専門家と、すべてのことを支配したがる仕切り屋との境界線はつねに明確ではなかった。トリンギット族の人々にとって、ティムシアン語の名前はとても名誉のあるもので、コミュニティの中ではステータスを示し、漁業権をもたらすものだった。ダンカンはトリンギット族の人々に新しい名前を持たせた。ナオミは私に、錆びた古い鍵がいくつも入っているガラスのケースを見せて「ダンカンはすべてのものに鍵をつけていたんです」といった。「彼のいうことをきかない者には、水道の供給をストップしたりするんです」。白人がこの島に足を踏み入れようとしたら即座に逮捕された。ダンカンは晩年の二〇年間の多くを、官立学校の設立に反対することに費やした。一九一八年に彼は亡くなるのだが、それまでに彼の行動はますます権威をふりかざす奇矯なものとなっていった。

ダンカンの宗教じみたユートピアを求める傾向と、独裁者のようにふるまう専横な態度とのあいだで、ハリマンチームによって描かれていた救済者のイメージは徐々に薄れはじめていた。それは悪名が高いジョーンズタウンのジム・ジョーンズにくらべてもなおそうなのである。「ナオミ、無礼ない い方だったら許してほしいのですが、彼はいくぶんカルトのリーダーのような感じもしますよね」と私がいう。

「ええ、そんなことをいう人もいました」とナオミは静かにいった。

ナオミと家族の者たちがほんの短い距離だが、ホテルまで車で送ってくれた。私はミニマートまで戻って、プレッツェルを一袋買った。ナオミの義理の妹がテイクアウトのカウンターから手を振ってくれた。次の朝、二、三分ほど歩いてフロート付きの水上飛行機が出入りする港へ向かった。ケチカン行きのチケットを買って、コーヒーが冷めてしまう前に、私は空の上を飛んでいた。空中から眺めると、何千本という幽霊のような白い樹木が見える。それは海岸線に生えているために、波で樹皮が剥ぎとられてしまっていた。そういえば、フェリーのターミナルでクリスティンの車に乗り込んだとき、ヘビースモーカーの彼女が私にティムシアン語を教えてくれたっけ。それは思いがけずに海辺に現われる白いものをいい表わす言葉だった。その言葉はもちろん樹木を表わしているが、それはまた人々を表わしてもいると彼女はいって笑っていた。

11　悪魔も心配しかねない

ランゲル

　ケチカンから北のランゲルへ向かうフェリーの旅はほんの六時間ほどだが、この時間はだいたいいつも、午前一時から朝の七時のあいだになる。船室ではすることもない、不必要なまでに気ままな雰囲気がただよう。私はもっぱら予算を使わない過ごし方を追求した。それはケニコット号に乗ったときに耳にしたことで、心地よさよりお金の節約を優先する人々に支持された過ごし方だ。サンルームでシェーズ・ロング〔足を伸ばして載せることのできる、背もたれのついた長いソファ〕に寝そべって眠ること。聞いたところによると、早朝からフェリーのターミナルで並んで待ち、船内に駆け込んでデッキチェアをひっつかむのが最良の戦略だという。それはオクラホマのランドラッシュで権利を主張するような感じだ〔一八八九年四月二二日にアメリカ政府が入植を解禁したオクラホマに、白人が未開の土地を求めて殺到した〕。私が乗ったタクシーは午前零時前にケチカンのフェリー・ターミナルに着いた。雨の中だったので、マタヌスカ号に乗船しようと待つ人の波はない。チケットを持っているのはほんの二、三人だけだ。フェリーは暗くて中は静かだった。足元をふらつかせながら、私はカーデッキを横切って階段を上がり、誰も座っていないシェーズ・ロングを何とか見つけたいと思った。

つましく倹約をしようとした睡眠プランは、たちまちその欠陥が明らかとなった。ケニコット号にくらべて小型のマタヌスカ号には、サンルームもデッキチェアもなかった。しかたがないのでエコノミークラスの船客たちは、ラウンジの床に手足を投げ出すようにして、映画館の座席によく似た席の列と列のあいだで体を埋めていた。固い床は屋内外両用の薄いじゅうたん地の敷物で覆われている。賢明な旅行者なら、固い床をいくらかでも緩和するために、膨らませて使うクッションを持ち歩いているし、それに年寄りのいびきや、まるで苦しい悪魔払いを耐えているような、赤ん坊の夜泣きを遮断するためにも耳栓を忘れていない。私は寝袋の裏地のうすいポリエステルの繭の中に入り込んだが、眠れなくてごろごろと寝返りを打った。ときどき目を開けると一〇代とおぼしい少女と目が合った。彼女も二フィート（約六一センチ）ほど離れたところで身を横たえながら、椅子の下から私を見ていた。四時に私は寝るのをあきらめて、コーヒーを飲むためにカフェテリアへ下りた。

私は窓の外を眺めていた。緑の木立の塊が通りすぎていく。それはジョン・バローズが「トウヒが房状になった小さな島々」と書いていたものだ。早起きの人々が二、三人入ってきた。二〇代とおぼしい男性が隣りのテーブルに座った。しきりにポケットの中身を調べている。それも膝から鎖骨にいたるまで、服についているあらゆるポケットを探している。立ち上がって向こうへ行くかと思うと、また引き返してきた。「ああ、もう少しで結婚指輪を忘れてしまうところだった」と彼はいう。そしてテーブルの上にあった小さな銀の指輪を取り上げた。「危ない。とんでもないことになってしまう。あやうく結婚指輪を置き忘れるところだった。四月に式を挙げる予定なんです」。彼の名前はケニー。「南では」――いいかえるとケチカンより緯度が低いところでは――ときどき「アイルランド人」と間違われるという。しかし、彼には何かアラスカ人らしきものがかすかにうかがえる。おそらくそれは気安いふるまいとエクストラタフのブーツがそうさせるのだろう。首の横に大きなタトゥーが彫られていて、それはアラスカの地図のようだ。地図を横切るようにして「ＡＬＡＳＫＡ」の文字が走り書きされている。サンディエゴの友達のパーラーで、地図に陰影をつけてもらったばかりだという。それが州の地図にすばらしい３Ｄ効果を与えていた。

ランゲルはざっくばらんにいってしまうと、ごみの山みたいなものだというのを前に聞いたことがある。「ランゲルの村は未開の場所だった」とジョン・ミューアはかつて書いた。「カリフォルニアのプレーサ・ガルチ（砂鉱渓谷）にある採鉱の村のようなものでもないし、以前目にした辺境の村でもない。絵のように美しいのでそこに近づいてみると、悪魔も心配しかねないほど打ち捨てられた村だ」（この引用は、地元の歴史博物館の壁にでも落書きされるような、あまりに市民の誇りを逆なでするものだ）。ランゲルはゴールドラッシュの町だった。そしてそこには採鉱をするためにいやおうなくいっしょに行動せざるをえない、いくぶん不穏当なならず者たちばかりが集まってきた。ハリマンの遠征隊がやってくる二年前、ワイアット・アープが保安官代理としておよそ二週間ここで過ごしたあとで逃げ出した。「ランゲルはもう一つのトゥームストーン〔アリゾナ州南東部の都市。かつて銀鉱山で栄えたが、銀鉱が掘りつくされて没落した〕だった」とワイアット・アープの妻だったジョゼフィンが書いている。「町は渡り者、詐欺師、賭博者、夜の女、ガンマン、すり、いたるところからやってきた半端者などであふれていた」。『ロンリー・プラネット』〔同名のタイトルシリーズを持つ旅行ガイドブック〕の案内書でランゲルを紹介しろというのなら、私だったらアラスカ・マリーン・フェリーのルートの中でも「もっとも高級住宅化されていない」停泊地とでも少し如才なげに書くだろう。

ケニーは少し見方が違っていた。「ランゲルはすてきな土地ですよ」という。彼はフィアンセとケチカンに住んでいる。フィアンセは夏のあいだ、レストランのウエイトレスとして働いていた。クルーズ船に出張サービスをするレストランで、勤務は二交代制だったが給料はいい。アラスカの人々

のんびりとしたブルーカラーの町ランゲルは、ミューアが「未開の土地」や、これまで見た中で一番野生の残った場所だといっていたころにくらべると、はるかに住みやすい土地になっている。

はその多くが、冬眠する動物がするように自分の生活を管理している。日照時間が長い夏場は、正気とは思えないほど長い時間働く。たしかにあんまり昼の光がたくさん差すので、私が泊まったホテルではどの部屋にも遮光カーテンがかかっていた。それはロンドンの大空襲を思わせた。冬場になるとアラスカ人たちは、ここぞとばかりに不足した眠りを取り戻す。ケニーの友達に、ついこのあいだ親からサケ漁の船を受け継いだばかりの男がいて、彼といっしょに甲板員として働くために、ケニーはランゲルへ出かけていた。「われわれはたった二人だけなんです」と彼はいう。「ほんとうなんです。その船はキャデラックのようなの。船の中で大便をするときには、みんなバケツをつかんで、海水でそれをいっぱいにして、それから用を足すでしょう。そしてバケツの水を船の外に捨てる。ところがわれわれの船には調理室の他にシャワーがついているんです」。しかし、彼はこれから近づいてくるサケのシーズンに、ちょっと戸惑いを見せていた。年初の報告によると、サケの数が減少しているという。ケニーの稼ぎはもっぱら歩合で、サケの漁獲量の多寡によって上下する。忙しいときには二、三週間で一万ドル稼いだ夏もあったという。

ご婦人が一人、おぼつかない足取りでテーブルに近づいてきた。ディズニーのキャラクターの飾りがついたジャケットを着ている。たばこの火を貸してほしいという。三〇代だろうか。ひょっとしたら五〇代かもしれない。むくんでいるが、いつまでも年を取らない顔をしている。アルコール依存症とまではいかないが、すでに地獄へと落ちる崖っぷちにいる感じだ。ケニーが立ち上がった。そしていっしょに新鮮な空気を吸いに行きませんか、といったようなことを話しながら、やさしく彼女を導いてデッキへ上がっていった。数分後にケニーは戻ってきて低い声でいった。「この小さな町には、あの手の注意をしなければいけない連中がいるんです。私はもはやバーではよそ者では通りません。あんな連中、とくにあのご婦人のような先住民は昼夜を問わず飲んだくれているんです。あんな連中のいうことに耳を貸しはじめたら、やつらはもうあなたをけっして一人になんかさせませんよ」

地図で見ると、ランゲル島はデナリ（旧名マッキンリー）山へ向かって飛んでいるスズメのような形をしている。島と同名の町はスズメのくちばしの下側に位置していた。ザレンボ島とエトリン島（二つの島を合わせても大きさはオアフ島よりやや小さい。人口は両島でわずかに一五人）の狭い水域を進んでいくときに、こぬか雨を通して見えたものから判断すると、このあたりでは過剰開発がそれほど大きな問題ではないのかもしれないと思った。

フェリーのアナウンスが到着を知らせると、ケニーと私はパーサーの事務室を通りすぎて階段を下り、カーデッキへ向かった。途中のセキュリティー・ロッカーでケニーは、預けておいたライフルを受け取った。気になりはじめていたことを銃を見て思い出した。クマについてきいてみなくては。私が学んだのは、クマがアラスカの天気のようだということだ。ときどき天気はよくなる。しかしいつもはたいていよくない。場合によっては命取りになることだってありうる。ランゲルでははたしてクマは、心配しなければならないものなのだろうか？

「ランゲルはブルーカラーの町です。漁師であふれていますが、彼らはまた猟をするのが大好きで、一年の半分は仕事がそれほどないので猟をして暮らしています」とケニーは銃のケースを軽く叩きながらいう。「ここではクマは問題にならないと思いますよ」

私が泊まるホテルはフェリーの出口から見えた。私は上陸許可を与えられた船員のように、バックパックを持ち上げると、二、三時間したらマリンバーで会って目覚めの一杯でも飲みませんかというケニーの申し出を断わった。そして一刻も早く毛布の下に潜り込みたいために、大またの足取りで立ち去った。ホテルのオーナーから受け取ったメールによると、予約した部屋は鍵をかけないままにしてあるという。私は部屋へ入るとパックをベッドに放り投げようとした。ちょうどそのときである。上半身裸の男がバスルームから出てきた。私と男の二人のうちどちらがよけいにびっくりしたのか、それをはっきりということはできない。だが、突然思いついたのは、ここでけりをつけようとするよりも、ひとまず何か軽くでもいい、腹に入れておいたほうがいいということだ。私はもぐもぐとわびの言葉をつぶやくと、ビジネス街とおぼしい方角へ向かって歩きだした。

教会通りをそれほど遠くまで行かないうちに、白い下見板張りの小ぎれいな建物に行き当たった。それが長老派教会だった。これは建て直されたもので、もともとの教会は一九二九年に焼けてしまっていた。一八七九年にジョン・ミューアがこの町にやってきたときには、ちょうど教会は再建のさなかだった。それでもミューアは頼みこんで、最初の夜の寝場所として教会の床の上を提供してもらった（私とちがってミューアは、固い床の上で眠るのが好きだった）。ミューアと、シェルドン・ジャクソンや仲間の長老派の聖職者たちとのあいだではトラブルがたえなかった。聖職者たちはカリフォルニア号に乗って、インサイド・パッセージを航海しているあいだ中、ミューアのことを「あの野蛮なミューア」と呼んでいた。しかし、ミューアがランゲルに到着するころには、すでにランゲルはジャクソンの町になっていた。そして訪問者が教会の扉を開けるときに、合い言葉のようにして口に出すのはジャクソンの名前だった。

12　一八七九年夏
フォート・ランゲル

　エルダー号はメトラカトラで停泊したのち、ランゲルではほんの数時間とどまっただけだった。だが、ミューアはすでにこの町を詳しく知っていた。それは一八七九年に小旅行をした際、ここを活動の拠点にしていたからだ。この旅行のあとで彼は旅行記を書いて、インサイド・パッセージの存在を世間に知らしめた。一八七九年七月四日、ミューアがランゲルで下船すると、シェルドン・ジャクソンは彼にS・ホール・ヤングを紹介した。ヤングはアラスカで伝道活動に従事する彼の仲間である。ヤングははじめて会ったときのミューアの印象を「やせて筋張った四〇がらみの男で、髪は赤茶色、顎ひげをはやし、少し猫背だった」と記している。カリフォルニア号に乗っていた聖職者たちとは違って、ヤングはミューアと握手をした瞬間から、たちまち彼に心を奪われてしまった。

「会ったはじめから私は」とヤングは、ランゲルの波止場でミューアに会ったときから数十年後に回想している。「彼を美とミステリーという魅惑的な領域へ導いてくれる主人だと思いはじめた。それは彼の助けがなければ、とても私の心の目では永遠に見ることのできない領域だった」

　ミューアはこの一〇歳も年下の聖職者と、すぐに気持ちを通じ合わせることができたが、それはさほど驚くべきことではなかった。というのも、父親からいやもおうもなく聖書の勉強をさせられたおかげで、霊的な言葉に精通していたからだ。しかし、ミューアはまたみずからの心中でふつふつと湧き出る衝動に駆られて、ここへやってきたということもいえる。それはランゲルのゴールドラッシュが全盛をきわめて以来、続々とアラスカへ引き寄せられてきた多くの人々と同じだった。一九七〇年代、パイプラインのプロジェクトが公にされると、それはしっかりとした仕事上の目標も持たず、それかといって、社交術に長けているわけでもない独身男性を引きつけた。そのためにアラスカの女性に対する男性の比率は大きくなったが、女性の口からつぶやかれる言葉はいつも同じものだった。それは、いまもくりかえしアラスカの女性がデートでつぶやく陳腐な決まり文句だ。「アラスカでは、たしかに出会いのチャンスはあるよ。だけどおあつらえ向きの男なんて、ほんのわずかしか残っていないんだから」。一八七九年にミューアがランゲルにやってきたときには、たしかに彼もわずかなおあつらえ向きの男とされていたのだろう。だが人生のスタートの時点では、彼はとてもまともな仕事に就いているようには見えなかった。S・ホール・ヤングは新しい友人が「博物学者のミューア教授」だといって紹介されたときのことをよく覚えている。しかし、このカリフォルニア人には何一つ資格と名のつくものはなかった。シエラネバダ山脈をうろついていないときは、サンフランシスコでフリーのライターとして暮らしを立てていた（が、これはいまも当時も悪名高い不安定な職業だった）。アラスカへ向けて旅立つほんの一カ月前に、四一歳のミューアはようやくルイ・ストレンツェルと婚約した。

ランゲルへ到着して数日が経ったころ、ミューアは「自分では気がつかぬうちに、迷信深いインディアンたちはもちろん、白人たちのあいだでも不審に満ちた興奮を巻き起こした」。それは彼が暴風雨が吹き荒れる深夜に、町の北のはずれにあった丘に登って、大きなかがり火を焚いたことからはじまる。その炎がまたたくまに高く舞い上がり、と彼は書いている。「三〇か四〇フィート（約九・一か約一二・二メートル）の火柱」になってしまった。彼はただ「アラスカの木々が嵐の中でどんな風になるのか、そして木々はどんな唄を歌うのか、ただそれだけを知りたいと思っただけだった」。ところがおそらく、トリンギット族の改宗者の一団はミューアのかがり火を、エホバがエジプトからイスラエルの民を導き、脱出させた火の柱と関連づけた。そこで午前二時にホール・ヤングの家の扉を叩いて霊的な指導を仰いだ。ヤングはミューアが火を焚いたのは、ただ単に焚火を楽しむためなのだと説明した。しかし、結局これがさらに混乱を引き起こす結果となった。「先住民たちはそれからというもの、いつまでもミューアを不審の目で眺めた。彼のやり方も動機も、とても彼らの臆測の届かない人物として横目で見ていた」

だがミューアは奇行や奇癖にもかかわらず、ほとんど例外なく、聡明で人を引きつけ、興味をそそる魅力のある人物と見なされていた。その鋭い目は、馬車の部品を扱っていたときに事故で片目を負傷し、やや弱くなったとはいえ、なお彼の楽観的な性格と少年のような熱意を伝えていた。「花の房から房へと彼は駆けていき、ひざまずいては、わけのわからない言葉でわめきたてる。そして科学の専門用語と赤ちゃん言葉が混じり合った、好奇心をそそるようなおしゃべりをぺらぺらとするのだった」。これはお気に入りの品種の花に出会ったときのミューアを、ヤングが描いた一文だ。ミューアはとりわけよくしゃべる人だった。彼がシェルドン・ジャクソンと出会ったヨセミテのイベントで、ミューアは氷河についてスピーチをした。するとそれが「聴衆の人々をかなり興奮させた」ようで、そのあとで彼についてハイキングに出かけた者が一〇〇人もいたと『サンフランシスコ・クロニクル』紙が報じていた。

ランゲルに対して私が抱いていた悪い印象は、どうもミューアが最初に下した「ノー」の意見に影響されたものかもしれない。ただ一つ、無法状態の証拠として目に入るのは、ピックアップ・トラックやボート、それに家庭用の器具などが、あふれんばかりに打ち捨てられている場所だ。ランゲルでもっともすばらしい教会の、それも小ぎれいに整備された敷地の隣りに、臨時のゴミ捨て場として使われている。「車を二〇〇ドルで手に入れたとすると、それを処分するために、この場所から船で運び出すには一〇〇〇ドルの船賃がかかるんだ。それでこんなゴミ捨て場ができてしまう」とランゲルの人がいっていた。デューイ山は、ミューアが大きなたき火をしていた四〇〇フィート（約一二一・九メートル）ほどの高さの丘で、逗留していたホテルからは、ジグザグの住宅街と木の階段を通り抜けていくと、ほんの数分で行くことができる。丘を登ると、そのてっぺんのところに木が生えていて、そこに「火気厳禁」という絵文字の看板が釘で打ちつけてある。これはユーモアのセンスのあるミューアのファンがこしらえたものかもしれないと思った。港のはるか彼方の眺めは、おそらく何世紀ものあいだそれほど変わることはなかっただろう――小さな島々が緑色の塊となって、ウミガメの家族のように群がっている。遠方の島々の標高が高い部分には、うっすらとした雪化粧が見られた。こんな光景を見たのははじめての経験だった。

ランゲルの中心街は小さい。そして町はインサイド・パッセージのクルーズ船よりむしろ、地元の海の経済に力を注いでいた。町の中心の交差点にはエルクス・ロッジがあるが、店の外には看板が掲げられていて、土曜日の夜のステーキをさかんに宣伝している。スーパーマーケットは日曜日はお休みだ。政治的なことをいえば、アラスカ州が深い赤色をしているとすると、その中でもランゲルはさらに暗い深紅色といってよいだろう。ホテルで半裸体の男と一悶着したあとで、私は軽食レストランで朝食を食べた。そこにはテレビがあったが、チャンネルがつねに低予算のネットワークの、少々右寄りな『フォックス・ニュース』に合わせてあった。カウンターには『ガンズ・アンド・モア』誌や『ソルジャー・オブ・フォーチュン』誌などが積み上げられていた。私はオートミールを食べながら、『ノースアメリカン・ホワイトテイル』誌をパラパラとめくって、ボウハンティング（弓矢を使った狩猟）の技術を頭の中で磨き直していた。アメリカの歴史の中でもっとも論争が起きるのが大統領選挙戦だが、これがいま南ではじまろうとしている。だがランゲルでは、七月四日の独立記念日の女王を選ぶコンテストのポスターばかりが、店のウインドウに貼りつけられていた。

フェリーのスケジュールに思いがけない遅延が生じて、ランゲルでの待ち時間がやたらに長くなってしまった。おかげで数日間よけいにランゲルに逗留することになった。その結果だろうか、はじめて、ランゲルの何もかもが私には親しみのあるものに感じられた。いまではもうほとんど見られなくなってしまった西部の小さな町に、ランゲルがよく似ていることにも気がついた。一九七〇年代、家族で何日かかけて国立公園に車で出かけたときに、途中でこんな町によく立ち寄ったものだ。私がいま泊まっているホテル「ランゲル・エクステンディッド・ステイ」（ランゲル長期滞在）や「トレーディング・ポスト」（交易所）などの名前は、アラスカの外に行けば、この節、せいぜい気まぐれにしかつけられないようなたぐいの名前だ。たとえばそれは、自家製のライウィスキーを提供してくれる、口ひげ用ワックスの専門店のようなところだ。たしかに私が最初に逗留したホテルでも正面ウインドウに、「動物の皮買います」という経営者の関心を宣伝する紙切れが貼りつけてあった。「求む――ビーバーの毛皮丸ごと、あるいは保存加工をしたミンク、カワウソ、オオカミの皮」（「丸ごと」や「保存加工した」という、皮を剥いだり乾かしたりする技術に関する言葉をここではじめて知った）。オーナーのマイクとリディアのマトニー夫妻が働く姿は、正面のウインドウ越しに四六時中見ることができる。この夫婦はミシンに向かって座りながら、皮を使って帽子やスリッパを作っていた。何日かおきに、フェリーはもちろん中型の観光船もランゲルに到着する。そのときには地元の店が手書きの貼り紙を外に貼って、小間物を山積みにしたカードテーブルを表に持ち出す。ケチカンからやってきた客たちは、ブラック・フライデー〔一一月の第四木曜日の翌日〕にメイシーズ〔アメリカ全土に店舗をもつ老舗デパート。ブラック・フライデーには大規模な安売りが実施される〕に寄ったあとで、ランゲルのヤード〔不用品〕セールに訪れるのが好きなのである。

アラスカ人といってもさまざまなタイプの人々がいて、それは果物の房のようだ。だが、私は彼らを大まかに二つの気質に分けて考えている。一つは彼らが異常なまでに人々を歓迎して受け入れることだ。ニューヨーク市でラジオを聞いていると、ときどき、いったい誰が「ほんとうの」ニューヨーカーで、誰がそうではないかという無意味な討論を耳にすることがある。それがアラスカへ行って、そこが気に入りしばらく滞在したとする。するともうあなたはアラスカ人になる。おそらくそれはアラスカの生活が他のどこより厳しいために、アラスカの人々があなたのことをあれこれ詮索せずに、ともかく好意的に解釈する傾向が強いということなのだろう。アラスカを旅行していて、私が近づいて声をかけ、ちょっとお話を聞かせてもらっていいですかと聞くと、誰もがいつもていねいに質問に答えてくれる。そして、コーヒーを飲みに来ないか、あるいは夕食をともにしないかと誘ってくれ、はては空いた寝室があるので二、三日泊まっていってはどうかときいてくれる。マイクの皮革店へ入るとすぐにわかったのは、彼と私のあいだに政治に対する意見がほとんど変わらないことだった。マイクは以前ワシントン州に住んでいたことがあるのだが、この州が「ソビエト化」してしまったことに大きな怒りをぶつけていた。オバマ政権による医療保険改革〔オバマケア〕を憎んでいた。彼は首に大きくて深い傷を負っていて、そのために病院については十分すぎるほど精通していたのだが、それにもかかわらず、改革に反対のあまり自分の医療保険を中断した。しかし彼はまた、どこかへ出かけるときでも必要なら、いつでも自分のトラックを使っていいよといってくれた（トラックのキーをつねにキーシリンダーに差し込んだままにしている。だが車を盗むような愚かな者はいない。盗んでみても、フンゲル島ではそれほど遠くへ行くことができないからだ）。ランゲル・エクステンディッド・ステイにやってくる常連客は、一人で旅をする人、海産物に携わる労働者、あるいはアラスカの小さな町を、あちらこちらと移動する医療関係者などだ。私が一人で寂しそうにしているのを見てとったリディアは、いっしょにボートに乗って、カニを捕獲するかごをチェックしに出かけましょうよとしきりに誘ってくれた。

私がアラスカ人について持った二つ目の感想は、彼らが驚くほど自分のことを独立心に満ちた自立的な者だと考えていることだ。彼らはみんな自分で自分の木を切り、それを燃やす。そのために冬になると、フェアバンクスのような場所では煙が空気を汚染して、その汚れは北京よりひどくなる。マイクもときには一週間も家を空けて、たった一人で罠猟に出かける。ミューアはアラスカの土地を「食べ物が豊かで、いわばやさしい野生の地」だと呼んだが、アラスカ人はとりわけその土地を、狩猟をしたり、魚を獲ったり、果実を採集したりして最大限に利用している。「北や南へと私はいたるところへ旅をしたが、これほどまでにベリー類が豊かなところを見たことがない」と、ランゲルへはじめてやってきたときの印象をミューアが書いている。そしてそれはいまも変わりがない。初夏になると、野生のキイチゴのために重みを増した茂みが、フェンスを越えて道路へ突き出してくる。

われわれはマリーナからボートで海へ出た。マイクはステアリングを握っていて、リディアと私はそのうしろに座っていた。リディアが南の四八州の暮らしと、ランゲルの暮らしがどれくらい違っているのか、それをかいつまんで話してくれた。夫婦がエクステンディッド・ステイを買い取ったあとで、彼らは二階に移動する必要に迫られた。というのも地元の男を四人雇い入れたからだ。仕事も覚えてもらったので、リディアがあるとき、どれくらい男たちに給料を払えばいいのかとたずねた。すると彼らはまごついてしまい、「お金なんかとても受け取らない様子でした」と彼女はいう。「彼らがいうには、自分たちがしたことは、あなたがお隣りさんにするようなことと同じですというんです」

「ときどき、ランゲル島で育った子どもたちを気の毒に思うことがあるんだ」とマイクはいう。「子どもたちがシアトルに行っても、信号をこれまで一度も見たことがないんだから。とはいうものの、やはりあの子たちのことは考えるよ」と彼は船尾に船外機をとりつけた小さなボートに乗っている二人の少年を指差した。「一〇歳と一二歳になるんだ。二人は結局マリーナを離れるわけにはいかないだろう。しかし、彼らはこのあいだキングサーモンを釣りあげたんだ」。ランゲルでは毎年、サーモンを釣るレースがくりひろげられる。そして以前、一一歳になる子どもが二二ポンド（約一〇キログラム）のサケを釣り上げたことがあった。

われわれはカニの捕獲用のカゴを調べにエトリン島へ向かった。餌にはオヒョウの頭を使うのが一番だ、とリディアがいう。彼女はときどきクッキーを焼いて、缶詰工場の少年たちにあげては、そのかわりによく選んだオヒョウを手に入れた。最初にカゴの場所を示したブイのところでボートを止めた。そしてウィンチで綱を巻き上げた。カゴは洗濯物を入れるカゴほどの大きさで、その中に大きなアメリカイチョウガニがたくさん入っていた。底にオヒョウの頭が残されていたが、ジョージア・オキーフが描いた牛の頭蓋骨のように、カニにきれいについばまれていた。リディアはカニを一つ一つ引き出して、木の棒で大きさを測った。それは捕獲するのに十分なほど成長しているかどうかを見るためだった。一時間ほど水の上にいただけだったが、二つの大きなプラスチックの桶がカニでいっぱいになった。その大半はきれいにして凍らせ、ワシントンにいるリディアの妹のところへ船で送ることになる。

「私はいつもリディアにいってるんだ。『世界が終わるときが来ても、お前を飢えさせるようなことはけっしてしないよ』ってね」とマイクはいう。「『食卓にたくさんのおかずが並ぶことはないかもしれない。だけど食べるのに困ることはないよ』って」

　お昼の食卓はたしかにバラエティーに富んだものではなかった。そこにあったのはゆでたアメリカイチョウガニとバターだけだ。それがマトニー家のダイニングルームのテーブルに載っている。だが、私はそれから二四時間というもの飢えることはなかった。

13 創造の朝

スティキーン川

ランゲルは近くを流れるスティキーン川から多くの恩恵を受けている。この川はブリティッシュコロンビア州の山々から流れ落ち、ランゲルの北方数マイルのところで海に流れ出ている。何世紀ものあいだランゲル島に住むトリンギット族の人々は、この川で魚を釣り、川を使って内地の人々と交易を行なってきた。ランゲルのすぐ外にあるペトログリフ・ビーチには岩の彫刻が見られ、それは八〇〇〇年も昔からこの土地に人が住んでいたことを示している。ここにまずロシア人が要塞を建て、のちにそれをイギリスのハドソン湾会社に賃貸しした。その後、アメリカが一八六七年にそれを引き継ぐと、ランゲルは小規模なゴールドラッシュの活動拠点となった。そして砂金を選鉱する者や金鉱の労働者たちを、スティキーン川を遡って、カナダのカッシアー地区へと送り込んだ。エルダー号が航行するころには、金を探し求める者たちはジュノーやクロンダイクへと移動していた。

一八七九年、ランゲルへやってきたミューアは到着後ほどなくして、ホール・ヤングや仲間の宣教師たちと連れ立って、汽船でスティキーン川を遡った。ミューアはこのときにはじめて、アラスカの氷河と遭遇した。その後一〇年にわたって、何一つ資格を持たないこのアルピニストの学者ジプシーが、カリフォルニアの地質学者ジョサイア・ホイットニーとヨセミテ渓谷の形成について議論を戦わすことになる。ホイットニー――カリフォルニアの高峰ホイットニー山は彼の名前にちなんでつけられた――は、渓谷の谷床はわずかに一度の壊滅的な崩壊によってできたものだと信じていた。一方ミューアは、シエラネバダ山脈の高所でいまもなお氷河が活動していることを見つけていたので、ヨセミテ渓谷は非常にゆっくりとしたペースで氷河によって削り取られたものだと主張した。ミューアの氷河による仮説は最新の科学を霊性と結びつけたと、歴史家のスティーブン・フォックスは説明する。それはミューアの仮説が「整然としたプランを暗示していて」、神がみずからの青写真をもとに作業していることを示しているからだという。だがホイットニーがこの説を取り上げることはなかった。彼はミューアのことを「あの羊飼いが」といっていた。

ミューアはスティキーン川のグランドキャニオンがあまりに美しいので感動した――これが以後、くりかえし立ち戻って取り上げる彼のテーマとなる。さらにこの渓谷が彼の愛する北カリフォルニアに似ていることにも感銘を受けた。「渓谷の壁を形づくっている雄大な崖や山々は、たえざる多様な形成と削り取りのくりかえしを示していて、それは氷河と滝ですばらしく飾り立てられ、いきいきとしていた。その一方で、渓谷のほぼ全域にわたって谷床には花々が咲き誇り、ヨセミテのような風景式庭園の様相を呈していた」とミューアは書いている。

しかし、何といってももっとも強い印象をミューアに与えたのは氷河だった――その大きさ、その数、そしてその性質に見られる多様性。アラスカの氷河は、ミューアが以前シエラ山脈で目にしたどの氷河とも違っていた。とても大きくて不格好な石柱のように、ヌッと不気味にそびえ立っているものもあれば、常緑の木々の中を優雅に曲線を描いているものもある。ビッグ・スティキーン・グレイシャー――現在はカナダのグレイト・グレイシャー――の前に立ち、「氷河の頂上から入り込み、氷河の壁へと流れてくる太陽光線」や遠方へと広がっていく「広々として、水晶のようにきらきらと輝く氷原」を見てミューアは驚きの声をあげた。

二、三週間あとで、ランゲルの宣教師たちの中で、汽船を借り切って海岸に近づこうとした者たちがいた。それはもしかしたらトリンギット族に会えるかもしれないと思ったからだ。同行したミューアはそこに氷河を探検するチャンスを見ていた。あるところで、ミューアとヤングは思いがけず、「浅い洞窟やクレバスの迷宮」を通り抜けて「一、二マイル（約一・六から三・二キロメートル）」ほど氷河を上ることができた。そしてたどりついたのは、鼓動を打っているかのような氷河の心臓だった。氷河にあふれたフィヨルドの壮大な眺めに圧倒された宣教師たちは、氷河の物理上の性質についてミューアに質問を浴びせることになる。氷河はどれくらいの深さがあるのか？　それはどんな風にして形成されたものなのか？　氷河の年齢はどれくらいなのか？　ミューアは「このような北の氷に覆われたマンション群の中に入って、感じた奇妙な恐怖心……神の存在の兆候が感じられる自然の効果」によって大きな衝撃を受けると、その科学的な観察を手早く書きとめた。

地球は神のプランにしたがって彫刻されつつあった。シエラネバダ山脈では、神の手になる氷河の仕事はほとんど完成の域に達していた。しかしアラスカでは、それは「まだ創造の朝」にすぎない。

私もミューアのようにアラスカの氷河を見たいと思った。それもはじめて見る氷河だ。カナダの国境までスティキーン川を遡るジェットボートの遊覧を予約した。案内してくれるのはエリック・ヤンシーだ。ボートに同乗するのはテキサスからやってきた父子で、アメリカクロクマを殺しにランゲルにやってきたという（この親子の話を聞くと、タトゥーを入れた漁師のケニーがいっていた、地元の野生動物の個体数は抑制されているという説は誤りのようだ）。親子はあまり話をしない。おそらくそれは四六時中かみたばこを口に入れていて、たえずコーラの空き缶に唾を吐いているせいだろう。

エリックはジェットボートのチャーター業をはじめるかたわら、製材所で午後四時ころから深夜まで半夜勤で働いていた。「一九九〇年代になったころから、木材を切り出す商売が徐々に下火になっていったんだ」と彼はいう。ケチカンの林業も同じように下降線をたどりはじめた。町中のいたるところで、家や事務所に「売り家」の看板が見られるようになる。「多くの人々が町を離れた。たぶんその数は八〇〇人ほどだったろう」。それは町の人口のおよそ四分の一に当たる。「いままで通り、木材を伐採する仕事についていれば政府からお金が出たんだが、そのころにはもうこの仕事をはじめていたんだ」

自然の環境に関してエリックは抑制のきいた穏健な考え方をしている。その点ではアラスカ人の資格を持っていた。つまり、自然保護と天然資源の開発の「適切なミックス」と彼が呼ぶものの信奉者なのである。ランゲルで出会った人々と違って、エリックはジョン・ミューアについてたくさんのことを知っていた。そのためなのだろう、なぜこの町がミューアとのつながりを表に出して、その歴史を大々的に宣伝しないのか、その理由が理解できなかった。「これがジュノーなら、ミューアとのつながりを仰々しく騒ぎ立てるに決まっているよ」と彼はいう。そして海岸の岩場を指差した。「ちょうどあの場所にミューアが立っている大きな写真があるんだ」。エリックは彼も認めているが、アラスカの天然資源の開発については「古典的な」考え方（ニンビー族［地域エゴ］の考え方）をしている。「おれは天然資源の男なんだ。金鉱の採掘や木材の伐採には賛成している」と彼は笑いながらいった。「でも、この川でそれをやられるのはいやだ」

その日は天気が崩れそうな空模様だった。だが、このあたりの野生動物は日の光を、それが照っているあいだだけでも楽しんでいる様子だ。ある島のはずれでボートを止め、エンジンをアイドリングさせていた。そこでは三〇羽かそれ以上いただろうか、ハクトウワシがうろうろとあてもなくぶらついていた。砂州ではゼニガタアザラシの群がぐったりと横たわっている。木の茂った小さな島でもボートを止めて、川上へ釣りに行くというカヤック乗りたちを数人乗せた。テキサスからやってきた親子も次の日に釣りに行くという。親子はカヤック乗りたちに会釈をして、二人でいっしょに唾を吐いて同行に同意を示した。

ボートはスティキーン川のデルタを渡った。川が浅い網状をなして流れている。ここまで来てようやくミューアを魅了した野生の兆しが見えてきた。川の両脇の山々には、頂上に雪がまぶされるようにしてかかっていた。滝も高所からあふれ落ちている。ムースが一頭、二頭の子どもを連れてぬかるんだ川岸を上ろうとして、親子ともどもすべって落ちた。カナダの国境でカヤック乗りたちを下ろした。国境はトウヒの森の中に幅広い隔たりを作って一線を画している。「法的にいえば、許可なくして国境を横切ることはできないんだ」とエリックはいう。そしてみんなの顔を見ながら、やおら背を向けて「だけど今日は、やつらもたえず監視をしていないと思うよ」。用を足そうとしたり、国際法を無視したいと思ったら、それをひそかにするためには五分もあれば十分だった。

ぶじに合衆国へ戻ってきたわれわれは、深い渓谷へと入っていった。灰色を帯びた岸壁はゾウの皮膚のようだ。筋がついているところもあれば、ごしごしとこすられた跡が見えるところもある。どれも長いあいだに氷河がこすり磨いた証しだった。一万年前に人々がベーリング陸橋を渡ってやってきたときには、この渓谷の氷河は一マイル（約一・六キロメートル）もの深さがあった。「いまみなさんが見ているとがった山頂は、氷の上にほんの少し顔を出している先端で」とエリックはいう。「あとの残りは氷の下にあるんだ」。スティキーン川に沿った風景は「びっくりするほど速いスピード」で変化しているとミューアは記している。早い時期に行なった旅行の報告書では、スティキーン川を

「一〇〇マイル（約一六〇・九キロメートル）の長さのヨセミテ」だと呼んでいる。とりわけこのあたりはアンセル・アダムズのスライドショーのような風景を見せていた。私はエリックに、ミューアをあれほどまでに魅了した一〇〇個もあった氷河はどこへ行ってしまったのかときいてみた。それは着実に後退していったのだという。解けてしまったものもあれば、山腹の高所に孤立して取りついていた懸垂氷河もあるが、それもこの二〇年のあいだに消失してしまった。エリックはチーフ・シェイクス氷河に一度行ってみてはどうかと勧めてくれた。それは潮水氷河《タイドウォーター》で、山々から海へ達するほど長い氷河だ。

狭い渓谷へとボートは入り込んだ。渓谷はやがて広い湖へとつながっていく。行く手をさまざまな大きさの氷山がふさいでいた。中には、ベリー味のスラーピーのように青く輝いているものもある。「ここでは前に、大きな氷山を見たことがあるんだ。それはランゲルのダウンタウンの半分ほどもあった」とエリックは、ジェットボートを操って、たくみに氷山をよけながら進んだ。「ときには大きな塊があふれるほど迫ってきて、何とかしないととても通り抜けられないときもあったよ」。湖のはるか向こうの端には、チーフ・シェイクス氷河の氷壁が見える。山々のあいだをうねうねと通り抜けていく泥道のように、氷河はまがりくねりながら後方へと上がっていた。

一八七九年の時点では、この光景をミューアは見ることができなかった。湖そのものが存在していなかったからだ。いまシェイクス湖だったところは氷で覆われていたのである。「おれが一九九二年にはじめてここへやってきたときには、すでに氷河はこんなに遠くまで後退していたんだ」とエリックはいう。「あのときにはすでに一マイル半（約二・四キロメートル）も遠くへ下がってしまっていた」

ボートは氷河の巨大な正面に向かって進んでいた。ジェット・ボートの金属でできた船体に氷のブロックがぶつかって、大きな音を立てている。六〇フィート（約一八・三メートル）もの氷壁が目の前に、げっそりとして不健康な様子でそびえていた。それはまるでキャンディーは大好きなのだが、デンタルフロスで歯間をきれいにすることは大嫌いな獣の大臼歯といったところだ。氷の大きな塊が割れて分離することはしょっちゅう起きる。ボートは安全な距離を保っていたが、トレーラーハウスほどの巨大なブロックが、水中に崩れ落ちた。それを見てエリックは「どこであんなものに遭遇するか知れたものではない」といった。「しかしいまはただ気候が暖かくなったんだと思うよ。それで氷が解ける。空気はさらに暖かくなり、氷はますます解ける。そんなサイクルを氷河は自分で作り上げているんだ。もう人間の手ではどうしようもない。バケーションには、大きな船で行くことはあきらめて、飛行機で世界中を飛びまわるしか手がないのかな?」

そんな言葉をつぶやく彼を見ていると、彼にとって旅の心地よさを犠牲にすることは、ほとんど郷土愛をなくすことに等しいようだった。次の日、私はコロンビア号に乗ってランゲルを離れた。コロンビア号はアラスカではおそらく、もっとも大きな、そしてもっとも快適なフェリーだろう。私が宿泊している設備はエドワード・ハリマンが自慢をしていたものだ。それはシャワーのついた四人部屋だった。

14 危険信号

トレッドウェル鉱山

みすぼらしいランゲルにほんの少し逗留して、ハリマン遠征隊はさらに二〇〇マイル（約三二一・九キロメートル）北方のジュノーへ向けて楽しげに旅立っていった。ジョン・バローズは、海岸に近づくにつれて景色がますます壮大さを増してきたことに気づいている。「悪魔の親指」と名づけられた先が鋭くとがった黒い花崗岩が、一マイル（約一・六キロメートル）ほどの高さに立ち上っている大煙突のように、はるか遠くパターソン氷河の背後にそびえていた。パターソン氷河はエルダー号から目にすることができた最初の本格的な氷河だ。いつものことだが、氷河学の知識をさっそく披露したがるミューアが、この氷河の源を二〇マイル（約三二・二キロメートル）ほどハイキングをして見つけたときの話をした。「周囲を取り巻く山々の広大なパノラマ」に圧倒されたバローズは、思わず目を水位の高さに下げた。そこには彼の牧歌的な感性により強く通じる風景があった。七羽のワシが「インディアンの族長たち」のように一列に並んで、エルダー号を無関心にじっと眺めていたと彼は書いている。「たくさんのクジラが潮を吹いているのが見えた。つやつやしたクジラの背中が水の中から現われると、巨大な車輪の周縁部のようにゆっくりと巨体が回転した」

遠征隊の中には自然科学の専門家たちが何人かいた。その中の一人は明らかに商業的な気質を持つ者もいて、それが鉱山技師のウォルター・デベローだった。彼はニューヨーク市でコンサルタント業を営んでいたが、コロラド州で銀や石炭を採掘して財を成した。遠征隊は、ジュノーに到着する前にデベローは、トレッドウェル鉱山の施設を見学するツアーを組んでいた。それでジュノーにある巨大なエルダー号の上甲板で講演を行なったのである。技術上の躍進のおかげで、鉱山会社は石英の鉱床から金の薄片を抽出することができるようになった、と彼は説明した。カナダのユーコン準州で発見されたクロンダイクのゴールドラッシュによって、暗い影を投げかけられることになるのだが——これがもたらした影響を、やがて遠征隊がじかに目撃するようになるだろう——、ジュノーはその進歩した技術で、毎日、数千トンの金を含んだ原鉱を処理することができた。そしてそのことで、トレッドウェルはいっとき、世界で最大の金鉱となった。二〇年も経たないうちに、採鉱はジュノーの町を小さなトリンギットの漁村から、人口が二〇〇〇人に達する都市へと変貌させた。一九〇六年にはアラスカの新しい州都になった。

画家のフレデリック・デルレンボーが日記の中で、朝方個室から出て、将来州都となる町のジュノー山、そのふもとに広がる絵のような景色を眺めて楽しんでいたと書いている。そして、いまも変わらないが、遠くから見るジュノーを鉄道模型の高山の小村にたとえていた。しかし、彼のおだやかで静かな物思いは、突如起こったものすごい爆発音で打ち砕かれた。音があまりにも大きかったので、デルレンボーは思わず、それがエルダー号の大砲から発せられたものと勘違いをした。

しかし大砲の爆発音は、鉱石を打ち砕くスタンピング機の砲列の音にくらべれば何ほどのことはない。それぞれが一〇〇〇ポンド（約四五三・六キログラム）の重量がある三〇〇もの鋼鉄製ハンマーが、一分間に九八回、それも一日二四時間ひっきりなしに、何トンもの堅い石英の塊を粉砕する。粉砕工場から起こる轟音の隣りにいれば、ナイアガラの滝が立てる音などただの「やさしい音」にすぎない。ここでは空気そのものがたえず起こる騒々しい音によって、ずたずたに引き裂かれていた。

船がガスティノー海峡を横切るころには、トレッドウェル鉱山に対する興味は大きくなっていたが、鉱山をまじかにすると、それは黙示録さながらの世界の終わりのような姿で迫ってきた。広くて深い穴が地面をえぐり取っている。長さは四分の一マイル（約四〇二・三メートル）もあるだろうか。ガスティノー海峡をはさんで向かいのダグラス島では、島を取り囲む森林がすべて切り株になっていた。耳をつんざくようなスタンピング機の叩く音が、たえず背景で聞こえていたが、デルレンボーは巨大な穴の端に立って、金鉱の労働者たちをじっと見つめていた。「彼らは小人のようだ……さらにたくさんの金を手に入れようとして働いている」。一日に二、三ドルの賃金で。ある鉱山会社の従業員がデルレンボーに嘆いていた。ジュノーのまわりの丘にはおそらく金の原鉱がふんだんに埋まっていると思う。「だが、木が繁茂していて試しに掘ってみることが非常に困難なのだ」という。

トレッドウェル鉱山のオーナーは自慢げにいうだろう。三〇年前にアラスカが手にしたお金にくらべると、はるかに大きな価値のある金をわれわれは手に入れている。しかし、賃金はさておいて、金鉱がもたらした利益は、ほとんどこの土地に痕跡を残していない。アラスカが被ることになる非金銭的な損失は、いまのところ誰のもとにも届いていなかった。粉砕された原鉱は水銀、シアン化物、ヒ素、その他の化学薬品を使って処理され、残った価値のない選鉱くずはガスティノー海峡に捨てられた。一八九三年に初版が刊行された『アップルトンのアラスカおよび北西海岸のガイドブック』のジュノーの章で、旅行作家のエリザ・シドモアはついでにちらりと述べている。「トレッドウェルの塩素処理から出る大量の煙が、一マイル（約一・六キロメートル）も離れた島の外れの樹木を殺している」

15 石油

ジュノー

アラスカではおそらく土地がありあまっているせいだろうか、区画法や都市計画といったものが、それほど高い優先度を持っていない。アメリカの都市の中では、この上なく壮観で目を見張らせるような自然環境を誇る町のジュノーは、ハリウッドの年老いた映画スターにたとえることができる。カメラを引いたパノラマ撮影ではいまも変わらず豪華ですてきだが、クローズアップをしてみると、その年老いた姿は隠しようがない。フォースストリートとメインストリートが交わる角にあるアラスカ州議会の議事堂は、他のどこにでもあるような小学校と見まちがうかもしれない。議事堂の向かいの地方裁判所の建物にしても、世界でもっとも大きなアービーズ〔アメリカのファストフードチェーン〕だといわれたら、そうかもしれないと思うだろう。アラスカ州議会はたいてい一年で三、四カ月しか開かれない。それで四月か五月には閉会する。しかし、六月に私がジュノーにやってきたときには、臨時の緊急会議が開かれていて、州議員たちはいつ終わるともしれない議論に深入りしていた。

アラスカ政府が直面した財政問題はかなり厳しいものだった。一つにはアラスカ州が大きいこと、そして地形や気候が恐ろしく変化に富んでいることなどから、アラスカが費やさなければならないお金が、市民一人当たりの全国平均にくらべてほぼ三倍もの額に達していた。そこで州はかつて、アメリカ合衆国でもっとも高い税金を課すことになった。だが、一九七七年にプルドー湾の原油がトランス・アラスカ・パイプライン・システムを通って流れはじめると、重税はたちまちのうちに解消された。ニューヨーク市の気分がウォールストリートのリズムによって高下するように、アラスカの財産はこれ以降二五年のあいだ、原油価格に基づいて変動することになった。二〇一四年の中ごろから、この数字が急激に下がりはじめた。それは一年半足らずのうちに、一バレル約一〇〇ドルから三〇ドルへと急落した。アメリカ国民の大半は燃料価格が下落したことを祝った。アラスカは突如、五四〇億ドルの予算の中で生じた四〇億ドルの赤字を見つめることになった。州議員たちは仲間や州知事と何カ月ものあいだ、可能な救済策をめぐって議論を重ねた。しかし、誰もが思いついて同意したもっとも大きな削減は、州立大学のシステムから五〇〇万ドルを削ることだった。

アラスカの経済はただ規模の大きさによって他の州と異なっているだけではない。それはカリフォルニア州の経済よりも、むしろベネズエラのそれとより共通点が多い。アラスカ人の仕事では、漁業、鉱業、観光産業、それに経済の他の部門などが大きなパーセンテージを占めているが、その豊富な州予算は歳入の九〇パーセントを石油産業からの税収に頼っている。そのために、アラスカ人の税負担は現在合衆国の中ではレベルがもっとも低い。消費税も所得税もない〔アンカレッジとフェアバンクスでは地元消費税がないが、他の自治体では一～七パーセントの地元消費税がかけられる〕。固定資産税他の諸税は払わなくてはいけない。ただし、二〇一五年にアラスカ人が支払った税金は一人当たり五二四ドルだった。アラスカについで税金が低いのはニューハンプシャー州だが、そこではほぼアラスカの三倍に近い税を支払っている。バーモント州の住民などは合衆国でもっとも高い税金を払っていて、それは一人当たり四〇〇〇ドル以上に達していた。

しかし、アラスカは市民に税金をかけているだけではなかった——アラスカにいる男性、女性、子どもに、ただアラスカに住んでいるという理由だけで毎年大きな額の一時金を支払っている。一時金の出所はアラスカ「永久基金」が得た収入で、それは基金が石油会社から集めた巨額の金だったり、パイプラインの開通以来慎重に手がけてきた投資による潤沢な資金だったりした。この二〇年を通して、アラスカ人一人当たりに支払われた額（「配当金」あるいはPFDと呼ばれている）は年間で平均一〇〇〇ドルを大幅に上まわり、ときには二倍の二〇〇〇ドルに達することもあった。毎年発表される配当金の額はアラスカでは大きなニュースとなり、誰もが全員当たりくじを引き当てることのできるパワーボール（アメリカの宝くじ）の抽選のようなものだった。配当金が支払われるひと月ほど前になると、アンカレッジ近辺の電気店や自動車販売店などは、「配当金はここで使いましょう」と書かれた掲示を掲げはじめる。リバタリアン（自由）党のアラスカ人たちは、政府の介入を嫌ってことごとく不平をもらすが、自由に使えるお金のことになると、彼らもこれには目がない（国立公園の中に道路を通すためにブルドーザーで整地をするという。この権利をめぐって、田舎のある宗教団体の代表が連邦政府を相手取って戦いを挑んだ。それによって彼は財産権の擁護者たちのヒーローになった。だが、その一方で彼は自分や妻や一五人の子どものために、PFDの手当はしっかりと受け取っていた）。私がジュノーに着いたときには、州議員たちが再選に向けてしきりにPFDがいかに神聖なものであるかを、原鉱のスタンピング機が停止して以来、耳にしたことがなかったほどの大音声でほめたたえていた。

石油産業が首都の界隈で、誰はばかることなく幅をきかせているのはそれほど驚くべきことではない。険しい丘やジュノーの町の木で作られた階段を上り下りしていて気がつくのは、人口三万三〇〇〇人の町にしては立派なレストランの数が驚くほど多いことだ。しかし、この町でロビー活動をしている人の数を考えてみると、レストランの数の多さにも納得がいく。アラスカの州予算の一〇桁に上る赤字額には、石油探査に対するむだな税額控除分の五億ドルが含まれている。依頼相手にアピールするのも、おいしいディナーよりさらに直接的な方法が取られることもある。私が投宿しているダウンタウンのバラノフホテルでは、部屋のちょうど二階上の部屋で、ロビー活動家たちが石油サービス会社のために便宜を図ってくれと、州議会の議員たちに向かってATMさながらに札束をまき散らしていた。ある州議員などは、石油産業によって反対されている法案を議会でくつがえしてその成立を阻止するために、どれほど苦労して「だまし、盗み、乞うて、取り入っては嘘をついて」きたことかと自慢しつつ、手を差し出す姿を目撃されていた。また別の州議員は、立法が予想されていた石油税の動議をわずかに四〇〇〇ドルとひきかえに、議会で取り下げたといって罪を認めていた。カクテルをいっしょに何杯か飲んだことのある環境活動家は、アラスカの大手石油会社と戦うことの難しさを嘆いていた。「私をうんざりさせるのは、こんな人々が自分から進んで身を売ってしまうことではないんです。ほんのちっぽけなお金でそんなことをしてしまう。それが私を失望させるんです」と彼はいう。

歴史家のウィリアム・ゲッツマンとケイ・スローンが、ハリマン遠征隊について書いた『極北を見る』の中で、エルダー号に乗船した専門家たちが直面した「二つのアラスカ」という問題について述べている。それはフロイトのマドンナ――娼婦コンプレックス――のような、環境に関するねじれた見方だった。「アラスカを野生の土地として見る見方と、開発されるべきフロンティアとして見る見方」だ。現代のジュノーはこの二つのアラスカを表わしている格好の例だった。町の一方の端にはメンデンホール氷河がそびえていた。それはびっくりするほど美しく、イエローストーンやヨセミテ渓谷に勝るとも劣らないほど印象的だった。すでにジュノーに来ているのなら、もうメンデンホール氷河はすぐ目と鼻の先にある。私は二ドル出してバスに乗り、一マイル（約一・六キロメートル）ほど歩いた。

もう一方の側には、金で手に入れたお金で築き上げられ、石油によって得たドルで潤沢に潤った小さな町ジュノーがある。私はダウンタウンに出向いて、新しく建てられたすばらしい建物を訪れた。それはアラスカ州立図書・公文書博物館（SLAM）で、最後の原油価格の高騰（二〇〇八年）によって流入した資金の援助を受けて設立された。私がジュノーを訪れたときはちょうど祭典の週間中だった。アラスカ南東部からティムシアン族、ハイダ族、トリンギット族の人々が州都に集まり、数日間、イベントを催してたがいの交流を深めていた。人ごみの中に私はメトラカトラからやってきたダンサーを見つけた。ノンラー〔ベトナムのすげ笠〕をかぶり、毛皮のシャツを着ている。彼もまた私に気がついたかもしれない。というのも、まるで私が彼のあとを追いかけてきたのかといわんばかりに、私を見つめていたからだ。ふだんなら博物館を訪れる大半の人々が祝いの行事のほうへ向かったために、巨大な歴史ホールはそのほとんどが私の専用となってしまった。展示されているものはすばらしかった。そしてスペースの多くは、アラスカにおいて桁外れの役割を演じてきた石油に捧げられている。

ここで取り上げるに値するのが、アラスカ州知事を務めたウォーリー・ヒッケルの言葉だ。資源開発へと向かうアラスカの政治家たちの、とりあえず今買っておいて支払いはあとでといった態度を、ヒッケルは次のように有名な実際的用語でいった。「いま自然を自由気ままにはびこらすわけにはいかない」。一九六八年、北アメリカで最大の油田（ノーススロープのプルドー湾油田）が発見された。しかもその場所は世界でも例を見ないほどすさまじい自然環境の中にあった。発見の報告を受けたヒッケルはただちにブルドーザーの一隊を派遣して、五五〇マイル（約三二一・九キロメートル）におよぶ泥の道を走らせ、原始の状態が残る野生の地を切り開かせた。それがやがて「北極圏の扉国立公園」となる地域だった。しかし、春になり雪が解けると、非公式にヒッケル・ハイウェイとして知られていた道は水であふれて、ぬかるんだ溝のようになり、やがて使われなくなってしまった。

パイプラインが設置される前には、アラスカの石油を市場に届ける方法について、ジャンボジェットで空輸することも含めていろいろな手段が考えられた。一九六九年の八月から九月にかけて、全長が一〇〇〇フィート（三〇四・八メートル）もある超大型タンカーのマンハッタン号が巨大砕氷船に作りかえられて、北西航路〔北米沖の北極海を経由する、北太平洋と北大西洋のあいだの航路〕を経由する航海が試みられた。だが、タンカーは極氷にはばまれて、ほとんど動きがとれなくなってしまった。その結果、北極圏を通りぬける航路は原油の輸送には適していないとする判断が下った。半世紀も経たないあいだに、アラスカのプルドー湾の油田では、一〇〇億バレルを越す原油が燃えた。その気候変動によって、北極の氷原は大幅に解け出した。そのために冒険好きな観光旅行者たちもいまでは、ノルウェーの探検家ロアール・アムンセンが一九〇三年から一九〇六年にかけて開発した北西航路を通過することができるようになった。私が新たに建てられた博物館を歩きまわっているころ、豪華なクリスタル・セレニティ号が、北西航路を横切るこれまでにないような大クルージングを行なう準備をしていた。それは八月にアンカレッジを出発して、これまで通り抜けることができなかった北極圏を航海し、ニューヨーク市へと向かう予定だった。九〇〇枚のチケットは発売とほとんど同時に売り切れてしまった。当初二〇〇〇ドルだったチケットは一〇万ドルにまで高騰した。

16 財政危機

アンカレッジ

ジュノーはアラスカの政治上の州都かもしれない。だが、アラスカの動力を供給するセンターといえばアンカレッジだろう。アラスカ州の全人口のほぼ半分がこの大都市の圏内で暮らしている。そして、アラスカの石油産業のすべてがこの町に本部を置いていた。他の地域に住む人々がよくアンカレッジのことをいう言葉として、ドバイとゴモラを足して二で割ったような町だというのがある。そして彼らのお気に入りのジョークは、アンカレッジの長所といえば、アラスカからほんの三〇分で行けることだという。ジュノーもさることながら、アンカレッジの大きな建物はことごとく、原油価格が急騰したときに建てられた（将来、八〇年代前半のブルータリズム建築〔荒々しいコンクリートの打ちっぱなしを特徴とする建築様式〕を研究する学者たちは、ここで格好の研究材料を数多く見つけることになるだろう）。この町はカンザス州のウィチタのような中都市にかなり似ている。実際、アンカレッジはチューガッチ山地とクック湾のあいだにしまい込まれているようだ。そのために、もしアルプスが地中海から一五マイル（約二四・一キロメートル）のところにあるとすれば、アンカレッジはちょうど、シャモニーの頂上に落とされたウィチタのように見えるからだ。天気がいい日には、私がいるホテルの部屋からデナリ山が見える。「それはたしかに惨めな町かもしれない」と、ジョン・マクフィーが一九七〇年代にアンカレッジについて書いている。「だが、それはどの町もこれまでに持ったことがないような、驚くほど大きな郊外を持っている」

春にアンカレッジを訪れたときに、私はスコット・ゴールドスミスに会った。彼はアラスカ州立大学アンカレッジ校（UAA）で経済学を教えてきた名誉教授だったが、いまはなかば退職している。この日は私と会ったあとで、大学の社会経済研究所へ出向いて理事会に出席しなければならないために、アラスカ人の服装とは一風異なるスーツ姿にネクタイという出で立ちだった。アンカレッジはマクフィーがいたころにくらべると、はるかに住みやすい町になった。そしてダウンタウンにはすてきなカフェがたくさんある（いまでは、現代のディストピア的な恐怖を味わおうとしたら、一時間ほど北へ向かって、サラ・ペイリンの故郷ワシラとその郊外へ行かなくてはならない）。私はゴールドスミスが書いた「財政問題解決への道――われわれの全資産からの利潤を使おう」という論文について、彼に質問をしたいと思った。この申し出を彼はこころよく受けてくれ、会ってコーヒーをいっしょに飲むことに同意してくれた。長期的に見るとアラスカの状況は、一バレル当たりの原油価格が暴落したときや、財政赤字が生じたときにくらべてもはるかに悲惨なものになりかねない、とゴールドスミスはこの論文の中で説明していた。アラスカ人は州政府がしてくれるすぐれたサービスや、毎年送られる「配当金」の小切手にすっかり慣れきってしまっている。だがそのあいだにも、小切手をもたらしてくれる原油が徐々に底をつきはじめていたのである。ノーススロープ（アラスカの北極海に面した北側斜面の一帯）の油田地帯から出る原油は、一九八八年には最高で日産約二〇〇万バレルに達した。だが、それ以降は日産六〇万バレルにまで落ちている。

「永久基金」は一九七〇年代、アラスカ・パイプラインを通って原油が流れはじめた直後に、知事のジェイ・ハモンドによって設立された。「この発想は一つに『お金はそのいくぶんかを原油が枯渇したときのためにとっておかなくてはならない』ということからきました」とゴールドスミスはいう。「そして二つめは『やはりお金はとっておかなくてはならない。さもなければ私たちはそれをすべて浪費してしまう』という考えからです」

政治家にしては、将来を見越した驚くべき卓見のように思えた。私やゴールドスミスが育ったイリノイ州では、納税者から金を盗みとることが、公職につく者の当然の恩恵と思われていたからだ。「そう、それは信じがたいことです。そして基金が設立されるとすぐに、ハモンドは基金の配当という考えを実行したんです」。これが毎年秋になると、アラスカの郵便受けに投げ込まれる魔法のような小切手のもとになった。「永久基金にとっては設立以来、お金を費やすことといえば配当金だけでした。そのために基金は五〇〇億ドル以上のお金を貯めることができたんです」とゴールドスミスはいう。「そのお金は世界中で投資されて、インフレーションのあとでは毎年二五億ドルという途方もないお金が投げ捨てられました。しかし、そのあいだも基金の配当金としていつもの通り、投資額のおよそ半分のお金がつぎ込まれました」

たった一つの資源に頼りきっているということから、ゴールドスミスはアラスカを太平洋の小さな島ナウルと比較している。一世紀前、ナウルの青々とした熱帯雨林の下に、膨大な量のグアノ（リン鉱石）が眠っていることを誰かが発見した。それは何世紀ものあいだ沈殿し堆積した鳥の糞（食べ物を消化した副産物）だった。このグアノがすぐれたリン酸肥料を生み出し、それは願ってもない肥料の原料となったのである（以前に使われていた豊富な肥料が底をついてしまったために、グアノがそれに取って代わった。以前の肥料は骨粉で、大平原に残された何千トンというバッファローの骨格から作られていた）。二〇世紀を通して、植民地支配者や先住民のリーダーたちがわれ先にとグアノを求めて懸命に露天掘りをした。その結果いっときのあいだ、ナウルの国内総生産（GDP）は一人当たりでサウジアラビアについで第二位になった。だが今日、そのリン酸資源は掘りつくされてしまっていて、ナウルの国は破産状態となり、かつての緑豊かな森は死に絶え、穴だらけのへこんだ荒れ地だけが残ってしまった。

アラスカでは多くの人々が、いまの危機はこれまでの危機と同じようにどうにか解決ができると思っているようだ。中東でクーデターが起きたり、ナイジェリアでストライキが行なわれれば、それが石油の価格を急騰させることになる。アメリカの残りの州でも、イブニングニュースでは「ポンプのところで苦しんでください」〔「ポンプのところでお支払いください」を皮肉った〕というプラカードを掲げて怒ったドライバーたちに、インタビューがはじめられるだろう。そしてアラスカでは、すべてが正常に戻るにちがいない。ところが、ゴールドスミスはこのような日々はとっくに過ぎ去っているという。

「いまは帳尻を合わせるために、石油の生産が減りつづけると、その価格は一一五、一二〇ドルにと戻っていったんです」と彼はいう。しかし、われわれがそこに座っているあいだにも、石油の価格はおよそ四二ドルになっていた。誰もサービスが削減されることは望まない。それにたとえ州の職員がすべて解雇されたとしても、それで赤字が解消されるわけではないだろう。

「思い出すのは老ウィストン・チャーチルのせりふです。それは誰もが九五ペンスの税金を支払って、一ポンドのサービスを欲しがるというものです」と私はいった。

ゴールドスミスは首を横に振って、それは違うという。「誰も何一つ税金を支払うことなく、一ポンドのサービスを欲しがるんです」

アラスカは完全な免税地帯ではない。石油会社はロイヤリティ（油田の使用料）や生産税を払い、市政機関も消費税や財産税を取り立てる。クルーズ船の乗客は人頭税を支払い、それが観光事業に関連したインフラの費用を補った。他にもアラスカを象徴する産業に対する課税が、これを助けているのかもしれないと私は思った。

「商業用に捕獲したサケから、石油産業に課税されたものと同じくらいの額を取るとすると、どれくらいの税金をかければいいのか、私は昔よくそれを計算したものです」とゴールドスミスはいう。「一匹のサケにかけるとすると、税は一〇ドルほどになるんです。また同じような額を生み出すためには、観光客の一人ひとりにどれくらいの税をかければいいのか。それだと観光客一人につき一〇〇〇ドルほどになります」

部屋の中には、アラスカのほとんどの政治家が気づこうとしないマンモスがいるようだ。このすべての費用を負担する化石燃料（石油）が気候変動をもたらした第一の引き金となっている。気候の変動はすでに合衆国の他の地域より、はるかに激しい打撃をアラスカに与えている。厳密に経済的な観点からいうと、気温の上昇は何十億ドルの損害をもたらしそうだ。これまでもっとも暖かい春をつい このあいだ記録したばかりだった。アンカレッジの町は、アイディタロッド・トレイルの犬ぞりレースをはじめるにあたり、フェアバンクスから列車一両分の雪を二年連続して運び込まなければいけなかった。永久凍土層の上に作られたハイウェイや建造物の基礎は、いま土が解けるとともに州のいたるところで崩壊しはじめていた。海岸で起こっている浸食作用は、村々を上昇する海の中に投げ込むと脅しをかけているようだ。海氷の上で猟をする先住民たちは、彼らの食生活の大半を占めている昔ながらの食物源から引き離されてしまった。アラスカ州は特別委員会を作って、海岸の居住地を安全な場所へと移動させる問題に取り組ませている。だが、これにはたいへんな経費がかかり、それぞれの移転には推定で何億ドルものお金が必要になる。

気候の変動に対して、それに対処できる何か実用的な希望の兆しになるようなものはないのか、と私はゴールドスミスにきいた――おそらくそれは暖房費の節約というようなことなのだろうか？「いや、他よりか長い農業の生育期間がそれなんです」としばらく考えてから答えた。一〇〇年ほどのあいだ、アメリカの農務省はアラスカでどうすれば穀物を育てることができるのか、その方法を見つけ出そうといろいろな試みをしていた。この発想はちょっと見には常軌を逸したものに聞こえるだろう。しかし、アンカレッジの北方のマタヌスカ＝スシトナ渓谷の土壌は肥えていて深い。この地方の農夫たちは、夏の陽を二四時間目一杯浴びて、ビーチボールほどの大きさのキャベツを育てることで知られている。世界大恐慌が起きたあいだ、連邦政府は二〇〇軒の農家をアメリカ中西部からここへ移住させた。だが最終的には、ほとんどの農家が南へ戻ってしまった。彼らはあまりに移住が早すぎたのかもしれない。一〇〇年のあいだに上昇した気温は、アラスカの生育期間を大幅に延長した。フェアバンクスでは生育期間が、一九〇六年から二〇〇二年のあいだに八五日から一二三日へと増えている。アラスカ人は最近マリファナの合法化を投票によって決めた。そしてそこには（アンカレッジの新聞によると）、この町を「ポット栽培の州都」とマーツー（航海の守護神「媽祖」）（水夫や船乗り）が呼んで評判にしているという話がちらほら聞こえる。それがさらに新しい仕事を生み出すかもしれないという。

アラスカの経済を多角化する試みは、そのほとんどがみじめに失敗している。州の開発庁が五〇〇〇万ドルを投資してこしらえた、アンカレッジの水産加工プラントも軌道に乗らずに停止した。工場の建物はいまでは、驚くほど大きな無宗教の教会に占領されている。一攫千金を夢見る巨大プロジェクトへの欲求は、つねに州の天然資源と結びついていて、どうやらそれはアラスカのＤＮＡにコードされているようだ。したがって「アラスカではこのような計画が、こぞって鉱物へのアクセスをたやすくするためのインフラ開発に向けられています」とゴールドスミスはいう。「それはただ

『どこにもつながっていない橋』というだけではありません。それは『どこにも通じていない道』でもあり、『どこにも通じていない線路』でもあります。人々はいってます。『この線路をさらに先まで伸ばすことさえできればなあ。あるいはアラスカ西部へ向かう道路を作ることさえできればなあ。その先には稼働が可能な鉱山があるのに』。石油のあとにくる次のブームはおそらく石炭になるでしょう。ノーススロープには信じられないほどの石炭が埋蔵されているからです。しかし、A＝いったいどうしたらそこへ行きつき、石炭を掘り出すことができるのでしょう？ B＝いったい誰がそれをしたがるのでしょう？ そんな問題を別にすると、とてもいい考えだとは思いますけどね」

ゴールドスミスの話によると、アラスカ州はこれまで数多くの怪しげな巨大プロジェクトを検討してきたという。それはジュノーとスキャグウェイ（それに北アメリカの各地）を結ぶハイウェイや、建設には少なくとも四五〇億ドルかかると見られた八〇〇マイル（約一二八七・五キロメートル）の距離を走る天然ガスのパイプラインなど。しかしこんなプロジェクトも、実現する見通しすらまったく立たなかったこれまでのプロジェクトにくらべてみると、野望という点でははるかに見劣りがする。一九五〇年代、アメリカ陸軍工兵部隊はユーコン川にダムを建設することを提案した。それは完成の暁には、アラスカ州全域で使用される数倍の電力を供給したはずだったし、エリー湖を上まわる大きさの淡水貯水池ができあがるはずだった。さらに一九五〇年代の末に考えられた「チャリオット計画」は、ノームの北二五〇マイル（約四〇二・三キロメートル）のところで、核爆発装置を五回爆破させることにより、水深の深い港を作ることだった。水爆開発の推進者エドワード・テラーに強く支持され、アラスカの新しい州議会で承認されはしたものの、地域のイヌピアット族に反対されたために計画は頓挫した。イヌピアット族の反対をあと押ししたのは、実際にはこんな港は少しも必要とされていないという事実だった。

私が個人的に気に入っている巨大プロジェクトはベーリング海峡を横切ることだ。この計画のはじまりはハリマン遠征隊にまで遡る。ハリマンは一九〇九年に死んだが、そのあとの数年間でまことしやかにささやかれた話がある。それは彼がアラスカへ行こうと思ったのは、世界中を経めぐる鉄道を建設することは可能かどうか、実はそれを探ってみるためだったという。この世界規模の鉄道にはベーリング海峡の下を通るトンネルが含まれていた。当時、最長の鉄道トンネルはせいぜい三マイル（約四・八キロメートル）に満たないほどだったのに、ベーリング海峡は一番狭いところでも五〇マイル（約八〇・五キロメートル）以上の距離があった。それを考えるとこの話は、精密な調査を行なうまでにはとても行かなかった。しかしその後長年にわたって、さまざまな形をとってトンネルの思いつきはくりかえし浮上した。統一教会の文鮮明が世界の平和を築くためだといって支持したのもその一つだった。アンカレッジに住むあるビジネスマンはいまもなお、世界経済に恵みをもたらすものとして、この話を前に進めるべく努力をしている。

観光事業は別としてもアラスカには、石油以外にも成長をとげているジャンルがいくつもあるとゴールドスミスはいう。その一つが国際宅急便のフェデックスやユーピーエス（UPS）などの空輸貨物の分野だ。それはアンカレッジがアジア、ヨーロッパ、北アメリカの中間に位置を占めていて、そこで飛行機が燃料の補給をしたり、乗組員が交代するので、それをうまく生かしたビジネスである。もう一つは高齢者たちを対象にしたビジネスだ。これまではひと山当てるためにやってきては去っていった住人が、いまでは居残るようになった。それはアラスカの低い税率のためでもあった。「フロリダと同じというわけにはいかないが、われわれの高齢者たちは、この二〇年のあいだに他のどの州より高い成長率を経験しているんです」と彼はいった。

アラスカの予算の問題については、他に一つ可能と思われる解決策が検討されている。それはさらに原油を掘り進めることだった。アラスカの開発センター州議員団——全員が開発を支持する共和党員だ——はここ何年ものあいだ石油会社に対して、油田の開発を進めるように迫っていた。それはアメリカ合衆国で保護されているもっとも大きな野生地域「北極野生生物国家保護区」（ANWR）の中にある油脈だ。この広大な保護区はブルックス山脈から北へ伸びてポーフォート海へといたっている。それは世界でもまれに見る規模で原始の姿をとどめた野生の土地で、一九九〇年、ドワイト・アイゼンハワー大統領のもとで保護区に定められた。そしてたくさんの動物たちの故郷となり、しばしば「アメリカのセレンゲティ」〔タンザニア連合共和国の国立公園〕と呼ばれた。

アラスカの政治家たちからよく耳にするのが「連邦政府の行きすぎ」という言葉だ。この言葉がいいたいのは、広くアラスカの人々の中で抱かれている信念で、それはアラスカに必要な開発が、アメリカ政府が所有している六一パーセントのアラスカの土地（国立公園、国有林、それに何百エーカーという土地管理局が監督している地域だ）と、ワシントンが強制的に押しつける規制によって押さえつけられているということだ。共和党員たちは当選をめざして、いたるところで政府の権限の縮小を訴えている。だが、アラスカ政庁の職員たちも、州の市民たちは環境保護庁が出す戒厳令のもとで暮らしているというようなことを口にする才能を持っていた。石油とガスの開発が可能だとされているのは——その地下には推定で一〇〇〇万バレルの石油が埋蔵されているかもしれない——北極野生生物国家保護区の一部で、一九〇〇万エーカーの土地だ。この土地を永遠にそのままにしておくようにとオバマ大統領が提案したときに、アラスカの共和党上院議員リーサ・マーカウスキーは、大統領の思いつきを「われわれの主権に対する驚くべき攻撃」だと呼んだ。

連邦政府の行きすぎに不満をぶちまける同じ職員が、アラスカが手にしている政府の交付金については、それほどしばしば言及することがない。他の州にくらべてアラスカがワシントンから受け取る一人当たりのお金は他の州より多い——アラスカが支払う税金一ドルについておよそ二ドル五〇セントほどだ。連邦政府の交付金はアラスカの全業種が収める税の約三分の一、石油産業の納税額とほぼ同じくらいである。

「州議会から派遣される議員団のおもな仕事は、少しでも多くの連邦予算を勝ちとることだと誰もが思っていますす」。アラスカ州立大学アンカレッジ校で歴史を教えるスティーブン・ヘイコックスが話してくれた。「アラスカはそれほど保守的な土地なんです。そこに見られるのは奇妙な断絶です。一方には自分を徹底した個人だと見なす自己同定にしっかりとしがみついている——『私は連邦政府の規制から逃れてここにいる』と自分にいい聞かせる——人々がいます。だが、その一方には現実の状況と歴史的な事実があります。この両者の乖離は連邦予算からの独立ということになり、それは氾濫原野で生きることを意味します。したがって人々はいま、この状態を完全に否定しているわけなんです」

17　チルカット族の土地

ヘインズ

数年前にノルウェーのテレビ局が何時間も続く、眠りを誘うようなビデオを作製した。列車やフェリーの旅をただカメラを回して撮影したものだったが、それが妙に人気があった。フィルムに出てくるのは木や水や岩ばかりで、それが次々と通りすぎていく。瞑想する心の状態に自分のすべてを任せてしまえば、橋や鳥といったものまで、それが目の前に現われてくるとスリリングな気持ちになる。ジュノーからリン運河を遡る旅は、ちょうどこんなビデオのリアル・バージョンだった。

リン運河は北アメリカでは最長で最深のフィヨルドだ。雪をかぶったぎざぎざの山々が次々と現われ、そのはるか北には氷河がそびえている。これはまさしくインサイド・パッセージのクルージングを宣伝するコマーシャルにふさわしい。運河の水は波立つことなくあくまでも静かだ。この静けさを破るものといえばときどき現われるクジラか、それよりも頻繁に登場する船くらいなものだ。ハリマン遠征隊はジュノーを出発して、インサイド・パッセージの最北端スキャグウェイをめざしたが、私はスキャグウェイの二卵性双生児ともいうべきヘインズという町に立ち寄った。

ヘインズとスキャグウェイはほんの二〇マイル（約三二・二キロメートル）しか離れていない。インサイド・パッセージの中で、アラスカのハイウェイシステムにつながっているのはこの二つの町だけだ。これよりかなり南に、システムに接続している第三の町ハイダー（住民数は八七）がある。この町は孤立しているために、住民たちはブリティッシュコロンビア州の局番を使い、地元のバーに行ってもカナダドルしか使えない。ヘインズとスキャグウェイのあいだを車で、カナダのユーコン準州を経由して行くことはできる。しかし八時間ほどかかる。二つの国境検問所でイライラさせられることはない。ただ数人のアラスカ人たちから話を聞くと、カナダの国境監視員たちは、武器を申告しないアメリカ人に対して疑いの目を向けているという。「いつもこんな調子なんだ。『おい、ちょっとこい。アラスカにいるやつはみんな銃を持っているからな』」とあるアラスカ人はいう。こんな詮索を避けるためにも、彼は銃を購入しようと考えていた。

ケチカンとジュノーは、インサイド・パッセージでクルーズ船が立ち寄るいわば三位一体の寄港地の二港だった。もう一つの港がスキャグウェイで、たしかにこの港はもっとも観光地化されていて、それを誇りにしていた。ヘインズはスキャグウェイの自由奔放な二卵性双生児だった。そしてこの地域では特異な性格の町だった。それはクルーズ船産業に立ち向かって、その厚かましい行ないを断固罰して、なお生き残った町なのである。一九八八年、リン運河で大手の船会社が「有毒廃水」を垂れ流して、その罪を認めたとき、ヘインズはすかさず通行税の導入に踏みきった。クルーズ船会社はそれに対抗してヘインズを寄港地のリストからはずした。「クルーズ船はわれわれの生活の中に入り込む。そして小さな町を活発にさせる。だが、美しい風景を汚しては廃棄物を吐きだしていく」。ヘインズの歴史家ダニエル・リー・ヘンリーが書いている。「しかし、少なくともクルーズ船がやってくること自体は、われわれも期待していないわけではない」。ほぼ二〇年後、ヘインズの町では、一週間に平均でわずかに一隻か二隻しか大型船を見かけることはなかった。それでもいいとヘインズは決断を下した。それで十分にうまくやっていけるし、少しの大禍もなかった。

ヘインズはまたジョン・ミューアを、ちょっとした建国の父だと主張してもいいような場所だった。一八七九年に、はじめてミューアがアラスカの航海へ出かけたころには、ジャクソンのミッションスクールの噂が、北方で敵対して悪名が高いチルカット・トリンギット族〔トリンギット族の亜族〕のところまで広がり伝わっていた。その族長は、自分たちの種族の師を手に入れるにはどうすればいいのかについてたずねていた。ホール・ヤングはリン運河を遡ったところで、もしかすると宣教ができるかもしれないと考えて興奮した。ミューアは探鉱者たちからインサイド・パッセージの先に驚くべき氷河があるという噂を聞いていた。それは彼がこれまでランゲル近くで目にしたものより、はるかに大きなものかもしれなかった。ヤングの助けを借りると、ミューアはランゲルで「すぐれたカヌーとクルー」の手配をして、食料と毛布をさっそく積み込んだ。

クルーは四人のトリンギット族からなる。リーダーはトイヤッテだ。スティキーン族〔トリンギット族の亜族〕の族長にして経験に富んだ船乗りで、三六フィート（約一一メートル）のベイスギでできたカヌーを所有している。このカヌーでミューアたちは航海をした。リーダーを助けたのがカダチャンだ。カダチャンはトリンギット族のライバル部族の出身で、その族長の息子だった。そのために暖かい歓迎が保証されない地域では、すぐれた仲介者として役に立つ。クルーがランゲルで出発の準備をしていたとき、トイヤッテの妻とカダチャンの母親は、敵対してよそよそしい土地へ向かうことに深い警戒心を抱いていた。母親はヤングに「もし息子に何かが起こったら、そのときには代償として、あなたの赤ちゃんを取り上げますからね」と警告した。四人のうち残りの二人は若者だった。一人はスティキーン・トリンギット族のジョンで通訳として働いた。もう一人は広く旅をしているシトカのチャーリーだ。ミューアはのちに回想している。彼が氷河に興味を抱いていることにチャーリーが気づいたとき、チャーリーは彼に次のようにいった。子どものころ「氷でいっぱいの大きな湾に、父とアザラシの猟に出かけたことがあります。それからずいぶん長い年月が経っていますが、そこへ行く道をまだ見つけることができると思います」

私がはじめてデイブ・ナニーに連絡を取ったのは、彼のヘインズにある宿泊施設「チルカット・イーグルB&B」のホームページを通してだった。そのホームページは派手な黄色とピンクの色でデザインされていて、ジオシティーズのときからアップデートされていない様子だ（あとで私が聞いた話によると、彼はプロのウェブデザイナーということだったが）。ナニーはまたヘインズのジョン・ミューア協会を作った男でもある。彼のB&Bに対するオンラインの評価はあまりかんばしくないが、デイブがナイスガイでヘインズについて多くのことを知っている点については、おおむねレビューをする人々のあいだで意見は一致していた。また彼は部屋の料金として七〇ドルを請求しているが、これはアラスカでも見たことがないほどの、とてつもない宿泊料の大安売りだ。さらにデイブはフェリーのターミナルまで、五マイル（約八キロメートル）の道のりを車で客を迎えに行くのだが、追加料金を取ることをしていない。

ナニーが港へ車でやってきて、サイドウインドウから顔を出すと、「ジョン・ミューアがたどった旅をフルコースでやりたいんでしょう」とさもそうだといわんばかりにきいた。ナニーは髪も口ひげも白い。出で立ちはいろんな要素がまじった折衷主義だ。炎の模様で飾られた帽子のまびさしはすり切れている。黒のスエット・パンツにフリースのベスト。ベストにはトリンギット族の鳥が刺繡されていた。彼は指なしの手袋をしていて、両腕にはそれぞれに腕時計をしている――一方の手首にはスマートウオッチが、もう一方にはアナログの時計がはめられていた。彼がエスユーブイ（SUV）のトランクを開けると、私のバッグを入れるために肘をいくつか脇に寄せなくてはいけなかった。「肘を揚げたくてたまらない衝動にいつ駆られるかなんて、あなたにはわからないでしょう」と彼はいう。

デイブは軍隊で数年間を過ごして、一九六〇年代にスタンフォード大学でコンピュータを学び、そのあとでヘインズへやってきた。そのは、われわれもいつの日にか家にコンピュータを持つことができるのだろうか、そして、誰もが自由に連絡を取りあえる日が来るのだろうかということでした」と彼は、車がダウンタウンのブロックをいくつか走り抜けているときにいった。ヘインズは人口が二五〇〇人で、それほど大きな町ではない――「ときどきフェリーから車で出てくる人々がいますが、彼らは町をまっすぐに走り抜けてヘインズを探すと、そのままUターンをして戻ってしまうんです」――だが、ヘインズにもポストカードになるような独自の特徴がある。それはヘインズより一〇倍も大きな町がうらやむような図書館や書店、歩行者にやさしい町の作り（インサイド・パッセージの町がどうしてこんなにきれいな歩道で整えられているのか、しかもそれはクルーズ船が来るより前に存在している。その説明を私はけっして見つけることができなかった）、それにすばらしいコーヒーショップ。店の外にはピクニックテーブルが置かれていて、そこでは日陰になった飼い主の足元で犬がぐったりと横になっている。また自家製のビールを出すパブ、それに少なくとも型破りの観光名所が一つはある（採鉱関連の展示をもっぱらにした博物館）。ヘインズの町はまたアラスカでもっとも美しい風景に取り囲まれていた。三方には雪をいただく山頂が、リン運河の清冽な水の上にそびえている。しかもそのすべてが目にはっきりと見えそうなのだ。それは高くそびえた山々が、インサイド・パッセージの他の町々を濡らしている雨をブロックしてしまうからだった。いまはちょうど夏がスタートする前の火曜日である。町の車の半分がマウンテンバイクを積み、屋根にカヤックを縛りつけていた。私はバンブー・ルームという名のレストランで座っていた。隣りにいた三人組の顔は日焼けしていたが、目のまわりだけがアライグマの白い輪のように焼けていなかった。彼女たちはたったいま、スノーボードのカタログのための写真撮影を終えたばかりだった。

「アラスカでは誰もがみんなヘインズへ引っ越すことを夢に見ています。それを咎めることなどできません」とナニーは、国道七号線を空港へ車を走らせながらいった。

ナニーがミューアへの興味をかき立てられたのは、彼が地域づくりに関わるようになり、自然の美しさやワシがたくさんいること以外に、何かヘインズを売り込む手だてはないかと思案しはじめたときだった。「チルカット族はこの地域を自由に動きまわっています。そして彼らはやってくるアメリカ人について、何もかもよく知っていました」と彼はいう。「ミューアは一八七九年にこの運河まで来ました。そしてこのあたりに上陸したんです」。イェンダスタッキーの村があったところは、アラスカの歴史の上でももっとも重要な文化交流の地点だったが、そこはいま滑走路となり、タールマック〔砕石とタールを混ぜた舗装道路材〕で覆われている。

『アラスカの旅』に書かれていたことからナニーは、ミューアがヘインズにいたときの話を一字一句そのまま記憶していた。リン運河の北方、自然の要塞に身を隠していたチルカット族は、トリンギット族の中では「もっとも勢力があり」、もっとも恐れられていたとミューアは書いている。「旅の途中でわれわれが訪れた部族の特徴について私が話をすると、そのたびごとにいつもクルーの者たちはいう。『そう、彼らはかなりいいインディアンたちです。でも、それはチルカット族に会うまではまだわかりませんよ』」。チルカット半島に近づいてくると、トイヤッテをはじめとするクルーの連中はちょっと待ってほしいといって、「彼らの最大の敵に会う準備をしはじめた」とミューアは書く。旅のあいだ中何週間も開けたことのなかった箱から、スティキーン族の仲間たちは新しい帽子とブーツ、それにきれいな白いシャツとネクタイを取り出した。ミューアは彼らの着替えに驚いたが、自分も着古した服をきれいにして、帽子にワシの羽根をつけることで少しおめかしをした。チルカット族の村へあと数マイルというところで、ミューアたちの乗ったカヌーが見張りに見つかった。見張りは大きな声で呼びかける。「お前たちはいったい誰なんだ？　名前は何という？　何がほしいんだ？何をしに来たんだ？」。ミューアたちが答えると、その答えは四分の一マイル（約四〇二・三メートル）ほど離れたもう一人の伝令に、大きな声で伝えられる。「そしてこのなまの声を伝える電話によって、ニュースは炉端で座っている族長へと伝達された」。カヌーがさらに村に近づいていくと、突然、マスケット銃の弾丸がいっせいにミューアたちの頭の上に飛んできた。それは歓迎と警告の両方の意味をもった一斉射撃だった。

カヌーが岸辺に着くと、四、五〇人の男たちがいっせいに走りよってきて、舟と乗り手をもろともに水から持ち上げると、族長のダーナワークのドアのところまで運んだ。ミューアの一団は祝宴を開いて歓迎を受けた。アザラシの獣脂をたっぷり使った豪華な料理やごちそうが並んだ（「もうお腹がいっぱいだよ」とさらに同じような料理がもうひとそろい目の前に並べられると、ミューアはヤングにいった。「苦しまぎれに、アザラシのようなひれ足で、二つに割れた尾っぽをして、海へざぶんと飛び込んでしまいそうだ」）。食事が終わると、ヤングは自分の思いを呼びかけはじめた。いまは古いしきたりを捨てて、主の教えを心に抱くときだ。主の導きさえあれば、人は永遠の命を見つけることができるかもしれない。ヤングが話し終わると、今度は「氷河の族長」（彼らはミューアをそんな風に呼んだ）に話をしてほしい、とチルカット族の人々は頼んだ。しぶしぶミューアは話をしたのだが、これを次の三日間くりかえしすることになった。ミューアはチルカット族の土地が持つ自然の恵みをほめたたえた。そして彼らと同じように、それは氷河のたえまのない破砕作用が作り上げたという考えを示した。さらにミューアは「あらゆる人種がもつべき兄弟愛について長々と述べ」、神がチルカット族の人々を愛していること、そして白人の同胞たちが彼らのことを知り、その幸福に興味を抱きはじめていることを彼らに納得させた。

ヤングが話したことをチルカット族の人々は好ましいと思ったし、ミューアから聞いたことにも強い関心を示した。「氷河の族長」と「説教師の族長」(ヤングはこう呼ばれた)は五回も同じ話をした。それはチルカット族だけにしたのではなく、彼らの隣人でもあるチルコート族の人々にも話した。見物人たちが戸口のまわりに集まってきて、ダーナワークの家の屋根にある、煙を逃す穴から頭を突き出す者もいた。ヤングは建物の壁から何かが引き裂かれるような音を耳にした。そしてそれが「外にいた人々が中の話を聞こうとして、厚板を引き破ろうとする音」だと気がついた。ミューアが最後に話し終わると、年老いたシャーマンがゆっくりと立ち上がってミューアにいった。「商人や金鉱を求めてやってくる人々と話をしようとするとき、いつも私には感じることがあるんです。それは広い川をへだてた向こう岸にいる人と話をしているような気分になることです。川は石の上を速い勢いで流れています。その水音があまりに大きいので、こちらのいう言葉が一つも先方に聞こえないんじゃないかという感じです。しかしいまは違う。はじめてインディアンと白人が川の同じ側にいる。目と目で向かい合い、心と心が通じ合っています」

四日後にチルカット族は布教者と教師の受け入れを考えてみることに同意した。彼らが圧倒的に好きだったのはミューアである。ミューアの話では、彼らはうらやましいほどの待遇をさえ申し出てくれた。族長は「もし私(ミューア)が彼らのところやってきたときには、いつも彼らは私が指示した通りのことを行ない、私の忠告に従う、私には好きなだけ妻を与える、協会や学校も建てる、そして道路から石をすべて取り除き、私が歩きやすいように道路をなだらかにするなどを約束してくれた」。しかし、それはミューアが受けた二番目の寛大な申し出だった。彼らを訪問した当初、ミューアは赤ちゃんの泣き声に悩まされた。子どもの母親はすでに亡くなっている。赤ちゃんは空腹で死にそうだった。ミューアはコンデスミルクの缶詰（彼とヤングがコーヒーに入れて飲むために持ってきたものだ）を取りにいった。そしてそれを少しお湯に混ぜた。これをミューアは赤ちゃんを抱いてなだめながら、夜通し赤ちゃんに与えつづけた。これに感謝したダーナワークはミューアに、赤ちゃんを連れていっていいといった。だがミューアはこの申し出を断わっている。それから七年ののち、ここへ戻ってきたヤングはあの赤ちゃんがぶじに成長して、生きていることを確認した。

訪問客が出発する前に族長のダーナワークは、ヤングを港へ案内した。一方、ミューアは山登りに出かけた。族長ははっきりと指を差して、長老派教会の宣教師たちがミッションスクールを建てることができる土地を示した。ヤングは族長の態度を数百エーカーの土地――その所有権は教会が持つ――を指し示したものと受け取った。そこはいまヘインズの中心となっている場所である。

「先住民たちは土地を測量することや、譲渡の証書といったものをまったく知らなかったんです」とナニーは町を抜けて車で戻りながらいった。「彼らの頭の中では、土地の『使用』を許しただけだと思っていたんです。ですから、土地をすべて宣教師たちに与えてしまったと知ったときには、信じられないほどびっくりしました。ダウンタウン全体が測量されて、その一部が売られてしまったわけですから」

ナニーのB&Bはちょっと雑然として散らかっていた。それにたしかに内装を見ても、その装飾を誰がしたのか知らないが、完全に八〇年代末への興味を失っていることを示している。VHSのテープや安価な宝石類が売られているが、その横にはナニーが集めたたくさんの楽器が並んでいた。それを見たときには私も一瞬びっくりしてしまった。一人でフルートやキーボードを同時に演奏ができるように、一人楽団の配置で楽器が置かれている。「あなたはジャム・セッションなどお好きですか」と彼がたずねた。「ここで私たちはすてきなジャム・セッションをするんですよ」

この夜の泊まり客は私だけだった。日が暮れるとデイブは、明日の朝食はキッチンで何か食べませんかと誘ってくれた。そして余分な毛布がしまってある場所を教えた。「うちは木を燃やして部屋を暖めているんです」と彼はいって、大きな黒い鋳鉄製のストーブを指差した。「しかし、今晩は必要ないと思います」

翌朝目が覚めると、外の気温は華氏四八度（摂氏約八・九度）だった。吐く息が白く見える。そのことから判断すると、部屋の中の気温もそれほど暖かくはない。階段を下りていくとデイブが長椅子でぐっすりと眠り込んでいた。テレビからは「ザ・ボブ・ニューハート・ショー」のわざとらしい笑い声が鳴り響いていたが、デイブはそれにはまったく気づいていない様子だ。指なしの手袋が毛布を顎のところまで引き上げていた。

九〇年代に一世を風靡したコメディー・ドラマに『ノーザン・エクスポージャー』があった。このドラマのモデルとなった風変わりなアラスカの町がヘインズだった、と長いあいだ噂されていた。若い人はほとんど記憶にないだろうが、このドラマは『ツイン・ピークス』を別にすると、テレビで放映されたドラマとしてはもっとも突飛なものといっていいだろう。私はこれまでこの町の風変わりな点について、あまり深く考えたことがなかった。だが、コーヒーを飲みたいと思ってダウンタウンへ行き、カフェで流れているラジオを聞いてはじめてそのことに気がついた。KHNSラジオの地方局では静かな音楽が流れていた。DJがムーディー・ブルースの歌をかけた。続いて地元の天気と、毎週開かれているヴィンヤサヨガ教室の場所が変更になったことのお知らせ。そしてそのあとにはバイオリンの長い曲が流れ、さらに地元博物館のキュレーターのインタビューが続いた。彼はトリンギット族の美術作品について語っている。私が気に入ったのはリスナーたちの個人情報だ。

「タイラーが財布を失くしました。家の中をあちらこちら探したようです。そう、長椅子のあたりも。財布は革製で色はブラウン。もし見つけた方がいらしたら、彼の番号（766-XXXX）に連絡願います。というのもキャットフードが切れてしまっているからです。……モーリーンは今週の末に、ホワイトホースまで車で行く予定です。車にもう一人分のスペースがあるので、もしホワイトホースへ行く人がいれば、彼女のところ（766-XXXX）へ電話してください。……エイミー、シルベスターがあなたに連絡を取りたいといってます。あなたはおそらくそのわけを知っているでしょう。彼のところ（766-XXXX）に電話を入れてあげてください。

そしていまから、ジェリー・ガルシア・バンドの曲をかけます」

18 クロンダイク・ゴールドラッシュ

スキャグウェイ

スキャグウェイまではフェリーで四五分ほどかかる。私はこのフェリーに乗るためにチルカット・イーグルB&Bでデイブ・ナニーに別れを告げた。そのときナニーは面倒見のいい母親のような顔をして心配そうにいった。「これだけは忘れないでくださいよ。一八九九年にハリマン遠征隊が帰りにそこに立ち寄ったのですが、そのときには何から何まですべてがお金という場所だったといいます。しかし、それはいまだって同じで、すべてはお金次第の町です」

一八九九年のスキャグウェイは、アラスカではよく見かけるタイプの男たちをひたすら引きつける場所だった。その男たちとは手っ取り早く金持ちになりたいと夢見る者たちである。ジュノーのトレッドウェル鉱山は厳しく法人化されていたので、秩序が保たれていたが、スキャグウェイはまったく混乱状態だった。ミューアがこの新しい港を訪れたのは一八九七年で、それは彼の六度目のアラスカ旅行の途中に立ち寄った場所だ。そのときの情景を彼は次のように記している。「見知らぬ国に放り込まれて、棒で引っ掻きまわされたアリの巣」のようだった。

ミューアが到着したのは八月で、ちょうどクロンダイクのゴールドラッシュがはじまった状況を目の当たりにしていた。その前の年にカナダのユーコン準州で鉱脈が発見されたというニュースは、冬のあいだに大陸の南を駆けめぐっていた。そして金を積んだ二隻の船がサンフランシスコとシアトルに到着して、それが七月一七日の『シアトル・ポスト・インテリジェンサー』紙上で、以下のような大見出しとともに報じられた。

「金！　金！　金！　金！」

ポートランド号上の六八人の金持ちたち

「山と積まれた金！」

五〇〇〇ドルを手にした者もいれば、さらに多くの金を稼いだ者もいる。それに一〇万ドルを掘り当てた者もわずかだがいた。

「汽船が七〇万ドルを運んできた」

『ポスト・インテリジェンサー』が特ダネを独占

スキャグウェイを心配するナニーに私はほほ笑んで答えていた――結局のところこの町は眠ったようなヘインズとくらべても、人口はその半分以下しかない。それでいったいどれほど悪くなれるというのだろう？　しかし、フェリーがスキャグウェイの港に着いてみると、すぐに私はナニーがいったことに合点がいった。スキャグウェイは二つの山並みにしっかりと挟まれている。そのこじんまりとしたウォーターフロントには、白い巨大なクルーズ船が四隻、摩天楼を横倒しにしたような姿で停泊していた。スキャグウェイのダウンタウンはオールド・ウェスト（旧西部）のテーマパークになっている。そこには正面が見せかけの外観をした建物が立ち、ゴールドラッシュのころの衣装をまとった人々が通りで、ポーズを取って写真撮影に応じている。大通りにはクルーズ船の乗客に向けた店が立ち並び、映画のクライマックスシーンにふさわしいセットを提供していた。ちなみにそこで銃撃戦を演じているのは、トルコ石を販売するライバルのディーラーたちである。町の多くがクロンダイク・ゴールドラッシュ国立歴史公園の一部になっているために、そこにはまた国立公園局の森林警備員（レインジャー）がおおぜいいた。サンドラという公園の警備員が引率するツアーグループのあとについて、私もダウンタウンを通り抜けていた。

「アラスカへいつもみんながやってくる最大の理由はいったい何だと思いますか？」とサンドラがツアーの人々にたずねた。

「すばらしい眺望でしょう」と誰かが答える。

「でもグランドキャニオンだって、眺望はすばらしいじゃない？」

「野生動物？」

「ちょっと違うかな。野生動物はいろんなところにもいるじゃない？」。しばらく気まずい沈黙が続いた。「お金はどうなの？」と警備員のサンドラがたまりかねたようにたずねた。そして偽札の束をかざすと彼女の目が大きく見ひらかれた。「今日もここへ一万人もの人々がやってきています。それはスキャグウェイが金で有名だからなんです。夏になると若者たちもたくさんここに来ます。彼らはみなさん方のように、ここで買い物をしてお金を落としていかれる人々に、さまざまな者を売って、たくさんのお金を作りたいと思ってやってくるんです」。サンドラは札束を頭の上で振りながら「金！金！金！」と叫んでいた。

警備員のサンドラは視覚的な資料が挟み込んであるぶあつい紙ばさみに手を伸ばすと、大きな写真を取り出した。それはアラスカの歴史の上ではもっとも有名な写真の一つだった。金鉱をめざす人々

クロンダイクのゴールドラッシュの期間中、スキャグウェイからチルコート峠を死にものぐるいで越える採掘者たちは、2000ポンド（約 907.2 キログラム）にもなる 1 年分の食料を背負って行かなくてはならなかった。

の群が一列に並んで、それぞれが荷物を運ぶ動物のように荷を背負いながら、一歩一歩、雪が吹きつける険しいチルコート峠をめざして進んでいく。すべての金があるのはカナダのユーコン準州だった。そしてそこへ入るときには、カナダの騎馬警官がそれぞれの採鉱者に、一年分の食料や道具（重さは二〇〇〇ポンド［約九〇七・二キログラム］ほどになる）をきちんと用意しているかどうかを確かめて、それを求めた。この荷物をすべて運び込むためには何度か往復しなければならなかった。そしてそれはこれから続く長い旅のほんのはじまりにすぎない。採鉱者たちがユーコン川の源流に到達すると、そこから先は五五〇マイル（約八八五・一キロメートル）におよぶ長い水の旅が待っていた。

「一八九三年に起きた恐慌が全国的な不況を引き起こしました」と警備員のサンドラは続ける。一八九三年の恐慌はアメリカ史上最悪の経済危機だった。これによって都市部では失業者の数が人口の二五パーセントに達したところもある。「しかし、この不況によって損害を受けなかった業種もたしかにあった。たとえばシアトルやシカゴやニューヨークの新聞は、アラスカに行きさえすれば誰でも金持ちになれると宣伝して、たくさんの金を稼いでいた」。クロンダイクのゴールドラッシュの期間中、「採鉱者を採掘した」人々によって、大きな財産が蓄積されたのである——それは道具などを供給した業者、ホテルの経営者、汽船主などだ。

クロンダイク熱に苦しむ者が出はじめると、その罹患者たちが一万人以上、信じがたいほど短い時間にそろって北へと移動した。一八九七年の夏のはじめには、スキャグウェイのライバルで隣り町のダイアの港にはたった一つの建物しかなかった。だが一年もすると、ダイアの住人は四〇〇〇人に膨らみ、事務所は一五〇軒、新聞も二つに増えた。しかし、一八九九年の終わりになるとダイアの町はふたたびゴースト化してしまい、その状態はいまも変わらない。

一八九九年にエルダー号がスキャグウェイに着いたときには、すでにゴールドラッシュは下火になっていた。しかし、興奮した群衆は港に出て汽船を暖かく出迎えた。「宿の客引きたちは自分の宿の名前が書いたカードを振りかざして、それぞれが宿の名前をばらばらに叫んでいる」とジョン・バローズは書いていた。「女の人や少女もいる。中には自転車用のスーツを着込んでいる者もいた。彼女たちは群衆をかきわけて前へ進みでると、熱心に見知らぬ乗客たちを眺めていた」（バローズの記述はちょっとオーバーだったかもしれない。自転車用のスーツはおそらく体の露出度が似ているので、機械工の着るオーバーオールだろう）。エルダー号が桟橋に接岸されると、少年たちがいっせいにエルダー号の中板に群がりあふれた。しかしすぐにクルーによって「また海岸へと追い払われた」。この町は誕生して二歳になったばかりだが、もう新たに切られた木の切り株がいつくもあったとバローズは書いていた。「しかし、人々はすでに三年前のことを『昔』という言葉で語っている」

サンフランシスコやシアトルから北へぶじに通過することができれば、スキャグウェイへ行くのはそれほど難しいことではない。難しくなるのは、ふたたび山並みがはじまる町の後方部からだ。「クロンダイクへ向かうすべてのルートの中で、他のどのルートにもまして人間の最悪な部分をいやおうなく引き出すのは、ホワイト峠（ホワイト・パス）を横切るスキャグウェイ・トレイルである」と歴史家のピエール・バートンが書いている。山並みの中へ分け入る道は一見何一つ困難なところがないように見える。ハリマン隊のメンバーがスキャグウェイの「郊外」と呼んだ土地の、なだらかな斜面が続いているからだ。しかし、数マイルも行かないうちに、道は険しくなり、曲がりくねった上りの泥道が続くようになる。スキャグウェイに連れてきた馬はこれまでに荷物を運んだことなどなかったので、この上ない苦しみにあえぐことになった。「馬たちは岩にぶつかり死んだり、頂上では中毒死したり、湖では飢えて死んでいった」と、一八九七年の末にホワイト峠を旅したジャック・ロンドンが書いている。「彼らは道からはずれて落後した。それだけのことだが、力をまったく使い果たしていたので、重い荷を背負ったまま川で溺れ死んだり、大きな岩にぶつかって崩れるように死んでいった」。やがてホワイト峠を通るルートは「死に馬の道」といわれるようになった。

新たな工学上の驚異がこの苦しみに終止符を打つことを約束してくれた。エドワード・ハリマンはおそらくシベリアへと通じる鉄道の建設については、それほど真剣に考えてはいなかっただろう。しかし、ユニオン・パシフィックの鉄路の傾斜やカーブについて、あれこれと修理することに、前年の夏を丸ごと費やしていた彼は、スキャグウェイのホワイト峠とユーコンを結ぶ新しい鉄道に大きな関心を抱いた。そして二一マイル（約三三・八キロメートル）の線路が、目を見張るようなスピードで荒涼とした道に接合されたのである。二〇〇〇人の作業員が毎週一マイル（約一・六キロメートル）かそれ以上の線路を敷設していた。エルダー号がスキャグウェイに着いたときには、鉄道はまだ完成していなかった。しかし、ハリマンは何とかしてホワイト峠の頂上まで鉄道が利用できるように手配した。乗客は誰もが町を振り返って、息を呑むような美しいリン運河のフィヨルドを食い入るように見入っていた。

窓のすぐ外に広がる風景は崇高さと悲惨さの入り交じったものだった。列車は動物の屍体置き場の中を走っていく――そこに横たわっているのは、ふた冬前のあいだに倒れて死んで、高高度の寒気の中で腐敗することもなかった荷馬たちである。画家のフレデリック・デルレンボーは、死んだカブトムシのようにひっくり返って逆さまになり、足を上にまっすぐに突き出している二頭の馬を見てたじろいだ。列車が高さ数百フィートの鉄道橋を通過して、荒涼とした山の斜面をえぐって続く線路をひた走っていくとき、遠征隊のメンバーたちはその工学技術の偉業に賛嘆するのだった。バローズは「激変する」光景を目にしてあれこれと考えていた。そしてまるで「地球の花崗岩でできたあばら骨をはじめて見ている」ような気分を感じた。一方、ハート・メリアムはどこででも、見覚えのある顔を見つけられることを証明するかのように、山の途中で科学者たちのグループがとぼとぼと、重い足取りで登っていくのに気がついた。そして大声で叫ぶのだった。「あそこに私の友達がいるよ」。アメリカ生物調査局からやってきた三人の仲間たちが、アラスカの低木地帯をめざしていた。つましいフィールド条件でも、それは科学者たちにとってはなじみのもので、その条件のもとで彼らはできるかぎり生き物を研究しようとするのである。列車はうしろに戻り科学者たちを乗せた。野生生物学者たちは不慣れではあったが、暖かく受け入れてくれた列車の旅を楽しみながら頂上をめざした。

線路が途切れたところでは、岩ばかりのコケや地衣類に覆われた殺風景な土地が広がっていた。そしてそこには、キャンパス地で作られ、荒れ果てた小屋がまばらに建っている。それは「ホワイト峠の町」として知られている一群だった。ぼろぼろになった星条旗が冷たい雨の中ではためいていて、アメリカとカナダのあいだで論争が続いている国境線を示していた。小屋の中に入ると、鉄道の職員が尊重すべき訪問客のために豪華な食事を用意してくれていた。ハリマンがエドワード・カーチスに、集まった客の写真を撮ってほしいと頼んだ。しかし、真昼の陽光が弱すぎて撮影することができない。スキャグウェイへ戻ろうとしたが、ハリマンがいなくなっていることに気づいてひとまず出発を中止した――この鉄道マンはふらりと小屋を出て、あたりを見てまわっていた。

ホワイト峠の鉄路を作った者たちは、スキャグウェイで盛り上がっているパーティーがいまはじまったばかりではなく、もう終わりに近づいていることをその当時は知らなかった。クロンダイクの金鉱熱はすでに下火になっていた。一九〇〇年ころには、財産を求める人々の新しい目的地はノームへ移っていくからだ。アラスカの専門家の代表であるウィリアム・ドームは『ザ・ネーション』紙で、スキャグウェイはアラスカの「未来の町」だと宣言したが、それは金とは違う理由のためだった。ホワイト峠の鉄道に関していえば、彼の予言は時期尚早ではあったが、将来を暗示する予知能力にすぐれたものだった。「頂上へ鉄道で旅することが旅行者を案内するあらゆる旅程の一部となるのに、それほど時間はかからないだろう」

朝の七時。スキャグウェイのクルーズ船がやってくる波止場ではラッシュアワーがはじまる。真っ白な大型船が停泊し、ゴールドラッシュファンの乗客をいきおいよく吐き出す。その数は一日で数千人に達する。私はホテルの心地のいいベッドでだらだらとしながらテレビを見ていた。アンカレッジのニュースキャスターがほほ笑んで、その日のトップニュースを読み上げている。アラスカでは今日もまた暖かな春の最高気温を記録した。ノームのように離れた町では（やってくる観光客は、スキャグウェイが受け入れる客のほんの一部でしかない）、北西航路を走るクリスタル・セレニティ号の初航海（八月の予定）に向けてはやる思いで準備をしている。原油の価格が五〇ドルまで上昇した。これはここ一年ほどのあいだでは最高価格だ。だがそれでも、ジュノーで進行中の予算危機を解決するにはけっして十分といえるものではない。警察は不法なムースの狩猟を捜査している。ブリストル・ペイリン〔サラ・ペイリンの長女〕が再婚した。

コルセットを身につけたウエイトレス、見せかけの路面電車。どれを見てもいまのスキャグウェイの町は、ゲイ・ナインティーズ（古きよき一八九〇年代）のような感じがしたかもしれない。だがディズニー・ワールドと違って、この町を動かしている機構をちらっとでも見ることはそれほど難しいことではない。メインストリートからほんの一ブロックはずれたところでは、朝の八時五五分になると、汗で髪を濡らした二〇代の若者たちが、寄宿舎のような宿屋で懸命になって働いている姿を見ることができる。彼らはしきりに大きなコーヒーやスマートフォンを手でさばいている。私がジムで出会った二人の兄弟はムンバイから、H-1B就労ビザで夏のあいだ働くためにやってきたという。彼らの航空料金は雇用契約が成立した時点で払い戻されるのだろう。スキャグウェイの図書館は中に入るとほとんど人がいないのだが、外はにぎやかでざわめいている。それはクルーズ船で働く人々が午後の休憩中にやってきて、無料のワイファイを使い、スカイプ通話で故郷へ連絡をしているからだ。六カ国の言葉が飛び交っていた。

運賃がばかばかしいほど高すぎるが、ホワイト峠のルートを列車で旅することは楽しい——料金だけでくらべれば、ユニバーサル・スタジオ・ハリウッドが一日見学できるパスのほうが安い。われわれが町に戻ってきたときには、すでにこの日のクルーズ船が出発のために観光客を乗船させはじめていた。そしてスキャグウェイは空っぽになってしまった。人のいなくなったメインストリートから遠くの山並みを望む眺めはかなり美しい。

19 ロシア領アメリカ

ペリル海峡

エルダー号はスキャグウェイを出発してグレイシャー・ベイへと向かった。そこから一路シトカへと航海を続けた。私がグレイシャー・ベイで会いたいと思っていた人の中には、一週間ほど町を離れている人もいたので、とりあえずまずはシトカへ向かうことにした。これから数日間、南行きのマリン・ハイウェイのフェリーがスキャグウェイに戻ってこないという。それで私はアラスカの小地域を飛ぶ小型の飛行機でジュノーへ行くことにした。八時少し過ぎにホテルをチェックアウトして、空港まで五分ほど歩いた。アラスカでは交通の各拠点でたいてい、ペーパーバックが山積みされて売られている。私はそれをかきまわして本を探して、パイロットがくるのを待っていた。やってきたパイロットはクリップボードにちらりと目を走らせると、私に操縦席へ乗ってくれないかといってきた。他の乗客のあとについて私は、四人乗りの飛行機の翼に昇り、副操縦士の席に滑り込んだ。乗客の中にはジャック・ラッセル・テリアをいっしょに連れて乗る者もいた。パイロットといろいろおしゃべりをしたが、彼の話では海軍にいてイラクで飛んでいたことがあったという。パイロットの話を聞きながら、私はうしろに遠ざかっていくリン運河の山々や氷河にうっとりと見入っていた。九時半にはジュノーで朝食を食べながら、一週間に二回しかやってこないシトカ行きのフェリーを待っていた。シトカはジュノーの南西約九〇マイル（約一四四・八キロメートル）のところにある。ジュノーからシトカへ向かう最短の航路は、ペリル海峡を通っていく曲がりくねったコースだ。そのコースはところによっては、島と島のあいだがほんの数百フィートしか離れていない危険な海路だ。二〇〇四年にはアラスカのフェリーのルコント号が座礁したが、そのまま航海を続けたためにほとんど沈没しかかった。ハリマンの遠征隊はペリル海峡を夜に航海した。それはもちろん印象的な航海だったのだが、一方では少し残念でもあった。トンガス国有林の中を行く、氷河の浮かんでいない水路はとりわけ美しい旅路だったからだ。海岸線に近いところを航海するために、あらゆるものの色彩はいっそう強く目に映る——山頂を覆っている雪の白さ、水の青い色、そしてトウヒの木々の緑。木々の枝にワシが作っている巣までがはっきりと見える。それほど近くをフェリーは走っていた。

フェアウェザー号は双胴船なので、ホーバークラフトのように水面から浮かんで走っているような感じがする。私は展望ラウンジに座ってぼーっと木々を眺めていたにちがいない。というのも耳のほんのすぐそば、六インチ（約一五・二センチ）ほどしか離れていないところで、「ここに座ってもかまいませんか？」という声を聞いてビクッとしてしまったからだ。親切そうな顔をして破れたジーンズをはいた青年が、私の隣りに座っていた。髪の毛は短くしているが、三つ編みにしたほそい毛を植物の根っこのようにうしろに垂らしている。がんがんと頭を痛めつける二日酔いを、何とかやり過ごそうとしているかのようだ。彼はシトカへ行って仕事を見つけたいという。

「港に降りたら、さっそく友達を探さなくては。彼がボートを手に入れたんです」と彼はいう。「何か仕事が見つかるでしょう。見つからなければ、どこにでも缶詰工場がありますからね。そこなら誰でも雇ってくれます」

私が大学にいたころには、毎年夏になるとアラスカへ出かけてサケ缶詰工場で働き、とてつもない額のお金を手にして戻ってくる者たちがいた。そんな冒険心に富んだ者たちの噂話が毎年大学の中を駆けめぐっていた。私にいえることは、このような噂話はすべておそらくはほんとうだろうということだ。アラスカは身を粉にして働く意欲のある者を、いつも快く歓迎して迎えるところである。アラスカの海岸に沿った土地で目にした町では、そのすべてのところに魚の加工工場があった。しかし、そこで働く人々は大半がフィリピンや中央アメリカからやってきた人々だ。アメリカの大学生はむしろ、スキャグウェイやケチカンなどの観光事業の富を掘り起こすためにアラスカへ来ていた。

フェリーで乗り合わせたこの青年は、小さなスプレー・ボトルを取り出すと、柑橘系の匂いがする液体を両方の手のひらにさっと振りかけた。「ハーブから作られているんです。オーストラリアからきたガールフレンドが送ってくれました」といって、外科医が手術の前に手洗い消毒をするように、彼は両手をこすり合わせた。「一九九一年にはじめてここに来ました。オレゴン州にいたんですが、気違いのような女から逃げ出してきたんです。よそ者ですからすぐにつき合いをすることは難しい。そこで船で働きました。町を出るともう魚を追っているばかりです。そしていくらか魚が獲れると、どこでもいい、一番の近場で船を止めて獲った魚を売らなくてはなりません。そんなことですから、シトカへは二週間ものあいだ戻ることができないんです。

サケの多くは動物のえさになります。それを売ることなんてできません。売れるのはいいサケだけです。サケははらわたを抜くんです。えらを切り開く。ナイフで切り開いたあとに、スプーンで血管を取り出します。水でゆすいで、丸ごと氷詰めにします。こんな風に」といって、私の目の前で両手を重ねた。「氷で覆ったら、また次のサケをその上に重ねる。港に入ってきたら、四〇〇〇ポンド（約一八一四・四キログラム）もの氷を受け取ったかもしれません。そして、まずすべてのものに水をかけて洗いました」

「そんな仕事をしたあとでも、サケの匂いをまだがまんすることができるの?」と私はたずねた。

「ええ、それはだいじょうぶです。サケが大好きですから。焼いても、薫製にしても、バーベキューにして食べてもいい。すべてよしです」

彼は船室を見まわしていた。シトカはしばしば「もっとも住みやすい場所」のリストに登場するような町だ。歴史的な建造物があり、クラシックの音楽フェスティバルが開かれたり、すばらしいフランス料理のレストランもある。フェアウェザー号の乗客も、他のフェリーで見かけた人々よりさらに階級が上の人々のようだ。履いているハイキングブーツも見かけたかぎりでは、エクストラタフのものよりエルエルビーンのもののほうが多い。「このようなボートには以前はバーがあったんです」と私の新しい友人はいう。「私がギターを取り出して引きはじめると、飲み物を持ってきてくれるんです。私はギターを引いてみなさんの心を揺さぶりましたよ。あるとき私がハンク・ウィリアムスの『ユア・チーティン・ハート』(偽りの心)を引きはじめると、すぐにメトラカトラからやってきたしゃれ者がピアノで伴奏しはじめたんです。いまはあんなバーがないのが寂しいです。このボートにはシャワーすらないんですからね」

ペリル海峡にはたくさんの曲がりくねりがある。乗り合わせた青年はそのすべてを知っていた。そしてほぼ毎分ごとに前もってその紆余曲折を知らせてくれた。大好きな映画の筋を次から次に明かして、ついには鑑賞を台なしにしてしまう小さな子どものようだった。「ちょっと甲板へ出て、海を見てきます」と彼はいった。「水はおそらく深さが五〇フィート(約一五・二メートル)ほどだと思います。しかし澄んでいるので底まで見えるんですよ。そう、行ってみて、見えるかどうかあなたに知らせます」

フェアウェザー号は島々のあいだに割り込むと、狭い水路の中をくねって進む。川岸が近いのでトウヒの一本一本の様子を見分けることができた。群衆の中の人々のように、二等辺三角形をした木々の高さはさまざまだ。ゆがんだ脊椎をしたものもあれば、手足を失ったものもある。枯れた木々の茶色の塊は丈の短い若木をその中に隠し守っていた。通路にいたある乗客はカメラを左舷に向けていたが、私はイルカが水の中で側転するのを見ていた。

「そう、ちょうどこのあたりが旅の一番の見どころですよ」とかすれ気味の声がいった。なじみのある香り——それはおそらく九〇パーセントがあのオーストラリアのハーブスプレーで、残りの一〇パーセントが代謝されたエチルアルコールだ——が私の背後から漂ってきた。三つ編みの細い髪をうしろに垂らした私の友は、ボートの前面にあるピクチャー・ウインドウのところへ歩いていき、鼻を窓ガラスに押しつけた。私はふたたびエルダー号がこの夜間の航海をどのようにしてやり遂げたのだろうと思っていた。

甲板員たちが船首に集まって、ロープを手に到着の儀式を行なっている。フェリーが最後のカーブを曲がると、シトカ・サウンド（シトカ湾）の上で隠れて待っていたエッジカム山が暖かくわれわれを出迎えてくれた。

一八九九年の時点でシトカはアラスカ地区の首都で、教養のあるアメリカ人の小さな集団の本拠地だった。「実際人々はみずから進んでシトカに住んだ。そして人生の楽しさを見つけたようだ」とジョン・バローズが書いている。彼はこのアラスカの魅力に満ちた居住地には、少々飽き飽きとしていたようだが、自分の書いた本を読んでくれた人々に会うのはけっしていやではなかった。「われわれが会ったのはニューイングランド出身の教師や、最新の文献を読み続けている人々だった」。この町でもっとも印象的な建物はすべて、一八六七年のアラスカ購入以前から残されているものだ。それはシトカが北アメリカの地で、ロシアの経済や政治の中心を担っていた時期である。ハリマンの一団はたまねぎ型ドームをしたロシア正教の教会を視察した。そこは銀箔で飾られた宗教的なイコン（聖画像）であふれていた。イコンが示していたのはローマのキリスト教より、むしろビザンティンのキリスト教のさらに大きな影響だった。

教会を見にいったあとで、ハリマンはシトカでもっとも著名な市民たちを数人エルダー号に招いて、シャンパンつきの豪華な食事で接待した。招かれた客の中にアラスカ地区の知事ジョン・ブレイディがいた。ブレイディはもともとダウンタウン・マンハッタンをうろついていた浮浪児だった。それに目をとめて面倒を見たのが、未来の大統領の父セオドア・シニア・ルーズベルトである。彼はインディアナ州にいた家族とともに、ブレイディの親がわりとなってお金の援助をした。ブレイディは結局イェール大学を卒業して、長老派教会が叙任した牧師になり、シェルドン・ジャクソンの弟子となった。ミューアと同じで、アラスカへ行くようにとブレイディに命じたのはジャクソンだった。今日でもアラスカの人々は、自分たちの州が非常に大きな小都市のようだという。どんな人でも他人と二、三親等以上離れていることはめったにないからだ（これはおおむね真実だと私も思う）。ましてや一八九九年では、白人にとってアラスカはきわめて小さな町に思われたにちがいない。

遠征に出かける者たちがこの首都を訪れたときに、その多くがはっきりと目にしたのは、シトカの全盛期はすでに遠い過去のものになってしまったということだ。ロシアの港として絶頂期にあったシトカは、ある歴史家によると「北アメリカの太平洋岸ではもっとも文明の開化した町と見なされていた」という。アラスカ購入のあとでアメリカ人によって建てられた建造物は、ロシア時代の堅固な建物とくらべるとかなりみすぼらしい。ロシア知事の住まいは壮観な三階建てで港が見渡せた。「バラノフの城」という名で知られたこの建物も、ガイドブックの著者エリザ・シドモアによると、一八六七年の譲渡以降は「持ち運びのできる付属物はことごとく略奪され、建物は気まぐれに丸裸にされて、ひどい状態になってしまった」という。館は一八九四年に焼失し灰燼に帰した。

古風で趣のあるダウンタウン、農夫たちの市場、それに太平洋を望む眺望などの点からいっても、シトカはヘインズの最大のライバルといってもいいだろう。アラスカのもっとも魅力的な町であることをたがいに争っている。ロシアの領土だった時代――それはなおシトカが「太平洋のパリ」として知られていたころだが――、はたしてシトカではどのような生活が営まれていたのだろう。それを感じ取りたいと思って、私は地元の歴史家ハーヴェイ・ブラントを訪ねた。ブラントと会ったのは「ロシア主教の家」の前だった。この家は聖ミカエル大聖堂とともに、シトカのロシア領時代の姿を残すもっともよく知られた建造物だ（大聖堂は一九六六年に焼け落ちて、そののち当初の図面をもとに再建された。そしていまこの建物で人目を引いているのは、それが大きなリンカーン通りのまんなかに位置していることだ。川が岩をよけてそのまわりを流れていくように、人や車が大聖堂の両脇を通りすぎていく）。クルーネックのセーターを着て野球帽をかぶったハーヴェイは、孫を溺愛する祖父の歳になったポール・ニューマンに少し似ていた。彼は何十年も前にこの主教の家で公園警備員として働いていた。そのためだろうか彼はこの建物や土地に対して持ち主のような感情をいまも持ち続けている。「ちょっとこの匂いを嗅いでごらんなさい」といって手を伸ばし、よく手入れがされた前庭に生えていた鑑賞植物をつまんで、私の鼻先にもってきた。「これはスイートシスリーで、リコリス（カンゾウ風味のキャンディー）を作るときに使うんです。この庭は主教がいたときのままにしてありますʼ」。ハーヴェイは主教の大ファンだったのである。

「この建物の七〇パーセントははじめて建てたときのままなんです」とハーヴェイは、おもな住まいだったところの裏手を歩きながらいった。「私がここへきたのは一九六七年でしたが、そのときにはすでにこの建物は老朽化してがたがたでした。この家が完成して主に捧げられると、すぐそのあとで聖ミカエル大聖堂の建造がはじまりました。おそらくその建築を請け負ったのは同じ者たちだったのでしょう。それはフィンランド人です」（ハーヴェイはまたフィンランド人を非常に高く評価していた）。アラスカでこの仕事を監督していたのは政府の経済機関だったロシア領アメリカ会社だが、その責任者がヘルシンキの出身者で、彼は一八四〇年代にフィンランドの大工の棟梁たちをここへ連れてきた。主教の家は一九六九年までモスクワに本部を置くロシア正教会によって所有されていた。これはキューバ・ミサイル危機のあいだは、いくぶん奇妙な事実だったにちがいない。

聖ミカエルの大聖堂は毛皮交易で栄えていた時代を彷彿とさせる。そのシトカはロシア・アメリカの首都で「太平洋のパリ」といわれていた。

「この町にはどれくらい滞在なさるんですか？」とハーヴェイがきいた。「ちょっと公園局の図書館へ寄ってみられるといいと思いますよ。ジュノーを別にすると、そこにはロシア時代の資料がもっともよく集まっています」

私たちは主教の家の隣りに建っている国立公園局（NPS）の建物に入っていった。勤務中の若い警備員は驚いた様子だった。赤褐色のドレッドロックス〔レゲエミュージシャンがしている、髪の毛を縮らせて細く束ねたヘアスタイル〕をした背の高い青年である。

ハーヴェイがかなり厳しく質問をしはじめると、座っていた彼はすでにほとんど立ち上がっていた。「私がここで定めた規則はいったいどうなっているんだ？　今日は何時まで開いているの？　この人はここの図書館を利用するために、はるばるニューヨーク市からやってこられたんだ」。六〇秒前にはこの図書館の存在すら私は知らなかった。

「ちょっとわかりません。私はここへ来たばかりなので。電話をしてみます……」

ハーヴェイはすでに書棚から本を何冊か取り出していた。それをぱらぱらとめくりながら私に手渡した。「これはちょっとご覧になりたいものだと思いますよ。それからこれ。とくにこれも。ジョージ・エモンズが書いたものです。エモンズはこの通りの先に住んでいました」。エモンズはハート・メリアムの友達だった。メリアムはすでにトリンギット族のあいだで大がかりな民族学的研究を実施していた。エルダー号が港に停泊中、エモンズはメリアムやグリンネルを連れてトリンギット族の村へ案内した。その村でメリアムはヒグマの頭蓋骨を買っている。「私たちには地図が要りますね」とハーヴェイがいう。彼は警備員のほうを振り向くと、警備員はそわそわした様子で、受話器に向かってもぐもぐとつぶやいていた。「ここには一八四五年の地図が何枚かあると思うんだが？」

「えっと、それはないと思います」と警備員が答えた。「ですがあなたのお友達は、図書館を二時半から四時半までお使いになることができます」

「しようがないなあ」とハーヴェイはいって失望の色を浮かべた。私たちは主教の家の正面玄関のほうへまわって歩いていった。

中へ入ると「屋根裏部屋を見せくれると思いますよ」とハーヴェイがいう。そして階段を封鎖している扉をじっと見つめながら

「もうちょっとあとだと上に行けたかもしれませんね」といった。

いくつか部屋を通り抜けて、大きなジオラマのあるところに着いた。それは一八四五年のシトカのジオラマだ。一九世紀の旅行ガイドによると、これはシトカの「黄金時代」だという。ハーヴェイはミニチュアの都市をデザインするのに手助けをした。地図を描いたときに使った古い絵の具をこのときにも使用した。小さな建造物にはそのほとんどに黄色が塗られていて、屋根は赤い色をしていた。それはアラスカが譲渡される前のシトカを書いたウィリアム・ドールの記述に従ったためだ。「ギリシア教会は建物が暖かい色をしていて、尖塔や球根状のドームは淡緑色だ。背景には頂上に雪をいただいた山々が険しくそびえており、トウヒの密集した薄暗い森をまとっていた。建物や背景の色合いが、アメリカの開拓地の中ではユニークな絵のような効果を作り出していた」

一九世紀前半、四つの国の勢力争いが太平洋岸の北西地域で起こっていた。ロシアはアルタ・カリフォルニアのスペイン領土に植民地を作ることで、北アメリカの掌握を堅固なものにしようとしていた。アルタ・カリフォルニアはサンフランシスコにあったスペインの布教本部から、北へ一〇〇マイル（約一六〇・九キロメートル）も行かないところにあった。ロシアが望んでいたのは、最終的には「フォート・ロス」として知られることになる場所を、毛皮の採集や農業の活動拠点として使用することだった。だが、この試みはまったく成功しなかった。カリフォルニアのソノマ・カウンティーからアリューシャン列島にいたる領土を管理することが困難となり、ロシアは結局、アメリカやイギリスのハドソン湾会社と交易をするために、領土を開放する条約に調印せざるをえなくなった。北アメリカにおけるスペインの存在は一八二一年にメキシコが独立したことで終わりを告げた。フォート・ロスは打ち捨てられ、一八四一年にジョン・サッターに売り渡された。サッターはそれからわずか数年のちに、サクラメント渓谷の水車小屋で金を発見することになる。一八四〇年代の中ごろにはロシアがアメリカに、比較的安い値段でアラスカを売りに出すかもしれないと知らせていた。

この領土をめぐる攻防の結果として現われたのが、アラスカの奇妙な国境線だった。それはまるで誰かが電動のこぎりのジグザーでまっすぐに切りはじめて、そのあとでてんかんの発作を起こしたためにできあがった線のようだった。このような国境線をもたらしたものは、ハドソン湾会社とロシア領アメリカ会社とのあいだで引き起こされた領土争いで、太平洋岸の特定の場所における商業権を、ロシアとイギリスのどちらが所有するのかという問題だった。一八二五年には条約が結ばれ、北緯五四度四〇分で国境線が引かれることになった――これはいまのアラスカ・パンハンドルの最南端に当たる。そして不規則な海岸線に沿って平行に、ほとんど明確とはいいがたい線が、太平洋に近い山々の頂点を結ぶ形で引かれた。この架空の折れ曲がった線の西側がすべてロシアの領土となった。曖昧に確定された境界は、ハリマン隊がやってきたときもなお不分明で確固としたものではなかった。その証拠にホワイト・パス・シティで彼らはカナダの旗が翻っているのを目にしている。そこではカナダの役人たちが、アメリカ合衆国が所有権を主張する土地で働く鉱山労働者たちに税を課していた。この領土をめぐる紛争は、国際法廷によって一九〇三年に、現在の国境線が設置されるまで解決されることがなかった。イギリスのあまりに弱腰の交渉に対するカナダの不満――これはまったく理にかなった不満だった――は自国の直轄植民地からの独立運動をますます加速させることになる。

ハーヴェイは「従業員専用出口」と表示されたドアを押した。ドアは吹き抜けの階段に通じている。彼は左右を見まわすとクマの皮でできたミニチュアの敷物のようなものをつまみ上げた。「ラッコの生皮を見たことがありますか？　どうぞ触って感触を確かめてください。一センチ四方の中に一〇万本の毛があるんです」。皮の感触はカシミヤのようにソフトで、ワセリンの絹のような濃密さを持っていた。

この家で一番大きな部屋の一つは、アラスカやシトカの歴史上重要な人物のギャラリーに改造されていた。一番はじめに目に入った顔はヴィトゥス・ベーリングと表示された肖像画だった。

「このポートレートは実はベーリングじゃないんです。彼のおじさんです」とハーヴェイはいって、丸ぽちゃの顔をにらみつけた。一九九一年、考古学者の一団が樹木の生えていない島（ここでベーリングは壊血病で死んだ）へやってきて、彼の墓を掘り起こした。遺骸に法医学的な分析を加えた結果、彼が油絵のキャンバスからわれわれをにらみ返していた太っちょではなく、ミドル級のボクサーのような体つきをしていたことがわかった。「それにベーリングはアラスカを発見などしていなかったのです。それはまったくばかげた話です」とハーヴェイはいう。「トリンギット族がそれより前に長いあいだここに住みついていたわけですから。エッジカム山が煙を出していたころにすでにトリンギット族はここにいたという昔話があります」。シトカの町の上にのしかかるようにそびえる休火山のエッジカムが、最後に噴火したのは紀元前二五〇〇年から二〇〇〇年のあいだだった。「だとすると、少なくとも四〇〇〇年から五〇〇〇年前には、ここに彼らがいたということになります」

ギャラリーでは圧倒的に広いスペースが、ある聖人のために使われている。主教の家が建てられたのもその人のためだった。「さて、このインノケンティ主教は天才でした」とハーヴェイは、その人のポートレートを憧れの眼差しで見つめならがいった。「彼はシベリアの地で育ちましたが　文なしの状態でした。しかし、一八二三年の冬をシトカのここで過ごすころになると、すでに立派な作家に、そして立派な科学者に、さらには非常のすぐれた司祭になっていました。語学の才能にもめぐまれています」

有史時代を通して、アラスカを通り抜けていった非凡な人々はたくさんいた。だが、そのすべての中でインノケンティ（修道名）がもっとも魅力にあふれた人物だということは、誰もが認めるところだった。シトカにとどまったあとで、彼はなおイヴァン・ヴェニアミノフ司祭として知られていたが、一八二四年にアリューシャン列島にあるウナラスカという町に移った。ウナラスカには数十年のあいだ、ロシアの毛皮商人の酷使に苦しんでいたアレウト族がいた。ヴェニアミノフは自分の家や教会を建ててアレウト族の人々を驚かせた。そしてそれが完成するころには、地元の住人たちに基本的な建築技術を教えていた。彼は頭の回転の速い偉大な人物で、しばしば「カソック〔司祭平服〕を着たポール・バニヤン〔アメリカ合衆国の伝説上の巨人で、西部開拓時代の怪力無双の木こり〕」として描かれている。彼は自分で柱時計や家具を作った。その中には精巧な隠し引き出しのある机もあり、それはいまも彼の古い家で展示されている。ヴェニアミノフはアレウト族の言葉ナンガン語をたちまち覚えて、それを話した。そして、文字を持たなかったナンガン語のアルファベット表記をはじめて考案した。そしてそれを使って彼は教科書を書き、聖書を地元の言葉に翻訳した。

アレウト族がヴェニアミノフの考えていたことに対して、いくぶん疑いを持っていたというのなら、トリンギット族は紛れもなく敵意を抱いていた。一八三四年にシカトに戻って、そこで人々に奉仕しようとするヴェニアミノフを暖かく迎えはした。だが、ほんの三〇年前にロシアはシトカの町を包囲して、堅固に要塞化した防御柵を築いていた。ヴェニアミノフがシトカの町に帰ってきたとき、「ロシア人たちは大砲の砲口を、柵の外からトリンギット族の村へ向けていたんです」とハーヴェイはいう。ヴェアミノフはここでもふたたび、地元の文化に対する例を見ないほどの敬意を示して突破口を開いた。命を落としかねない天然痘が蔓延している中、予防接種を受けることを、ロシア人やトリンギット族に勧めて命びろいをさせた。「トリンギット族の人々は『うん、われわれもこの男のいう聖書とやらを読んでみよう』と思ったんです」とハーヴェイはいう。一八四〇年、ヴェニアミノフはアラスカ主教となり、インノケンティという名前を授かった。そして、シベリアからカリフォルニアにいたる教区を任されることになる。

インノケンティ主教のことで、私がもっとも強い印象を受けたのは彼が行なった海洋航海だった。アリューシャン列島で彼は島から島へと、アレウト族のカヤックのバイダルカを櫂で漕ぎながら渡った。旅をするときにはいつも科学的なノートを詳細につけることを忘れない。のちに私がウナラスカで会ったやはりカヌーを漕ぐ人は、インノケンティの日記はいまでも、飲み水のありかを探すのに役に立つといっていた。一八三六年に彼は、自分の教会区の最南端に位置する前哨地フォート・ロスまで航海している。シトカに戻ると彼は小型のパイプオルガンを二台こしらえて、それをカリフォルニアで訪れたカトリックの布教本部に寄贈した。シトカで主教に昇進したあとで、と歴史家のウォルター・ボーンマンは書いている。「一八四二年から一八五二年までの一〇年間で三回、アラスカやカムチャッカに新しく作られた教区へ、それぞれほぼ一万五〇〇〇マイル（約二万四一四〇・二キロメートル）という膨大な距離を彼は旅して訪れている」

私が懸命になってインノケンティの業績を追っていると、ハーヴェイの注意は「博物館員専用」と書かれた札がかかったドアに向かっていた。そして彼は躊躇することなくそのドアを明けた。

「ロシア人たちはハドソン湾会社と取り交わしたように、つねに交易協定を結んでいます。ですから、ここでは何から何までほとんどの情報を手にすることができるんです。一本のすてきなワインにいたるまで」と彼は叫んだ。私はそっとつま先で彼のあとに歩いていった。われわれがいたのは誰かのオフィスだった。「彼らは私の書類キャビネットをここに持ち込んだんです」と彼はいう。そしてさも不機嫌そうに、キャビネットから箱を取り出した。

「ハーヴェイ、きっと誰かが私たちがここにいると思っていますよ」と私はうしろを気にしながらいった。

「それは大丈夫です。このコレクションを作ったのは私なんですから」。彼が大きな箱を開けると、中には茶色の正方形をした大きな物体が入っていた。表に何かが刻印されている。それは一見してチャンキー・ジャイアント・バーのようだった。「磚茶《たんちゃ》〔紅茶や緑茶の屑を蒸して型に入れ、圧搾して干し固めたもの〕をご覧になったことがありますか？　サモワールの使い方をご存知ですか？」。ハーヴェイは大きなサモワールに手を伸ばした。私は一八〇〇年も前の古いお茶の匂いが、この建物中に漂ってしまうのではないかと思った。警察に通報されるかもしれないと心配した。それにだいたい私はアラスカで、誰か一人でも弁護士を知っていただろうか？　しかしハーヴェイは心変わりがしたようだ。すでに玄関のドアのほうへ歩きはじめていて、一瞬のあいだ躊躇すると、熱心に屋根裏部屋へ行く階段を見上げていた。なぜ彼がそれほどまでにそこへ行きたいのか、私には理由がまったくわからなかった。

ロシア領アメリカの終わりはすみやかにやってきた。一八五四年、黒海地方へと手を伸ばすロシアの拡張主義がトルコと衝突した結果、クリミア戦争が勃発した。戦争はイギリスとフランスが同盟国としてトルコの味方をした。ロシアは屈辱的な敗北を喫して、大きな犠牲を被った。アラスカの領土を維持することは多大な支出を必要とする。おまけに毛皮交易による利益はいちじるしく低減していた。海軍国イギリスがベーリング海峡において、その地位をますます強固なものにしている中、これを警戒したロシアはアメリカ合衆国に、やがては——イギリス以外の——どこかの国がアラスカを購入することになるだろうとはっきりその意思を示した。

アメリカでは南北戦争のために、民主共和両党のあいだでアラスカ購入について真剣に議論することが遅れ遅れになっていた。最初に交渉を担当したのが国務長官のウィリアム・スワードだった。その彼が暴漢に襲われて残忍なやり方で刺された事件が起きたために、この案件を前へ進めることができなかった。暴漢はスワードの他にも五人の家族を襲った（それにもう一人、頭を銃床で激しく叩かれた者がいる）。スワードを襲った暴漢は、エイブラハム・リンカーンを銃で撃ち殺したジョン・ウィルクス・ブースの仲間で、スワード襲撃も同じ暗殺計画の一部だったのである。スワードの家の者たちは傷を負ったが、死んだ者はいなかった。ハーヴェイの話では、暗殺者の刃物の刃が首のギプスによって邪魔されたのかもしれないという。「もしスワードが馬車に引かれていなかったら、首にギプスをすることもなかったでしょう」とハーヴェイはいう。「この事故が彼の命を救ったのです」

「スワードの愚行」の神話（巨大な冷蔵庫（アラスカ）を買ったと揶揄された）とは裏腹に、天然資源が豊富だと噂されている広大な土地を、一エーカー当たり二セントで買うことのできるチャンスは、スタートから人気があった。アメリカ議会の上院はこの取り引きを、三七対二という投票の結果承認した。この広い土地にアラスカ――アレウト語で「本土」の意味――と名づけたのはスワードだったと信じられている。ロシアからアメリカ合衆国へのアラスカ譲渡は、一八六七年一〇月一八日にバラノフ城で行なわれた。

ハーヴェイと私はキャッスルヒルに上った。この場所がアラスカ譲渡の協定書にサインが行なわれた場所で、アメリカ領のアラスカの地にはじめて星条旗が掲揚されたところだった。ここからはすばらしい港の眺望が開けている。ロシアの古い大砲が置かれていて、子どもたちがよろこんで上って遊んでいた。しかしそれを除くと、盛時のよすがを残すものはそれほど多くない。だが、足元を見ると大きなごみの山があり、それがアメリカ西海岸でもっとも国際的な都市として、一時期シトカが果たした役割を示していた。一九九〇年代末に、考古学者たちがここで何千という数の人工物を見つけている。その中にはハワイのココナツや日本のコイン、ハイチで作られたイギリスのボタン、オスマントルコ帝国の喫煙用パイプなどがあった。「一八九九年にハリマンが来たときには、すでにシトカは文化的には停止の状態だったと思います。しかし、シトカの人々はロシア時代に築いた栄光の中で生きていました」とハーヴェイはいう。

エルダー号がやってくるころにはすでにバラノフ城は消失していたかもしれない。だが、乗客たちはブレイディ知事の住まいで歓迎された。フレデリック・デルレンボーはそこで感じたある奇妙な気持ちを記している。それはシトカのエリート層が一列に並んで出迎えてくれたのだが、遠征隊を迎えるのに誰もが正装に身を包み、よろいのこてのような長手袋をはめていたことだ。ハリマンはブレイディに、地元に住むトリンギット族の族長と部族のメンバーを数人呼んでもらえないかと頼んだ。やってきた彼らにハリマンはグラホーン〔アレクサンダー・グラハム・ベルが開発した、世界で最初の実用録音機〕を見せて驚かせた。彼はこの録音機で先住民たちの話や歌を録音した。そして彼らに自分の声を聞かせると、彼らは非常に驚いた。知事のブレイディはみずから進んで演説をして、それを録音した。おそらくそれはアラスカ史上はじめて録音された政治家の演説だったろう。

翌日、エルダー号が出発の準備をしていると、先住民のブラスバンドが通りをやってきた。ハリマンはブレイディの家の前に集まっている楽団のグループにグラホーンを自慢げに見せていた。エルダー号はシトカの雨の音と、ブラスバンドが奏でる「星条旗よ永遠なれ」の演奏を聞きながら港を離れていった。

20 絶対に必要なもの

シトカ

国立公園局（NPS）がまだ開いている最後の数分間のために急いで戻るより、むしろシトカの図書館へ行ったほうがいいのではないかとハーヴェイが勧めてくれた。そこにはハリマンがここを訪れたときにそれを報じた新聞の古い切り抜きがあるかもしれないという。しかし図書館にそれはなかった。だがそれに勝るとも劣らないものがあった。それは一九〇一年に刊行された『ハリマン・アラスカ・シリーズ』の最初の二巻で、オリジナルのハードカバー本だった。ハリマンはエドワード・カーティスにお金を支払って、彼のゼラチン・シルバー・プリント（銀が光に感光する性質を利用したモノクロ・プリント）をグラビア印刷として使ったために、写真は贅沢でほとんど立体的といっていいほどの質感を持っていた。中でももっとも興味を引いたのは「シトカのインディアン・リバー沿いの小道」と思われる写真だった。私は聖ミカエル大聖堂から川岸沿いの道が途切れるところまで一マイル（一・六キロメートル）ほど歩いてみた。この道はシトカの国立歴史公園で終わっていた。この公園には大きなトーテムポールのコレクションがあり、そこにはすてきな案内所もあった。案内所では地図をもらうことができたし、雨がまた降りはじめたので雨宿りをすることもできた。次の日、インディアン・

リバー・トレイルをハイキングしたかったので、それについて私は案内所の森林警備員にいろいろたずねた。

「そうですか、あそこは私のお気に入りのトレイルなんです。とってもゴージャスですよ」と勤務中の若い警備員がいう。彼女はどうみてもまだ一五歳くらいだ。曲がりくねった道は、トウヒやアメリカツガの森を通り抜けて滝に達する。「ただひとつだけ気をつけていただきたいのは、昨日あそこでクマが出たんです。それでベアスプレーを持っていったほうがいいと思います」といって、彼女はミニチュアの消化器のような小さな缶を取り上げた。中には武器用に加工したチリ・ペッパーのエキスが入っているという。「五〇ドルいただきます。これを飛行機に持ち込むことはできませんので、くれぐれもご注意ください」と彼女がいった。

実のところ私はシトカから飛行機で飛び立つ予定にしていた。それはフェリーが二週間ほどこちらに来ないために、次の目的地へすぐに行くことができなかったからだ。私の長期にわたる健康について考えてみても、ベアスプレーにくらべれば、はるかに役に立たないものやサービスに私は五〇ドルのお金を使ってきた。そんな後悔が私の人生には山ほどあった。とりわけ強いお酒を飲んだあとなどはしばしば強い後悔の念に駆られた。春や夏の季節に必要なことは、とりあえず二、三週間のあいだ、アラスカのニュースを見たり読んだりすること――「スポーツ」「天気」「娯楽」「ひどい打撃」。そして楽しくないクマとの遭遇が、ニュースのジャンルに入れられるほど、ごく当たり前の出来事だと理解することだ。アラスカでクマの問題に取り組むためには、トラブルに巻き込まれる前に少しずつ知識を身につけなければいけない。それはニューヨーク市の地下鉄の正しいエチケットのようなものだ。

国立公園局（NPS）から集めたさまざまな資料によると、クマに対処する最善の方法はまずクマからまったく身を避けていることだという。これは相手がクロクマ（ツキノワグマ）でもヒグマでも同じことだ（グリズリー・ベア〔ハイイログマ〕はヒグマの亜種で内陸に生息している）。クマは驚かされるのがきらいだ。そのためにハイカーたちは手を叩いたり、鈴のようなもの（そりについていたり、道化師が持っているような鈴だ）を身につけて、よけいな音を立てないようにとアドバイスを受ける。子グマを連れた母親のクマは、不意に現われた者に対して激しく敵意を見せる（「思いがけない出会いはたいてい突然起こり、それもかなり近距離で生じる」とNPSのパンフレットに書いてある。これはいい換えれば「うわっ！」「ちょっと！」「あ、あ、あ、あっ！」ということだ）。クマは好奇心が強く、あなたをよく調べたいと思うかもしれない。もしクマに出会って、そのクマが動かなかったとしたら、そのままゆっくりとうしろに下がることだ。しかし、クマがついてきたらどうするのか？　別のパンフレットでは「一歩も引かないこと」と書いてある。クマから逃げてはいけない。クマは時速三五マイル（約五六・三キロメートル）で動くことができる。そして他の餌動物のようにあなたを楽しげに追いかけてくるだろう。私が心にとどめておくようにとアドバイスされたのは次のようなことだ。「クマはしばしば荒っぽく攻撃をしかけてくるが、ときにはこちらに接触せずに、一〇フィート（約三メートル）以内のところまで近づいてくることがある。そんなときには大きく手を振って、クマに語りかけることだ」。このときこそが、ベアスプレーを急いで取り出さなくてはならない瞬間なのである。

　手を振り回したり、話しかけたり、スプレー缶でタバスコを噴霧してみても、クマが行動を中止しないであなたに攻撃をしかけようと決断したときにはどうすればいいのか？　ヒグマは通常、いったんもはや脅威がないと判断すると、防御のための攻撃をやめてしまうようだ。ここでわれわれがいま話しているのはヒグマのことだ。そうでしょう？　というのも、もしそれがクロクマだったら、「死んだふりをするな」とさらに大げさなパンフレットはアドバイスをしている。「大半のクロクマは捕食のために攻撃をしかけてくる」（ここでおもしろ情報を一つ——クロクマはしばしばブロンドやブラウン、あるいはシナモン色の毛皮をまとっている。クロクマとヒグマを見分ける簡単な方法は、ヒグマに特徴的な猫背があるかどうか確かめてみることだ。もしあなたが攻撃をされたら、そっと手をクマの首のうしろにまわして、手探りで背中のこぶを触ってみるといい）。「もし攻撃が長引いてヒグマがあなたを餌食にしようとしはじめたら」、そのときにはヒグマに向かって（勢いよく）反撃に転じなくてはならない。実際、私に必要だったのはクマが防御のための攻撃をやめ、肉を飲み込み消化しようと（クマにとって理想的なのは、もちろん肉が薄片になっていることだ）、私の体を引き裂きはじめる瞬間を見定めるためのチェックリストだ。

次の日の朝、私が泊まっているシトカのB&Bで朝食をとっていたときに、この話題について少し話をした。そこにいた誰もがはっきりした意見を持っていた。アンカレッジからやってきた夫婦は、危険なクマのことなど何も知らずに南から来たが、すぐに必要な情報を手に入れたという。

「仕事をはじめた最初の日、私は片腕のない同僚に会いました」と婦人がいった。「だいたい自己紹介をしてすぐに、『はじめまして。その腕はどうなさったのですか？』なんていえるわけがありません。それで他の者にきいたんです。そうしたらその人は『ああ、あれですか？　クマにやられたんです』と教えてくれました。それはまるで軽い追突事故の現場にいたような口ぶりでした」

「彼の写真を別の同僚が送ってくれたんだけど、とてもあなたに見せられるようなものではない。顔が剝ぎとられちゃっているんだから」とご婦人の旦那さんが、パンにジャムを塗りながらいった。「顔を縫ってもとに戻したんだけど、目は片方しか見えない。アンカレッジで見つかったときには、誰もがほとんど死んでいると思ったにちがいない。あなたもそう思うでしょう。みんな殺傷事件の犠牲者だと思ったんだ。しかしあそこの病院には、クマに襲われてできた傷の分野では、世界でも一流といわれる専門家がいる。その医者が緊急治療室に運ばれた男を一目見て、『これは刺されてできた傷ではない。この男はクマに襲われたんです』っていったんだ」

祖母のような宿の女主人アンが、キッチンから新しく入れたコーヒーのポットを持って入ってきた。「一度だけだけど、狩りに出かけて、グリーズ・ベアが木を倒すところを見たことがあるんだよ。倒した木の上に乗るとクマは、木がばらばらに裂けてしまうまでその上でジャンプしていた」と彼女はいう。「考えたんだけど、そう今日はどこか他の場所へ行ってみようと思う」。そこでは短いディベートがはじまった。クマが出没する領域へ行ったら、安全のために三八口径の銃を持っていったほうがいいのか、それとも四四口径の銃のほうがいいのか。四四口径の選択が大方の意見だった。

「クマのスプレーはどうなんですか？」と私はきいた。「あるいはクマを用心させるために鈴を身につけて行くというのは？」

「あはは！」とアンは笑った。「スプレーを使えばクマの顔にペッパーを吹きかけることができるが、自分の顔にもかかってしまう。それに鈴はもっぱら、クマをディナーに呼ぶ手段として有効だとみんながいってるよ」。誰かが一つジョークを話した。それは私がアラスカに滞在中に何度か耳にしたものだった。奥地に行ったらクマの糞を見ることによって、近くにクマがいて動いているかどうかがわかる。しかし、それがクロクマの糞なのか、あるいはヒグマの糞なのか識別できなくてはいけない。クロクマの糞には小枝や木の実の種、魚の骨が含まれている。そしてそれは森のような臭いがする。一方、ヒグマの糞には小枝、木の実の種、魚の骨、それに鈴などが含まれていて、ペッパー・スプレーの臭いがする。

「犬を連れていくのも役に立たないんだよ。犬はグリズリー・ベアを見るとしっぽを巻いて逃げ出してしまうからなんだ。そしたら、クマはかえってこちらに向かってやってくるからね」とアンはいう。「古いいい習わしで私が好きなものがあるんだ。それは『銃を手にして、足の遅い者をいっしょに連れていくことだ』っていうもの」

シトカに滞在した残りの日々は、その期間中はげしい雨が降りつづいた。手元には五〇ドルしか残っていない。それを持ってややみすぼらしい「パイオニア・バー」に行った。そこではつい先ごろ、日曜日の午後に、議論の末、ある常連客がもう一人の客に銃を突きつけたという。平らな場所にはところ選ばず灰皿が置いてある――バーでたばこを吸うことはアラスカでさえ法で禁じられていた。だが、このパイオニア・バーではそんなことに、誰一人注意を払う者などいないようだ。少なくともトイレで銃を突きつけることなどまったく気にしていない様子だ。かすかなマルボロの煙を通して、壁のいたるところに写真が貼ってあることに気づいた。それはローマの百人隊の隊長たちが盾を手にして立っているようだ。近くに寄ってよく見てみると漁師たちだった。彼らは一〇〇ポンド（約四五・四キログラム）ほどのオヒョウを手にしてポーズを取っていた。オヒョウの大きさはサーフボードほどもあった。

「クマがオヒョウを食べるんですか？」と右隣りにいた男にきいた。

「ヒグマが？　食べない、食べないよ」と彼はいった。「しかしシロクマは食べるよ、もちろん」

21 氷山

グレイシャー・ベイ

メトラカトラ、ランゲル、ジュノー、スキャグウェイ……。自分の夏をハリマンに預けた形の乗客たちにとって、ストレスがたまるほどイライラさせられたのは、航海のはじめの段階でエルダー号が停泊したところでは、そのどこででも、アラスカの野生地域を探検するチャンスがほとんどなかったことだ。そのためにグレイシャー・ベイは、遠征隊に冒険心を与えてくれるはじめての場所になった。ここにエルダー号を五日間停泊させる決断をしたこと自体が、この土地の壮大な美しさと、科学的な調査ができそうだという遠征隊の見込みを表わしていた。そしてそれよりなにより、このことは土地の壮大さを世界に知らしめたジョン・ミューアに対する賛辞でもあったのである。一八七九年、ミューアがはじめてグレイシャー・ベイに乗り入れたときには、アラスカはまだすべての（といってもいいくらい）アメリカ人にとって、氷で覆われたミステリーの世界だった。しかし一八九九年の夏ごろには、アレクサンダー諸島の中を航海することが観光客にとっても、科学者たちにとっても人気の高いクルージングになっていた。観光客と科学者はしばしば同じ汽船に乗って旅をした。彼らはその多くがミューア氷河——発見者にちなんで名前をつけられた壮大な氷河流だ——を見るためにやってきた。ミューア氷河がエルダー号にとってはじめて訪れた氷河だったことは疑う余地がない。ますます高まりつつあった氷河の人気はいやでも注目されずに見過ごされることはできなかった。「好奇心をそそる特徴はあちらこちらに作られた数多くの遊歩道だ。それが氷堆石の頂上へと旅行客をいざなって立ち寄らせてくれる」。氷堆石は氷河の先端が強引に前へと押し進んだ結果、蓄積されいった岩石の堆積物である。「遊歩道を作ったのはおそらく、観光客をここへ連れてくる汽船会社だったにちがいない」とフレデリック・デルレンボーは彼の日記に記していた。

ジョン・ミューアがはじめてグレイシャー・ベイへと出かけたのは一八七九年の秋だった。この航海にはたくさんの興味ある特徴が見られるが、中でもその時期が注目に値する。アラスカ南東部（アラスカ・パンハンドル）の旅に出かけるタイミングとしては、一〇月は最悪だった。もちろん一〇月でなくても、八〇〇マイル（約一二八七・五キロメートル）の距離を風雨にさらされながら、カヌーで行くことがたいへんなのはいうまでもない。「私なら一〇月にアラスカの海岸でフィールドワークをしようなどとは夢にも思わないだろう」と氷河学者のマーティン・トラファーはいう。彼はとりわけ南極大陸でキャンプをしたことのあるような人物だった。それでなくても雨の多いアラスカ南東部だが、中でも一〇月はもっとも雨量の多い月で――一〇月の三一日間で、ケチカンに降る雨の量は平均二〇インチ（五〇八ミリ）に達する――、おまけにインサイド・パッセージの北端では、気温がつねに氷点下まで落ちていた。ミューアは少年時代に砂岩をうがって、井戸を掘り続けたことがある。この経験のおかげで不快な状況にも耐えることのできる冒険家の免疫力を身につけていた。ハート・メリアムは雪の季節に、シエラネバダ山脈の奥深くでミューアとハイキングをしたことを覚えている。ミューアはそのときブランケットも寝具類も持ってこなかった。ミューアのスパルタ式倫理感の残念な副作用は、いっしょに旅をする人の苦しみを、ほとんど無視してしまうその自閉症的な傾向だった。チルカットはインサイド・パッセージのはるか北の区域にあるが、その地方へ思い切って足を踏み入れた採鉱者たちから、驚くべき氷河がそこにはあるというニュースを耳にすると、ミューアにとってはアラスカの雨期など、ほんのわずかな不便さにしか感じられなくなるのだった。「この野生地域を体験するのははじめてだが、私は嵐には慣れ親しんでいたし、それを楽しんでもいた」とミューアは書いている。「そのために私はできるかぎり北まで進もうと思った。そしてできるかぎり多くのものを見て学ぼうと思った」

だいたいがグレイシャー・ベイの探検は予備の計画だった。もともとミューアは、ランゲルのトリンギット族たちといっしょに、リン運河の最北端の地域（ジュノーからヘインズやスキャグウェイへと伸びている）を探検するつもりだった。それが恐ろしいチルカット族のあいだでは、酒を飲みつかみあいの喧嘩をしているという噂――カダチャンの父親（族長）は乱闘のさなかに銃で撃たれた――を耳にして、シトカのチャーリーが子どものころに、アザラシの猟に出たとき目にしたという「氷でいっぱいになった大きな湾」に目を向けた。ボートに乗っていた者たちは誰もが、チャーリーがいっていたような樹木の生えていない土地を見たことがなかった。だが、ミューアはむりやり彼のチームをグレイシャー・ベイの湾口へと押しやった。「雪で覆われ荒涼としたこの浜辺で、嵐のようにみぞれが降る中、われわれはテントを張った」と彼は書いている。夜が明けると彼らは、「シトカのチャーリーが話していたすばらしい『氷の山並み』を探しに出かけ」たのだった。

チャーリーが話したことをミューアは思い出していたが、これは明らかにジョージ・バンクーバーが書いていた「堅固な氷の山々」という描写の反響だった。バンクーバーが一七九四年に作製した地図をミューアは使っていた。霧が立ち込めた朝は何一つ見えない。「バンクーバーの地図はこれまで信頼できる誠実な案内人を務めていたが、ここにきてわれわれをまったく失望させてしまった」とミューアは書いている。彼らはこのとき以降、未知の土地《テッラ・インコグニタ》の領域へ入り込むことになった。イギリス人が作った正確な地図には、彼らがキャンプをした湾は存在していなかった。

湾の向こうでかすかな煙が見えた。それをめざして六人が行くと、そこではフーナ・トリンギット族の男たちがキャンプを張っていた。アザラシを追う猟師たちだ。フーナ族の男たちはこんな人里離れたところに、しかもシーズンも終わろうとしているころにやってきた白人たちをいぶかしげな目で見た。しかし、白人たちははっきりと金を探しに来たわけではないという。猟師たちはおそらくからかい半分だったのだろう、ヤングの布教活動には、「アザラシやカモメに……そして氷山にも」説教をする計画があるのかときいてきた。だがすぐに彼らは、チャーリーの報告をまぎれもない真実だと裏づけたし、彼の報告をさらに情報をふやすことで補った。彼らはその場所を「シット・ア・ダ・カイ」（氷の湾）と呼んだとミューアは記録している（さらに正確なトリンギット族の言葉に翻訳すると、それは「シット・イーティ・ゲイイ」となる。「氷河になった湾」という意味だ）。ミューアの関心は「彼らがもっともよく知っている氷山は湾の最上部にある」という情報によってさらにそそられた。シトカのチャーリーが案内人の役割からはずしてほしいといいだした。以前子どものころに訪れた風景とまったくちがっているので、いまの自分では役に立たないという。ミューアはそれを受け入れて、新たにフーナ族の猟師を一人案内人として雇うことにした。

氷河はおおまかにいうと葉を落としたニレの木のような形をしている。太い幹が枝を北のほうに伸ばしてフィヨルドや入江となっていた。枝のほとんどがその先端を海の水に浸らせているが、氷河はすでにそこからはじまっている――あるいはむしろ氷河がダイナミックなために、これはゆっくりと流れる氷の川が海と衝突しているというべきなのか。ミューアとチームは北西へと櫂を漕ぎながら、どしゃ降りの雨の中を不毛な荒れ地へと入っていた。そしてそのときはじめて巨大な氷河を目の当たりにした。ミューアは氷山が分離する迫力に畏怖の念を抱いた。そしてその力の視覚的な効果に魅せられた。「すべての岩が新しい氷で覆われている。それは海面下においてもそうだった」と彼は書いている。「いまのところは海の波も氷河の表面をこすり取ることができないし、ましてや大きなすり傷や溝、それに氷河の輪郭を形づくる線をすら刻みつけることはできない」

湾の先にそびえる巨大な氷山のところへ何としても近づきたいと思ったミューアは、チームのみんなにさらに前へ進むことを主張した。しかしフーナ族の案内人はミューアの提案を却下する。氷山までの距離があまりにも遠すぎる、それに「そこへチームを案内するのは昼間でも危険だ」というのだ。次の日は日曜日だった。ヤングはサバト（安息日）を守りたいという。他の者たちも、いつ嵐が襲ってくるかもしれない嵐の中を旅するのはいやだという。じりじりしてがまんしきれなくなったミューアは、一人でキャンプから出て上へ登りはじめた。雨と雪解けの水でできた泥だらけの急流を渡り、肩まで達する雪の中を転げまわりながら上った。ミューアはもともとすぐれた登山家だった。ヤングによると、彼はまるで背中に「負の重力マシンを背負って」いるかのように山の斜面を「滑る」ようにして上っていくという。ミューアは尾根まで一五〇〇フィート（四五七・二メートル）の距離をよじ上ると、景色がはっきりと見えてくるまで待った。

ようやく雲が少し消えて、灰色をした雲の縁の下から、氷山であふれた湾の広がりが見えてきた。そのまわりにそびえる山並みのふもとや、五つの巨大な氷河の堂々とした斜面も見える。一番近い氷河はすぐ目の下にある。これがはじめて私が目にしたグレイシャー湾の全貌だった。それは氷や雪や、それに新たに姿を見せた岩などでできた辺鄙な場所で、薄暗く、わびしい、ミステリアスな風景だった。

ミューアは雨に濡れて寒さにこごえながら、しかし恍惚とした気持ちを抱いてキャンプに戻ってきた。彼の帰りを待ちわびていた仲間たちも、やはり雨に濡れ寒さにこごえて、少し反抗的な気分になっていた。もう一〇月も末である。湾の大部分はすでに凍りはじめていた。トイヤッテはミューアがなお自分たちを引き連れて、氷の「大きな家」（監獄のことだ）へいくのではないかと恐れていた。ミューアは突飛な行動をものともしない性格だったが、それに慣れていないフーナ族の案内人は、嵐の中を氷山に上ろうとする男の気持ちがわからない。正気とは思えなかった。五人のトリンギット族の男たちは小さな火を囲んで座っていた。そして「粉々になったカヌーや水に溺れたインディアンたち、それに吹雪の中で凍えた猟師たちの悲しい昔話をしている」。ミューアがわかっていたのは、やっとのことで自分はいま「巨大な氷河の集まりのただ中にいる」のだが、それを間近で見るチャンスが、こっそりと逃げ出しつつあるかもしれないということだった。そこで彼はトリンギット族たちのいる小さな火のまわりで、ぶっつけ本番の激励の演説をぶつことにした。そしてそれはたしかに彼の最高傑作の一つとなった。

「この一〇年のあいだ、私は一人で山々や嵐の中を歩いてきた。そして幸運がつねに私のあとを追ってきた」とミューアは彼らに語った。「そのために、私といっしょにいれば何一つ恐れることはない」。「まず神を信じることだ」と彼は続ける。「そして私を信じなさい。そうすればすべてはうまくいく」。彼が話しおえると、トイヤットが彼にいった。「もしカヌーが壊れてしまっても、自分は少しも心配しない。というのもあの世へ向かう途中で、よい仲間たちといっしょになることができるからだ」

次の日もひどい雨と雪が降り続いた。それでもミューアのチームはさらに北へと進み続ける。その

見晴らしのよい同じ場所から撮った2枚の写真。1895年（上）と2005年（下）。ミューア氷河の壊滅的な後退を示している。1800年代以降30マイル（約48.3キロメートル）後退した。

日のキャンプに到着する直前、彼らはヒュー・ミラー氷河と呼ばれているところでとどまった。それはのちにミューアが次のように記していたものを調べるためだった。「とがった山の頂、ピラミッド状の山、頂上が平坦な塔とその胸壁のような山、堂々としたこのような氷山の大群」が、人目を引く山の急斜面の背後に隠れていた。それは淡い藍色をしはじめていたと思うと、氷山の亀裂の部分では「びっくりするような、そして恐ろしく冷ややかなほとんど硫酸銅のブルーに近い色へと強まっていった」。氷は海水から階段のようにして上っていくように見えた。そして平らになって白い平原を作ると、さらにゆっくりとした傾斜をなして上へと際限なく上っていった。

風が強くなりカヌーをさらに湾の中深くへと押し進めていく。「われわれは荒々しくフィヨルドのほうへと押しやられた」とミューアが書いている。「それはまるで暴風が『私の氷の部屋へ行けるものなら行くがいい。だが私がお前たちを外へ出す心づもりがなければ、お前たちはいつまでも出ることができないんだぞ』といっているかのようだった」。みぞれが巨大な氷の壁に降り注ぎ、そのカーテンを通して水に浮かんだ氷塊が見える。氷塊を排出しているのはその氷壁だった。そしてそれが近くに氷山があることを示すシグナルでもあった。ミューアのチームは氷壁の近くの細長い岩場の土地へ上陸した。

夜のためにキャンプが張られると、ミューアはあたりの光景をさらによく見たいと思って、ふたたび嵐の中を上りだした。上るにつれて嵐は静かになり、「雲がその白いスカートをゆっくりと上げはじめた」。そして「すべての白い山々の中でもっとも高い、これまで目にした中でもっとも大きな氷山」が目の前に現われた。たくさんの触角があるこの氷のけものは、その肉体として「なだらかな起伏のある平原」を持っていた。平原は比較的なめらかに、一五から二〇マイル（約二四・一から約三二・二キロメートル）にわたってフィヨルドを満たしている。この肉体を形づくってきたのは、そこを取り囲む高い頂から流れ落ちる凍った川だった。「高い山々はその半分か、あるいはそれ以上の部分が雪で覆われた氷によって浸されていて、真っ白な姿を見せていた」。ミューアがよく知っているシエラネバダ山脈の氷河は、いわばすでにほとんど仕事をし終えていて、疲れ果てている。だがここの巨大な氷のブランケットは「このあたりの丘や谷間を覆っていて、それはまだ白日の下にさらされる段階に達していない」

ミューアは新しく発見したことで歓喜に満ちた一日を過ごした。次の朝はすっかり晴れわたって寒い。チームが帰りの準備をしているときには、太陽はフィヨルドの崖の背後に隠れていた。やがて太陽が東の山頂の上に姿を見せると、「燃え上がるような赤い光が突然現われてわれわれを驚かせた。そこで現出したのはフェアウェザー山岳地帯でもっとも高い頂の、この世のものとも思えない見慣れぬ壮大な姿だった」とミューアは書いている。「赤い光は現われるとすぐに消え去るのではなく、四方に広がり、やがては氷河の全体を覆いつくした。そこに満ちあふれていたのは天上の美しい火だった」。深紅の色はさらに色を濃くして、ついには溶解した鉄のように頂の上で光輝いた。燃え上がる光はゆっくりと下っていく。そしてすべての頂と氷河をとらえ、「ついにはすべての山々は静かに物思いに沈んでいき、あたかも神の到来を待っているようだった」

この瞬間の印象は明らかに、それ以降ずっとミューアの頭の中にあった。それから三〇年以上が経って、最後の本を書いたときにも、そのときの光景を描くために数百語を費やしている。ホール・ヤングはミューアが取った直接のリアクションを簡潔な言葉で思い出していた。「われわれは神に出会った！」

22 ハリマンと狩りをする

遠吠えの渓谷

エドワード・ハリマンはクマのことを忘れてはいなかった。エルダー号がグレイシャー・ベイへ入ると、船長のピーター・ドランは何とか苦労のすえに投錨地点を見つけた。それはミューア氷河の斜面からほんの二マイル（約三・二キロメートル）ほど離れた水深が八〇尋（約一四六・三メートル）のところだった。ハート・メリアムが撮った写真を見ると、氷塊が密集してどろっとした水の中を浮き沈みしている。どろっとした水の濃度はカクテルのダイキリ〔ラム酒、果汁、砂糖などを混ぜて作るカクテル〕をあまりよく混ぜない感じといったらいいのか。ミューアはこのあたりの事情をよく知っていた。一八九〇年に旅行を延長してここを訪れたときに、彼は小さな小屋を氷河のふもとに建てた。そして、ふたたびクマの狩りをしたいと思って、好都合なことに思い出したのがあの峡谷をあちらこちら歩いたことだった。その峡谷を彼は「ハウリング・ヴァレー」（遠吠えの渓谷）と名づけていた。それは何百というオオカミたちが渓谷で吠えている声を耳にしたからである。渓谷はここから徒歩でほんの一八マイル（約二九キロメートル）ほど離れたところだった。「そこへ行くのはそれほどたいへんではないんです。それがまたその場所のいいところでもあります」とミューアは力説した。そしてそこで彼が足跡を目にしたという、大きな獲物の数々を数え上げた。クマ、オオカミ、カリブー（北アメリカに生息するトナカイ）、シロイワヤギなど。「そこにいれば、もうすることは狩りしかありません」。夏至が近づいているので、夕食を食べたあとでもまだ外は明るい。ハリマンはさっそくテント作りのためにキャンプ道具を持たせて七人の作業員を派遣した。そしてすぐそのあとを追って、五人のハンターたちが現地に向かった。その中にはグリンネルとメリアムがいる。五人はみんなウィンチェスター銃を手にしていた。

氷河が海に流れ込み、その氷山が分離し崩壊していく姿を見ていると、そこには何かとても抵抗しがたい魅力があった。それは美しい暴力の予感といったものかもしれない。ミューア氷河をじっと見つめていたフレデリック・デルレンボーは、真下の水の中へ崩れ落ちる前に「巨大な氷の塊が一瞬宙で戸惑っているような感じ」がしてそれに心奪われた。バローズはたえず散文を量産してきたことで知られている。そのバローズからさえ、グレイシャー・ベイのすばらしさはそれからのちも消え去ることなく、彼の心のうちにとどまり続けた。しかしほんのつかのまだが、その量産が妨害されたことがあった。「われわれはいままで見たこともないような風景のまっただ中にいた。これを言葉で表わすことなどとても難しい」と彼は語っている。夜間は、遠征隊のメンバーたちもみんなエルダー号で眠った。だが夜中じゅうとぎれとぎれに、氷山が分離するときの音や轟音で彼らは目を覚まされた。そして轟音のあとには、寄せてくる波によって船は大きく揺り動かされた。

ミューアがこの遠征に加わって二週間が経った。だがハリマンに対して抱いた感情を彼はまだ決めかねていた。自分がこの遠征に参加できた幸運についても疑念をぬぐい切れないでいる。クマを撃ちたいと思う自分の気持ちにも軽蔑の念を抱いていた。ミューアは探検に出向くときに銃を手にしたことは一度もない。肉は食べるが娯楽として動物を殺すことには強く反対している。一八七九年の旅でも、旅の終わり近くに誰もがお腹をすかしていたときに、ホール・ヤングがトイヤッテにきいた。なぜ彼や仲間たちはカモを撃とうとしないのだと。「カモの友達が撃たしてくれないんです」と族長は答えた。「私たちが撃とうとすると、ミューアさんがいつもカヌーを揺らすんですから」。二〇年後、ミューアの気持ちはさらに強まる一方だった。シトカで地元の人がシカを撃ったことについて、彼はそれは二重にシカを殺すことになると述べている。地元の男は「母親のシカを殺して掘っ立て小屋の棟木から吊るした。そしてかわいそうな赤ん坊のシカを、死んだ母親の下にくくりつけた」

しかしハリマンをミューアが、銃をすぐに撃ちたがる軽蔑すべきハンターだと、型にはめて考えるのにはちょっとむりがある。それを証明する逸話がここにはあるからだ。エルダー号がジュノーを出発したとき、ハリマンは船の甲板を瘦せこけた野良犬がぶらぶらと歩いているのを見つけた。その犬は船員のあとについて船に乗ってきたのだという。ハリマンはさっそくその船員を探して、彼にしっかりといいつけた。犬には責任を持ってきちんと食べ物を与え、南へ帰るときに、まちがいなくジュノーで犬を下ろしてやるようにと。「いったんこの船に乗ったからには、犬はわれわれの客なのだから」とハリマンはいった。

ミューアにはカリフォルニアに残してしてきた二人の娘がいる。彼は娘たちを溺愛する子煩悩な父親だった。その彼はいつも子どもに関心をもって育てているハリマンをほめたたえていた。エルダー号の甲板では、小さな息子たちとかけっこをしている彼の姿を見かけることができた。そしてハリマンはまた、一番小さな三歳のローランドと並んで、おもちゃのカヌーをひもで引きずりながら楽しげに行進していた。ハリマンの娘たちは父親の仕事に興味を持ち、足を汚して（一度などは長いスカートをまくし上げていた）までして手助けをしたがった。ハリマンがクマを探すために山に出かけてしまうと、ミューアはメアリーとコーネリアのハリマン姉妹、それに彼女たちのいとこのエリザベス・アヴェレル、そして彼女たちの友達のドロシア・ドレイバー――このグループをミューアは「ビッグ・フォア」と名づけた――の四人を連れて彼の名前のついた氷河へ三マイル（約四・八キロメートル）ほどのハイキングに出かけた。

ミューアはハウリング・ヴァレーで大きな獲物を捕らえることができるかもしれないと前に説明をしたが、重要なことを二、三いい忘れていたかもしれないと思った。それは渓谷をトレッキングしたときに悲惨な結末に終わったことだ。雪が反射する光で一瞬目がくらみ、よろめきつまずいて、頭上にあった雪解けの水たまりにどっぷり浸かってしまった。しかたなく夜通し寝袋の中ではだかになって震えていた。クマを追いかけたハリマンのパーティーは、午後の一一時まで滑りやすい氷河を上り下りして歩いた。そして少しのあいだ眠ると、また午前の四時には探索をスタートした。次の日、「われわれはどしゃ降りの雨の中を、思い足取りでゆっくりと氷の上を歩いた」とメリアムは日記の中で記録している。しかし、これは膝まで深いべた雪の中を、さらに長いあいだ続けなければならない行進のほんのプレリュードにすぎなかった。前の夏をアラスカで過ごしていて、これまでいくつもの経験を積んでいた偵察人のイエローストーン・ケリー[3]は、状況を判断すると即座にチームから脱退してしまった。それでもハリマンに急かされてチームの面々は、たがいをロープで結びつけて、雪で

（3）ルーサー・〝イエローストーン〟・ケリーはオールド・ウェスト（西部開拓時代）を通して、ハンター、罠の仕掛け人、探検家、軍隊の偵察人として有名だった。彼は南北戦争で戦い、スー族の矢に当たったが生き延びた。そしてセオドア・ルーズベルトの友達になった。一八九九年の終わりにはふたたび軍隊に戻って、フィリピンで独立をめざす反乱ゲリラと戦っている。フィクション化された彼の生涯は、一九五九年に『イエローストーン・ケリー』（邦題『イエローストーン砦』）として映画化された。

いっぱいになったクレヴァスを横切って前へ進んだ。やっとのことでハウリング・ヴァレーを眼下にするところへ着いたとき、とメリアムは書いている。「われわれは生き物がいる兆しをまったく見かっただけではなく、動物の足跡一つ目にすることがなかった」。狩猟はひとまず中断された。

パーティーはキャンプへ戻る二四マイル（約三八・六キロメートル）の道のりを重い足取りで進んでいったのだが、この最後に近い場面でもう一つドラマが残されていた。ようやくキャンプにたどり着くと、一連の氷山がミューア氷河からひびが入り裂けはじめた。いっせいに割れだした氷山は徐々に裂け目が大きくなり、最後は轟音とともに海に崩れ落ちていった。メリアムはとてつもないほど大きな水しぶきが、一〇〇フィート（約三〇・五メートル）もの波を作り出すのを驚きの表情でじっと見つめていた。「これまで目にしたものの中でもっとも印象的だった」。だが、巨大な波がやってくる進路で、写真家のカーティスとインヴェラリティが小さなキャンヴァス地でできたカヌーを漕いでいた。これに気がついたとき、メリアムの興奮はたちまち恐怖へと変わってしまった。しかし二人はこれまでに、荒波の中で小型のボートを操る経験を積んでいる。彼らはこちらへ向かってくる波に向かって、猛烈な勢いで櫂を漕いだ。仲間の探検家たちが息をひそめて眺めている中を、二人はみごとに波を乗り切り、ぶじに波の向こうへ行くことができた。

ハウリング・ヴァレーから帰ってきたハンターたちは、みんなひどい状態だった。中でもメリアムがもっともひどい肉体的な障害を負っていた。膝が関節炎に冒されていたし、足は傷だらけになっていてとても歩ける状態ではない。次の日はベッドで寝たきりになるだろう。ミューアはキャンプまで戻ってくるのに、メリアムを手助けした者の一人だった。彼の同情は罪の意識から引き起こされたものかもしれない。ジョン・バローズはのちに次のような意見を述べている。「結局、ハウリング・ヴァレーにはクマなんかまったくいないのかもしれない——ミューアのイマジネーションがあらゆるものに遠吠えをさせたのかもしれない」

氷河の持つ力をこれまで見たことがなかった男たちには、グレイシャー・ベイ周辺の土地はすべて移行の過渡期にあるように思えた。「われわれは世界を形成する力がまさに活動している姿を見た」とバローズは、氷河が掘り出す岩くずについて書いている。氷河の後退によって姿を現わすことになったなめらかで丸い岩は、「いわば巨大な怪物の砂嚢《さのう》を通過してきた」もののようだ。そしてそれはあとに、未来の森を形づくる鉱物上の構成要素を残した。何千年も前の氷河によって形成された東部の景色に慣れてくると、バローズは「氷河が昨日作り出した平原を」はい上る好機に恵まれていることに驚嘆した。鳥類の専門家たちのグループは、グスタバス半島で三日間を鳥の標本を集める作業に費やした。この半島は氷河の堆積物から形づくられた細長くて平らな土地である。半島が姿を現わしてから「一世紀も経っていない」かもしれない（ウィリアム・ドールが一八七八年に、スウェーデン王にちなんでこの新しい半島に名前をつけた）。この土地はいまでは木々に覆われて、四〇種以上の鳥たちが集まる場所になっている。

おそらくこのあたりでもっとも人目を引くのは、氷河そのものが後退している姿だろう。ミューア氷河はミューアがはじめて目にとめて以来、二〇年のあいだに四マイル（約六・四キロメートル）もの氷を失ってしまった。湾の入口では、グランド・パシフィック氷河が三つの個々の氷河に分かれてしまったほど後退した。

23　移行
グスタバス

　グスタバスの公式ウェブサイトでは、訪問客へ次のようなアドバイスがされている。客の移動に合わせてレンタカーを借りることもできるし、タクシーを呼ぶこともできる。しかし「たいていの客はバイクを借りて町を動きまわるのを好むようだ……あるいは親指を出してヒッチハイクをすることも」。だが、インサイド・パッセージの北半分の地域内で移動するぶんには、もっぱらフェリーのスケジュールに合わせた、すこぶるありきたりな方法が一般的だ。シトカからグスタバスへ運航するフェリーは一週間にわずかに一便だけだった。しかも二隻のフェリーを乗り継いで二七時間かかる。だが、同じルートを飛行機で行くのなら私の好きな日に飛ぶことができる。シトカからジュノーまでは二五分で行ける。ジュノーからグスタバスまでは一二分もあれば十分だ。

　こじんまりとした空港の駐車場は略式の手荷物受取所を兼ねていた。アラスカ航空の係員がみんなの手荷物を手で運んでくれる。荷物の中身はほとんどが釣りの道具だった。数十人もいただろうか、そこに集まった人々は空港の到着エリアにいるというより、ブロックパーティー〔町内の交通を遮断して行なう野外パーティー〕にいるような雰囲気を醸しだしていた。小さなグループを作り、隣り同士で立ち話をしたり、おもしろい話やささいなゴシップ話をやりとりしたり、家族一人一人の些末な日常の話をたずね合ったりしている。幸いなことに私はヒッチハイクで町へ行くことができた。ただし、そこは「町」といっても、ジュノーやスキャグウェイとはだいぶ違う。キム・ヘイコックスもまた、私をひろうために来てくれていた。

ヘイコックスを見分けるのは簡単だった——体つきがきゃしゃで、めがねをかけていて、髪の毛は肩まで伸びていた。われわれは二、三カ月前にアンカレッジで会っている。彼は前にこの町に住んでいたのだが、ときどき、ごった返す交通と人々の大混雑に圧倒されていたと彼は話した。ヘイコックスはアラスカではよく知られた作家で、写真家としても高い評価を得ている。彼はまたジョン・ミューアに関してはエキスパートで、以前パークレインジャー（公園警備員）をしていた。国立公園の熱心なマニアである（ケネス・バーンズのドキュメンタリー映画に出てくる大自然について語るとき、彼のソフトな声が詩的な調子を帯びるのを私ははじめて耳にした）。キムはその情熱を書き物に向かわせて数冊の本を書いた。その中には、ミューアがグレイシャー・ベイを六度にわたって訪問したことが、アメリカの自然保護活動の第一歩になったと確信をもって述べているものもある。

町がグレイシャー・ベイに近いために、グスタバスはいまもなお成長を続けている。商工会議所が押し進めるようなやり方ではないが、町の人口も二〇〇〇年から二〇一五年のあいだに、四二九人からわずかではあるが四三四人に増えている。しかし、増えているのはむしろグスタバスの陸塊の大きさだ。地球の温暖化という気候変動がアラスカ南東部に多くの雨をもたらしたが（暖まった大洋が蒸気の形で多くの湿気を大気圏に送り込むからだ）、それと同じように、何十億トンというグレイシャー・ベイの氷が解けて、それがいままで氷河の巨大な重量に押さえつけられていた地面を、一年で二インチ（約五・一センチ）ずつ表出させることになった。このプロセスは「地殻均衡復元」（アイソスタティック・

リバウンド）と呼ばれている。グスタバスの海岸地帯に土地を持つ者の中には、思いがけずに地所が増えたために、そこに九ホールの初心者用ゴルフコースを作った者もいた。その地所はハリマンの遠征隊がやってきたときには水面下にあった土地だった。

干潮時にヘイコックスは、車で私をフェリーの波止場まで連れていってくれた。そして一九七九年に彼がはじめてグレイシャー・ベイを訪れたときには、まだ姿を見せていなかった新しい土地を指差した。「これが作成最中の土地です。いま生まれつつある土地なんです。それはほんとうに驚き以外の何ものでもありません」

ヘイコックスはアラスカへやってくるのに、遠まわりをして西部を徘徊してくるような若者の一人だった。ある地質学の教授が種を植えたことがあった。そのときに氷が後退しつつあるジュノー近辺の湾について話をしている。そして彼は岩が土に、草原が森に形を変えていく自然の秘密のレシピを明らかにしてみせた。フォー・コーナーズ（アメリカのニューメキシコ・コロラド・ユタ・アリゾナが接する地点）の砂漠でこの地質学者は、自分のヒーローとなるエドワード・アビーを探したという。アビーは過激な環境保護主義者で、『ザ・モンキー・レンチ・ギャング』（邦題『爆破　モンキーレンチギャング』）の作者だ。この小説は嬉々として法律（絶滅の危機にある野生を守る法律だ）を破る環境破壊の活動家たちを描いている。アビーのかわりにヘイコックスが見つけたのが詐欺師のように口のうまいブルース・ギタリストだった。このギタリストは彼にこんなことをいう。「アラスカ。そこにはアラスカらしいものなんて一つもない。アラスカにあるすべての公園は『野生のブティック（小規模専門店）』みたいになってしまっている」

キムと妻のメラニーは同じ職場で出会った。二人は同じ「くすんだ緑色と灰色の」制服を着て、グレイシャー・ベイ国立公園でパークレインジャー（公園警備員）として季節ごとに働いていた。グレイシャー・ベイにやってくる訪問客の九〇パーセントはクルーズ船に乗ってくる。しかしこの船はグスタバスには止まらない。訪問客がここで降りたいと思ってもできないのだ。それは港が小さいために訪問客を収容することができないからだった。そのかわりに公園局はレインジャーたちを派遣し、航海中のプリンセス・サムシングス号やホワットエバー・オブ・ザ・シー号などに乗り込ませて客に講義をさせている。

キムとメラニーのヘイコックス夫妻。グスタバスの家にて。

キムの家へ続く泥の道を車で走りながら、キムは私に家の話をしてくれた。彼と奥さんのメラニーは、フランク・ロイド・ライトが提唱していた有機的建築という考え方に心酔していて、これから住む場所を考えるのに、ぜひライトの哲学を生かしたいと考えていた。それで曲がりくねったドライブウェイをデザインするだけでも一年間の歳月をかけた。大きな木々を切り倒さずに私道を作りたいと思ったのである。まわりを木々で取り囲んだ建物を切れ目を作らずに結合した住まいを見て、私はライトのタリアセン（建築家フランク・ロイド・ライトが設計し、弟子たちとともに建設した設計工房および共同生活のための建築群）を思い出した。しかし玄関先に置かれたクマよけのスプレー缶を見ると、はたしてライトの家にこんなものがあったのかどうか、私には思い出せなかった（ヘイコックスが二人の家を建てた土地は、写真家の友達から買い取ったものだが、この友達はヒグマに殺されたという）。

キムの家に着くと、メラニーがカラフルなヘッドスカーフを頭につけて、ハミングバード・ガーデンで花に水をやっている。それがあたり一帯に漂う「魔の森」［物語、神話などに登場する魔法のかかった森］の効果をいちだんと強めていた。

メラニーはグレイシャー・ベイへやってくる訪問客に解説をするレインジャーたちを訓練している。ちょうど一年で割り当てられた仕事の最後の仕上げをしていたところだった。才能のある教師は誰もそうだが、彼女も熱い情熱と厳しい訓練の両方をもって訓練生たちに臨んでいた。ヘイコックスの家にはしなければいけないことや、力強い激励のメッセージなどを書いたポストイット〔付箋〕があちらこちらに貼られている。それに、熱心に貪り読んだ書物の山も小ぎれいに整理されて重ねてあった。メラニーはこのシーズン最後の訓練生をサポートするために、クルーズ船に乗って一日を過ごす準備をしていた。訓練生は訪問客たちの前ではじめてのプレゼンテーションをたった一人でしなければならない。それを見届けたあとで「私は船から降りて、自分の名前がなくなっているファイルを閉じて、コンピュータに打ち込んであったお礼のメールを、送信ボタンを押して送ることになります。これで今年は終わりです」とメラニーはいった。彼女が花に水をかけ終えると、五分ほど私にテントの作り方を教えてくれた。これは三〇年ものあいだ、私が習得することのできなかったスキルである。

ヘイコックスの家の電話番号は、テレビの『百万長者になりたい人は?』〔ABC放送のゲームショー〕の出場者にとっては、手元に置いておきたいほど覚えやすい番号だった。私は夫妻にミューアが訪ねた場所を見つけたいのだが、その手助けをしてほしいと頼んだ。メラニーはラッセル島がいいという。ミューアがこの島の小さな山に上って、広大なグランド・パシフィック氷河をはじめてかいま見たところだ。「ミューアたちは一八七九年の一〇月二七日にここでテントを張っている――先日、それを調べたばかりなんです」とメラニーはいう。「ジョン・ミューアがキャンプをしたところで、あなたもキャンプをすることができますよ。もちろん、島は当時半分ほど氷で覆われていましたがね」

一八七九年と一八九九年はしばしばグレイシャー・ベイの地図に登場する。ミューアがはじめてここにやってきたときと、その二〇年後にエルダー号のチームとともにやってきたときに、日撃された氷河の位置が地図に記されているからだ。この位置の大部分がいまメラニーによって「壊滅的な後退」と呼ばれているものだ。二万年前にアメリカ中西部の多くを覆っていた氷河とちがって、グレイシャー・ベイの氷はそれよりずっと最近の気象現象（小氷河期）がもたらした産物だった。異常な低温が続くこの時期は、ほぼ一三〇〇年から一八五〇年まで五五〇年間ほど続いた。そしてそれはおもにヨーロッパで大きな影響をおよぼしたことで知られている。テムズ川がしばしば氷結して、ロンドンのウィンター・カーニバルが氷の上で催されたという。一六四四年にはフランスのレ・ボアという高山の村で、氷の川と格闘するためにジュネーブの司教が呼ばれた。川は「マスケット銃から放たれる弾のように、毎日」氷を押し流してきたという。

同じような影響はアラスカでも感じられた。メラニーがキッチンテーブルの上に広げて見せてくれた、国立公園局作製の詳細なグレイシャー・ベイの地図でも、その図形が信じがたい物語を語っている。一六八〇年にはグレイシャー・ベイ――今日では一部の地域で幅が一〇マイル（約一六・一キロメートル）以上あり、水深が一〇〇〇フィート（三〇四・八メートル）以上ある――がまったく影も形もないのである。湾の上部三分の二は氷に覆われていて、残りの下部三分の一は緑の渓谷となっている。そして一本の川が渓谷を二分していた。一七五〇年ころになると、グレイシャー・ベイでも小氷河期の影響がピークとなる。氷は今日の湾の口にいたるまでずっと伸びてさらにそこを越え、アイシー海峡にまで達していた。キムが話してくれたのだが、トリンギット族の口承によると、氷は「足を引きずって走る犬ほどの速さで」進んでいたという（もうちょっと学問的な例としては、一九五〇年にデナリのマルドロー氷河について同じような目撃記録が残されている。それは氷河がわずか一日で一〇〇〇フィート以上も急伸したという)。

一七九四年にバンクーバーがやってきたときには、氷は湾の入口の内側まで数マイル後退していた。だが、一八七九年にはミューアはすでにバンクーバーの地図がもやは正確ではないことを見つけている。それは氷河がさらに四〇マイル(約六四・四キロメートル)後方へ退いていて、そのうしろには渓谷を深くえぐりとって、一〇〇〇フィートの水深のある湾を残していた。今日、氷は二五〇年前にあったところから、六五マイル(約一〇四・六キロメートル)も後退している。以前は訪問客も、ミューアの小屋(ミューア氷河のふもとにあった)のうしろに残った岩の重なりの場所でとどまっていた。だが今は氷の残余——かつてはそこから剥がれ落ちた大きな氷塊のために、ハリマン遠征隊のカヌーが転覆する恐れがあったほどだ——を見ようとしたら、入江をさらに三〇マイル(約四八・三キロメートル)も奥へ旅しなければならない。

メラニーは氷河を正常な状態に保つのに必要な条件を、小切手帳の収支のバランスを保つことになぞらえている。冬のあいだに降ってそれが氷河の氷になる雪の量が、夏のあいだに氷山が分離して解けてしまう氷より多ければ、それはすべてがよしということになる。そこには収入を越えて支出した赤字がないからだ。そしてときには黒字だって出てくることもある。だが、氷河はひどく好みがうるさいけものだった。降雪が減ったり、温度があまりにも高くなってとても平衡を維持できなくなったときには、氷河は後退する。通常はそうなのだ。グレイシャー・ベイではジョンズ・ホプキンス氷河が二〇世紀に入って最初の三〇年間は恐ろしいほど後退した。しかし、その後反転して氷河は成長しはじめたのである。一九二九年にくらべるといまではるかに氷河が伸びている。

一〇年前、グレイシャー・ベイのレインジャーたちはしばしば、気候変動(地球温暖化)の否定論者に詰め寄られることがよくあったとメラニーはいう。そしていまは訪問客もこの問題について、どう考えればいいのかはっきりとわからない状況だ。しかし、気候変動の影響を無視することは難しくなりつつある。それでも合衆国の政治家の半分（そしてアラスカの政治家のほとんど）は、その影響はまったくないといい張っている。だが、誰もがみんなこうした矛盾をそのまま抱えているわけではない。キムについて私はバートレット湾（バートレット・コーブ）の埠頭へ行った。彼がグレイシャー・ベイについて、ベイを訪れているエコツアーの乗客（金持ちばかりだ）に短いプレゼンテーションをするのを見るためだ。赤ら顔の客が旅行のリーダーに向かって大きな声で話している。気候変動はリベラル派の陰謀だというのだ。それで得をするのは科学者くらいなものだという。赤ら顔の長い演説が終わったあとで、私は旅行のリーダーに彼に何と答えたのかときいてみた。「首にこぶができたとしましょう。一〇〇人の医者に診てもらいました。それで一〇〇人のうちの九五人が手術をしてこぶを取ったほうがいいといい、あとの五人は薬草や木の根で手当をしたほうがいいといったとしましょう。だとしたら私は手術をして除去してもらいます」と彼はいった。

　次の朝、キムは果物のスムージーとバニラアイスクリームを作ってくれた。そしてわれわれが話をしたのはハリマン遠征隊が持ち帰った成果のことだった。ハリマンの旅行がもたらした真の成果は遠征で行なわれた調査などではなく、たがいに意見を述べあった「交流」にこそあったという。

「彼らは二カ月間いっしょに過ごしたわけです」とキムはいう。「ジョージ・バード・グリンネルとジョン・ミューアのあいだに芽生えた友情がどれほど重要なものだったのか、はたしてわれわれにそれを推測することができるのでしょうか」

　ミューアはエルダー号の航海日誌に自分のことを「作家で氷河研究家」と記している。これはスコットランド人の控えめな自己紹介だったかもしれない。だが、はじめてアラスカを訪れて以来、自分のことを実際にそう認めるようになったのかもしれない。実際、氷河学において彼の専門知識と同等な知識を持つ者はほとんどいないわけだし、彼の名前が全国に知れわたったのは、野生を保護するようにと呼びかけた彼の著作によるものだった。野生の保護ということでいえば、ロバート・アンダーウッド・ジョンソン――権威のある雑誌『センチュリー・マガジン』の共同編集者――より以上に重要な役柄を演じた者は他には誰もいない。ミューアとグリンネルがハリマン遠征隊に参加する前に、たがいにコミュニケーションを取りあったという記録はない。だが彼らは明らかにジョンソンを仲介者としてたがいに考え方を共有していた。

一八八九年、ジョンソンはニューヨーク市からカリフォルニアへ旅をした。雑誌の記事になるネタを探しにやってきたのである。狙った中にはミューアから仕事をもらうという目標があった。ミューアは一八八〇年代のほとんどの月日を、一八八〇年にルイ・ストレンツェルと結婚したときに引き継いだ果樹園の経営につぎ込んでいた。「私は悪化してただお金を作りだす機械になりつつあった」と彼は、ちょうど彼のもとを訪れていた宣教師のホール・ヤングに嘆いた。ジョンソンがやってきたタイミングは絶妙だった。ミューアは書くことをはじめたいとしきりに考えていたからだ。書きたいテーマもひそかに抱えていた。それはヨセミテ渓谷の悲惨な状況である。アメリカでもっとも象徴的な風景の一つとされているこのヨセミテで、企業家たちはまったく無秩序といっていいほど規制されることもなく、家畜を育てたり（野草をムシャムシャ食べる羊をミューアは「ひづめを持ったイナゴ」と呼んでいる）、製材所を動かしたり、怪しげなユースホステルに観光客をおびき寄せたりしていた。「おそらくいずれは、エル・キャピタン〔ヨセミテ国立公園にある花崗岩の一枚岩〕の斜面をとりつくろってごまかしたり、ハーフドーム〔花崗岩のドーム〕の曲面を手直ししなければならなくなり、そのための予算の声をわれわれは耳にすることになるのだろう」とミューアは書く。ジョンソンはミューアと連れ立って、渓谷へキャンプ旅行に出かけた。そしてその美しさと悪用のされぶりに驚かされた。「明らかにいまなすべきはイエローストーンのプランにならって、ヨセミテ一帯を渓谷を取り巻く国立公園にすることだ」とジョンソンはミューアにいった。

ジョンソンが心に描いていたのは、たぶんグリンネルによって先鞭をつけられた自然保護の戦略だっただろう。イエローストーンは一八七二年にアメリカではじめて国立公園に指定されたところだ。だが、それは自然の聖域というよりは、むしろ旅行者たちがぽかんと見つめるだけの野蛮な好奇心のための飾り棚《キャビネット》といった風だった。公園をケアするためのフェデラル・ファンドもほとんど確保されていない。密猟者たちはイエローストーンの動物たち（最後まで残ったバッファローも含めて）を何一つ罰せられることもなく殺した。旅行者たちは自分の名前を岩に刻みつけるし、公園の外側に住む人々はその森を薪の調達場所としてせっせと利用した。イエローストーンにとって最大の脅威は鉄道だった。それに加えて、公園の商業的な可能性を最大限に生かそうとする開発業者たちがいた。グリンネルは公共の野生地域を守るという名目で、宣伝と政治を結びつけた最初の重要人物だった。彼は『フォレスト・アンド・ストリーム』誌を説教壇として使い、またワシントンのコネを最大限に利用して、下院議員たちにイエローストーンがアメリカ国民すべての財産だということを納得させた。次のステップとして、セオドア・ルーズベルトとともに設立させたブーン&クロケットクラブ（北アメリカでもっとも古い野生生物および生息地の保全組織）の設立があり、それは歴史家のマイケル・パンクが書いているように、「環境に関する国の法令に影響をおよぼすような、はっきりとした目標をかかげた」はじめての組織の創造だった。

ジョンソンの強い嘆願と甘いおだての言葉に乗せられて、ミューアは『センチュリー・マガジン』誌に二本の記事を書くことを約束した。そしてそれは一八九〇年の八月号と九月号に掲載された。彼のメッセージははっきりとしている。ヨセミテはいわばアメリカの自然の宝石で、それは保存する価値が十分にあるものだ。その一方でジョンソンは、ワシントンの国会議員たちに働きかけてロビー活動をしていた。一八九〇年一〇月一日、議会はヨセミテをアメリカでもっとも新しい国立公園に指定した。少々お膳立てがぎくしゃくしたが、カリフォルニア州がヨセミテ渓谷を所有しつづけることになった。ヨセミテ渓谷はマリポサ・グローブ（マリポサ巨木森林）とともに、すでに一八六四年にエイブラハム・リンカーン大統領によって、カリフォルニア州に保護預りの許可が与えられていた。

その後まもなくして、ジョンソンはグリンネルにたずねたことがあった。ブーン&クロケットクラブははたして「ヨセミテとイエローストーンを保護する協会」のようなものの設立に関心があるのだろうかと。グリンネルとミューアは二人とも、それはいいアイディアだと同意した。ところがグリンネルの仲間でブーン&クロケットのメンバーたちはこれに反対した。[4] それでミューアはそのかわりに、サンフランシスコ湾岸地帯の教授たちのグループと手を組むことになった。この教授連はカリフォルニアの土地を保護しようとする同じようなプランを検討していた。一八九二年六月四日にサンフランシスコで、二七人の男たちが一堂に会して自然保護団体のシエラクラブを結成した。ミューアはその初代会長に選出され、その会長職を死ぬまで務めた。

ミューアとグリンネルはエルダー号に足を踏み入れたとき、すでにこれから苦労して進まなければならない十字軍（自然保護運動）のリーダーとなっていたのである。ハリマン遠征隊に続く数年のあいだに、アメリカ自然保護運動の二つの枝——ヘンリー・ソローの精神的な子供たちと、ブーン&クロケットクラブの実際的なスポーツマンたち——はたがいにこすり合いながら現代の環境保護運動に火をつけていくことになる。一九三八年にグリンネルが死ぬと、『ニューヨーク・タイムズ』の死亡記事は、グリンネルのことを「アメリカ自然保護運動の父」と呼んでいた。しかし環境保護運動の歴史ではそれ以降おおむね、現実的なグリンネルの貢献は見過ごされてきた。それに代わって郵便切手やコインなどに登場する謎めいたミューアが名目上のリーダーとなっていった。

「彼はまさにちょうどいいときに現われたんです」とキムはミューアが登場し有名になったことについていった。「人々に受けそうな名前もつけられたし、彼のイメージがさらに膨らんでいきました。やせた体、長いあごひげ、帽子、それに杖。彼は聖書をすみからすみまでよく知っていた。そのために霊的な言語を使って、人々の魂をわしづかみにすることができたんです。魂を揺さぶるような言葉を思いつくと、それを自然の大切さを表わすほんの一つか二つの文章に要約することができた。たとえば『山へ上ってうれしい知らせを手に入れなさい。太陽の光が木々に降り注ぐように、自然の安らぎがあなたの心に流れ込みます』のような言葉や『何でもよいがそれだけを取り出してみても、それが森羅万象のすべてとつながっていることに気づくでしょう』のようなフレーズです。それはエコロジーという科学が出現する前のエコロジーです」

一八九九年ころには、自然の資源を開拓することで一財産作ろうとする実業家たちにとってミューアはまた、イライラさせる邪魔な存在になっていた。「森林を保護することに反対する怒号が聞こえてくるが、それはほとんどが樹木を盗み、それを卸すことで金儲けをしている泥棒たちの声だ」とミューアはハリソンからの招待を受ける直前に書いている。ミューアのうっとりとした夢見心地とけんか腰の活気がないまぜになった能力は、私にちょっとキムのことを思い出させてくれる。キムもま

(4) 博物学者のポール・ブルックスは、板挟み状態のジレンマはおそらくブーン&クロケットクラブの不承不承の態度にあったのだろうと指摘している。だいたいミューアもまたクラブの会員になるためには、大型の狩猟動物を三頭仕留めなくてはならないのだろうか?

た森の中をあてどなく歩きまわったり、上半身はだかで家の近所をうろついたりするのが好きだった。また好んでギターをかき鳴らし、ビートルズの曲を奏でていた。しかし彼は「フレンズ・オブ・グレイシャー・ベイ」の会長として、国立公園内で商業用に釣りをすることを、首尾よく段階的にやめさせることに成功した。これは近隣の者たちや、連邦上院議員のフランク・マーカウスキーのような政敵にとってはひどく困ったことだったにちがいない（マーカウスキーはのちにアラスカ州知事になり、自分が抜けて空席となった上院のポストに娘のリーサを指名した。彼が評判を落としたのは、当時ほとんど無名の候補だったサラ・ペイリンにチャンスを与え、新しい仕事〔アラスカ州知事〕への道を手助けしたことだ）。アラスカのエコロジー（生態系）が予測ができない仕方で変化して、その経済も原油価格の崩壊で苦しんでいるとき、アラスカ州の二人の上院議員と下院議員のドン・ヤングは、将来を見通すことのできる新しい道を約束した。それは北極野生生物国家保護区（ANWR）のような場所で、新たな石油掘削のプランを押し進めることだった。

「気候変動によってアラスカは最後のフロンティアではなくなったんです」とキムはいう。「それは最初のフロンティアというだけになりました」。アラスカはついこのあいだ、春に最高気温を記録したかと思うと、そのあとは毎年記録を更新するという事態になっている。「ドン・ヤングのような人がANWRで原油を掘削したいというが、これはまったくひどいやり方です。モラルの上からいってても完全に破綻しています。これでは一八五九年にいわれていた『どんどん奴隷を呼び寄せればいい』というのと同じことです」

私は少しさびがついたキムの古いマウンテンバイクを借りて、二車線道路を一マイル（約一・六キロメートル）ほど上った。サーモン・リバーを渡り、ルピナスの花が咲き乱れる紫色の草原を走りすぎた。草原ではムースが一頭のんびりと歩いている。どこかぎこちない歩き方は就学前の女の子が、お母さんのハイヒールを履いてためしに歩いているようだ。マウンテンバイクに乗って、こんな風景の中を走っていたら、私の心に次のような考えが浮かんできた。それはグスタバスでもっともすばらしいことは、アメリカの他の地域から一〇〇万マイル（約一六〇万九三三四キロメートル）も離れている感じがするのに、ここでは道に迷って迷子になるのはひどく難しいということだ。「シューツ・アンド・ラダーズ」というゲームも、グスタバスの車道にくらべれば、もっとたくさんのカーブを約束してくれる。たとえばキムのドライブウェイを左折したとしよう。その先の曲がる場所をどれほどまちがえたとしても、せいぜい行き止まりになるのはフェリーの乗り場か空港か、あるいは国立公園の本部くらいしかない。ビジネス地域に一番近いところに交差点があり、そこにはコーヒーショップとカフェが、そして修復の終わった一九三〇年代のガソリンスタンドがある。私は何度か山並みの方角へペダルを漕いで、その先にあったワンルームの図書館へ通った。そこではeメールをチェックできるからだ。一九八〇年代になって、やっとグスタバスに電気の配線が施された。私は感じたのだが、ここではたとえ二、三週間のあいだ停電になったとしても、人々の生活にまったく影響がないかもしれない。中には停電に気づかない人さえいるかもしれない。ここでは小さな郵便局で、壁にメモを貼りつけ、それにメッセージを走り書きすることで人々はたがいに文通をし合っている。外部の人間にはどのメモにも短い物語が隠されているようで、メモは答えというより、むしろ疑問を投げかけるもののように感じられた。

「アリスがいま何をしているのか誰か知りませんか？　ここを出ていってから、一度も彼女を見かけていないんだが」

「ついこのあいだ、フロリダで見かけたよ。とても元気そうだったけどね」

マウンテンバイクに乗るのにヘルメットをつける必要などなかった。ちょっと危ないなと思うのは、二、三分おきに横を通りすぎていくドライバーに声をかけられたときだ。そのつど手を振って挨拶を返すのだが、そのたびにバランスを崩しそうになる。キムとメラニーによると、うんざりするくらいはてしなく続く一〇月の長雨のおかげで、いつまでたっても人口が増えないのだという。しかし私は思うのだが、いやおうなくうっとうしい天気のために屋内で過ごさざるをえない時間が増えることは、いわば臨時ボーナスのようなものを生み出すのではないのか。町で私が出会った人々は五人のうち三人までが、自分の得意な新しいことを見つけていた。たとえば隣りにいる一二歳の男の子は自宅で学習をしていたが、オグロジカのはらわたを抜くことができたし、食用のトウヒに関する専門の知識は誰もが広く求めたがる情報になっていた。

私がはじめてキムと連絡を取ったときに彼はいった。ミューアがグレイシャー・ベイへ旅した際に経験した興奮をもし私が理解したいと思うなら、私もカヤックに乗ってミューアと同じことをしたほうがいい。「一人でカヤックに乗って出かけてみてはいかがですか。必ずそれは人生を変えるような体験になると思います」と彼はいう。これまで私はカヤックに乗ったことなど一度もなかったし、カヌーにさえ乗ったことがない。そのため私にはそれが命を危険にさらすようなことに思えたのだ。しかしキムは、私が溺れないように見張ってくれる人を知っているからという。

グスタバスで迎えた二日目、デーヴィッド・キャナモアが借り物のバンでやってきて、私をピックアップしてくれた。この車は彼が働いているカヤックのレンタル会社のものだった。デーヴィッドは二七歳、プレパラート・スクールではバスケットのスターだった。彼はアンカレッジの郊外で育った。身長は六フィート四インチ（約一九三センチ）。髪はブロンドでむさ苦しいあごひげを生やしていた。歩くときには背の高い人にありがちな、少し身をかがめるような姿勢になる。それは気づかずに、ついドアの枠（横がまち）に頭をぶつけてしまったという風なのである。デーヴィッドは突然のひらめきに襲われることがよくあった。妻のブリトニーと結婚したいと思ったときも、彼女の姿を一目見た瞬間にひらめいた（「彼女がその気になってくれるまで、少し時間がかかったけれどね」と彼は回想する）。ハイスクールを卒業したあとの夏に、彼は父親といっしょにカヤック旅行をした。そのときにたまたまシャチを目にした。そしてすぐに彼は、バスケットボールの選手としての自分の未来は絶望的だと知ったという。

カヤックのガイドのデーヴィッド・キャナモア。グレイシャー・ベイにて。

「きっとみんなはこんな風にいうんじゃないでしょうか。『そのときにはきっと気づかなかったけれど、それがあなたの人生を変えた瞬間だったんじゃない』って。しかし私はそうじゃないんです。シャチといっしょに働きたいとその瞬間に知ったんです。何かが化学的に変化したのかもしれない」。いまキムとブリトニーは、遠く離れたブリティッシュコロンビア州の海洋生物研究所で、管理人をしながら冬場を過ごしている。そこで彼らは昼も夜もずっとクジラの跡を追跡したり、たくさんの本を読んだり、薪を焚いて週に一度入ることのできる風呂を楽しみにしていた。

グスタバスはエンジンをかけたままで、誰かを車の中に残し、あわただしく店に駆け込んで、ミルクをひっつかんで買うというようなせわしい場所ではない。われわれが行った三つの店ではどの店でも、店のあるじがわれわれに呼びかける。カヤックのビジネスは夏場に備えてどんな準備をするんだね？　デーヴィッドとブリトニーは町に土地を探しているというけど、どんなぐあいなんだね？　ブリトニーのサイドビジネスの調子はどうなの？　ボタニカル・ローションやスプレーは売れているのかね？　三つの店の二つでは、ブリトニーがなかなか店から出てこないので、しばらく待ちぼうけを食ってしまった。トシュコの店では、店主がジュノーにあるコストコで買った品物が再販売されている。しかしそこに並べられた農作物は品薄でほんのわずかだった。それはフェリーが予定より一日遅れていたからだ。幸運だったのは自然食品のマーケット（ここではときどきデーヴィッドがパートタイムで働いている）やペップス・パッキングで必要なものが手に入ったことだ。ペップス・パッキングではスモークした天然サーモンが大きなプラスチックのパッケージに入れて売られていて、ポンド当たりの値段はトシュコで売られているランチ・ミート〔サンドイッチの具やサラダのつけ合わせに使われる加工肉〕より安い。それに前に食べたことのある刺身よりおいしい。

グレイシャー・ベイに思い切って足を踏み入れる前に、私はバートレット湾のレインジャーステーションで、探検には必須のオリエンテーションを受けることにした。おそらくシーズンがはじまったばかりだったからだろう、参加者は私が一人だけだった。折り畳み式椅子がいっぱい並んでいる暗い部屋で、私は個人指導ともいえるような講義を受けた。グレイシャー・ベイを特徴づけているものを映したビデオを数分間見た。それはクジラ、アシカ、ツノメドリ、そびえ立つ山並み、それに一人ぼっちになれる自由などを映し出したものだった。

ビデオの第二部はもっぱらクマに関する情報だ。テーマは「してはいけないこと」で、それは理解しやすいようにいくつかの大きな塊に分けられていた。まずクマの行動で、気をつけなければいけない点を学んだ——つけられたばかりの新しい足跡、大きな糞、木々につけられた爪痕など。クマとの遭遇についても基本的に三つのタイプがあることも知った。

1　通りすぎていくクマ——クマの通り道を避ける。そうすればクマはあなたとすれ違うが、あなたを無視するだろう。
2　防御の態勢をとるクマ——静かにクマに語りかける。そしてすきを見て逃げること。
3　好奇心を示すクマ——みんなでいっしょにかたまって、大声を出してクマをおびえさせる。そしてあまり近づかせないようにする。

とくに私がいわれたのは、クマを食べ物に近づけないことだ。クマは一度人間の食べ物の味を覚えると、立ち去ることをしなくなってしまう。それはたとえ恐怖のあまり金切り声を出し、サンドイッチやファニオンの袋を放り投げて逃げ出したとしても、クマは金切り声を出した人間と簡単に手に入る食べ物のつながりを、パブロフの条件反射のように覚え込んでしまうからだ。ひとたびこの認識の跳躍を経験してしまうと、人間と遭遇するたびにクマは食べ物をせがむようになる。それは人間が文明社会に戻ってからかなりあとになっても、クマはその習性を忘れていない。どうしても欲しいとなれば、さらに積極的にせがんでくる。そのために食べ物はどんなものでも、クマを遠ざけるためにねじ蓋つきの容器に入れておく必要がある。

ビデオは終わった。私がグレイシャー・ベイへ行く準備ができたことを示すピン・バッチをレインジャーが手渡してくれた。何か質問がないかと彼女がきいた。

「テントで眠っているときに、クマが気になることはないのですか？」

「食べ物を持っていなければ、クマが近づいてくることはありませんよ」と彼女は笑いながらいった。

24 心を奪われたミューア

グレイシャー・ベイ

デーヴィッドと私がグレイシャー・ベイへ向けて出発する朝、私は五時ごろに起きて、キム・ヘイコックスのキッチンへそっとつま先立ちで行った。するとメラニーはすでに出かけていた。一人で説明をするレインジャーのソロデビューを見届けてあげるためだ。出かける前に彼女は朝食を用意してくれていた。テーブルの上には、家を訪ねてくれてありがとうと書かれた便せんがあり、その横にお腹がすいたら食べてくださいとメモがついたブラウニー〔くるみ入りのチョコレートケーキ〕の袋が置かれていた。六時一五分、デーヴィッドとブリトニーがフォード・エコノラインに乗ってやってきた。それに乗ってわれわれはバートレット湾の波止場へ下りていった。遊覧船にカヤック、バックパック、それにクマ用の食べ物を詰めた容器などを積み込んだ。この遊覧船でグレイシャー・ベイをあちらこちら一三〇マイル（約二〇九・二キロメートル）にわたって航海をすることになる。

グレイシャー・ベイの遊覧船（「デイ・ボート」とみんなが呼んでいる）は、ホワイト・パス・アンド・ユーコン・ルート鉄道で旅をするのとほぼ同じくらいの費用で利用できる。それを考えてみると、アラスカ南東部の旅行の中ではもっともお買い得なルートかもしれない。世界でもっとも美しい場所の一つを丸一日ゆっくりと観光することができ、ランチにはソーダとサンドイッチが出て、コヒーは飲み放題だ。それにメラニーが訓練したパーク・レインジャーのナレーションを聞くことができる。われわれについてくれたレインジャーはケイリンという名の女性だった。デイ・ボートが湾を周航しはじめると、彼女はデーヴィッドや私といっしょのブースに座って、夏の終わりにはアイオワ州に戻って看護学校へ通うつもりだと話した。そして一言断わって席をはずすと、部屋の前のほうへ行ってマイクを握った。

デーヴィッドと私は船尾へ行き、かわいらしい野生動物たちを眺めていた。そこにいたのは仰向けになって浮いているラッコや海鳥たちだった。ケイリンがスピーカーでアナウンスをしている。「午後二時になるとツノメドリがやってきます」。望遠レンズつきのカメラを手にした女性が、展望デッキの反対側から大急ぎでやってきて、われわれを肘で押しのけて船ばたへ進みでた。たいてい誰もが見たがるのはクジラだった。

「去年は丸一週間のあいだここではクジラがあふれていて、まるでその上を歩いて渡れるような感じでした」とデーヴィッドはいう。「みんなはパドルで漕いで近くまで行きたがらないんです。いったん水中に潜ってしまうと、クジラはどこで海面に姿を見せるかまったくわからないからです。それでも四分の一マイル（約四〇二・三メートル）ほどしか離れていません」

サウスマーブル島に近づくと、デイ・ボートはスピードを落とした。この島は石灰岩でできた小さな塊で、まわりではたくさんの魚が泳いでいる。そのために何千という海鳥がこの島の斜面や岩の割れ目に巣を作っている。げっぷを出すような音のコーラスが大気を満たしはじめていた。そのあとに続いてくるのは強烈な悪臭だ。「アシカの臭いをかぐまでは、とてもアシカ経験をしたとはいえませんよ」とデーヴィッドがいう。アシカは島の低い岩場に群をなしていた。それはまるで、道に落ちたロリポップにたかっているアリのようだった。ぎこちなくよたよたと歩くと、アシカはたがいに押し合いへし合いして海へとなだれ込む。しかしいったん水中へ潜ると、イルカのように優雅に泳ぎはじめる。他の乗客たちはウ科の水鳥の写真をカメラに収めていた。ウにくわえられた魚は身悶えしながら、長いウの首を下へ下へと落ちていった。デーヴィッドが私の肩を叩いていった。「うしろを見てください」。南のほうで六頭のクジラが潮を吹いている。それはまるで静かな海で魚雷がしぶきを上げているようだった。

「右遠方に見えるのがミューア・ポイントです」とケイリンがスピーカーから解説している。「そこでは岩がいくつも重なっていて、かつてジョン・ミューアがそこに小屋を建てました」。続けて彼女はグレイシャー・ベイを訪れたミューアについて、その生涯のハイライトをかいつまんでいくつかざっと紹介する——彼がヨセミテについて述べた氷河の仮説に対して巻き起こった疑念、フォート・ランゲル、ホール・ヤング、四人のトリンギット族のガイドたち、バンクーバーの海図など。ある乗客がなぜミューア・グレイシャーへ行くことができないんですかときいた。それにケイリンは答えて、ミューア氷河はすでにはるか後方へ後退していて、もう水際まで来ていないんですと説明していた。バートレット湾を出てからすでに二〇マイル（約三二・二キロメートル）ほど北へ航海している。しかし、一七九四年から一八七九年までに氷河が後退した距離の、まだ半分までも来ていなかった。

ミューアがたどったルートを遠くまでたどればたどるほど、あたりの風景は時代を遡って若くなっていく。一マイル進むごとに木々のサイズが小さくなり、しまいにはまったく木の姿が見えなくなった。シロイワヤギが、ところどころで緑が残るごつごつとした岩肌をうろうろとしている。ようやく遊覧船は湾の先端に到達した。氷河はここでも一八九九年以降、さらに一〇マイル（約一六・一キロメートル）以上北へ後退していた。二つの隣接した氷河を前にして船は三〇分のあいだエンジンをアイドリングさせている。左に見えるのがマーゲリー氷河で、湾内で氷山が崩落することで観光客を引きつけていて、ミューア氷河の主役を演じていた。およそ一〇分ごとにショットガンの爆音のような音が鳴り響き、大きな氷塊が氷山の青い側面から分離する。そして轟音と大きな水しぶきが起こった。

マーゲリー氷河の右側にそびえるグランド・パシフィック氷河はマーゲリーにくらべてやや寂しげだった。これはミューアの想像力に火をつけた当初の氷山の残りといってよいだろう。かつてはグレイシャー・ベイを満たし、湾をえぐっていた強力な氷河だった。デイ・ボートの展望デッキから眺めると、この氷河はショッピング・モールの駐車場の片隅で解け残っている汚れた雪の山のように見えた。

私は遊覧船の旅を楽しんでいた。そのためにわれわれの最終プランをすっかり忘れてしまっていた。横にいたデーヴィッドが数分間いなくなり、防水のズボンと膝まであるゴム長靴を履いて戻ってきたときにはじめて気がついた。「そろそろ時間ですよ」と彼はいう。私も着替えに行った。デイ・ボートが湾内に入り、船長はゆっくりとアイドリングしながら岩石の多い海岸へ向かう。岸に近づいたので、助走をつけて駆けだせば陸地に飛び降りることができそうだ（ただし、それをしたのは一人だけだった）。甲板員がアルミニウム製の梯子を船首から下ろした。デーヴィッドと私は梯子をはうようにして降り、荷物を下ろすのをデイ・ボートの乗組員たちに助けてもらった。消火のときのバケツリレーのようにして、バックパック、テント、クマ用の缶詰、そして最後はカヤックを下ろした。おかげですべての作業を五分もかからずに終えることができた。

終日、おしゃべりをしていた仲間の乗客たちは送迎デッキの端に群がり、われわれを見つめていた。やがてボートは後退し、小さな女の子が手を振っている。こうしてわれわれは荒野の中にぽつんと取り残された。

私はいま地理的にどこにいるのかまったくわからなかった。だが地図を取りだして見ると、すぐに地図は私を歴史上の正しい位置に置いてくれた。われわれがいたのはシドモア・カットというところで、早い時期にグレイシャー・ベイへの旅を重ねたエリザ・シドモアにちなんでつけられた名前だ。シドモア・カットは本土とギルバート半島を結んでいた。半島の名前はハリマン遠征隊のもう一人の氷河学者のG・K・ギルバートから取られている。湾の向こうにはメリアム山がそびえていた。

デーヴィッドは基本的なパドリングの技術をいくつか教えてくれた。そしてカヤックをひっくり返さずに、二人乗りのカヤックに乗り込む方法を身振り手振りで示してくれる。さらにスプレー・スカートと呼ばれている防水エプロンの着方を、実際にやってみせてくれた。「グループを引率しているときには、私が『スプレー・スカート』という言葉を使うと、たいていは訓練が丸一日続くことになるんです。それでみんなはとたんにぶつぶつ文句をいいだします」と彼はいう。「ですからときどき私はかわりに『スプレー・キルト』っていうんです。不平不満をやわらげるために」

ここにいると、冷たいスープを浮かべた巨大な石のスープ皿の中に、打ち捨てられたような奇妙な感覚を覚える。この違和感が体の中まで浸透してくる前に、われわれは水の中へとカヤックを浮かべパドルで漕ぎはじめた。広大な空間はまるでわれわれを、他次元の世界へ入り込んだような気分にさせる。それは『ガリバー旅行記』に出てくる巨人国のブロブディンナグに入り込んだガリバーのような気分だった。四方を見渡すと、白い雪をかぶった黒々とした岩がぐるりと広がっている。頂の下に続く中腹の斜面はビロードのような緑で覆われていた。水はブルーで澄んでいる。ただしぎしぎしと音を立てている氷河を除いての話だが。また岩粉がチョコレート・ミルク色の淀みを海水の上に作っていた。あたりのすべての規模がはたしてどれくらいなのか、まったく見当がつかないので、カヤックがどれほどの速さで水を切って進んでいるのかわからない（あとでわかったのだが、その答えは「それほど速く」はなかった)。少しくたびれると私はパドルを漕ぐのをやめて、ただ浮かんでいた。だがデーヴィッドはなお漕ぎ続けている。それでもカヤックは少しスピードが落ちているのだろう。デーヴィッドがたまに漕ぐのを休むと、カヤックは止まっているのとほとんど変わらないほどゆっくりとなる。ときどきわれわれは話をしたり、口いっぱいにトレイル・ミックス〔レーズン、ピーナッツ、アーモンド、ヒマワリの種、チョコレートなどの高栄養食品をミックスしたもの〕を頬張って食べるためにパドルを下に置いた。しかし、たいていはおしゃべりをせずに静かに漕いでいた。最終コーナーに近づくと、太陽の反射した光がガラスのような海面に反射してキラキラと輝いていた。それはまるでおびただしい数の蛍が飛んでいるような風景だった。

比較的強い風の中をわれわれは四時間パドルを漕いだ。そしてようやくレイド・インレットの口に入った。レイド・インレットは二マイル(約三・二キロメートル)ほどの長さの湾で、ネオンブルー(蛍光ブルー)の氷河がその端を湾の中にしっかりと固定させていた。海に細く突き出た土地(その場所でキャンプを張ることになる)に着いたときには、空気はひんやりとして風も微風になっていた。「どの氷河もそれ自体の気候を作りだすんです」とデーヴィッドはいう。あたりは現実とは思えないほどのどかで牧歌的だった。ひとけのない湾曲した浜辺。そのうしろでは滝が音を立てている。それはまるでリズム・トラックのように、巨大な氷河が苦しみの中で出すぎしぎしときしむ音を支えていた。

デーヴィッドはポケットに入れていた潮汐表を取り出して、しきりにチェックしている。グレイシャー・ベイの潮汐は二五フィート(七・六メートル)の高さで日に二度干満をくりかえす。われわれはカヤックから荷物を下ろすと、それを乾いた海藻の縁の先まで運び上げ、そこを最高の水位線と定めた。ちょうどそれを越えたあたりで砂が途切れ、突如丈の高い草木が現われる。「クマはこんな樹木の限界線に沿って歩くのが好きなんです」とデーヴィッドは、細長い土地を行きつ戻りつしながらいった。「この線の内側や外側を注意して見ると、そこには何度もクマが行き来をした様子が見てとれるんです」。彼は実際そこで古い足跡やだいぶ前のものと見られる糞を見つけた。そしてそれは、われわれがおそらくいま安全な状態にあることを語っていた。一面に小さな黄色い花を咲かせている草原を、ブーツで踏みつぶしながらわれわれはテントを張った。

地質学的な見地からすると、この場所は生まれたばかりで真新しいということがいえる。一八九九年にハリマンのチームがここを通りすぎたときには、レイド・インレットは氷であふれ返っていた。私のまわりで起きていた錬金術は一次遷移と呼ばれているもので、石を森に変える自然のやり方だった。草原に咲いているのはチョウノスケソウで、新しい土を窒素で豊かにする媒介の役割をはたしている。この草の先にはヤナギ、ハンの木、ハコヤナギなどの低木で鬱蒼とした茂みが続いていた。ひとたび腐りかけたバイオマスの層が数十年にわたって蓄えられると、巨大なトウヒやアメリカツガがこの土地にコロニーを作る。

オリエンテーションのビデオを見ると、グレイシャー・ベイ国立公園のコンセプトは「人間によって変えられていない世界」となっているが、これが意味を持つのはあくまでも氷河の前に広がる未開拓の地にわれわれが座っているときだ。毎年、五〇万の人々がクルーズ船に乗ってやってくる。そしてクルーズ船が増えればさらに多くの人々が訪れることになるだろう。アメリカの国立公園局（NPS）では小さな観光船の入港はいくつか許されているが、大きなクルーズ船は二隻だけに限っていた。そして、未開拓地で夜を過ごすことができるのは観光客のほんの一部だけだった——二〇一五年にコネティカット州ほどもある土地で夜間にキャンプを張った人は五六八人だけである（グレイシャー・ベイの四分の一以下の広さしかないヨセミテでも、グレイシャー・ベイと同じ時期に二〇万人以上ものキャンパーを迎え入れている）。未来の世代のために同じような環境を保持することがNPSの第一の目標だった。

デーヴィッドは断固とした環境保護主義者だ。しかしその彼にしてもなお、国立公園局は原始状態の野生という面を、あまりにも大げさに誇張しすぎていると考えた。「『野生』の定義を白人がはじめてこの土地にやってくる前の状態とするのはまちがいなんです――ここには何千年のあいだ住んでいた人々がいたわけですから」と彼はいう。巨大なクルーズ船が毎日やってくるわけではないと見せかけるのはやや愚かなことだった。だいいちクルーズ船でたくさんの人々がやってくることが、必ずしもデーヴィッドを悩ますわけではないからだ。これには私も当然、彼がおおぜいの観光客を嫌うものだとばかり思っていた。「この場所を訪れたいと思う人がいるのならどんな人でも――若者、お年寄り、車椅子に乗った人など――ここに来れるようにすべきだと思います」と彼はいう。「公園を一度も見たことがないとなれば、人々は公園を大切になどしてくれませんもの」

デーヴィッドはレンティル豆を入れた鍋をキャンプ用コンロの上に置いて、動物たちのすぐれた食習慣について話をした。これまで航海中に目にした動物たち、たとえばラッコはとがった石を見つけて気に入ると、それを前足の下にねじ込んで、そのまま海に潜って貝を探した。「ヒトデ――人々はかわいいと思うんでしょうが、実はこれは獰猛な殺人者なんです」と彼はいう。軟体動物の貝類をつかむとそれに穴をあける。そして二枚貝の中にむりやり侵入し、自分の胃袋を餌食の中に押しつけて、餌食のすみかの中でその体を消化してしまう。私はアラスカに来るまでは、カラスについてそれほど多く考えたことなどなかった。カラスはアラスカの先住民文化では人目を引く存在だった（そもそもトリンギット族はみんな伝統的に二つの半族〔社会生活のさまざまな部分が二つの補い合う集団に分かれているときの一方の集団〕の一つに属していた――カラス族とワシ族。人が結婚するとなると、自分の属する族とは違うもう一つの半族の者と結婚することになる）。カラスは人々の尊敬を受けるに値するとデーヴィッドはいう。「グスタバスでカラスを見たことがあるんですが、そのカラスは二枚貝やイガイを道路に落とすんです。そして誰かが車でやってきてそれを打ち砕くを待っている。砕かれると空から急降下して貝を食べるんです」と彼はいった。「誰かが親切だったり、不親切だったりすると、カラスはそれを覚えているだけじゃないんです。その情報を友達にも伝えている」

アラスカの動物たちの中でもっとも有名な雑食性のメンバー（クマ）については、銃は最良の保険証書ではないとデーヴィッドはいう。「統計的にいえば銃よりクマ用のスプレーを使用したほうがいい。銃は人々をダーティハリーに向かわせることになるからです。クマはネコのようなものです。とても好奇心が強い。あなたを一目見ていっしょに過ごしたいと思うか、あるいは人目を避けるようにして去っていくかのどちらかです。これまで私はクマのことでひどい経験をしたことなど一度もありません。ただ一度だけクマ用のスプレーを使ったことがありますが、クマを銃で撃ったことはありません」

グスタバスの市民の中には暇なときに小説を書いた者もいたが、デーヴィッドもその一人だった（はじめて本を書くほとんどのフィクション作家がそうだが、彼もまた自分の伝記を書くことからはじめた。ところが大半の「男性」作家と違っているのは、彼が女性を小説の主人公にしていることである）。彼はいくつか私に質問をした。書き物で生計を立てるというのはどんな感じなのか？　私はそれをはたして楽しんでいるのか？　朝ベッドから飛び起きると、すぐに仕事に取りかかりたいと思うのか？

「ガイドの仕事をしていて私はたくさんの同業者に会います。だが、そのほとんどが仕事を楽しんでいるようには見えません」と彼はいう。「ただお金を稼ぐためだけに仕事をする人を私は理解できない」。山岳ガイドの友人にたずねたことがあったという。この仕事はたしかに彼女にとって夢のような仕事だった。自分が税金専門の弁護士には向いていないと悟ったあとに求めた仕事だった。それではいまどれくらいこのガイドの仕事を彼女は好きなのだろうか？「彼女はいったんです。『登頂するときがとてもうれしい。とくに登頂したあとで下山するときが一番楽しい』。しかし私はカヤックのことになると何から何まですべてを愛しています。はじめはもちろん、途中もそして終わりも。この場所で私はお金を儲けることはないと思います。だけど私はカヤックに乗ることが好きなんです。だから毎日それをしているんです」。デーヴィッドが大学を卒業したとき、両親は彼に何か特別な贈り物をしたいと思った。そして彼らがデーヴィッドに買い与えたのが手作りのカヤックだったという。

デーヴィッドは最近シアトルに行って、とても気分を害したことがあった。交通渋滞に巻き込まれてしまったのである。膨大な時間の浪費だと思った。「あちらではみんな、片道で一時間ものあいだ車を運転しなければいけないことがわかりました」と彼はいう。ニューヨークでは毎日、行き帰りにその二倍の時間を運転している人を何人か知っていると私は彼にいった。人々はがまんをしている。だけどニューヨーク市の高い生活費のおかげで、どうしてもそれは必要なことだった。「あなたがテレビでよく見るようなアパルトマンに住もうとしたら、おそらく月に二〇〇〇ドルは払わないといけないと思うよ」。マンハッタンだったら、気に入った駐車のスペースを借りるだけでも、それだけのお金が必要になるかもしれないと彼にいうと、彼はとても納得ができないという顔をしていた。

デーヴィッドは食べたあとでお皿を洗い、練り歯磨きはクマ用の容器に入れるために没収した。そしてわれわれは眠りについた。テントで横になっていると、レイド氷河が氷塊を分離させることで雷鳴のようなおやすみの挨拶を送ってきた。一晩中、氷河は大きな塊を水の中に落とし続けていた。私は自然のすばらしい宿屋で、製氷機がうなりを上げている隣りの部屋をやっとのことで予約することができた。

朝になると風がやんでヌヌカやクロバエなどがキャンプに群がってきた。私は虫除けネットをまとい、その上から野球帽をかぶった。しかしすぐにわかったのだが、この作戦は裏目に出てしまう。というのも、帽子がネットを額に押しつける結果になってしまったからだ。虫にとっては足をかける絶好の場所ができたわけで、それによって好き勝手にわたしの顔に噛みつくことができた。次の三週間というもの、私の額には人形の生え際のように赤い点々が列をなしてついてしまい、まるで不義の罰としてつけられた緋文字のようだった。そしてそれは私の無知を、ベテランのアラスカ人たちに広めることになってしまった。

　今日国立公園局は、ここを訪れる人々に「痕跡を残さないように」という信条を奨励しているようだが、この場所に入植することが可能だった時代もあった。朝食後デーヴィッドと私はパドルで漕いで湾を横切り、夏の小屋の跡を訪ねた。この小屋は一九三九年ころ、ムースとジョーのイバック夫妻が建てたもので、彼らはここで毛皮を獲ったり金鉱の探査をしていた。一九七九年にキム・ヘイコックスがやってきたときには、まだイバックの小屋は二〇世紀の考古学的遺跡として保存されていて、十分にそれに値する遺物も残されていた。それはまるで『セールスマンの死』を上演する舞台のような感じだった——皿、ナイフやフォークなどの食卓食器類、書物、トランプ、テーブルと椅子、古い『ライフ』誌などが散乱していた。しかし、今日そこにあるのは積み重ねられた厚板や、ムースによって植えられた三本のトウヒ、それに長い孤独なアラスカの日々の残骸——五五ガロンのドラムカン、灯油の入っていた赤い缶（「二セント引き」というラベルが貼られている）、革靴が一つ——などである。クマが入り込んで、コケを山のように集めて寝床にしていたようだ。貝を常食にして暮らしていたみたいで、それを示す証拠がたくさん地面に落ちていた。「これは歩こうとするとけがをしてしまいそうだ」とデーヴィッドがいって、先のとがった貝をラバーブーツで踏みつけながら顔をしかめていた。

　コムギによく似た丈の高いホソムギの生えている中をわれわれは歩いた。早い時期にここへやってきたアラスカの入植者たちは、二つのムギが似ていることに気がついて、ホソムギで小麦粉を作って

ラッセル島から眺めた北の風景。湾の入口にある氷河は1680年以降、この地点で前進と後退をくりかえしている。

いたとデーヴィッドはいう。やがてすぐに彼らは学ぶことになったのだが、ホソムギにはアーガット（麦角菌）という菌がはびこっていた。それを口にすると、不快で強力な幻覚に襲われる。「長い不慣れな冬をどのように過ごしたのか想像してみてください」と彼はいう。一九三〇年代の末になると、スイスの化学者のアルバート・ホフマンが、アーガットによって作られるアルカロイドを研究して、はじめてリセルグ酸ジェチルアミド（LSD）を合成した。

われわれはカヤックでのんびりと湾を横切り、ラッセル島へ向かった。とくに泳ぎが上手でもない私は、氷点よりほんの数度高いだけの冷たい水、そしてほとんど四分の一マイル（約四〇二・三メートル）もあろうかという深い水を何とかして見ないようにつとめた。一組のハクトウワシがラッセル島の南端の水際で羽を休めて、われわれをじっと見つめていた。彼らの都合で何度やっても勝負がつかない、にらめっこをしているような感じだ。一八七九年にミューアはまさにこの場所に来ている。その当時は一〇〇〇フィート（三〇四・八メートル）の高さの島はなかば氷に埋まっていた。そしてそれが「湾の先端」の標示となっていて、バンクーバーの時代にははるかその先のグスタバスまで伸びていた氷河の、一八七九年における最遠の地点だった。「少し前には」とミューアが島について書いている。「島の岩は少なくとも二〇〇〇フィート（約六〇九・六メートル）ほど、上を覆っていた氷の下に埋もれていただろう。しかし現在の気候条件のもとでは、やがてはフィヨルドのまんなかに氷河で磨かれた島が現われることになるだろう」。実際、その通りになった。

カヤックから見たかぎりでは、ラッセル島はたとえ氷がないとしても、けっしてそれほど上りやすい島には見えなかった。しかしミューアはいつものように何とかして頂上までよじ上り、これまで見た中でももっとも大きなグランド・パシフィック氷河を一望のもとに見わたした。この地点から北の方角を見るととちょうど氷の大聖堂の中に座っているような感じがしたにちがいない。

われわれは一日の大半を島の周囲をパドルで漕いでまわった。そして島の北端に広がる岩石の多い海岸に上陸した。石はチョコレートのエムアンドエムほどの小石から、家庭電化製品のように大きな鋭い縁をした花崗岩の塊まである。この大きな塊はかつてこのあたりを切り開いて進んでいた、氷の川の凄まじいまでの押し出す力を思い出させた。

ふたたびわれわれはカヤックから荷物を下し、海藻を通り越した地点までカヤックを引っぱり上げた。そしてテントを張った。自然が心遣いをしてくれたのか、上が平らな岩を残してくれていたので、その上にキャンプ用のコンロを置いた。隣りのやはり平らな岩はダイニングテーブルにぴったりだった。気候はやや完璧にすぎたかもしれない。風がなかったので、小虫のヌカカが戻ってきた。大群で来たために蚊よけのネットを急いでかぶった。石だらけの浜辺に寝そべって二人で景色を楽しんだ。

「うわあ、すごい!」とデーヴィッドが叫んだ。

キャンプを張った場所は雪をいただいた二つの山並みのちょうど中間に位置していた。それは大工さんが手にしている水準器に含まれた気泡のような感じだ。グレイシャー・ベイのそれぞれの側にそびえる山並みが地平線に向かって収束して、グランド・パシフィック氷河を縁取っていた。間近で見ると薄汚れているように見えたが、いまは午後も半ばの太陽のもとで、まばゆいばかりに白く光っている。氷河は渦巻くようにしてカナダへ深く入り込んでいた。この氷が湾全体をどのようにして満たすことができたのか、私はようやくそれを理解することができたような気がした。

朝の四時ごろに、テントに何かがぶつかっているような音がして目が覚めた。それは血に飢えた虫がテントのライナーシートに猛然と体当たりをしている音だった。いまはアラスカの六月中旬で、太陽は午前三時五一分には昇る。したがって、太陽が東の山頂を照らし出す前にいくらか時間が経過しているにしても、夜はすでに明けている。私は膝まである長靴を履いて、防虫用のネットをかぶり、海岸へ下りていった。その格好はどう見ても『刑事コジャック』の第何話かで、銀行強盗に身を変えて出てきた養豚農夫のようだった。氷河に押されてそこにあった岩に私は腰をかけてフィヨルドを見下ろしていた。貪欲なヌカカ（やがてはそれを追ってくるアラスカの州鳥カラフトライチョウの群に追いつかれてしまう）や蚊がいっしょになって、私の頭のまわりをぐるぐるとまわった。それはまるで文法学者がホソムギを食べて幻覚を起こし、カンマやピリオドがしきりに跋扈する句読点の悪夢を見ているようだった。

空気は冷たかった。朝の気温のためと氷河を通り抜けてくるそよ風のためだ。氷の塊がゆっくりと水の中に滑り落ちていく。空高く覆っている雲の天井が一番高い山々の頂上を隠して見えなくさせていた。一日のはじめに差し込む太陽の強い日差しが、フィヨルドの影の中に赤みがかったピンクの光を点滅させている。私はこの近くの見晴らしがきく地点から、同じような現象を眺めていたミューアがどんな風に感じたのか、そのことを考えていた。「われわれは声をひそめて、畏敬の念に打たれたかのようにただこの聖なるすばらしい光景を見つめていた。そしてこのときに天が開いて、神が立ち現われるのを間近にできたら、神を思いやるわれわれの心も、途方もなく張りつめたものにならなくてすむのだが」

私は座って両腕で自分を抱え込んだ。そして自然のもつ荘厳な雰囲気を胸一杯吸い込もうとした。水はこぼれたペンキのようだった。ゼニガタアザラシが二頭ボーリングの球のような頭を水面から上に出したかと思うと、そのまま同心円の輪をあとに残して潜っていった。海岸を見下ろすと、海藻に覆われた岩が昇る朝日の中で褐色や金色に輝いていた。

ふと横を見ると岩が一つ微妙に動きはじめている。私は突然立ち上がると、揺れはじめた岩を思い切って海岸に蹴り落とした。その音が下で動いているもの（動物だ）の注意を呼び覚ました。目で追ってさらによく調べてみると、そこにはヒグマがいた。おそらく一五〇フィート（約四五・七メートル）ほど離れていただろうか。ヒグマの大きさを目測で測ろうとしたが、何てこったろう、もちろん私は知っていた――これが動物園以外で私が見たはじめてのクマなのである。二日前にレインジャー・ステーションで、たしかにクマの防止ビデオを見せられた。だが突然のことだったので、その詳しい内容を思い出すことができなかった。クマと私はしばらくのあいだたがいに見つめ合っていた。しかしそのあとでクマはゆっくりと若木のぶあつい壁のほうに向かって走っていった。若木は海岸のすぐうしろに生えているが、丈の長さは数フィートのところで止まっている。

二頭目のクマが低木の茂みから現われた。二頭のクマはおそらく幼獣だろう。子グマがいるということは、そのすぐあとに続いて母親のクマが現われるということだ。クマに最初に出会ったときにまずしなければならないことが、ようやく頭に浮かんできた。「母クマと子グマのあいだにはけっして、いや絶対に入ってはいけない」。ハイイログマの攻撃を受けて、身の毛もよだつような死を迎えた事故の報告書の中には、怒りに燃えた母クマの記載もある。そこには「腱」という名詞が「引き裂く」や「噛み砕く」といった動詞とともにもっとも多く使われているようだった。私はできるかぎりすばやく、そして何げなく平気を装って、滑りやすい岩場を借り物の長靴であとずさりすると、クマたちがこちらを見つめているあいだにそそくさとテントのほうへ後退した。

デーヴィッドは少なくともさらに二時間眠っていたいと思っていたにちがいない。それは私もわかっていた。そこでこのような状況では当然のことだが、ふだんにもましてていねいに、彼のテントに身を近づけながらナイロン越しに話しかけた。「デーヴィッド、寝ているところを起こしてすまないが、下の海岸に二頭のクマがいるようなんだ」

「えっ、それはどうしても起きなくては」とデーヴィッドは朦朧とした意識の中でいった。デーヴィッドは寝起きにまずコーヒーを一杯飲まないうちは、とてもフルスピードで活動などできないタイプの人間だった。テントから寝癖のついたそのままの頭で、小さなオオカミがプリントされたぶかぶかのパジャマのズボンを履いて出ていった。それはまるでパジャマ・パーティー〔小さな女の子たちが誰か一人の家に集まり、パジャマを着たままでする夜明かしのパーティー〕で目を覚ましたばかりのばかでかい小学二年生といった風だった。ここが自分の家でないことに一瞬戸惑っているのである。デーヴィッドはクマ用のスプレーを手に浜辺へと下りていった。

クマは水際近くにある岩のあたりでくんくんと匂いを嗅いでいる。「この二頭は四歳くらいに見えます」と彼はいう。「おそらく最近母クマと離ればなれになってしまったのでしょう。この島にはサケもいないし、ブルーベリーもない。そのために二頭が気にしなければならない大きなヒグマは他にいなんです」。われわれは数分間クマたちを見つめていた。「二頭ともやせて骨と皮ばかりだし、毛もふぞろいです」と彼は、足がかゆいのか、サンダル履きの足で交互に反対側のふくらはぎをしきりにこすって、血に飢えた蚊を追い払いながらいった。「きょうラッセル島にいるのは二人の人間と二頭のクマと二〇億匹の虫だけのようです」

どんな風にして――そしていつ――二頭はここへやってきたのだろうと私は思った。「クマは泳ぎが得意なの？」ときいてみた。

「ええ、もちろんです。ムースも泳ぎます。シカも泳ぐ。オオカミも泳ぎます。他の島に何かいいものがあると思えば、クマたちはすぐにでも出かけるでしょう」

デーヴィッドは岩に飛び乗ると、手を叩いて何度も叫んだ。「おーい、クマ公たち」。それはまるで自分に勇気を与えようとしているかのように聞こえた。二頭は森の中へと戻っていった。デーヴィッドは頭をかくとフィヨルドのほうを見下ろした。「わあ、ちょっとあの景色を見てください。山々を照らしていた緑の光がいまは水をエメラルドグリーンに染めています。一日の中で私がもっとも好きな瞬間なんです」。彼はしばらくのあいだ防虫ネットを持ち上げると、シネマスコープのパノラマ風景を彩っている色彩を、思い切り吸い込んで体内に取り入れた。「ほんとうのところ、これまで目を覚ました場所では、ここが一番私が気に入っているところかもしれません。それに二頭のクマを見ることもできた。何てすばらしいんでしょう」

デーヴィッドはキャンプ用コンロで朝食を作りはじめた。食べ物の入った容器の蓋をまわして、コーヒーやシリアルを取り出した。私は思ったのだがクマを目にしたとたん、サバンナでライオンに気づいたレイヨウのように、逃げ出す前にもう自分のはらわたをクマに差し出してしまうかもしれない。結局、クマを恐れるより前に魅入られて動きが取れなくなってしまうのではないのか。デーヴィッドはそれはかなり普通の反応だという。「この公園の生物学者はそれをベア・アノイアと呼んでいます。あらかじめクマの巨大な歯や爪を思い浮かべてしまうんです。しかし現実はどうでしょう。クマを目にしてそれに近づいていく。『おーい！』といって手を叩く。するとクマは立ち上がってあなたを見るが、そのまま振り向くと逃げ出してしまうんです」

クマたちはふたたび森の中から出てきた。こんどはいくらか前より近くまでやってくる。デーヴィッドは立ち上がると手を叩き、何度か叫んだ。少し前より大きな声で。「マーク、こっちへきて私の隣りに立ってください。そうすればわれわれがより大きく見えますから」と彼はいう。「特別に大きな生き物のように見せたいんです。見てください。クマたちは行ってしまいました」。ふたたび二頭のクマは立ち止まると、森の中へと向かっていった。

クマたちがハンの木の中へこそこそと立ち去っていくのを見て、デーヴィッドは水差しに、コーヒーの粉とお湯を注ぎながらいった。「きょうはコーヒーだけにして、オートミールはやめましょう」

といった。二頭のうち一頭のクマが振り向いたが、それは見たところ別に低木の茂みへ戻りたいと思っているわけではなさそうだ。すぐにうしろを見せて全速力で駆け出した。

「クマをにらみつけて威圧するのは、酔っぱらいをにらみつけるようなものなんです。ともかく相手より自分のほうが強いんだというふりをしなければないません」とデーヴィッドはいう。

私は浜辺でコーヒーが染み出るのを待っていた。デーヴィッドはゴム長靴を取りにいってしまった。そこにふたたびクマたちが現われたのである。今度はテントのうしろにやってきた。テントからほんの三〇フィート（約九・一メートル）ほどのところだ。「マークさん、コーヒーはそのままにしたほうがいい」とデーヴィッドは浜辺の上から叫んだ。「クマ用のスプレーを持ってきてもらえませんか？」

私はデーヴィッドの隣りに立った。手を振り、手を叩いた。そして叫んだ。今度はちょっと切羽詰まったトーンで。「おい、クマ公ども！」。しかしクマたちは優位な立場に立っている様子だ。二頭のうちで大胆なほうが急に私のテントに興味を示した。突然、昨日の記憶が心に浮かんだ。そうだバックパックの底にクリフバーの包み紙を残していたんだっけ。そうじゃなかったかな？　しかし、クマは私のテントから離れて、カヤックのほうへぶらぶらと歩いていったときには心底ホッとした。

デーヴィッドはいつも冷静だし、サービス業で働く人のつねで使う言葉もたいていはていねいだ。その彼が今回の事態はとても黙って見ているわけにはいかない。首に静脈が浮き出るほどに怒りに震えて金切り声を上げた。「こらっ、カヤックから離れろ。とんでもないクマ公だ」。クマは腹を立てたようで、いったん立ち止まるとテントの外側で匂いを嗅ぐために戻ってきた。「私たちには一日分の食料と豊かな水源があります」とデーヴィッドは説明をした。「しかしカヤックは一艘だけしかありません」。もし興味を示したクマがカヤックのファイバーグラスでできた薄い外板に足を踏み入れたら、穴が開いてしまう。この小さな浜辺で二頭のクマと一缶のスプレーだけが残されるというのは、私にだってとても考えられないことだった。私はこの情景をまざまざと記憶している。それはノートに書かれた一文に、しっかりとアンダーラインが引かれていたからだ。のちにノートを引っぱり出して見たら、たくさんのヌカカがページのあいだに挟まれて押しつぶされていた。

「えっ、いまノートを書いているんですか？」とデーヴィッドがきいた。彼の腕は頭上高く手旗信号の旗のように振られている。

「これは私の仕事なんだよ」と私はいって、走り書きするのと手を振るのを交互に行なっていた。「忘れないうちに、この情景をメモに書きとめて置かなくてはいけないからね」

われわれは二人で並んで叫んでは手を振った。そしてどうにかして侵入者たちに、こちらのメッセージを理解してほしいと思った。デーヴィッドはスプレーの安全装置をはずした。大胆なほうのクマはおそらく三〇フィート（約九・一メートル）ほどしか離れていない。もう一頭のクマはうしろのほうに下がっていた。すると二頭は一瞬ハンの木の茂みに消えたが、そのあとですぐに戻ってきた。

「どうもこちらのはったりに対して、開き直ってしっぺ返しをしようとするのかもしれません」とデーヴィッドはいう。「マークさん、ひとまずあなたの持ち物を全部テントの中に放り込んで、海岸まで引きずり降ろしてください。すばやくカヤックに積み込んで、さっさとここから逃げ出しましょう」

食べ物を入れた容器やキャンプ用コンロをとりまとめ、バックパックや靴などをテントに放り込むと、われわれはダンケルクのイギリス軍のように撤退した。そのあいだもヌカカや蚊の急降下爆撃は止むことがなかった。私のテントは途中で岩に引っ掛かるし、デーヴィッドはテントの柱を折ってしまった。道具の最後の一片まで運んで水際までたどり着くと、巨大な白いクルーズ船の姿が目に飛び込んできた。船体の側面に雲間から差し込んできた陽の光が色をつけている。私はこんなことを想像していた。クルーズ船の乗客たちが双眼鏡でこちらをのぞいていて、二人の男が何やら乱暴に荷物をカヤックに投げ入れている様子や、そのあいだもたえず二人が顔の前で、ぴしゃりと手を打ち鳴らす様子をうかがっているのではないかと思った。

数日のちに私は偶然クルーズ船の運転士に会った。そのときに彼がいうには、あのときわれわれの姿をブリッジから見ていたらしい。「二人の身のこなしを見てみなよ」と彼はいう。「人生を楽しく過ごしているにちがいないって思ったよ」

われわれは海岸からパドルで漕いで出発すると、少し休んで振り向いた。クマたちは水際までやってきて貝などを獲っていた。デーヴィッドはすっかりぬるくなってしまったコーヒーをマグカップに注いだ。そしてわれわれはヒグマの兄弟がせっせと自分たちの仕事をしているのを眺めていた。「こうして遠くから見ていると、クマたちもかわいいですね」とデーヴィッドはいう。「四六時中浜辺に下りてきたがっているだけだったんですよ。だけどアラスカのいい思い出になりましたね。その美しさに畏怖の念を抱かれたことでしょう。ところが物事は一瞬のうちに『ああ、すばらしい』から『うわっ、くそっ、しまった』へと変化しかねないことをきっと思い出すにちがいありません」

第三日目はすばらしい天気に恵まれた。服を脱いでTシャツ一枚になった。北方で列をなしてそびえ立つ山並みが見えてくる。まだ雪に覆われていた。「あれを見てください。ちょうどマッターホルンを八つか九つ横に並べたようでしょう。それも上を少し打ち壊した形で」とデーヴィッドがいった。

われわれ二人は最後の夜を、砂浜の後方で花をつけたイチゴが一面に生えている先のあたりでキャンプを張った。ここで恐れなければならない野生生物といえば長い脚をしたミヤコドリくらいだが、ミヤコドリはミヤコドリで、デーヴィッドがいまにも巣を急襲したがっていると確信している。それで鳥は車の警報のような鳴き声を立てて、しきりに自分の不機嫌さを知らせようとしていた。翌朝、われわれはゆっくりとパドルを漕いでシドモア・カットに戻ってきた。デイボートは滑るようにして停止すると、われわれは道具の一式とカヤックをアルミニウムの梯子の上まで持ち上げた。そして遊覧船はあとずさりして岸を離れた。船内で説明をするレインジャーはスピーカーでわれわれの帰船を乗客たち知らせた。すると誰もがわれわれのほうを見た。われわれは薄汚い上に悪臭を放っていたし、そのうちの一人は額のまわりに虫に咬まれた奇妙な輪がある。しかし、他の乗客たちから受けた興奮に満ちた歓迎ぶりから判断すると、われわれは大洋の中でぷかぷか浮かんでいた月着陸船から、たったいま救出されたかのようについ思ってしまいそうだ。

もう一つグレイシャー・ベイのデイボートでよかったことがある。それは船内でビールが売られていたことだ。もしわれわれが死に瀕したクマ(獰猛なヒグマだ)とのもめごとについて、話をどうしてもききたいと誰かが望むなら、そのときにはビールを一杯きっとおごってくれるにちがいない。

25 揺られたり、かきまわされたり

フェアバンクス

一八九九年の時点ではいまと同じように、アラスカを訪れる人々にとってはグレイシャー・ベイとシトカが、しばしば旅の終点となっていた。だが、ハリマン遠征隊はようやく旅程の中間点に到達したばかりだった。インサイド・パセージを上へと航海する「通常のアラスカ小旅行」を終えて、ジョン・バローズは次のように書いている。「われわれははじめて外洋のほうに顔を向けた。われわれの目標はヤクタット湾（ヤクタット・ベイ）だった」

グスタバスとヤクタットのあいだを北へ伸びている海岸に沿って、もし天候が力を貸してくれるようなことがあれば（これはまず考えられないことだが）、セントイライアス山地の白くて鋭い歯が並んだような山並みを見ることができるのだが。セントイライアスの連峰は北アメリカのヒマラヤといってよいだろう。そこでは一万五〇〇〇フィート（四五七二メートル）を越す一三の高峰が海水面からまっすぐに上へとそびえ立っていた。そのために国立公園局が、シアトルの会社に3D地図の制作を依頼したのだが、当初、地形の変化があまりに突然すぎるので、ソフトウェアが二次元の画像にすることができなかったといういきさつがある。

その湿気に包まれた岸壁が雪をとらえ、それが凝集して氷河になるために、まれにしか訪れないが気温が華氏七〇度（摂氏約二一・一度）に上昇する天気のいい日でも、ヤクタット湾は冬のおとぎの国のような感じになる。砂糖の山のようなセントイライアス山（一万八〇〇〇フィート［約五四八六・四メートル］）が湾のそばにそびえて湾を見下ろしていた。そのふもとからは、広大なマラスピナ氷河が巨大な二枚貝の形をしてあふれ出ている。これはさほど驚くべきことではなく予想通りということかもしれないが、この氷河に名前をつけたのはドールだった。一八世紀のスペインの探検家で、北西航路を探していたアレハンドロ・マラスピナにちなんで彼はこの名前をつけた。

地図上で見ると、ヤクタット湾のV字型の切り込みはちょうど東経一四一度の線上にあり、そこはアラスカのパンハンドル（南東部）が本土の陸塊と接している部分に当たる。一八九九年の時点では、それはまたトリンギット族の領土の境目を示していた。先住民の一団が氷で閉ざされた湾の水をパドルでかき分けて、エルダー号に近づいてきた。毛皮を売りにやってきたのである。ハリマンは彼らを船上に招待した。先住民の中に非常に社交的な男がいて、ハリマンは彼をとても好ましく思った。この男はバカニアハット（海賊帽子）をかぶり眼帯をしていて、のちにインディアン・ジムという名前で知られるようになる。ハリマンはこの男を案内人として雇って、湾の一番奥まった場所へ連れて行ってもらうことにした。その海域はこれまでに一度も汽船で航海されたことがなかった。氷食された岩のすさまじさにびっくりしたバローズは、まるで「特別に作られた昔の氷神たちの遊び場」へ入っていくような気分になった。

ハリマンの遠征隊はヤクタット湾の奥で身を隠すようにして、心穏やかな五日間の日々を楽しんだ。だが、誰よりもそれを楽しんだのはハリマン自身だった。彼は漕ぎ舟を調達して科学者たちを船から下ろしたり、また彼らを船に戻したり忙しく立ち働いた。トリンギット族の訪問者たちにはグラホーン（録音機）で歓待し、地元で金鉱を探す人々には鉱脈のありかをアドバイスした。だが、そんな忙しさの中でも空いた時間はもっぱら買い物に費やした。彼は三艘のカヌーとほぼ絶滅に瀕していたラッコの皮などを買った。ラッコの皮は数百ドルもの高い買い物だった。というのもトリンギット族のハンターたちは自分たちに有利な商談を進めて、鉄道ビジネスではタフな交渉をつねにしていたハリマンを手玉に取った。偵察人のイエローストーン・ケリーがごく近くにクマがいるという。獣の匂いがするというのだ。ハリマンはライフルをいつでも使える状態にして、急いで出かけていった。しかしここでもまた、彼は何一つ成果を上げることができずに疲れ切ってエルダー号に戻ってきた。トリンギット族の残忍なアザラシ狩り（地元の経済にとってなくてはならないものとなっていた）にすでに嫌気が差していたミューアは、主人のクマ狩り失敗の報を聞いて心ひそかによろこんだ。

ハリマン遠征隊がヤクタット湾でのどかな田園風景を楽しんでいたとき、『アトランティック・マンスリー』誌では一八九九年八月号でミューアの最新エッセイを掲載する準備を進めていた。「自然はつねに活動している。組み立てては壊し、作り出しては破壊する。すべてのものをぐるぐるまわして流れつづけさせる。休みなく動くがそれはリズミカルだ。いつ終わるともしれない歌を歌いながらすべてのものを追いかける。美しい形からもう一つの美しい形へと」。彼はこのように「ヨセミテ国立公園」について結論を下していた。それは国立公園を神殿として、教室として守り抜こうという熱意にあふれた弁護だった。ヨセミテ渓谷である朝二時に「地震によるびっくりするようなひどい揺れと、ゴロゴロと鳴る音」で目を覚ましたミューアは小屋から駆け出した。「うれしさと恐ろしさの両方の気持ちを抱いて、『気高い地震だ！』と叫びながら。そのとき私は、何かを学ぶことになりそうだと確信していた」

ミューアのエッセイは私の心に響いた。それを読んだのが、デーヴィッドと私がラッセル島でヒグマとかくれんぼをして遊んでからまもなくしてだったからだ。めったにないことだが、グレイシャー・ベイの発信でニュースが入ってきていた。それは国立公園の上を飛んでいたパイロットが、ランプルー氷河の上で岩肌が崩壊しているのに気づいたというニュースだった。その岩肌はラッセル島でキャンプをしていた場所からも、デーヴィッドと私が見ることができた。アラスカのパンハンドル北部の山々はいまもなお活動をやめていない。それは地殻プレートがたがいにゆっくりと衝突し合っている結果だった。氷河が後退すると、この若い山々（何百万年前に生誕したものだが、それでも地質時代の中では若年の山々に属する）は地滑りを起こしやすい。コロンビア大学のラモント・ドハティ地球観測研究所で海洋地質学と地球物理学の教授をしているコリン・スタークは、KHNSラジオで次のような推測を発表した。ランプルー氷河で起きた崩壊で崩れ落ちた岩屑《がんせつ》の量は一億五〇〇〇万トンに達しただろう。あるいはトヨタのハイランダーが七〇〇〇台いっときに斜面を滑り下りたほどの勢いだったにちがいないという。「もっとも私が痛切に感じたのは」とスタークはいう。「もしそれが分離する氷山の側面で起こったら、たいへんなことになる」ということだ。そして彼はグーグルアースには氷河の前に卵型の小さな物体が映っていたと指摘していた。それはグレーシャー・ベイを毎日周航しているクルーズ船にちがいない。もしランプルー氷河の前面近くで地滑りが起こっていたとしたら、デーヴィッドや私やクマたちとともに、近くを通っていたクルーズ船も巨大な津波の通り道にいて、それをまともに受けることになっていただろう。岩をあるべき位置に支えている氷はたえず解け続けている。したがって、このような出来事はまちがいなく増えていくにちがいない。

一八九九年の夏にアラスカで観光旅行が大はやりとなったのは、ハリマン遠征隊の帰還が大々的に報道されたことが大きい。それによってグレイシャー・ベイが表舞台に登場した。世紀の変わり目に流されるニュースの「来年はどこへ行く？」といった特集では必ずグレイシャー・ベイが取り上げられるようになった。この地域が連邦政府によって保護されるのは一九二五年からである。そのために、ミューア氷河の前に作られた海岸沿いの遊歩道は、おそらくアラスカの代表的な観光名所として、これから起こることの前触れとなるところだった。しかし、自然には別のプランがあった。一八九九年九月一〇日、マグニチュード八・〇の地震がパンハンドルの北部を襲った。震源地はヤクタット湾だった。

カリフォルニアで起きた地震は、一九〇六年四月一八日のサンフランシスコ地震（マグニチュード七・八で壊滅的な被害をもたらした）のように、小学校の歴史の授業でも教えられる。しかしアラスカを襲う自然の大変動――ランプルーの地滑りのような――はたいていあとになるまで気づかれない。それは目撃者がいないからだ。しかし一八九九年のヤクタット湾の地震は例外だった。ヤクタット湾の近くで砂金を選鉱鍋で洗っていた探鉱者たちのグループ八人が、午前九時に最初の強い揺れを感じたと述べていた。そのあとで余震が数分毎に五二回も続いた（なぜ彼らはそんなに正確な数を覚えているのだろうか？ それは狩猟用のナイフを二本つないで簡単な地震計を作ったからである）。さらにそのあと午後一時三〇分に激しい揺れが起こり、それが二、三分のあいだ続いた。

地震の力はすさまじくディセンチャントメント湾の海岸線の一部を四七フィート（約一四・三メートル）も隆起させた。ある地質学者によるとこれは「過去に記録されているものでは最大の隆起の値」だという。この地質学者は地震の六年後に海岸へ調査に出かけた。そこで目にしたのはフジツボで、それは数年前には海の下にいたものだった。

地震が起きるまではミューア氷河がナイアガラの滝と比較されるほど、旅行者が訪れる観光名所として人気の高い場所だった。だが、それは地震によって断ち切られた。九月一〇日に起きた地震の直後、二人の科学者がグレイシャー・ベイを訪れた。そして推測した結果、ミューア氷河は氷を失って二・五から三マイル（約四から四・八キロメートル）ほど後退していることがわかった。ミューア湾では氷山がぎっしりと詰まっていて、遊覧船が近づくことができない。次に遊覧船が周航できたのはやっと一九〇七年になってからだった。「それより前にはミューア氷河も、少なくとも二〇〇フィート（約六一メートル）の切り立った側面を見せていた。そこから頻繁に巨大な氷山が剥がれ落ちていたものだった」と、氷河を訪れたカナダのある地質学者が嘆いている。「かつて目にしたものはとても忘れることができない」。それが震災のあとでは、以前、堂々とした姿をしていた氷河の側面が突如静かになっていて、ボクサーの鼻のようにぺしゃんこになっていた。その体《ボディー》はまっぷたつに裂けていた。

ヤクタットの探鉱者たちの足元では地面が揺れて割れた。そして湖が破壊されて岩や水が探鉱者たちの上に降り注いだ。彼らの一人は次にように回想している。「湾のほうから恐ろしいとどろきの音が聞こえた。それで湾のほうを見ていると、二〇フィート（六・一メートル）もあろうかと思える大津波がこちらに向かってやってきた」。彼らの乗ってきたボートは粉々に砕かれてつまようじのようになった。それも一艘を除いて。というのもその小さなボートはハンの木の梢に打ち上げられていたからだ。さらにもう一度海のほうを見ると、こんどは六〇フィート（一八・三メートル）の高さで波が押し寄せて海岸に衝突した。それから四日のあいだ探鉱者たちは、地震で殺されて波間に浮いていた魚を食べて生きていたという。彼らがヤクタットに着いたときには村は無傷のままで、住民はぶじだったが衝撃を受けていて、高台へ逃げてそこでキャンプを張っていた。のちにその高台は「シバリングヒル」（震える丘）と呼ばれるようになった。

われわれのように外部の者はアラスカが津波の土地だとはなかなか思わない。だが、町の海岸に沿った場所にはいたるところに青い字で「避難経路」と書かれた掲示が見られる。これが明らかにしているのは、津波の不安がアラスカの人々の心からけっして消えることがないということだ。地滑りが大惨事を起こしかねないことは、リツヤ湾で起きた巨大津波で明らかだった。リツヤ湾はヤクタットの南の奥まった入江だが、ここで数十年前（一九五八年）にボートに乗っていた運の悪い人々が数人、これまでに記録がないほど高い津波を目撃した。

　リツヤ湾は長さが七マイル（約一一・三キロメートル）、幅が二マイル（約三・二キロメートル）ほどのフィヨルドで、両側を六〇〇〇フィート（約一八二八・八メートル）以上にそびえ立つ険しい岩肌に囲まれている。「リツヤ湾はT字の形をしている」とハリマン遠征隊の地質学者G・K・ギルバートは、エルダー号がそのそばを通りすぎたあとで書いている（特徴のあるT字の北側の腕はのちに、地質学者に敬意を評してギルバート・インレットと名づけられた）。リツヤ湾はグレイシャー・ベイとヤクタットのあいだで、避難所を提供できる数少ない自然港の一つだった。しかし経験が豊かな船乗りたちは、そのいかにも歓迎するような外見が人の目をごまかしかねないことをよく知っていた。湾の入口が狭い。数ヤードの幅しかないために、六時間毎に起きる潮だるみのほんの短いあいだしか安全に近づくことができなかった。フランス人の探検家ジャン＝フランソワ・ド・ガロ・ラ・ペールズが一七八六年にこの湾へやってきて、入口を調査しようとしているときに二一人の仲間を失ってしまった。ラ・ペールズは彼らの名誉をたたえて、湾の中ほどにある島に記念碑を建てた。そして彼はこの島にセノタフという名前をつけた。

　一九五八年七月九日の夕暮れ時、三隻の漁船がリツヤ湾で避難所を探していた。そのうちの一隻が三八フィート（約一一・六メートル）のエドリー号だった。操縦していたのはハワード・ウルリッヒで、彼は息子のハワード・ジュニアをいっしょに連れてきていた。その夜は風もなく、波も穏やかだった。しかしどうやら暴風雨の前線が近づいているらしい。そして、ここにいるのはカナダの登山チームだ。

彼らはカナダではじめて一万五三〇〇フィート（約四六六三・四メートル）のフェアウェザー山の登頂に成功したチームだった。自分たちを迎えにきた水上飛行機のパイロットが、天候が急変しそうなので予定を繰り上げて一日早く来たという。彼らはそれを聞いて驚いた。急いでキャンプを畳むと午後九時には空を飛んでいた。その二時間あとには、彼らがキャンプをしていた場所は地球の表面から洗い流されてしまった。

リツヤ湾のもう一つの特徴ははっきりとしているが目には見えない。それはフェアウェザー断層と呼ばれているもので、湾の頭の部分でT字の横棒を走り抜けている。そこでは二つの地殻プレートがたがいにこすり合っていた。このような断層は横ずれ（水平移動）ダンスとして知られているものだ。ゆっくりとしたプレートの摩擦によって積み上げられたエネルギーが、ときおり突然解き放たれて地震を引き起こした。二〇一六年にランプルー氷河で起きたように、地震活動は巨大な量のがれきを剥落させることになる。リツヤ湾は長くて細い形のために、そこで起こる地滑りは往々にして、多量の砂利をバスタブに放出するような効果をもたらしかねない。

七月九日、ウルリッヒは眠りについた直後にエドリー号の激しい揺れで目が覚めた。時計を見ると一〇時一七分だ。彼はデッキに駆け出し、水際からほとんど垂直にそびえている山々を驚きの眼差しで見上げた。雪をいただいた頂は痛みにたまらず身もだえしているようだ。「一万五〇〇〇フィート（四五七二メートル）の山が身をよじらせ、揺すりながらダンスをしている姿を見たことがありますか？」ウルリッヒはのちに回想している。「私もそれまでは見たことがありませんでしたし、二度と見たいとは思いませんよ」

ウルリッヒの足は恐怖のためにデッキに貼りついてしまった。おそらく山を見つめていたのは二分ほどだったろう。そのあとで振り向いてセノタフ島の先を見たときだった。その瞬間、三〇〇〇万立方メートルの岩屑がギルバート・インレットの上方の壁から離れて落下してきたのである。そして水の中へと突入した。突然の崩落が巨大な水しぶきを生み出し、高さ一七〇〇フィート（約五一八・二メートル）以上の水の壁が波となって入江の反対側へ押し寄せた。

氷河の崩落によってしぶきを上げた水はフィヨルドの東側面に当たって跳ね返り、莫大な量の波として集まり、それがうねりながらリツヤ湾の口とエドリー号に向かってやってきた。ウルリッヒは救命胴衣をハワード・ジュニアに投げた。そしてエンジンをスタートさせると、錨を引き上げようと試みた。しかし、錨はびくともしない。波はほとんど彼らの上に襲いかかろうとしている。ウルリッヒは錨のチェーンを最大限の二四〇フィート（約七三・二メートル）に伸ばした。エドワード・カーティスがグレイシャー・ベイでカヌーに乗って津波を切り抜けたように、最良のチャンスはこちらに向かってくる波に乗り込むことしかないとウルリッヒも承知していた。「錨が船を引き止めて押し流すことから守ってくれているかぎり、おそらくわれわれは波に乗ってその先へ行くことができると思いました」

三隻の漁船のうち他の二隻は、リツヤ湾でそのとき錨を下ろしていた。サンモア号に乗っていた夫妻はすぐに錨を上げて、危険からいち早く逃れようと思い湾の口をめざして船のスピードを上げた。しかし湾の口で波が彼らを捕らえ、おそらく船を押して夫妻を粉々にしてしまったにちがいない。彼らの永眠の地点で残されていたのは水の上に浮いた油膜だけだった。一方、ウィリアムとヴィヴィアンのスワンソン夫妻が操縦していたバジャー号は、波が押し寄せてきたときにはまだ錨を下ろしていた。波は彼らのトロール船を湾の口に突き出た、低くて細長い陸地を横切るようにして押し運んだ。米国地質調査所（USGS）の追跡調査報告によると、「はじめに波は船尾を波頭の下に、サーフボードのようにして乗せた」という。「ウィリアムは細い土地に生えている木々を見下ろした。そしていま自分は、木々の梢からボートを二つ並べたほど（八〇フィート〔約二四・四メートル〕以上）上にいるにちがいないと思った」。バジャー号ははじめに船尾から落ちた。それから一時間半ほど経って、夫妻はある漁船に見つけられた。ひどく凍えていて大きなショックを受けた様子だったが、一命は取りとめた。

ウルリッヒは自分も息子ももはや助からないと思った。そして無線機のハンドセットを握ると叫んだ。「メーデー！　メーデー！（遭難した船や航空機が発する救難信号）こちらはリツヤ湾のエドリー号。ここでは大惨事が発生しています。もはやだめだと思う。さようなら」。父と息子はほぼ垂直に波の側面をはい上り、無傷のまま波の向こう側に下りた。しかし彼らの試練が終わりを告げたわけではない。フィヨルドの水は木の幹や氷山をかきまぜたシチューのような状態になっている。中でも大きなもの同士はぶつかり合って何とかたがいに共存しようとする。あたり一面で渦巻きと急流が起こっていた。ウルリッヒはどうにか船を制御しようと格闘して、やっとのことでぶじに湾の口を通り抜けることができた。

次の朝、USGS（米国地質調査所）の地質学者ドン・ミラーがリツヤ湾の上を飛行して大惨事の状況を観察し記録した。湾のT字の横棒と縦の棒のほぼ半分が氷にふさがれていた。残りの半分はその大半が木材や樹木で満たされている。そしてそれが太平洋へも何マイルにわたってあふれ出ていた。ギルバート・インレットの前壁では、なおなまなましい傷跡から水がしたたり落ちている。傷跡は高さが三分の一マイル（五三六・四メートル）ほどの地点でつけられていて、巨大な波がその地点まで達したことを示していた。その地点より下のものは岩を除くとことごとく洗い流されてしまった。

太平洋の地図を取って、ニュージーランドから馬蹄形（U字型）におおまかな線を描いていく。インドネシアを通ってさらに左へ行き、アジアの海岸に沿って上へ上がりフィリピンと日本を通過、ベーリング海峡を渡ってアラスカ海岸に沿って下りる。そして最後は南北両アメリカの海岸に沿ってチリへと進む。こうして描かれたものが環太平洋火山帯と呼ばれるものだ。世界で起きる地震の九〇パーセントがこの地震活動地帯で発生する。そしてそこはまた世界の火山のほとんどが集まっている場所でもある。豊かな神話は文化を越えて語り継がれ、この地域の不安定な性質を説明している。日本では巨大なナマズがときどき逃げ出して、体をばたばたと揺らすために地面が震動し地震が起きるといい伝えられた。トリンギット族にも、アラスカ南東部の地震活動を説明した物語がいくつかある。「この海岸地帯に居着いた先住民たちが、地震や巨大な波、洪水、高潮などに精通していることを示している」とジュリー・クルクシャンクは魅力的な自著『氷河は耳を澄ましているか？』の中で書いていた。「トリンギット族の人々はこのような自然の力を、この世のはじめに地球を作った大ガラスの活動のせいにしている」。アメリカの民俗学者で、メリアムやグリンネルを連れてシトカのトリンギット族の村を訪問したジョージ・エモンズはカー・リツヤの物語を記録していた。これはリツヤ「湾の口近くにある大洞窟に住んでいる海淵のモンスター」である。住まいに誰かが侵入すると、それが誰であっても怪物は憤慨した。そして怪物とその奴隷たちは「海面の水をつかむと、それをあたかも一枚のシーツをふるうように揺さぶると」、侵入者をそれに巻き込んだ。

地質学者たちは深海の怪物からはじめて、地震や津波の起こる原因をつきとめるまで長い道のりを歩いてきた。だが彼らはいまもなおこのような出来事がいつ起こるのか、それを断定する段になるといくぶん身動きが取れなくなってしまう。アラスカ大学フェアバンクス校のアラスカ地震センターは、地震活動を監視して「アラスカで起こる地震や津波や火山の噴火による衝撃」を少なくするために設立された。それはアラスカ州が、アメリカ史上最大とされた一九六四年の聖金曜日に起きた地震によって、不意打ちをくらわされたあとのことだった。

一九六四年三月二七日、バルディーズに停泊していた貨物船チェナ号の二人の乗組員によって撮影された、モノクロのスーパー八ミリフィルムが残っている。波止場では港湾労働者たちがポケットに手を入れて、貨物の荷下ろしがはじまるのを待っていた。子どもたちは犬といっしょに走りまわっている。そして、オレンジやキャンディーを投げてくれる甲板員たちに手を振っていた。そのとき地面が裂けた。海の中で深い裂け目が生じた。港の水が引きはじめて海底が姿を見せ出したが、カメラを握っていた者は何とかそれを撮影し続けた。やがて五〇フィート（約一五・二メートル）の波が湾のほうから押し寄せてきて海岸に衝突し、チェナ号を力いっぱい町の中心へと投げつけた。そして、バルディーズがその上に建てられている沈泥《シルト》をごっそりともぎ取っていった。波止場は完全に崩壊して、子どもたちや犬、それに港湾労働者たちも海へと連れていかれてしまった。彼らのうちで生き残った者は誰もいない。今日バルディーズを訪れた人は以前とはまったく違った町を見ていることになる。それはもとの町より四マイル（約六・四キロメートル）ほど離れたところにあった。

マイク・ウェストはアラスカ州の地震学者で、アラスカ大学フェアバンクス校の地球物理学研究所を拠点に仕事をしている。この研究所は屋根に巨大なパラボラアンテナのある型破りな複合施設だった。われわれが会ったのは通りの向こうのアラスカ大学北方博物館である。ウェストはこの建物が「フェアバンクスでもっともすばらしい建造物だと苦もなく」話したが、これは適確だった（ジュノーはフェアバンクスとくらべると、まちがいなくフィレンツェといってよい）。たしかに博物館はすばらしい。だが、それはフランク・ゲーリー［カナダ・トロント出身の建築家。独特なフォルムのデザインで知られる］が氷海の王者ナヌーク（シロクマ）に出会ったような感じの建物といえばいいのか。しかし私のような者にとっては、アラスカ中西部に立つこの大学を特徴づけているのは、ひたすら平坦なキャンパスのまんなかに作られている試験的なトウモロコシ畑だった。この場所のほんとうの目玉はむしろここから遠望できるアラスカ山脈の南面の眺めかもしれない。

「私たちがいま見ているあの山脈全体が地震によって作られているんです」と、二階の窓からじっと眺めながらウェストがいった。アラスカの太平洋岸に沿った山並みがなお成長をしつつあるのと同じように、デナリ山などの内陸の山々も成長をしている。アラスカの風景を独特なものにしているのはこのダイナミックな地質なのである。「景観こそがアラスカの売り物です。そうじゃないですか？山々、氷河、原始の姿をとどめた河川など。このようなもののすべての起源を活発な地質の運動にまで遡ることは、それほど難しいことではありません。もし地震がなかったとしたら、そこにはデナリ山もなかったわけですから」

ウェストは普通の人の基準からすると、少しおかしくて興味をそそるたぐいの人物だった。私がこれまでに出会った地球科学者とくらべてみると、彼には深夜の一人トークショーをする腕前が十分にある。ついこのあいだまでワシントンDCへ行っていて、こちらに夜間飛行で戻ってきたばかりだった。向こうでは議会の職員たちが最近『ニューヨーカー』に掲載された記事のことでひどく嘆いていた。その記事とは将来地震や津波が襲い、太平洋岸北西部を破壊するので警戒をするようにというものだった。しかし、次の大きな津波を見るのはアラスカの可能性がより高いのに、アラスカの代議員団を除けば誰一人としてそれを気づかっているようには見えなかった（地震発生後にアンカレッジの中心街［一九六四年以来町はもとの三倍の広さになっていた］を写した写真は、一九〇六年にサンフランシスコで撮られた写真に酷似している）。過去には自然災害の記憶がしばしば、民話という形で口承によって次の世代に伝えられた。ジョージ・エモンズはシトカである民話を耳にしたことがあった。そしてそれが一〇〇年前にリツヤ湾で、ラ・ペールズが二艘のボートを失った事件を正確に説明していることに気がついた。州の地震学者としてウェストがなすべきことには、アラスカの人々に思いがけない災害がやってくることを思い出させて、それが来たときの準備をするよう彼らに教え諭すことがあった。「私たちが直面している課題の一つは歴史です」とウェストはいう。「一九六四年にアラスカの人口の大半がここに住んでいたわけではないのですから」

アメリカで起きた五つの地震のうち四つはアラスカで発生している。アラスカは他の地域とくらべて、なぜそれほど活動的なのかと私はウェストにたずねた。「仲間たちは私がその理由をまとめてしまうのをいやがっていますが、基本的にはアラスカの地震を引き起こしている淵源は三つあるんです」と彼はいう。「プレートテクトニクス〔地球の地殻は何枚かの巨大なプレートからなり、それらが移動してたがいに作用することで地震が起きるとする学問〕の基本は以下のようなものです。太平洋の北部は一枚の大きな地殻プレートでできています。アラスカは北アメリカ大陸の一部です。これは動かない固い大陸です。そうですよね？　太平洋プレートがアラスカに衝突しているんです」。太平洋プレートが大陸にぶつかると、プレートは曲がって大陸に入り込む。このプロセスはプレートの「沈み込み」と呼ばれている。これがもっとも深い海溝が大洋のまんなかではなく、しばしば大陸の近くで見つけられる理由だ。

「このようなプレートは一年に二、三インチ〔約五・一から約七・六センチ〕という猛烈なスピードで大陸に近づきつつあります」とウェストはいう。「一年に二、三インチといえば、たいしたことがないようにお思いでしょう。しかしこれが一〇年経つと、おそらく二、三フィート〔約六一から約九一センチ〕になり、一〇〇年経つと数十フィートになるんです。もしほんの数秒で土地を数十フィートの動かしてみたらどうでしょう。そこには非常に重大な出来事が発生すると思いますよ」

「次に第二のプロセスです――いまあなたは地殻プレートを一枚手にしているとします。それをもう一つのプレートに近づけてみましょう」といって、彼は片方の手の平をもう一方の手の平にゆっくりとこすりつけた。「大地震の中でももっとも大きなもの——マグニチュード八かそれ以上——について議論するときには、ほぼ例外なくこのような動きについて語ることになります」。アラスカの南東部では、太平洋プレートが北方の北アメリカプレートをごしごしとこする。「基本的にはこれがサンアンドレアス断層の北部に枝分かれしたものなんです」とウェストはいった。

第三のプロセスは、アラスカそのものが北と南でゆっくりと圧縮されつつあるということだ。二つの巨大な陸塊が衝突するとしたら、そこにはたわみと収縮が生じる。そして山々が隆起する。しかしいまから一〇〇〇年も経てば、このような山々はみんなほぼ同じように見えているだろう。プレートはそれほど大きく動くわけではないが、それが動く数フィートの距離が地震となって現われる。

アラスカの「活発な地質」を表わすものとしては、地震と火山がもっとも顕著なものだが、中でも津波は最悪だ。聖金曜日の地震では死者が一三九人出た。そしてその中の一一九人が津波によって殺された。氷河の活動がもたらした堆積物で形成された土地は不安定で、いったん地震が起きるとジェロ〔米国クラフト社から販売されているゼリーの素〕のように液化してしまう。海岸近くの海底で起きた地滑りは膨大な量の海水を動かす。ハワイでは事前の警告システムがつねに住民に、津波が大洋から到着する少なくとも四時間前に情報を伝えた。しかし一九六四年には、シューアードやウィッティアなどのアラスカの町は、地震の揺れが収まる前に巨大な波に襲われて水没してしまった。

「ここでは運がよければ数分ですが時間を持つことができます」とウェストはいう。「そこで海岸沿いの町々に住む人々には、地面が二〇秒以上揺れたら急いで表に飛び出すようにといってます。とにかくそれだけをしてくださいと」

私は問いかけずにはいられなかった。地震がやってくるのを予知する方法は何かないのですか？

「これはすべての地震学者にとって痛いところなんです」とウェストはいった。「私たちは『地震予知』という言葉すら口に出せないのです。それが問題を引き起こすだけだからです」。彼は私のラップトップを借りるとアラスカの地図を引き出した。それは何百というさまざまな大きさと色のついた点で覆われている。点が示しているのは震動の時間と強さだった。「ここには小さな地震がすべて記録されていますが、これがきわめて重要なんです。マグニチュード2の地震はほとんどダメージをおよぼしません。それは建物を倒すわけでもないし、人々を殺すわけでもありません。しかし、このような小さな地震はある地域で予測すべき地震の大きな手掛かりになるんです。アリューシャン列島から数週間のあいだに、マグニチュード4や5の地震の情報を受け取ると、いつでもわれわれはそれを非常に注意深く観察します。そしてそれがマグニチュード8の地震がやってくる前震ではないのかと考えはじめるのです」

「それは五〇〇年ごとに起きるというようなものではないのですか?」と私はきいた。

「いいえ、それは違います。その周期を知ることがわれわれにはできない状況なんです」とウェストはいう。一九六四年の地震に先だって、一九四六年に地震があった。それが引き起こした津波でヒロでは一五九人が亡くなった。さらにひどい地震が一九三八年に起きているが死者の数は少なかった。「アラスカではひどい津波が起きてからすでに五〇年が経っています。歴史の記録を見てもこれは例外的に長い期間です」

26　行き止まり

ヤクタット

一八九九年のヤクタット湾の地震で、いままで知られているかぎりでは死者は一人もいなかった。これはきわめて低い人口密度の幸運な結果でもある。一世紀以上経ってもヤクタットはなお、アラスカでもっとも僻地の町の一つとされている。町があるのはケチカンとアンカレッジのあいだに広がる、ほんのわずかな住民しかいない一続きの海岸地帯だ。そして町の背景としては、どこを向いても一〇〇〇マイル（約一六〇九・三キロメートル）かそれ以上の荒野が伸びているばかりだった。しかし誰でもよし行こうと思いさえすれば（そして山々を上り、川の浅瀬を渡り、クズリから逃れることを厭わなければ）、ヤクタットからノームまで歩くことは可能だ。二つの町を隔てているのは九〇〇マイル（約一四四八・四キロメートル）ほどで、交差した道路がわずかに二つあるだけだった。携帯電話サービスは二〇一二年までヤクタットには来ていない。それ以降も電波は届きはしたもののかなりむらがあった。フェリーがこの町に止まるのは真夏でさえ二週間に一度といった案配だった。

メラニー・ヘイコックスが、ヤクタットを拠点に仕事をしているレインジャーのジム・キャプラを訪ねてみてはどうかといってくれた。ヤクタットはグレイシャー・ベイ国立公園とランゲル・セントイライアス国立公園保護区のあいだにしまい込まれているような町だ。ランゲル・セントイライアスを探索しようとすれば一生をかけなければとてもできるものではない。この公園は世界でも二番目に大きな公園だからである――イエローストーンの六倍の広さがあり、面積でいえばスイスと同じくらいだ。ただしスイスにはここよりさらに印象的な山々がある（世界でもっとも大きな国立公園となると、たまたま隣りにある北東グリーンランド国立公園ということになる）。ヤクタットの町は人口ではグスタバスより少しだけ大きい（最近の人口調査では六六二人だった）。だが広さでいうとヤクタットのほうが広い。スマートフォンでのぞいたかぎりでは、泊まっているB&Bから公園局の事務所までは歩いて行ってもそれほど遠くない。だが、それは実際には数マイルもあることがわかった。そこで私は親指を突き出して車に乗せてもらおうと思った。しかし一五分ほど経ったが車は一台もやってこない。私は宿に戻って庭にあった自転車を借りることにした。だが、自転車のチェーンがゆるんでいて、四分の一マイル（約四〇二・三メートル）かそこいらを走るたびにチェーンがはずれてしまった。

国立公園局（NPS）のオフィスは古い飛行機の格納庫の中にあった。入口が矢印で示してある。三〇分ほど遅刻をしてしまった。電波のぐあいが悪くメッセージを伝えることができない。だがアラスカでは田舎の人々はみんな、約束ということではかなりのんびりとしている。いずれそのうちにやってくるだろう。それにもしいつまで経っても来ないようだったら、そのときはおそらく捜索救助の一報を警察にしなければならないときだ。ドアをノックした。しばらく待ってもう一度ノックした。ノックしたドアが公園局の事務所のドアなのかどうかを確かめるために、国立気象局（NWS）のほうへ歩いていった。そして戻ってきてみると、ユニフォーム姿のキャプラが笑顔を浮かべて待っていた。ドアが閉じないように手でおさえている。

ヤクタットの近くでもっとも有名な名所といえば、おそらくそれはハバード氷河だろう。二つの理由でよく知られている。一つはその氷河が巨大なことだ。ハバード氷河の斜面は高さが三〇〇フィート（約九一・四メートル）横幅が六マイル（約九・七キロメートル）ある。潮間氷河としては北アメリカでもっとも大きい。二つめの理由は、アラスカの大半の氷河と違って、ハバード氷河がいまもなお成長しつづけていることだ。この事実が気候変動をでっち上げの作り話だとする人々のあいだで、この氷河を人気ものにしている理由である。(5)

「ハバード氷河は片側ではセントイライアス山を、もう一方の側ではローガン山を覆っているんです」とキャプラが説明をしてくれた。いずれも北アメリカで二番目と四番目に高い山だ。われわれは事務所の小さなキッチンで座っていた。キャプラは立ち上がると、壁に貼りつけてあった林野部〔農務省の国有林管理部門〕の作製した地図を指でなぞった。「一つには氷河の集積帯が高いところにあり、そのためにいままで気候変動の影響をあまり受けていないという説があります」。アラスカ大学フェアバンクス校の地球物理研究所にいるネッド・ローゼルは、ハバード氷河もまた地球上でもっとも雨の多い場所に位置しているのかもしれないと書いている。それを誰も確かめることができない。というのも、町から遠く離れた山々に雨量計を取りつけることがこれまでできていないからだ。一九八六年と二〇〇二年に、ハバード氷河がラッセル・フィヨルド――ジョン・バローズが「昔の氷神たちの遊び場」といったところ――の入口を封鎖したことがあった。そのために氷ダムの背後の水位が上昇していまにも決壊しそうになった。ある氷河学者によると、入口はふたたび二〇二五年ごろに密封さ

(5) たとえば前知事のサラ・ペイリンがバラク・オバマ大統領の訪問に対して応じた発言を見てほしい。オバマはアラスカに滞在中、気候変動の影響について強調した。「オバマ大統領はここで氷河を見ていました。そして後退しつつある氷河を指摘した。しかしここには他にも氷河があり、それはいまも成長しつつあります」

れてしまうだろうという。

文明から逃れようとしてアラスカへやってくる人々は、エンド・オブ・ザ・ローダー（行き止まり派）と呼ばれている。ミューアは一八七九年にホール・ヤングと出かけた旅行中に、ハーバード大学を卒業した者の話を耳にした。「名誉あるニューイングランドの名声を身に帯びた」この卒業生は、遠く離れたトリンギット族の中に避難所を求めて逃げ込んだ。アラスカで記録された最初の行き止まり派を、トリンギット族の人々が見つけたとき、彼は一枚の安い毛布にくるまっていただけだったという。そして人々の問いかけに、ただ短くて素っ気ない答えをぶつぶつとつぶやいていた。

ヤクタットはその完全な孤立状態のために、すべての住まいを捨ててやってきたきわめつけのドロップアウト（脱落者）たちを引きつけた場所として知られている。「われわれも行き止まりのちょっと先にいます。そのために彼らとは共通の部分を持ち合わせているんです」とキャプラはいう。「あの人たちはそれほどゾッとするような人々ではありません」。こんな広大な原野に世捨て人のような人たちがいるんですかと私はたずねた。「たまに彼らの足跡を見たり、森の中で生き延びている人々の噂を耳にすることがありますよ」と彼はいう。「サバイバリスト（生存主義者）たちもいるんです。ある男は五〇〇〇発の銃弾を持っていましたよ」。あるとき女性が公園のすぐ外側にあった自分の小屋で、誰もが出会うことのできる機会を設けた。するとたくさんの人々が現われた。女主人にとっても見知らぬ人がいたばかりではなく、その存在すら以前には誰にも知られていなかった（し、おたがいに知らない）ような人もやってきた。

キャプラはこんな人里離れた場所に、自分がやってきたいきさつについても少しだが話してくれた。二年のあいだフィラデルフィアの独立記念館でレインジャーとして働いた（「たくさんの売春婦やコカイン中毒者の問題に取り組みました――近隣の風紀がいくらかよくなったと聞いています」）。そしてアーカンソー州でも割り当てられた仕事をこなした。彼がもともと育ったのはロサンゼルスだ。家族はショービジネスで働いていたが、キャプラは南カリフォルニアから逃げ出したいと思っていた。そして結局落ち着いたのがこの場所だった。「ヤクタットは遠隔の地といってもちょっと他とは違っています。広大な原野に囲まれていますからね」と彼はいう。「人々の中には静けさが苦手な人もいます」

帰りにキャプラはいっしょに出てきて見送ってくれた。悲惨な私の自転車を見ると、オフィスに取って返して、スパナを手に戻ってきた。「これはちょっとだめかもしれません。町へ行ってもらったほうがいいですよ」と、チェーンの金属を曲げたり、ナットを締めなおしたりしながらいった。ひょっとしてあなたは、あの名画『素晴らしき哉、人生！』――小さな町をたたえるアメリカ人の価値観を謳ったあのすばらしい映画――を監督したフランク・キャプラの親戚の方ですかと私は彼にきいてみた。

「フランク・キャプラは私の祖父です」と彼はいう。彼には祖父の大牧場で、三五ミリの映画を見た懐かしい思い出があった。ジムの父親はテレビニュースで働いていた。他にもキャプラ家の人々の中には、フランクの成功に便乗してハリウッドで働こうとする者もいた。しかし「私はただもうテレビや映画のビジネスから一刻も早く逃げ出したいと思っていた」と彼はいう。

氷河の他にヤクタットに関して、私が知っていることといえば、それはアラスカには似つかわしくないが、この町がサーフィンの中心地だということだ。「ロサンゼルスでパンクなサーファー好きの若者として」育ったジム・キャプラは、このことを十分に認めていて、もし私が地元の波を試してみたいと思ったら（私はそんなことはとても思わなかったが）、この土地の危険なものに注意しなくてはいけないとアドバイスしてくれた。危険なものとはアシカのことで「ここのアシカはカリフォルニアのアシカにくらべると、大きいしその上好奇心が旺盛だ」と彼はいった。以前に会ったもう一人のサーファーは次のようにいう。ヤクタットの波に乗ってやすやすと海岸まで来てみると、ヒグマと蚊の暗雲のあいだで閉じ込められている自分に気がついた、と。

オンラインでいろいろ情報を集めた結果、このサーフ熱の熱い震源地ともいうべきところがアイシー・ウェーヴズ・サーフショップであることがわかった。私はエアポート・ロード（空港道）から引き返し、人々が低木の茂みの下で立っているそばを通りすぎた。彼らはサーモンベリーを摘んでは、五ガロン入りのバケツへそれを放り込んでいた。さらに私は二度ほどアップダウンをくりかえして脇道を走った。記憶しているかぎりでは、この道を行けば私の目的とする場所に到達することができるはずだった。そうこうしていると家々のあいだで、サーフステッカーが貼られた勝手口のある家を見つけた。ステッカーの一つには「アイシー・ウェーヴズ・サーフショップ――はるか北の海岸」と書かれていた。私は家へ向かって階段を二段上がった。すると不満そうな番犬がいきおいよく出てきて私を迎えたが、鎖によって私の手前で止められた。犬は明らかにドアベルのかわりをしている。というのも人の頭が顔を出して、すぐに犬を黙らせた。そして私に表にまわってほしいと招いた。

ジャック・エンディコットはサーフィングの元締めにしてはとても型どおりではないし、アラスカ人にさえ見えない。体形はずんぐりとしていて、サンタクロースのように白いあごひげをもじゃもじゃ生やしていた。服装もボードショーツのかわりにカーハートのオーバーオールを着て野球帽をかぶっている。アイシー・ウェーヴズの本部は家の裏手の部屋であることがわかった。そこはあらゆる種類の用具でいっぱいになっていた。エンディコットはレジの隣りに座っている。まわりには有名なサーファーの写真が貼ってあった。「誰がこの家のドアを叩くことになるのか、先のことなどわからないでしょう」と彼はいう。七回も世界サーフチャンピオンに輝いたレイン・ビーチリーも一度だけだが、たった一人でここに姿を見せたことがあるという。

エンディコットは「サーフィン・U.S.A.」を聞いたり、アメリカンスタイルのウッディワゴンやクラシックなロングボードを夢見ながら西へドライブしたような若者ではなかった。「私は漁師や罠の仕掛人になるためにアラスカへやってきたんです」と彼はいう。ヤクタットでは仕事を手に入れることができた。それで彼は国立気象局で気象学者として働くことになった。「アラスカ湾で発生する嵐はすべてここへやってきます――それがサーフィンのチャンスをくれるんです」。条件さえそろえば波のうねりは二〇フィート（約六・一メートル）にまで達する。私は気がついたのだが、エンディコットはウェットスーツを手ごろな料金で貸してくれる。これは水温が夏場でもめったに華氏六〇度（摂氏約一五・六度）に達しない場所ではどうしても必要なものだった。

初歩的な質問だが、エンディコットはどんな経緯でサーフビジネスを行なうようになったのだろう。「私には子どもが七人います。あるときしばらくのあいだですが、みんなでハワイにいったことがあったんです」と彼はいう。「子どもたちがいったんです、『アラスカの波ってここと同じくらいいいよね』って」

ヤクタットの新聞が記事を載せると、ジュノーの日刊紙に転載される。それがさらにAPの記者の目にとまる。そして次に続く記事がCBSニュースの誰かの注意を引くという経過をたどって、やがてはヤクタットが、誰もが得意げに話をする話題となったのである。「ここに来る人々はみんな『ハワイやインドネシアには行くけれど、さすがにヤクタットへは誰も来ないよ』っていうんです」

「われわれがいるところは合衆国でも、地理的にはもっとも孤立した地域です」と彼はいう。「それがいいことでもあると同時に悪いことでもあるんです」

今日は何て運がいいのだろう。ヤクタットの悪名高い天気が控えめに自制している。それで私はキャノン・ビーチのほうへぶらぶらと歩いていった。このビーチの名前は現在も浜に残されている一群の大砲に由来する。これは第二次世界大戦のときに、日本軍の侵略に備えて設置されたもので、いまもそのままの位置に置かれている。ただし砲身にはノコギリが入れられて、中にアスファルトが詰め込まれていた。それはお酒を飲んでどんちゃん騒ぎをする人々が、火薬を入れて、自分が持ってきた砲丸のようなものを海に向かって撃ち放すからだった。「ストライク？　ボーリングの球がクルーズ船を沈める」といった大見出しは、もう誰も見る必要のないものだったのだろう。

浜辺を歩いていると、どこか他の惑星に迷い込んだような気分になった。陽の光が降り注ぐ六月の暖かい日に、絵のように美しい海岸があるとしたら、そしてそれはちょっと不気味だというのなら、いまのキャノン・ビーチがまさしくそんな海岸かもしれない。黒みがかった砂がところどころに枯れ枝を散乱させて、両方向に何マイルもの長さに伸び広がっている。学校は休みで観光シーズンもはじまっていた。双眼鏡でのぞいてみても一時間でほんの八人ほどしか人影が見えない。海には遠くでクルーズ船が一隻いるのと、海岸の浅瀬で少女がゴムボートに乗って浮かんでいて、水を蹴っては前やうしろに移動していた。きょうの海はまずまずの状態だろうとジャック・エンディコットは予測していたが、サーファーの姿はどこにも見えない。北の方角を見ると雪をいただいたセントイライアス山が海水面から立ち上がっていて、砂漠に立つ大ピラミッドのように左右が対称的だった。「これまで見た中でもっともすばらしい山だ。これにくらべるとモンブランやその他の山々は小人のようだった」と画家のフレデリック・デルレンボーは日記に記している。これには私も同意せざるをえない。

グスタバスのようにヤクタットにも、まともなダウンタウンはない。町の中心をなしているのは建物のゆるい塊だけである。訪問客は食べ物をマロッツ・ジェネラルストアで、お酒をグラス・ドア・バーで買うことができる。だがもしどうしてもゆっくりと座って、食事をしたり、お酒を飲んだりしたいと思えば、おんぼろの自転車に乗ってはるばる空港のフィッシング・ロッジまで戻らなくてはならない。しかし、ジム・キャプラはグラス・ドアに立ち寄ってお酒を飲むのはやめたほうがいいといっていた。「そこへ足を踏み入れるたびにいつも二つの出来事が起こるんです」と彼は私に話した。「誰かがバーのカウンターに酒の入った小さなコップを六つ置くんです。そして『レインジャーを酔わせる』ゲームをしようとする。あるいは最後は争いになるまで議論をふっかけてくるんです」。しかし、ニューヨークから来た者にどんな誘惑を持ちかけてくるのか、それを知る必要は私にはなかった。

もう一つあった店がファット・グランマズだ。これはギフトショップとビストロを謳った紫色の大きな建物である。しかしそれはギフトショップとコーヒーショップといったほうがよく、紙皿で日替わりのランチを売ったり、室内で日焼けをしたりすることができた。三方の壁には何千冊という古本が置かれていて、店主のキャンディー・ヒルズがコーヒーのレジを打つときに、本は自由に取って持っていってもよいといってくれた。この町で私が話をきくことのできるような誰かおもしろい人を知りませんか、と私は彼女にきいてみた。彼女はちょっと考えてみますといった。

しばらくして、私がコーヒーをすすりながら、読み古されたソール・ベローの『フンボルトの贈り物』をバックパックに入れようかどうかと思っていると、だらしのないかっこうをした男がやってきて、隣りの席の椅子を引いて座った。薄いあごひげを生やし、汚れたデニムシャツをズボンからはみ出すようにして着ている。「キャンディーがいってたんですが、あなたはヤクタットで一番おもしろい人物と話がしたいんだそうですね」と彼はいう。そして親指で自分の胸をさしながら、「それなら私です。このヤクタットにもう六六年も住んでいます。電気やガスなどなかったころからです」

彼の名前はロイだ。祖父がヤクタットにやってきたのだが、それは他の場所でうまく行かなかったからだった。「私は生粋のトリンギット族でワシ族です。ベトナム退役軍人で海兵隊にいました。オレゴン州の学校に通っていて、カリフォルニアに旅をしたこともあります。ヤクタットは世界中でもっとも美しい土地です。食べ物もそれなりに豊かだし、父親の時代には誰かがアザラシを撃ってくると、みんなでそれを分け合いました。それにみんな寡婦を大切にしました。しかし、緑色のドル紙幣が入ってきてすべてを変えてしまったんです」

　ロイは浮き沈みの多い生活を送ってきた。「私は結婚して離婚しました。悔やむことばかりです。あるときなど、白人の男がけんかをふっかけてきたので、私は頭にきてしまいました。彼は自分がまちがっているのに、まったくそれがわからない。一九七六年のことですが、アングーンで私が警官を怒鳴りつけたと彼らはいうんです」。アングーンはシトカの北東に位置する小さな町だ。「彼らは法廷で私について嘘の証言をしたんです。私は懲役三年の判決を受けましたが、ともかく仮出所させてほしいと懇願しました」

「父親はトリンギット族の中で『女たらし』とあだ名をつけられていました。村に六カ所ほど土地を持っていましたが、そのうちの一つは革のジャケット一着、それに一クォート（約〇・九五リットル）のウィスキーと交換で人手に渡ってしまいました。父はジュノーでセミトレーラー・トラックにひかれて死にました。私の兄はシアトルで殺されました。三人の男たちに殴られて意識不明になったんです。弟のウォルターはコディアックで電信柱に激突しました。妹はまるで処刑をされたようにして殺されました。飼っていた犬もいっしょに」といって、彼はしばらく黙っていた。「母親は老衰で亡くなりました」

「いまの私は宿なしです。家を申し込んでいるのと軍隊への入隊を志願しています。これから妹たちがやってくるんですが、おそらくフェリーで来るでしょう」。ベリンガムからケチカンを周航する私の旧友ケニコット号は、今晩、二週間に一度の停泊をするためにヤクタットにやってくる予定だ。

「もしかしたら次の便で来るのかもしれない。電話を持っていないんです。こんど書く本に私が出てくるようでしたら、一冊送ってくださいよ。いいでしょう?」。私のペンを取ると彼は私のメモ帳に私書箱のアドレスを書き入れた。

エルダー号がヤクタット湾を出港すると、フレデリック・デルレンボーは孤独な航海について書き留めている。「広い海の上ではどこを見ても船の影は一つもない」と彼は書く。「シトカを離れてから何一つないのだ」。ただ一つだけ旅の仲間となっているのはアホウドリだ。何時間ものあいだアホウドリは船のあとについてくる。空中にやすやすと飛翔するかと思えば、たちまち波間に降下してくる(遠征隊のいら立ったハンターたちも、いくらか文学上の素養があるのだろう、コールリッジの老水夫を詠った詩を知っているようだ。アホウドリを撃ったためにわざわいを招いてしまったあの年老いた水夫のことを)。さらに西のプリンス・ウィリアム湾へ航海を続けてくると、ようやく彼らも、乱雑な産業世界から逃れることができたと想像できたにちがいない。

27 生態系の破壊――その予見

オルカ

「科学分野の探検家たちを管理するのはなかなかむつかしい。さまざまなタイプが集まっているので、すぐに興奮し爆発しかねないからだ」。一九一九年にE・H・ハリマンが死んだときに、ジョン・ミューアがこんな風に書いていた。しかし、ひと月のあいだいっしょにいて、アラスカのパンハンドルや南海岸によって形成されたアーチの先端にエルダー号が近づくころには、バローズによるとハリマン遠征隊のメンバーたちは「夏期休暇の船旅をしている幸せな大家族のように」なっていた。探検といえば往々にして軍事行動のようになりかねない。長い列をなして行進し、ときどき短い興奮の瞬間によってその退屈さが中断される。だが、他の探検家たちだと、凍傷に罹って失われた指を数えたり、次に俎上に上げてからかう者を決めるためにくじ引きをして楽しんだりしているところだが、エルダー号に乗っていた科学者たちは違っていた。彼らは林学教授のバーナード・フェルノーが、汽船のサロンでベートーベンやブラームスの曲をピアノ演奏するのに耳を傾けていた。そして掲示板にユーモラスだが下手な詩を貼りつけたり、ハリマンに彼の得意なクロキノールというゲームでひと勝負しようと持ちかけたりした。ハリマンの意気揚々とした進取の精神に対する称賛の声は高く、彼のエネルギッシュでまめな性格のおかげで探検隊の平和が保たれていた。「船は氷河や入江を眺めたり、クマを撃ちたいと思っている人々と同じように、ネズミを捕まえたり新種の鳥を集めたいと思う人々にも分けへだてなく便宜を図っていた」とバローズは書いている。だがバローズ自身はエルダー号がインサイド・パッセージを離れるころには、他の人々がしていることにはほとんど興味がなく、もっぱらニューヨークの自分の小屋へ戻りたいと思っていた。

みんなが上機嫌で元気に過ごしていることは、たしかに日々の探検調査という単調でつまらない仕事の息抜きにはなる。ミューアやグリンネル、それにドールといった人々は乾パンや野生の動物の肉を食べ、地面にそのまま横になって眠る生活に慣れていた。しかしハリマンは暖かい食事と暖かいベッドを用意していたし、それだけではなく、食後に定期的な楽しみとして講演会の催しを行なうことにした。毎晩八時、エルダー号に乗船している専門家が話をして聞かせることになった。「ある夜はドールがアラスカの歴史と地理について講演をした」とバローズが書いている。「そしてギルバートは、谷や山々の形成に氷河が果たした働きについて、あるいは彼が最近訪れた氷河について話した」。ダニエル・エリオットはハリマンのクマに対する欲求をかきたてて、探検に乗り出すように彼を焚きつけた人物だが、そのエリオットは東アフリカのソマリランドの動物相《ファウナ》について語った。ミューアは作家だったが、話し手としても負けず劣らずすぐれていた。順番が来て彼が話したのは、これまでほとんど二〇年ものあいだ練り上げてきた話で、ほんの最近本にして出版した(『ある犬の話』)ばかりのものだった。それは小さな犬のスティキーンの話である。

ミューアはホール・ヤングや四人のトリンギット族の案内人たちといっしょにグレイシャー・ベイへ旅したあとも、一八八〇年の一月までサンフランシスコに帰らなかった。しかし旅の期間中、彼はフィアンセのルイ・ストレンツェルへこまめに手紙を書いていた。それなのにどうしたことか、カリフォルニアへ戻る日にちを伝えることをしていなかった。ルイは未来の夫の到着を海運ニュースを読んではじめて知った。ミューアとルイは四月にマルチネスにあったストレンツェルの実家で結婚した。ミューアは次の三カ月を休むことなく働き、果物の生育や販売の仕方を学んだ。そしてルイは妊娠する。七月の末、ミューアはふたたびアラスカへと出発した。二人のはじめての子どもが誕生するときまでには、十分間に合うように戻ってくると約束して。

やがてホール・ヤングはランゲルで到着する郵便船を待っていた。すると驚いたことに、デッキの上でひげをはやした見慣れた風貌の男を見つけた。ヤングに事前に通知を出していなかったミューアは、岸へ飛び降りると友達にたずねた。「いつ準備ができるんだ?」

旅のクルーは去年と同じ人員を集めたが、他のことはそんな簡単には運ばない。ランゲルのスティキーン・トリンギット族とライバルであるタク族との不和は、北方の隣人(タク族)が自家醸造のフーチヌー〔アラスカの先住民が作る蒸留酒〕(このトリンギット族の言葉は短縮して「フーチ」として伝えられている)を飲みすぎたことに端を発してさらに燃え上がった。タク族がランゲルのスティキーン族の村に侵入したのである。トイヤッテとヤングは両族の仲立ちをしようとしてあいだに入った。身につけているのは族長が持つ儀式用の槍だけだった。銃の撃ち合いがはじまると、族長のトイヤッテは額に弾を受けて宣教師ヤングの目の前で倒れて死んだ。「こうして部族の中でももっとも高貴でローマ人のように勇敢な男は、自分の部族のために死んだ」とミューアは書いている。

新しいクルーのメンバーとして三人のトリンギット族を採用した。そして出発直前になってようやく六人のパーティーが一堂に会した。ミューアやヤングの妻が反対したのだが、ヤングの飼っていたスティキーンという犬が勝手に旅へ押し掛けてきた。「犬はゆっくりと慎重にタラップを下りてカヌーに飛び乗り、船首へ注意ぶかく進むと私のコートの上で丸くなった」とヤングは回想している。

それから一週間ほどすると、白と黒と茶の毛が入り交じっているこの小さな雑種犬はミューアの離れがたい友となっていた。そして彼の行くところにはどこにでもついていき、彼の足元で眠った。

ミューアのパーティーはパドルで漕いで北のグレイシャー・ベイへ向かった。そしてすぐに去年発見したものの偵察と調査をはじめた。彼らは一週間を丸ごとミューア氷河にあてて、斜面の地図を作製したり、氷に杭を打ち込んで流れの速さを測ったりした。いくつかの地点では氷の川が一日五〇から六〇フィート（約一五・二から約一八・三メートル）移動している。その先端部分は海の水際まで達していて、そこで分離して氷山を作り出していた。ひどい嵐になったので湾を急いで横切り、小さな入江に入った。その奥にはテイラー氷河が見える（この氷河はのちに名前をブレイディ氷河と変えた。ハリマン遠征隊をシトカで迎えた将来の知事ジョン・グリーン・ブレイディにちなんでつけられた名前だった）。ミューアを非常によろこばせたのは、氷河が後退しているのではなく、いまもなお成長しつづけていることだった。枝状に伸びたおもな氷河はそれだけでも三マイル（約四・八キロメートル）もの幅があった。氷河が恐ろしいほど速いスピードで進行してくるので、拡大する氷のためにサケの獲れる川が埋もれてしまう。それに恐れをなしたフーナ族の族長は氷の山をなだめようとして、よく仕えてくれていた奴隷の夫婦を犠牲に捧げたという。このニュースを耳にしたヤングは激しいショックを受けた。ヤングが驚きであえぐように「人間がそんなことを自分から提案するんですね」というと、族長は「あの夫婦は『私の』奴隷なんです」と答えた。

ひどい天気だが、それがミューアの熱い思い――どこまでも広がる氷河を探検してみたい――に水を差さないことをヤングはよく知っていた。翌朝早く目が覚めると、この宣教師は友達のために熱い朝食を用意してあげようと思った。しかしミューアはすでに出発していた。彼が携えていったのはわずかに一本のピッケルと一塊のパン、それに犬のスティキーンだけだ。

ミューアは氷原の東側を上った。縁に沿って立っていた木々を嵐の突風から身を守る盾のかわりにした。嵐の勢いがはげしく、風に顔を向けて進むと息をするのが難しい。進行してくる氷によって新たに引きちぎられた切り株や、ぐしゃっとつぶされてしまった木々が地面の上に散乱している。雨は氷混じりの川の水をますます増大させ、滝のような激流に変えていた。こんな状況では着ているコートがまったく役にたたない。そう気づいたミューアはそれを脱ぎ捨てると、雨風に身を任せてびしょ濡れになったままで上った。氷河の縁に沿ってスティキーンとともに数マイル上り、頂上近くまで行くと氷山全体をくまなく見渡すことができた。それは氷の大草原といった感じだった。「見渡すかぎりほとんど平坦な氷河がどこまでも、灰色の曇った空の果てまで広がっている」

ピッケルとコンパスだけを使って、ミューアとスティキーンは比較的なだらかな氷原を三時間かけて横切った。午後五時。まだ三時間は日の光が差しているので、キャンプに戻ることができるだろうと彼は推測した。ミューアと犬が戻りはじめると、深いクレバスの「途方にくれるほどの迷宮」に迷い込み、どこへ向かえばいいのか方向がわからなくなってしまった。クレバスの中には飛び越えることのできるものもある。だが他のものはナイフの刃ほどに狭い尾根を横切らなくてはならない。ミューアはあらかじめピッケルで平らにならして、「レールフェンスの上を歩く少年のように」急いで渡った。そのあとにスティキーンが続く。空はますます暗くなり、空腹の上に疲れ切った男と犬は走りはじめる。何とか失った時間をできるかぎり取り戻さなくてはならない。すでに体はずぶぬれになっていた。氷の上で夜を過ごすことになれば、日の光が差してくる夜明けまで飛び跳ねて体を温めておかなくては、とても生き延びることなどできない。そのことをミューアはよく知っていた。

彼は四〇フィート（約一二・二メートル）のクレバスを前にして立ち止まった。とても渡れそうにない。引き返すという選択はない。高所から八フィート（約二・四メートル）の割れ目を飛びこえてやっとこの地点までできたのだから。ただ一カ所渡れるところは深い裂け目の脇についている氷ったわずかな部分だ。クレバスは「氷河の表面から下方へ深さが八から一〇フィート（約二・四から三メートル）ある」（のちにミューアはヤングに、縁の部分は吊り橋のケーブルのように曲がっていたと語っている）。スティキーンはミューアの肩越しに穴をのぞき、哀れっぽい声で泣いては不安を表に出した。

ミューアは狭い橋へ一歩一歩慎重に下りていく。そして膝を横の氷壁に固定しながらゆっくりと進む。進みながら四インチ（約一〇・二センチ）幅の平均台を友のために平らにならしていく。向こう側に着くとつかまりどころから手を離して、さらに数歩、クレバスから気をつけながら上へ上っていった。スティキーンは吠えつづけている。ミューアはクレバスの端にひざまづくと犬に向かって、ゆっくりと橋を歩いてくるようにとなだめていた。

ヤングは日中を通してキャンプでずっと、ミューアが現われるのを注意して待っていた。だが、横なぐりの雨が降っていてほとんど遠くが見えない。日が暮れると彼はキャンプの位置を示すために、大きなかがり火を焚くように人々に命じた。一〇時を過ぎたころ、雨に濡れて疲れ果てたミューアと犬がよろめくようにして森の中から現われた。一言も声をかけずに、ヤングとトリンギット族の案内人はミューアを裸にして、乾いた長い下着を彼に着せた。スティキーンはいつものように飛び跳ねながらキャンプに入ると、濡れて冷たくなったままブランケットの端へはうようにして行くと、たき火のそばで丸くなった。ミューアは暖かい食事を取ってやっときょう一日の出来事を話すことができた。「死の影におびえながら渡った恐ろしい氷の橋」のことを話すと、ヤングは感動して涙を流した。毛布の上で丸くなっているスティキーンを見て、ミューアは「あの犬は勇敢だ」といった。

一九〇九年に、ミューアは今回の探検を描いた小さな本『スティキーン』（邦題は『ある犬の話』）を出版したが、書いている最中彼はひどく苦しめられた。それはこれまで書いた中で、この本の執筆がもっとも難しかったからだ。物語自体はごく素直でわかりやすい。だがそこに隠れている寓話が彼を困らせた。スティキーンは彼が子どものころから作り上げ、見直しをしつづけていたある考えを運ぶ乗り物だったのである。その考えとは動物も人間と同じように神から授かった権利を持っているというものだ。彼はトリンギット族の案内人たちから大きな影響を受けたようだ。彼らの汎神論には「動物は魂を持っている。したがって彼らに食べ物を与えてくれる魚や他の動物たちについて無礼な口をきくことはまちがっている」という信念が含まれていた。『アラスカの旅』の中でミューアはそう書いている。

彼がスティキーンと行なったクレバスをめぐる悲惨な旅からほぼ二〇年ののち、エルダー号は帰路の最後の行程でテイラー氷河の近くを通った。夕方行なわれた科学者たちの講義は、やがて騒々しいパーティーへと移行していった。そこでは大学の応援歌や校歌が歌われた。ミューアはそっと表に出た。そして一人で欄干にたたずみ、彼の友だった犬へ黙祷を捧げた。

エルダー号の乗客は次の停泊地を目にする前に、すでにその匂いを嗅ぐことになった。小さな漁業の町オルカに近づくと、プリンス・ウィリアム湾の海岸線は数マイルにわたり脂が地面を覆っていて、ハート・メリアムによると「ところどころにサケの頭や胴体が散乱していた」という。遠征隊のメンバーたちの日記を見ると、そのすべてでほとんど一致して話題に上げているのがオルカの圧倒的な悪臭だった。ジョン・ミューアが不快になったのは缶詰工場の匂いだけではない。「いいようのないほど薄汚く、すえた匂いのする」工場の人々に対しても嫌悪感を抱いた。「仕事をしている人々自身が缶詰にされている」と彼は日記に書いていた。

オルカにほんのしばらく停泊したあとでエルダー号は、数日のあいだプリンス・ウィリアム湾の氷河を探検した。そして壊れたスクリュープロペラを修繕するためにオルカに戻った。道中、何百頭というイルカの群がずっと付き添って泳いでいる。夕刻缶詰工場の近くにあるドックに船が入ると、グラホーンが大音量でかかっていたために、その音が埠頭近くにいた仕事のない金鉱労働者たちの注意を引きつけた。前の年に南から、三〇〇〇人以上の男たちがカッパー・リバーをめざしてやってきた。「金が出たという漠然とした途方もない噂」に惹かれて来たのである、とバローズは書いている。「アラスカは土地を漁りまわるこんな冒険者たちであふれ返っていた」。しかしその多くは壊血病で死に、生き残った者もまったくの無一文の状態でぽつりぽつりとオルカへ戻ってきた。そして埠頭の近くにたむろして、憐れんだ汽船の船長が率先して彼らを船に乗せ、南へと連れ帰ってくれるのを期待して待っていた。オルカは潮差が大きいので乾ドックである必要はなかった。スクリュープロペラを修理するクルーたちはひとまず潮が引くのを待った。干潮になると姿を現わした砂州へと歩いていき、破損したプロペラの翼の周りに足場を築いた。そして満潮になる前に、新しい翼を正しい位置に滑り込ませた。

修理のための一時的な航海の中断は、遠征隊のメンバーに缶詰工場内の仕事を間近で見るチャンスを与えた。バローズは、サンフランシスコから来た労働者たちが刃物を曲芸師のように巧みに使う様子を驚きの眼差しで見ていた——不要な部分を切り取り、はらわたを取り除いて、次の過程へと送り出す。サケは洗われ、はかりで量られて缶に詰められる。「一日中、ぴったりと詰められた一ポンド（約四五三・六グラム）の缶詰が次々と、工夫に富んで作り出された機械から落ちてくる」とバローズは書いている。彼は一カ所でサケをあまりに多く見たあとだったので食欲を失ってしまった。「足元にサケが転がっている。それが重なって大きな山となり匂いを発していた。……あたりには、バラの花や刈り取ったばかりの干し草のようないい匂いとはおよそ縁の遠い匂いが漂っていた」

ジョージ・バード・グリンネルにとって大虐殺ということになれば、それはいやというほど知っている。オルカで目にしたことにいたく心を動かされた彼は、『ハリマン・アラスカ・シリーズ』の第二巻で丸二章を使ってサケ漁業の状態について書いた。「アラスカでサケ産業に携わっている人に、サケの数量についてたずねてみるといい。彼は即座にサケは無数といっていいほどあるといい、それは無尽蔵に提供することができると伝えるだろう」。オットセイやバッファロー、それにリョコウバトについてもグリンネルはそれがたくさんいることをいつも聞いている。だが、これについても状況はサケの場合と同じだと彼は危機感を抱いて記していた――というのもあらゆる種の驚くべきほど多くの数が、乱獲によって五〇年も経たないうちにほとんどゼロにまで激減しているからだ。しかし漁師や缶詰作りの人々もいったん空威張りを引っ込めてしまうと、個人的な不安が表に出てきた。「非常にはっきりとしているのは、アラスカ産のサケの供給が徐々に減りつつあることだ。それも速いスピードで減りつつある」

はるか遠い昔からオルカでは先住民のイーヤク族やスグピヤック族などによって漁が行なわれていた。いくつかの川ではその所有権が世襲となっていて、それは犯してはならないものだった。そしてそのことが川やサケを大切にすることにもつながっていた。だがこの伝統も新たに登場した缶詰工場によって無視される。工場を所有していたのがカリフォルニアの会社で、そのために工場の利益はそこで生産されたものといっしょに船でオルカから運び出された。工場はサケの捕獲をもっぱら網に頼った。河口の向かいに一マイル（約一・六キロメートル）もの長さにわたって網を仕掛け、河口にはバリケードが置かれて、卵を産むために川を遡ろうとするサケの妨害をした。この両方の措置のおかげでサケは産卵ができない。意図されることのないサケの撲滅プログラムは、意図的なものにくらべてはるかに効果的なものとなりえた。

「サケ業者たちの強欲さはたいへんなものだ。そのためにサケをすべてつかまえてしまおうとそれぞれが努力する。それもいっぺんに全部獲ろうとする。ライバルの手になるべくサケが残らないようにするために」とグリンネルは書いている。網にかかった魚でもサケでなければ捨ててしまう。それに缶詰にする前に腐ってしまったサケもやはり投棄される――競争相手の手にサケが渡るより、自分の手の中でむだにしてしまうほうがいいというわけだ。「このような人々は自分たちが漁場を破壊しつつあることを十分に認めている。そして近いうちに、缶詰にしてひと儲けできるサケがもはや獲れなくなるときが来ることも承知している。しかし、こんな考えがますますサケを捕獲したいという気持ちになってしまう。それもすべてのサケを捕らえたいと思う気持ちに」。魚の乱獲を制限する法律が通過したが、実際にはアラスカのような広い土地では、その法律にほとんど法的な強制力がない。だいたい政府の職員にはボートが不足していて、移動にさえ缶詰工場のボートに頼らざるをえない。こんな状況の中で驚異的なサケの絶滅危機が訪れる。職員が法律違反を目にしたときに、それを無視するにはあまりに違反がひどすぎる場合もまれにはあった、とグリンネルは書いている。そんなときには缶詰業者も自分の非を認めていった。「われわれだって現在しているようなことはしたくない。しかし他の業者がこんなことをしているかぎり、われわれも自分の身を守るために続けざるをえない」。競争相手がまずはじめにやめてくれれば、こちらもよろこんでやめる。だが「適切な手は打たれることもなく、不適切な操業が引き続き行なわれている」

　バッファローは生き残るだろう。それはもっぱらグリンネルの政治的な努力のおかげだった。だかリョコウバトのほうは上首尾というわけにはいかない。一八三一年、ジェームズ・オーデュボンは北アメリカで生息する鳥は二〇億種に上ると推測した。グリンネルは次のような出来事を思い出していた。それはマンハッタンのオーデュボン・パークにいた子どものころの話だ。朝食を食べていたときに、窓の外のハナミズキの木を見てごらんといわれた。そこで見たのは「鳥の数があまりに多すぎて、全部の鳥が舞い降りてハナミズキの木にとてもとまりきれない」光景だった。エルダー号がオルカを訪れたときと、グリンネルがサケのエッセイを書いたときの、ちょうど数カ月のあいだに、オハイオ州で最後の野生のリョコウバトが少年によって撃ち殺された。最後まで生き残っていた一羽(雌でマーサという)が動物園で死んだのが一九一四年だったが、これでリョコウバトは完全に消滅したことになる。

28 生態系の破壊——その余波

コードバ

コードバはオルカ・キャナリーに隣接して成長した町だが、いまではもう船でやってきた訪問客をサケの頭を料理して歓迎することはしていない。といってもサケを加工している痕跡がたくさんないわけではない。一日のうちのある一定の時間、町の家々の屋根はどこもかしこもカモメに占領されてしまう。おそらくそれはグリンネルが「すぐ手の届くところにいる大群」と描写していた鳥たちの子孫だろう。ヒッチコックの映画のように群れ集ったカモメたちは、海岸通りに立ち並ぶサケの缶詰工場から、大量に放出されるサケのはらわたをせっせとついばみ楽しんでいる。

「旅行者たちは町へやってくると、『サケはどこで買えるのですか?』ときくんです」と非営利のカッパー・リバー流域プロジェクト（CRWP）の事務局長クリスティン・カーペンターが私にいう。「『どこでも買えません』と答えます。誰もが自分の分だけサケを獲ります。ですからそれを売る必要はないんです。この地域にとってサケは活力源なんです」。実際、北極圏の南のアラスカ沿岸地域では、すべての町がサケに大きく依存している。だが私が訪ねたコードバは中でも、サケの依存度のもっとも高い町だったのかもしれない。CRWPの創設者（で女性の漁師でもある）リキ・オットはコードバを「油圧モーターのリング形パッキングやアウトドラブ装置のための自在継ぎ手は簡単に見つけることができるが、ブラジャーはなかなか見つけることができない」、そんな場所だと描いてみせた。ジョージ・バード・グリンネルが前に、どうしても必要なことだと予測していた種類の仕事を、CRWPはいまさまざまな方法で行なっている。それはサケの生息環境をもとの状態に戻すことや水質を監視すること、そしてコードバの商業漁業に従事する漁師たちのニーズと、サケを食用としている上流地域社会のニーズのバランスを取る方法を何とかして見つけることなどである。CRWPの本部はファーストストリートの道路に面した店舗の中にあった。ポートランドやイサカのような土地の住人にはなじみのスタイル――「進歩的な理念」と呼ばれているもの――で飾りつけがされている。オープンフロアの間取りに書類の散乱した机が並び、壁には大真面目なポスターが貼られている。そして資料の山――ここの場合は魚の孵化場や排水溝のパンフレット。

カッパー・リバー沿いの小さな町はそろってサケで生計を立てていて、サケはいわばコードバの影の通貨となっている。しかしこんなサケもアラスカの二度にわたる生態系の大惨事を生き延びてきた。一九三〇年代、サケ缶はアラスカのトップ産業として姿を現わすと、「この地方の産業収益の大半を生み出すようになった」と歴史家のボブ・キングは書いている。しかし、一九三六年をピークに、産卵で遡上してくるサケの数が急激に減りはじめた。そのために「一九五〇年代に入ると、連邦政府はアラスカのサケを『激甚被害』に指定して特別援助を行なった」。アラスカ州はサケ漁の自粛を余儀なくされた。しかし、一九五九年に連邦政府からサケ漁の管理を移譲されると、アラスカ州政府はサケの罠漁を禁止し、その埋め合わせとして孵化場をふやした。そして特定の地域で漁をする許可を持つ漁師の数をはじめて制限した（たとえばコードバでは一九七〇年代以降、刺し網漁の許可証は正確に五四一と定めている）。一九八〇年代の末になるとサケ漁はふたたび盛んになった。それでほんの二、三年のあいだに、サケの引き網漁の許可証を手に入れるための値段が三倍に跳ね上がった。幸運にもこの許可証を取得できることになった人々は、そのために三〇万ドルという大金を支払った。

コードバが被った最初の災厄は数十年にわたって続き、それが回復するまでにはさらに数十年の歳月を要した。そして第二の災害は一九八九年三月二四日の一二時〇四分に起こった。タンカーのエクソン・バルディーズ号がプリンス・ウィリアム湾で座礁したのである。コードバの町はいまもなお損害から完全に立ち直っていない。

リキ・オットは、エクソン・バルディーズ号の災難について書いた自著『ノット・ワン・ドロップ』の中で、コードバの市政担当官の言葉を引用している。担当官は一九八九年以前のコードバをシャングリラのようだったという。地元の熱心な宣伝は別としても、彼のいっていることはもっともだった。ジェームズ・ヒルトンが『失われた地平線』の中で描いた架空の楽園のように、コードバもやはり高い山々で世界の他の地域から切り離されていた。したがってその場所へ車で行くことができない。それはアンカレッジやジュノーなどの都会ずれした者たちがやってきて、はじめて本物のアウトドアがどんなものか理解するようなところだった。ハイキング・コースは舗装されていない道路が四方八方へと分かれている。カッパー・リバーとプリンス・ウィリアム湾はパドリングとフィッシングの最上のスポットだった。それにコードバは目立たずに控えめながらスキー場を運営している。そこはダウンタウンから歩いていける距離で、サンバレーから譲り受けた古い一人乗りのチェアリフトもあった。コードバの人々は誰もがもしかしたら、『失われた地平線』に出てくる高位のラマ僧のように、二〇〇歳まで長生きするのではないかと思ってしまう。ただしここでは、さかんに食べられている魚に含まれたオメガ3脂肪酸が、おそらく延命効果を生み出しているのだろう。シャングリラは環境に対しても高い意識をもたらす場所だった。コードバももしかしたらそれと気づかぬうちに、アラスカでもっとも環境問題に対する意識を持った町になっていたのかもしれない。

コードバについてカモメの次に気がつくのは真新しいコードバ・センターだ。CRWPから南へ歩いていくと（CRWPを出ていく途中で、パイプラインから流出する油に注意を呼びかける貼り紙があるのに気がつくだろう）、薬局を通りすぎて、みすぼらしくて怪しげなアラスカン・ホテル＆バーに興味をそそられながらなお行くと、モダンで巨大な建物にたどり着く。それはジュノーやアンカレッジにあってもやはり目立つだろうし、コロラドのヴェイルでも場違いな感じを与えないだろう。

コードバ歴史博物館では一階で、漁師が着る毛糸編みセーターの展示会の準備をしていた。展示会はその晩に公開されるという。遠くスコットランドからも編み物狂たちを呼び寄せるほどの人気だった（「ちょっと滑稽に聞こえるのを承知でいうと、編み物界の大物たちが今週末にここへやってくるんです」とカーペンターが私にいった）。博物館が開かれたのはほんの最近のことで、その多岐にわたるコレクションはいまもまだ、通りを隔てた古い建物からせっせと運び込まれている最中だった。遠征隊のメンバーたちは、町の新聞を印刷していた古いライノタイプを見て驚いていた。それはまるで教会のオルガンのように大きなものだったからだ。その近くにはイーヤク族のカヌーや六〇〇ポンド（約二七二・二キログラム）もあろうかというオサガメがぶら下がって展示されていた。カメははるか南へ向かおうとしてどこかで道をまちがえて、コードバの漁師の網に捕らえられてしまったという。新しく書かれた年表の原案が一面の壁に貼りつけられていた。それは歴史的な大事件にスポットライトを当てたものだが、そこにはなお走り書きがされていて、編集と校正のあとが見られる。コードバの歴史はアラスカの他の場所と同じくらいに古い。ヴィトゥス・ベーリングがはじめて新世界へ足を踏み入れたのは、コードバから六〇マイル（約九六・六キロメートル）南のカイアック島だった。一七九〇年にこの島へやってきたスペインの探検家たちは、この島にスペイン語の名前（カーメン島）をつけている。一八九九年にハリマンの遠征隊がオルカに停泊した記載には付箋が貼られていて、小さなスペルミスがあると注意を与えていた。

「まだ訂正を加えているようです」とナンシー・バードがいう。バードのひどく遠慮がちな正式の職名は博物館のアシスタントだった。だが彼女は一九八〇年代には『コードバ・タイムズ』の編集長を務めていたし、いまは油流出復興研究所の研究所長でもあった。この研究所は、エクソン・バルディーズ号の事故がもたらした影響を長期にわたって観察するために、連邦議会によって設立されたものである。

一九八九年の大事故のあとに起こった出来事が年表の大部分を占めている。それはコードバ・センターがダウンタウンを見下し押さえつけている感じによく似ていた。人々は超大型タンカーが座礁したときに、自分たちがどこで何をしていたのかをはっきりと覚えている。その朝、座礁の噂が広まりはじめたときにはすでに、一〇〇〇ガロン（約三七八五・四リットル）の原油が破損した船体から漏れだし、プリンス・ウィリアム湾に流れでていた。バルディーズ号の船員が事故を報告するのが遅れた上に、油の流出対策に必要な装備が乾ドックに置かれていて、それが雪に埋もれていたという不始末もあった。したがって、事態の深刻さが十分に理解されるまでにはしばらく時間がかかってしまった。クリスティン・カーペンターの夫ダニーは、仲間の漁師たちといっしょに原油が流出するのをテレビで見ていた。漁師の一人は来週仕事に戻ることができるのだろうか、と疑問を口にしていた。何百人という報道関係者たちが、人口がわずか二五〇〇人しかいない町に集まってきた。その中には「CBSイブニングニュース」のカメラマンをしていた私の父もいた（彼は朝の五時に起きてシャワーを浴びたことを覚えているという。ホテルではお湯が不足していて、すぐに水になってしまうからだった）。やがて鳥の死骸や原油にまみれたラッコ、それに油でべとべとになった岩を、ペーパータオルで拭き取っている人々の映像が全国ニュースで放映され、それが何カ月ものあいだ続いた。

コードバは隔離され孤立している点では、それが町の大きな魅力となっている。だがしかし、いったん危機的な状況になると、孤立がかえって四方を包囲された町で生活しているという気持をさらに増幅させる。エクソンやアリエスカなどパイプラインを操業している石油会社から漏れ聞こえてくるわずかな情報は、人々が目の当たりにしているものと必ずしもつねに一致しているわけではない。ナンシー・バードは新聞社でニュースレターを作成して、「噂を鎮める」ことに努力した。「何カ月ものあいだ、町の誰もが一週間で七日のあいだびっしりと働いていました」とバードはいう。「大立て者が次々にやってきました――ダン・クエールや上院議員や下院議員たち。アラスカの上院議員のテッド・スティーブンスは漁師たちに、油は沈まないから、錨に油はつかないだろうなんていうんです。漁師たちは錨を見つめていいました。『うーん……』」

コードバでは日々の仕事がほとんど停止した状態になった。事務員もバーテンダーも介護担当者もみんな自分の仕事をやめてしまった。そしてエクソンが依頼してきた汚染除去のさまざまな仕事を引き受けた。それには時間給で一六ドル六九セントが支払われた（超過時間分はプラスされる）。エクソンは原油を完全に除去してみせると約束した。そしてたいへんな努力をして、明らかに原油流出の証拠となるものを消し去ろうとした。コードバの野生動物の中ではラッコが二八〇〇匹殺された。どうにか生き残ったものについても一匹をきれいにするのにおよそ八〇〇〇ドルの費用がかかった。「早い段階で米国海洋大気庁（NOAA）の人々がやってきて、海岸を熱湯で洗浄したいというんです」とバードはいう。プリンス・ウィリアム湾の海岸はアラスカでももっとも美しい海岸の一つだ。それを熱湯洗浄するという。それではまるで防錆剤のWD－40をホースでかけて洗うようなものだった。「そんなことをしたら海岸で生息するものすべてを殺すことになりはしないか、と思ったんです。そして驚いたことに彼らはそれを認めたんです。それも数年のちに。しかしもうあとの祭りでした」。強力な洗浄で食物連鎖の一番下にいる微生物までが殺されてしまった。そして原油を岩の割れ目にさらに深く押し込める結果になった。油はいろんなところで今もにじみ出ている。

一九八九年の夏が慌ただしさの中で通りすぎると、報道関係者たちは町を去り、コードバの住民たちも事故以前の生活が戻ってくるのを待った。しかし、一九八九年の出漁シーズンはほとんど漁をすることができなかった。一九九二年には、重要な収入源であると同時に他の魚（サケなど）の食物源でもあったニシンの個体数が激減した。そしてそれは二度ともとには戻らなかった。シャチの群も同じように数が少なくなりもとの状態に戻ることはない。サケだけは最終的に何とか個体数の安定を見ることができたが、それを待てずに多くの漁師たちが破産した。「ある日、許可証が三〇万ドルもしたと思えば、次の日にはもう何の価値もない無用のものとなってしまったんです」とカーペンターはいう。自殺や離婚沙汰が発生し、ＰＴＳＤの兆候も見られた。アラスカの法廷はエクソンに対して、損害賠償金として五〇億ドルを支払うようにと裁定した。エクソン側はこの裁定を不服として連邦最高裁判所に控訴した。二〇〇八年、賠償額は（利子を加えて）五億七〇〇〇万ドルに減額された。

ナンシー・バードと私はコードバ・センターの裏の入口から出て、オレンジ色のホンダ・エレメントに飛び乗った。車の中は年老いた犬の匂いがした。コードバのたくさんの車と同じように、この車のリアバンカーには「ノー・ロード」（道路反対）というステッカーが貼ってある。問題の道路というのはカッパー・リバー・ハイウェイのことだった。誰もが知っている巨大プロジェクトで、コードバと州の道路網をつなごうと提案をしている。これは驚くことではないのだが、プロジェクトの推進にもっとも力を注いでいるのが知事のウォーリー・ヒッケルだった。彼は土地をブルドーザーでならして、北の油田に通じる自分用のハイウェイを作ったことでよく知られていた。エクソン・バルディーズ号の油流出事故から数年のあいだは、とクリスティン・カーペンターはいう。「道路問題が個人の政治観をチェックするテストになったんです」。そしてそのことで明らかになったのは、自然の開拓か保護かの問題に立ち向かう各自のスタンスだった。バルディーズ号の事故に何か希望の兆しがあるとすれば、それはこの事故によってヒッケル知事の夢が実現不能になったことだろう。一九九〇年代に再選を果たしたヒッケルは、プルドー湾での漁獲量が減ってしまった分の埋め合わせをするために、北極野生生物国家保護区（ANWR）の一九〇〇万エーカーにおよぶ未開の土地へ石油の掘削を広げたいと思っていた。だが、その夢もタンカーの事故によって空しく消え去ることになる。

バードは車で北へ向かった。彼女のパウダーブルー（淡青色）に塗った爪が、湾の上を覆っていた灰色の空と対照的にいくらか幸せな気分にさせてくれる。メインストリートはすぐに二車線のルート一〇になった。曲がりくねった海岸線を走っていくと、数分のちには舗装された道路が突然断ち切れた。終点は以前オルカ・キャナリーだったところで、ハリマンのチームがサケの処理現場を目にしてゾッとした場所だった。それからというもの工場の施設はアドベンチャー・スポーツの宿舎に模様がえされた。いくつか改善されたところもあるが（ヘリスキー〔雪山で、まだ誰も滑走していない場所へリコプターで移動して、自然のままの雪面でスキーを楽しむこと〕のヘリポートのように）、おおよそは『ハリマン・アラスカ・シリーズ』の中でオルカについて書かれた記述のままである。われわれは建物の一階をあちらこちら歩いてみたが、中はさびれて荒れ果てていた。外に出てバードのエレメントに戻ると、そのまま町へと帰った。もしカッパー・リバー・ハイウェイがさらに延長されるとしたら、われわれはチティナ、グレンナレン、トックにまで行くことができるだろう――道をまちがえてチキン（人口は七人しかいない）へ行くようなことがなければ。そしてお好みならば、はるばるフロリダのデイトナビーチまでだって行ける。それは車でする人生の壮大な長旅となるだろう。だが、望むらくはそんな長旅を誰もすることがないように。

29 入江発見
ハリマン・フィヨルド

コードバの西方にあり、プリンス・ウィリアム湾でもほとんど知られていない氷河は、ハート・メリアムがつねづねジョン・ミューアをおびき出すために使う誘い餌の一つだった。ジョン・ミューアはこれまでに六回アラスカへやってきたが、この地域には一度も訪れたことがない。エルダー号のデッキから眺めた風景は期待どおりのものだった。ミューアは次のように断言している。チュガッチ山脈を望む景色は、「これまで見たこともないような豊かで壮大な山岳の景観だ――折り重なった山頂が大空にどっぷりと深く浸かっている。そのどれもが氷で覆われてきらきらと輝いていた。そして高く高く、たがいに競うかのようにして高みへと上っていき、午後の光の中で明るく燃えていた」。一〇〇年前にバンクーバーが航海したとき以来、ここでは地図の作成作業がほとんどされていない。おびただしい数の氷河は、その大半に名前が付いていない状態で、それはうれしい驚きでもあった。「創世記」でアダムが動物に名前をつけて以来、最大のラベルづけのチャンスに直面して、船に乗っている学者たちはわれ先にと、自分のお気に入りの公共機関の栄誉をたたえてその名前を氷河につけた。とりわけ動植物が豊かな土地はカレッジ・フィヨルドとして知られるようになる。そしてそこでは、次々と東部の大学名がつけられたことで、氷山は永遠にその大学と結びつくことになった――コロンビア、ハーバード、イェール、ラドクリフ、スミス、ブリンマー、ヴァッサー、ウェルズリー、アマーストなどの大学だ。

こんなひとけのない海岸でも遠征隊のメンバーは、ひと旗揚げようとして北へやってきた男たちに出会う。ある起業家は島をまるごとキツネの飼育場に変えた。しかしあるとき、キツネが隣りの島へ逃げ出していることに気がついた。それで彼は兄弟に隣りの島もキツネの飼育場にしてしまうようにと説得に努めたという。川のほとりに丸太小屋が立っている。ここに住んでいるのはノルウェーの探鉱者で、彼はハリマン遠征隊の女性たちに出会うと帽子を軽く持ち上げておじぎをした。銅ビジネスの世界は彼にやさしく接してくれるという。彼は一九〇〇年にパリで開かれる万国博覧会にぜひ行ってみたいと話していた。

カレッジ・フィヨルドの氷河は激しい勢いで分離し剥落する。そのために剥がれた氷山で海面が塞がれてしまう（これは四六時中起こることでいまもよく起きている。エクソン・バルディーズ号が座礁したのも、コロンビア氷河から排出された氷山を避けようとしていたときだった）。雷鳴のようなとどろきとともに氷の雪崩がエルダー号の乗員たちに襲いかかり、好奇心をもって侵入してきた者たちを追い散らそうとする。小さな氷河が運んでくる岩や小石でさえも、「これまでに目にしたものにくらべると、どんなものでもそれを小さく見せてしまうほどだった」とバローズは書いている。「それは山々の崩落や大陸の衝突を暗示していた」。海上にあふれた氷塊がエルダー号の進行を止めて、カレッジ・フィヨルドの先から二〇マイル（約三二・二キロメートル）も進むことができなくなった。

プリンス・ウィリアム湾の入江を見ていると、バローズは大きなクモの足を思い出した。それは山がちな海岸をさまざまな方向に伸びていて、その中に深々と入り込んでいた。カレッジ・フィヨルドで氷塊のために動きがとれなくなったエルダー号は、針路を反転して北へ向かい湾の最果てをめざした。そこで遠征隊のチームが遭遇したのは巨大なバリー氷河の塊だった。この巨大なくさび状の氷河は海峡の向こう側まで伸びている。ドラン船長が持っているアメリカ海岸地図では、船が航海可能な水域の限界に達していることを知らせていた。しかしハリマンはドランに、もっとよく見ることができるように、氷の壁近くまで船を進めるようにと指図する。氷河の遠く左端で海面に小さな隙間が空いているのが目に入る。ドラン船長がゆっくりとエルダー号を進ませていくと、以前には知られていなかったまったく新しいフィヨルドへと船は入っていく。遠征隊のメンバーたちはいっせいにデッキに出て、この新しい氷の世界へと入る入口を見つめていた。

　ハリマンの伝記を書いたモーリー・クラインによると、ハリマンは鉄道マンとして過ごした一八九九年以前は、行動するにもきわめて慎重なことで知られていた。それが用意周到なギャンブラーのようだと評判になってきたのは、彼がアラスカへ探検に行くちょうど直前からのことだった。「注意深い繭を突き破って、この上なく大胆不敵な蝶に変身したのだが、それはまるで何かが彼の背中を押して、大きなリスクを負うことなしには何ひとつ大事をなすことなどできないことを教えたかのようだ」とクラインは書いている。ハリマンはドランに海図に描かれていない水域へ入るようにと命じた。そして「新しい北西航路を見つけるぞ」と宣言した。

　船長のドランにはボスのような個人的な野望はない。彼の務めはただ、アラスカの南部海岸のほとんど人がいないところで、船がダメージを受けたり座礁しないように注意することだった。オルカでハリマンは、近辺で水域に詳しい人を船上に招いたことがあった。その人はさらに先へ船を進めないほうがいいと強く反対した。この海域で彼は何度も岩にぶつかったことがあったからだ。ジョン・ミューアによると、その人は「水深が測量されていなかったり、海図に載っていないような水路や沼」を探検するのはやめたほうがいいといって眉を曇らせた。しかしハリマンは自分で舵を握るからといって聞く耳を持たず、何かダメージを受けたときには、すべて自分が責任を負うからとドーマンを説得した。そして「岩があってもなくても、ともかくフルスピードで前へ進むようにと命じた」

金属が岩に当たるような耳障りな音が聞こえ、すぐに船長の心配が真実であったことが判明した。エルダー号に備えつけられた二つのスクリュープロペラのうちの一つが破損してしまった。しかし、ハリマンの直感は正しかった。船がゆっくりと氷塊の割れ目を進んでいくと、一二マイル（約一九・三キロメートル）ほどの長さの狭いフィヨルド——これまで白人の目に触れたことは一度もない——が姿を現わしはじめた。フィヨルドの側面に沿って、氷が険しい山々からリボン状になって流れ落ちていた。中には水際まで伸びている潮水氷河もあった。それはまるで「シロクマの皮膚が伸びたようだ」とメンバーの一人が語っていた。「夕方の厳粛な光の中で見るそれは」と詩人のチャールズ・キーラーは妻に出した手紙の中で書いている。「これまで一度も目にしたこともない荘厳な景色だった」

おそらく遠征隊をエスコートしてくれたアホウドリのことを考えていたのだろう。地理学者のヘンリー・ガネットは、「壮大な」山並や氷河を物語るのに、思わずコールリッジの「老水夫の歌」の詩句を引用する気になった。そして彼はアラスカの地図にそれを書き込む光栄に浴することになる。

　われわれは突入した最初の者だ
　あの沈黙の海の中に

新しく発見された入江は全員一致でハリマン・フィヨルドと名づけられ、その先の氷河もハリマン氷河と呼ぶことにした。それこそがこの遠征でもっとも重要な科学的発見だったのである。

コードバを訪れたあと、私は飛行機で故郷へ戻り、ひと月ほど家族と再会を楽しんだ。そして八月のはじめ、私はふたたびアンカレッジに戻ってきた。思えばアンカレッジは私の旅のちょうど都合のいい中間地点のようだった。最初に海上へ出たケチカン（アンカレッジから南東に約七七〇航空マイル［約一四二六キロメートル］）からと、旅の終着点であるアリューシャン列島のダッチハーバー（アンカレッジから南西に約七九〇航空マイル［約一四六三キロメートル］）までとがちょうど等距離にあったからだ。このころ、豪華なクリスタル・セレニティ号（すでにチケットは売り切れだった）が静かで氷のない北西航路へ初航海に出発する日が、ほんの二週間先に迫っていた。この船は私がエルダー号の跡を追ってみようと思っていた町と同じところを通る予定にしていた。そこで私は船会社に何度か電話をしたり、メールを出したりして、船にレポーターを乗せる心づもりはないのかときいてみた。私は思ったのだが、賢明なマーケティングの管理者ならば、歴史上有名なしかし快適だった一八九九年のエルダー号の航海と、これから歴史を作ろうというクリスタル・セレニティ号の航海との類似点をおそらくは見つけるにちがいない。それにこんな豪華船の旅で、まさかオブザベーション・ラウンジでキャンプを張る者もいないだろう。私の旅の後半で逗留する予定の場所――ウィッティア、コディアック、カトマイ国立公園、ノーム――は、ほとんど道路もないような二〇〇〇マイル（約三二一八・七キロメートル）もの長い海岸線に沿って広がっていた。フェリーサービスがあるのはこの中のほんの一部だけだ。アリューシャン列島の終点まで行くには三日間かかる。セレニティ号も通常のフェリーとまったく同じ航路をたどるのだが、船内に設けられたカジノやゴルフの練習場などで船旅を楽しむことができる。それは他の選択肢にくらべてかなり魅力的だ。他の選択肢とはアラスカ・マリン・ハイウェイの古い船で行く三日間の旅だ。この船は五五歳のタスツメナ号で、またの名を「信頼《トラスティ》できるタスティ」、あるいは「錆で覆われた《ラスティ》タスティ」という。
クリスタル・セレニティ号が立ち寄ることになっていた町にシシュマレフがある。この町はノームの近く、太平洋岸沿いの小さな防波島サリチェフにあった。シシュマレフは最近のニュースで、海中に埋没する恐れのあるアラスカの村として登場していた。それは気候温暖化の影響で海水が上昇し、それにともなって起こる侵食による埋没だった。クリスタル・セレニティ号の乗客たちは場違いな課外活動のようなことを提案されていた。それは「シシュマレフへの空の旅――地球温暖化の学習」と銘打たれた一人六〇〇ドルの日帰り旅行だった。販促のパンフレットには、四時間のあいだ、シシュマレフが直面している状況にどっぷりと浸かってもらえると書かれている。だが、運が悪いことにセレニティ号が出発する日と投票日とがちょうど重なってしまった。シシュマレフの住民はどちらにするか選択を迫られた。この島にとどまって新たに防波堤を作るか――すでに彼らは二つの防波堤を失っている――、それとも村ごと新しい土地へ、さらに離れた内地へ移動するか。

　セレニティの乗客たちは、島の人々と私が親しく交遊していることになど明らかに関心がない。それで私を残したままで出帆してしまった。次の日、アンカレッジでエサウ・シノックとコーヒーを飲んだ。彼はシシュマレフの出身者でいまはアラスカ大学フェアバンクス校（UAF）の二年生だった。重大な投票のニュースが国中に、そのあとには世界中に広がってしまうと、彼は自分の町のスポークスマンのような役割を演じるようになった（アンカレッジで会ったときも、直前になってちょっと会う時間を遅らせてほしいとメールが送られてきた。だが、それには正当な理由があった――大学の秋学期のために荷造りをしていたが、それも終わらないうちにBBCからインタビューをしたいと連絡が入った）。投票の結果はどんなことがあっても予定通りに行なわれる。エサウはその結果についてはどうなるのかわからないという。「この島から出ていきたいと思っているのは私のような若い世代です」と彼はいう。「島にとどまっていたいのは、これまでずっとこの島で暮らしてきた人々です。シシュマレフではみんなが家族のようなんです。しかし、もしここにとどまることになれば、これからも家をつねに移動させつづけなければいけません。祖父母は崖の上に大きな青い家を建てて住んでいます。しかし、そこも以前は下が浜辺になっていたんです」。エサウはコーヒーをすすりながら、携帯電話をチェックしていた。「いずれ二〇年か三〇年したら、シシュマレフも海中に沈んでしまうかもしれません」

その日の午後遅くになって、エサウから住民投票の結果を知らせるメールが入った。村は八九対七八で移転することになった。

30　風変わりな町

ウィッティア

世界中いろんなところへ旅する機会に恵まれた人は、やがてこんなことに気づくかもしれない。それはたとえ何千マイルも離れていても、ある場所がもう一つの場所にどこか似ていると感じることがないだろうか。マドリッドのある街区はそのままブロンクスへ持ってきても、何ひとつ違和感がない。ボツワナ中央部の沼地帯とペルーのアマゾン・ジャングルは、フロリダのエバーグレイド国立公園に似ている（匂いも）。ウィッティアはよく「アラスカでもっとも風変わりな町」などといわれるが、この町はアメリカ領サモアの首都パゴパゴと姉妹の関係だといっても不思議はない。二つの町は緑豊かで馬蹄の形をした港を持っている。そして海からほとんど垂直に駆け上っている険しい緑の山腹に包まれていた。どちらにもアメリカ軍があとに残した、いまにもくずれ落ちそうなインフラがたくさんある。ほとんど毎日のようにして多量の雨が降るのも似ている。さらに二つの町は多くのサモア人の故郷でもあった。

こんなことを思いついたのは大きなビルのロビーで座っていたときだった。外は夏の曇り空で風がとても強いので、ホールの中で洗濯物が乾くのを待っていた。そのときに、たがいにあまり似ていない三人の女が前を通りすぎていった。三人ともサモアの伝統的なラヴァラヴァ（巻きスカート）を着ている。私は一番うしろの女性にきいてみた。なにかポリネシアの人々のパーティーでもあるのですかと。おそらくそれは、この町を訪問中のクルーズ船を迎えて開かれるルアウ（ハワイ式の宴会）の集まりかもしれない。だが女性はそうではないという。二、三〇〇人の人々がアメリカ領サモアから数年前にここへやってきた。それもアラスカで神に仕えるために呼ばれた、とみずから感じた牧師に導かれてきたのだという。これはアラスカの地へ逃げるようにしてやってくる典型的なケースだった。だが、このポリネシア人の場合には二、三〇〇人のパイオニアたちが北東をめざして五〇〇〇マイル（約八〇四六・七キロメートル）の距離を旅してきた。それも道路を歩けばそこここに転がっているココナッツの実を、よけながら歩かなくてはならない南太平洋の楽園を出て、ひどい天気しか売り物のないこの町へやってきたのである。女性はそんな気候にも慣れてきたという。そしてアンカレッジでタロ芋を売っている店を教えてくれた。

ウィッティアはアラスカでもっとも風変わりな町かもしれないし、またそうではないかもしれない——私は思うのだが、風変わりだという人々はおそらくこれまで、一度もヤクタットに行ったことがなかったのではないか。ただ、ウィッティアはたしかに他とはちょっと違っている。水深が深い港は冬のあいだ凍結することがない。そのためにこの町は第二次世界大戦中、極北太平洋の軍事基地として最適な場所となった。二つの山並みがウィッティアの近くで交差していて、雲を半永久的に閉じ込めている。そのために海岸の土地は、雲の蓋のおかげで日本軍の爆撃機の攻撃から免れた。しかし、同じ山並みがウィッティアを隔離することにもなる。アラスカの他の土地から引き離して、隠れ部屋のようにしてしまうからだ。ウィッティアへ行く手段を確保するためにアメリカ軍は、二・五マイル（約四キロメートル）のトンネルを掘らなくてはならなかった。トンネルには単線の鉄道線路が敷設され、ウィッティアから他の地域へ行く手段としては、二〇〇〇年になるまでこの列車しかなかった。そのあとで車で通り抜けることができるようになったが、片道一車線しか作るスペースがなかったために、車の通行は各方向で一時間に一度しか許可されていない（一時間ごとに進行方向がスイッチされる）。

閉所恐怖症になってしまいそうなこの町を、抜け出るただ一つの道がこのトンネルだった。したがって、すべてのスケジュールはトンネル次第で、ウィッティアではこの砂時計のようなトンネルによって時間が経過していた。人々はこんな風にいう。「次のトンネルで行くよ」。すると他の者はそれが「二〇分以内に出かけるよ」の意味だと理解する。トンネルは午後一一時から午前五時三〇分のあいだ閉鎖される（冬場はもう少し閉鎖時間が長くなる）。アンカレッジ（六〇マイル〔約九六・六キロメートル〕離れていた）で働いて、そのあとで食事をしたり映画を見たりする人にとっては、トンネルの閉鎖時間は気になるし、少々ストレスに感じる。住民の中には、トンネルを通るたびに西ベルリンのチェックポイント・チャーリー〔第二次大戦後の冷戦期、ベルリン市内の東西ベルリン境界線上に置かれていた国境検問所〕を横断するような気持ちになる者もいた。ただしここには、ベルリンのように五メートルもの高い壁はない。マイクロフィルムを靴下の中に入れて密輸するかわりに、ウィッティアの市民たちはターゲット〔アメリカの大型ストア〕で安売りのトイレットペーパーを買い、トランクいっぱいに詰め込んで運んでくる。「トンネルは二つの世界をつなぐ門だと思いますよ」とテッド・スペンサーが私にいった。彼はアンカー・インの一階にある博物館のキュレーターだ。「この美しい自然の中にやってくると、ほっとした気分になります」

ともかく風景については、スペンサーは少しも大げさに誇張をしているわけではない。ウィッティアがほんとうに風変わりなのは、ひび割れたアスファルト、打ち捨てられた漁船、ひどく醜い建物（正直にいえばアンカー・インもそうだ）などが、アメリカの他のところでは当然国立公園に指定されてもいいような景色を背景にして並んでいることだ。太陽が顔を見せるのは一年のうちでほんの一三三日しかないが、そんなときにはダウンタウンの大半を占領している大きな駐車場のまんなかに立ってみるといい。氷河や小さな滝、緑の山並み、雪をいただいた山頂、パッセージ・カナルの深いブルーの水などが一望のもとに目に入る。

　交通が不便なことはさておいても、ウィッティアが風変わりだという評判が立っている第一の理由は、冷戦時代のあとで残された建物群のせいでもあった。一九五〇年代に一〇〇〇人の志願兵たちを収容する住居として建てられたバックナービルは、「一つ屋根の下の町」として知られていた。それはこのビルに映画館、ボーリング場、射撃場、パン屋、それに監獄まであったからである。一九六〇年代に軍隊がウィッティアから撤退すると、バックナーはウィッティアの悪名高い天候のなすがままに捨てられた。それはアラスカの標準的な天候からいってもひどいもので、激しい雨が降り、しばしば時速五〇フィート（約一五・二メートル）の風が吹く上に平均一六フィート（約四・九メートル）の雪が降る。打ち捨てられたバックナーはいまでは、現代文明が滅んだあとの世界を描いた映画の撮影現場のようで、落書きやたまり水や有毒なヘドロでいっぱいだ。都会からやってきた探検家たちのお気に入りの場所になっていたり、暗い照明のもとで長いあいだまわし続けるゴープロ〔過酷な条件で撮影が可能なカメラ〕で撮影した映像の背景として使われている。スキーヤーの中にはウォーレン・ミラーに触発されて、雪が積もった吹き抜け階段をスラロームで滑り下りたり、破れた窓からジャンプする姿を自分で撮影する者もいる。私がここを通りすぎたときには、興奮気味のヨーロッパの観光客が二人、錆びてもろくなった金網のフェンスに空いた穴をくぐり抜けながら、たがいに写真を撮り合っていた。

　軍隊の住居としてウィッティアに残っているものといえば、他に一四階建てのベギーチ・タワーがある。バックナーと同時期に建てられたもので、いまも住民によって使われている。私がそこに滞在

ウィッティアは「アラスカでもっとも風変わりな町」として知られている。とりわけベギーチ・タワーのように、もともと軍隊が住居にしていたが、いまは人があまり住んでいない建物のために。

したときには新しいボイラーが入れられていたし、陽気なパステルカラーでペンキを塗る塗装作業も行なわれていた。タワーの外観は平壌ならもっともすばらしいビルとして十分に通用するかもしれない。だが内部となると、一九五〇年代のままなので、まるでタイムカプセルの中にいるようだ（私が借りた旅行客用の宿泊施設にあったピンクのバスルームは、祖母のランチ様式家屋〔一九四〇年から一九七〇年代に郊外で多く建てられた、平屋で屋根の傾斜がゆるい、外装・内装ともに装飾の少ない家屋〕にあったものとほとんど変わらない）。ベギーチはまた自己完結型の建物として有名で、ウィッティアの住民のほとんどが住んでいるだけではなく、そこには郵便局（ここで私はプライオリティー郵便についてたずねたこともあるし、そこはまた洗濯室の場所でもあった）、警察、市長室、診療所それにミニマートもあった。地下には教会もある。この建物は地下でウィッティアの学校とつながっていて、子どもたちを雪や風から守った。冬場は住民がみんな同時に建物の中にとどまっていることもそれほど珍しいことではない。ベギーチ・タワーで使われているのは、おそらく建物の八分の一ほどのスペースだけだろう——もともと一〇〇〇人の人々を収容するために建てられた建物だが、ウィッティアの現在の人口は二〇〇人をほんの少しオーバーする程度だ。それにあわただしい日でさえ、建物は不気味なほど閑散としている。私が会った住人はいつも三〇分ほど走るのだという。階段を上がり下りしたり、廊下を走るのだが、その際も誰一人見かけることがないといっていた。

私がウィッティアにやってきた第一の目的はハリマン・フィヨルドを少しでもいいから見ることだった。それでエクスプローラー号をチャーターするとベン・ウィルキンスと二人で出かけた。ウィルキンスは若くてあごひげを生やしている。ハワイで船長を何年かした直後だったのでそれなりに冷静でしっかりとしていた（疑う余地のない次のようなことを聞き出すのにも、アラスカではお金がものをいうのだ）。ベンはハリマン遠征隊については何でも知っていた。彼がいうには、一八九九年の時点ではこのあたりもまだ名前のついていない場所がたくさんあった、したがってエルダー号のメンバーの中でそれほど有名でない者も、土地に自分の名前をつけることで、地図に自分の名を永遠に残すことができた。前に岩場を避けるようにと警告したことで、すっかり哀れな船長というありがたくない栄誉を授けられ、置いてけぼりにされてしまったポイント・ドランは、遠征隊の「チキン・リトル」（騒々しい臆病者）の役を割り振られてしまった。

「ぼくはドランを責める気なんてまったくありません」。プリンス・ウィリアム湾へ直進しながらベンがいった。「たしかにちょっと怪しげな水域なんです。バリー氷河の近くにいくつかそんな場所があるんです」。バリー氷河はもともと、ハリマン・フィヨルドへ向かう航路をブロックしていた氷山だった。「そこでは幅は一マイル（約一・六キロメートル）ほどですが、深さが六インチ（約一五・二センチ）しかないのかもしれません」。ウィルキンスは、コンソールのディスプレイ上の深度をたえずチェックしていた。たえず変化する深度が対照的なカラーで表示される。後退していく氷河にわれわれが近づけば近づくほど、画面上の渦はピーター・マックスが描く、頭がくらくらするような絵にますます似てきた。「まだ最新の情報を入れた海図がないんです」。海底の突起部の上をボートが通りすぎたことを、ディスプレイの座標がちらっと示したときに彼は説明をした。「このGPSによると、われわれはすでに二マイル（三・二キロメートル）ほど内陸部に入り込んでいます」

化石化した林のそばを通りすぎた。この石化林ができたのはアラスカ州にくらべるとはるかにあとの時代だ。一九六四年の地震のときに地面が数フィート陥没した。そして木々は塩水を吸収して石灰化してしまった。岩の塊がぽつんと立っていて、ツノメドリの繁殖地となっていた。そこではまるでペイントボール（塗料入りの弾丸）でバトルが繰り広げられたようだ。天気はウィッティア地方特有のものだった――いやな天気で、むしろそれはぞっとするようだといったほうがいい――ので、カレッジ・フィヨルドには寄らないことにした。視界がまったく効かないからだ。「コロンビア氷河では氷の剥落があまりにひどいので、とても五マイル（約八キロメートル）以内に近づくことなどできません」とベンはいう。

われわれは北西へ向かった。モニターに出る深度の数字は上下し続けていた。二〇フィート（約六・一メートル）に落ちたかと思えば、そのあとには二〇〇フィート（約六一メートル）に急上昇した。「これがドランがビビってしまった場所なんです」とベンはいった。「ここへ来るたびに不思議に思うんですが、みんなどんな風にして大きな汽船を操ってここを通るのでしょうか」。バリー・アーム入江はかつて、同じ名前の氷河によってほぼ覆いつくされていた。それがいまは大きく開いている。六〇フィート（一八・三メートル）ほどの高さの岩だらけの島が、バリー氷河の側面近くで海面から突きでていた。「二〇年前にはあの島は氷の下にあったんです」とベンがいう。「いまやバリー氷河はプリンス・ウィリアム湾でもっとも速いスピードで後退している氷河です」

われわれはようやく低い雲でぼんやりと霞んでいる長いフィヨルドに入ってきた。その奥は非常に広くて、平らで、青い塊だった。「これがハリマン氷河です」とベンはいった。

一九九〇年代まではハリマン氷河も、小氷河期の終わりから一世紀のあいだ、なお進行していた珍しい氷河の一つだった。ベンによるとそれがこの数年間で、一年に二〇〇ヤード〔約一八二・九メートル〕ずつ後退をしているという。

ハリマン氷河は比較的低く、ひどい剥落が起こりにくいために、これまでに見た氷河にくらべて、はるかに近くまで行くことができた。氷はひび割れがしていて、サントベルト〔バージニア州からカリフォルニア州南部の地域〕の一〇〇歳を越えた人の顔のようだった。新しい土が氷河の縁のあたりで顔をのぞかせている。そこは氷河が最近後退して陸地へ上がってきたところだった。「下からのぞいている土をご覧になりましたか？」とベンがきいた。そして立ち上がると、さらによく見えるように窓を曇らせていた霧を拭いた。

ハリマン氷河はエルダー号が帰途につく前に、船のデッキから見ることができた最後の重要な氷河だったにちがいない。そして私は思ったのだが、この氷河は私にとっても、じっくりと見ることのできたアラスカで最後の氷河かもしれない。私はフロントハッチを開けると、双眼鏡を手に船首へ出た。泥混じりの川が氷河の底面からあふれ出ていた。

「私たちは、この氷河が潮水で凍結しているあいだに見ることのできた、最後の数人に入るかもしれませんね」とベンがいう。それは氷がやがて海水の縁に届かなくなるという意味だった。彼は船長の椅子に戻るとどたりと腰を下ろした。そして「まあ、それほどたいしたことではありませんけどね」といった。

31 温暖化傾向

ハリマン氷河

私がハリマン氷河の薄汚れた斜面を眺めていたころ、『アラスカ・ディスパッチ・ニュース』は六ページにわたる写真エッセイを「地球温暖化を疑う人がいるのなら？　この写真を見くらべてみよ」という見出しで掲載していた。一世紀かそれ以上の期間をおいて撮影された二枚の写真を見ると、そこではアラスカのもっとも名高い氷河が、ウエート・ウォチャーズ〔アメリカのダイエット食品会社〕の広告で、不要なおなかの脂肪がとれるように解け出していることがはっきりと示されていた。その中の一つは一九〇五年のトボガン氷河――ハリマン氷河から北東へほんの数マイルのところにある――の写真と最近のものとが対比されている。現在の画像には、緑で埋めつくされた渓谷の中にわずかに残る凍った水たまりが見えるだけである。

ブルース・モルニアはこれまでに、このような組み写真を集めていて、この画像の比較方法を「くりかえし精度写真術」と呼んでいた。モルニアはバージニア州のレストンを拠点に活動するアメリカ地質調査所（ＵＳＧＳ）の地質学研究員で、恐ろしくぶあつい『アラスカの氷河』という本を書いた作家でもある。彼はまた『ハリマン・アラスカ・シリーズ』を私とはくらべものにならないほど多くの時間をかけて読み込んだ数少ない一人でもあった。氷河の動向は気候のわずかな変化を示すすぐれた指標だった。モルニアが集めた何千枚にも上る写真は、アラスカの氷河が過去一世紀のあいだに後退してきたことを圧倒的な迫力で示していた。しかし中にはグレイシャー・ベイのジョンズ・ホプキンス氷河やヤクタットの近くのハバート氷河のように、いまもなお成長を示しているものもある。氷河に進行しているものと後退しているものがあるとしたら、それはどんなことを意味しているのだろうか？

　地質学者にとってはそれほど驚くべきことではないが、モルニアは「水圏の氷結した部分」――氷河、海水、永久凍土など――と彼が呼ぶものについては、非常に長いスパンで見ている。氷河は風景の永遠に変わることのない一部ではないという。これまでそれは二〇億年以上にわたって（「地球が大気圏を持ってからというもの」）何百回も、何千年というサイクルで大陸規模の変化を続けてきた。ニューヨークやマイアミ、それにノーフォークのような海岸都市では、二一〇〇年までに最大三フィート（九一・四センチ）の海面上昇が予想されるためにそれに備えている。上昇はもっとも低い沿岸地域を水浸しにして、インフラ施設に数千億ドルという甚大な損害をもたらすだろう。モルニアが私に思い出させてくれるのは、一二万五〇〇〇年前にはおそらく海水面がいまより二〇フィート（約六・一メートル）高かったことだ。その後、地球の温度が落ちて氷床が進むと、海水面はいまより四〇〇フィート（約一二一・九メートル）以上下がってしまった。ベーリング陸橋が姿を見せる。「私は人々がこんなことをいっているのを耳にします。『こんなに暖かいことはこれまで一度もなかった』とか『海水面がこんなに早く上昇したことはこれまでになかった』」とモルニアがいう。「これはもっと大局的な視点から見なければいけません。二万一〇〇〇年前にもしエンパイア・ステート・ビルディングがあって、その最上階にあなたが立って、東のほうを見たとしましょう。しかしあなたはそこから大西洋を見ることはできませんよ。それは海岸線が六〇から七〇マイル（約九六・六から一一二・七キロメートル）ほどずっと先になっているからです」

アラスカの渓谷氷河はその五〇から九〇パーセントが後退しつつあるという推測を耳にしたことがある。だがモルニアによると正しくは九九パーセントを越えているという。成長している氷河はほんのわずかで、地域の状況にもよるが一ダースにも満たない。したがってそれは気候変動を否定する証拠にはとてもならない。ハバート氷河やジョン・ホプキンス氷河のように進行しているとされる氷河でも、他のものと同じようにこれまで時間とともに変動を続けてきていた。ハバート氷河は長さが五〇マイル（約八〇・五キロメートル）あり、豪雨をともなうきわめて高いソースエリア（最大の高度は海抜一万フィート〔三〇四八メートル〕を越えている）から水を集めている。いまクルーズ船の乗客たちが眺めている氷河の側面から剥落する氷のいくぶんかは、コロンブスがサンタ・マリア号を水先案内して海を渡る前には、おそらく雪として降り注いでいたかもしれない。

アラスカの氷河の後退はとくに近年激しいように思われるとモルニアはいう。多くの氷河は小氷期の寒冷期間中に大いに拡大していたから、小氷期が終われば後退は当然なのだが。「最近、地球温度が変化したり氷河の広がりに変化が生じていますが、そのおもな原因は温室効果ガスです。しかし小氷期は一〇〇〇年に満たない前にはじまっていて、ところによっては一七五〇年という早い時期に終わっています」とモルニアはいう。「一例を挙げれば、グレイシャー・ベイのようなところでは、一七五〇年から一八五〇年のあいだに失われた氷の量は、同じ場所で過去数百年に失われた量を大幅に上まわっています」。今日、アラスカの渓谷氷河はそのほとんどが、地球の温暖化の影響がなくてもなお後退し続けていくのだろう。ただしゆっくりとではあるが。

一九世紀の終わり近くに、スウェーデンの化学者スヴァンテ・アレニウスは氷河期の成り立ちを明らかにしようとした。彼は大気中に含まれる二酸化炭素の量がサーモスタットの効果をもたらすと予測した。二酸化炭素の量が少なくなるとその結果として氷河期がくる。大気中の二酸化炭素の量が多くなると気温も上昇する（寒いスウェーデンに住んでいたアレニウスはこの潜在的な温暖化を、むしろ前向きな発展と見なしている）。世界の気候学者たちはその大半が、地球規模の温暖化は概ね大気中のガス、とくに化石燃料の燃焼時に排出される二酸化炭素の濃度が上昇した結果だ、という意見で一致していた。大気中における二酸化炭素の濃度の上昇は一八五〇年ころ（産業革命の後期）からはじまったものだが、近年、そのスピードはますます加速している。それ以来、人間は地球のサーモスタット効果をさらに急上昇させてきた。

これまでかなりの期間、アラスカの温暖化はアメリカの他の地域にくらべて二倍の速度で進んできた。この変化の影響はまぎれもないものなので、環境保護に難色を示す政治家たちでさえ――いくらか非排他的なグループではあるが――何かが起きていることを認めざるをえない。それはアラスカ州議会にも同じことがいえた。二〇〇八年に「アラスカ気候変動影響緩和計画」を立てて、侵食や洪水や永久凍土の融解に対処する地域社会を手助けしながら、石油会社を混乱させたり、永久基金の配当金を削減しないで、しかも予算の帳尻をどう合わせるか、州議会は検討を重ねているがなお衆議が一致していない状況だ（地球規模の温暖化の乗数として挙げることのできる永久凍土の融解はまた、長いあいだ凍っていた有機物が分解するときに大量の二酸化炭素とメタンガスを大気中に放出する。メタンガスは二酸化炭素にくらべるとはるかに強い影響を温暖化におよぼすが、大気中の濃度の点では二酸化炭素のほうが圧倒的に高い）。アラスカ中部における植物の生育期間は、これまでの一世紀にくらべて四五パーセントほど長くなっている。そしてそれはさらに伸び続けることが予測される。植物や動物は北へ移動した。森林火災の数も激しさを増す一方だった。アラスカ湾では水温の高い海域（暖水塊と呼ばれていて、「ブロブ」とニックネームがつけられている）が出現し、海洋生物に破滅的な影響をおよぼしていた。

まぎれもない証拠を目の前にしながら、ワシントンＤＣにいるアラスカ州の共和・民主両党の連合は、現に気候変動がはっきりと起こっているのに、それに対処する根本的な措置を取るべきではないという立場を取った。それはお気に入りのいいまわしを使えば「科学がまだ問題を解決していない」からだという。ジョージ・バード・グリンネルがサケの乱獲について語っていたように、何一つ手だては打たれていないし、状況は改善されないままだ。

一万一七〇〇年ほど前に、完新世の到来を告げることになった気温の上昇は農業や都市や文明の発展を促し、最終的には産業革命と石炭を燃やして走る鉄道をもたらした。そしてアメリカのフロンティアはこの鉄道によって消滅した。氷河期の終わりに順応するようにして生きてきた遊牧民たちだが、さらに海面が上昇すると他の場所へと移動することができた。みなさんもエスカレード４ＷＤを満タンにして洪水を逃れることができる。だがエンパイア・ステート・ビルディングやバングラディシュやアラスカのシシュマレフをつまみ上げて他へ移すことはできないだろう。

私はモルニアにｅメールで、ハリマン氷河の写真を送って彼の予測をきいてみた。彼がいうには、隣りのトボガン氷河と違ってハリマン氷河はかなりしっかりしているという。私が露出した岩盤だと思ったものは氷堆石だった——移動する氷河によって前に押し出された氷の破片で、海水から氷河を守って融解を遅らせることができる。

「みんなが四六時中私にきくんです。『アラスカの氷河はいつ消えてなくなってしまうのか？』って」とモルニアはいう。「簡単な答えは『けっして消えることはない』です——とりあえず、もっとも高いところにあるもの、そしてもっとも寒いところにあるものはそうなんです。『けっして』は何百万年もということです」。しかしハリマン氷河のような潮水氷河については、その傾向線は明らかに融解の方向を指している。小氷期の終わりには二〇〇ほどあったものが、現在は五〇に満たない数に減ってしまった。

「ハバート氷河やジョン・ホプキンス氷河は次の世紀に入っても消えてなくなるとは思いません」とモルニアはいう。だが気温が上昇すると海水の温度も上昇し、それが標高の低い氷河の融解速度を加速し氷の損失を早める。「船のデッキから近づくことができる氷河を、それが消えてしまわないうちに見たいと思うのでしたら、躊躇することなくすぐに実行に移すべきです」

32　完全武装して

コディアック

オルカからコディアック島まで、南西に四〇〇マイル（約六四三・七キロメートル）ほどぐるりとまわってやってきた旅のあとで、エルダー号の乗客たちは「草原を見たいがためにどっと船から飛び出してきた。それはまるで学校から出てくる少年たちのようだった」とジョン・バローズが書いている。ハリマン・フィヨルドの寒いモノクロームの厳しさとくらべてみると、船を下りて緑の野原や花々が咲くなだらかな起伏の斜面へ上陸することは、熱病からうまく切り抜けたような気分だった。氷河を旅の第一目的としていたジョン・ミューアでさえ、「これまで目にしたどんな地方の緑の山々や丘々も、あのエメラルド島〔アイルランドの異名〕でさえこの風景を凌ぐことはできない」

島の中心の村はセントポール（いまはコディアックとして知られている）で、一八九九年の時点では文化のるつぼとなっていた。はじめて起こった毛皮の狂乱ブームのあいだ中、ロシア人たちが島のアルティーク族の人々を支配下に置き、彼らと結婚して姻戚関係を結んでいた。アラスカがアメリカに譲渡されると、まき散らされた程度だがアメリカ人たちがやってきた。バローズにはこの村が周囲の田園地帯とほとんど変わらないほど魅力的に感じられた。小さな庭がついたフレーム・コテージ（木造

エドワード・ハリマンはヒグマの地上最大種のコディアックベアをどうしても仕留めたいと思ったが、この願望が平和主義者のジョン・ミューアとのあいだに軋轢を生むことになる。

枠組みの家）、街路のかわりの草が生えた道路（この島には馬がいないし、車輪のついた輸送手段もいっさいない）、それに「シカゴストア」という大きな看板を掲げた店など。この店でバローズは新鮮な卵をいくつか買った。

　エルダー号は予定より早くコディアックに着いた。それはこの島にクマがいることをハリマンが伝え聞いていたからだった。アラスカへ来て五週間が経つが、これまでに一度もクマを仕留めたことがない。ハリマンはそのことにいら立ちを募らせていた。ハート・メリアムは合衆国生物調査局で、何十年もかけてヒグマの種類を分類する長いプロジェクトに従事していた。ひとたびコディアックを出発してアリューシャン列島へ、そしてその先へと向かってしまえば、もはやクマを見つけるチャンスはほとんどなくなってしまう。そのことを彼はよく知っていた。以前、ワシントンDCのメリアムのもとに、フィッシャーという名前の漁師がクマの頭蓋骨をいくつか送ってきたことがあった。メリアムはコディアックでその漁師を探し出した。漁師のフィッシャーはメリアムに、彼が送った頭蓋骨の中でもっとも大きなサンプルは、町からほど遠くない場所で妻が撃ったクマのものだといった。メリアムは急いで船に戻ると、この期待できるニュースをハリマンに伝えた。その晩、ハリマンは小さな蒸気船に乗って、八マイル（約一二・九キロメートル）離れたキャンプ地へと急行した。

ミューアはいつものことだが狩猟と聞くと不機嫌になる。自分の日記に不平を並べたてていた。「みんなはぶらつきながら銃を撃ちに出かけてしまった。きょうが冷酷なことをするのに一番いい日ででもあるかのように」。しかしそんな彼もコディアックの緑にあふれた魅力には負けてしまう。野草が覆う町外れの丘へ散歩に出かける一団に参加していっしょに行くことにした。詩人のチャールズ・キーラーとジョン・バローズはビールとサンドイッチを手に、ウッド・アイランドの大きなトウヒの木の下でゆっくりと座って、戸外で食事を楽しむためにそっと出ていった。バローズが草の上でうたた寝をしているあいだに、キーラーは前に冬のバークレーを訪れたときに目にしたことのあるコマドリとムシクイを見つけては、その数を数えていた。ハリマン夫人に頼まれて、若い鉱物学者のチャールズ・パラシェは「ビッグ・フォー」の少女たちが「戸外の生活をはじめて味わう」のを監視しながら手助けした。彼女たちといっしょにボートを漕いで川上へ向かったり、パンケーキを焼いたりベーコンを料理したりした。ハコヤナギの木にハクトウワシが巣を作っているのを見つけると、パラシェは木によじ上って、ビーバーの毛皮のようにやわらな羽をしたヒナドリを捕まえては、少女たちをよろこばせた。

乗客の残りの者たちがみんな、田舎の素朴な楽しみを味わっているあいだ、メリアムは一人で遠征隊のパトロン（ハリマン）の帰りを心配しながら待っていた。七月三日の午後八時四五分、ハリマンは大声を上げながらキャンプに入ってきて――メリアムを「大よろこび」させたのだが――「大きな本物のコディアックベア」を仕留めたといった。メリアムの残したその日のわずかなメモからでさえ、彼のホッとした様子がうかがえる。

ジョージ・バード・グリンネルがコディアック島でクマ猟に出かけた連中から外れて、よそに出かけたのはかえってよかったかもしれない。というのもハリマンの手柄話は、正確にいうとブーン&ロケットクラブのフェアプレイの基準へ達していなかったからだ。ハリマンが出会ったのは子グマを連れた母クマだった。「ウシのように」二頭のクマは草を食べていたという。ハンターのチームは二頭のクマを狭い谷に追い込んだ。谷ではハリマンがウィンチェスター銃を手に待ち構えている。彼のまわりには「クマを粉みじんにしてしまうほどの銃を」持った男たちがいたので、彼に気おくれすることがなければ、勝算はまったくこの鉄道男のほうにあったと猟に参加した者は思い出している。ハリソンは母クマを一発で仕留めた。ガイドのイエローストーン・ケリーは待ち伏せをして子グマをすばやく殺した。

　撃ち殺した親クマは当初考えられていたほどすばらしいものではなかった。コディアックベアにしてはやや小柄だし、エドワード・カーティスの仕留めたクマとくらべてみてもかなりみすぼらしい。だが、ハリマンの獲物を処理するために剥製師がただちに派遣された。二頭の頭蓋骨は結局スミソニアン協会のアーカイブ（保管所）に納められて、いまでもその奥深いところに置かれているかもしれない。

　次の日（七月四日）は晴れて暖かくなった。「独立記念日の祝いは船に積まれた真ちゅう製の大砲の発砲からはじまった」とバローズは書いている。乗組員はボロ布を大砲に詰めてくりかえし一時間のあいだ撃ちつづけていた。「星条旗よ永遠なれ」がグラホーンから鳴り響いた。植物学者のウィリアム・ブリュワーがアメリカ・スペイン戦争へ合衆国が突入したことを、自由への献身のあかしだといって、聞く者を鼓舞するような力強い演説をした。それに対してチャールズ・キーラーは介入を非難する詩を読んで反論した。(6) 誰かがバイオリンを取り上げると、中年の科学者が二人で賛美歌に合わせて「ジグ」〔一六世紀にイギリスで起こった、飛び跳ねながら踊るフォーク・ダンス〕を踊った。午後は「ボートレースと笑い声」で終わりを告げたとバローズが書いている。仕留めたクマを引き取りにいっていたチームが、獲物を持って戻ってきたときに最後の歓声が起こった。
ジョン・ミューアはこのお祭り騒ぎを快く思っていなかった。そして日記には、ハリマンの猟の手柄について「母と子ども」を殺したと記した。しかし、ハリマンに対するミューアの抵抗も、最後はハリマンの魅力に屈してしまった。この出来事が起きたのはコディアックで停泊していたエルダー号の船上でのことだった。パーティーに参加した他のメンバーたちは、フロントデッキで次に出されるおいしい食事を待っていた。メンバーの数人がハリマンのことを、遠征を可能にしてくれた「ありがたい富の大臣」だといって称賛した。するといつも小うるさいミューアが称賛の声をさえぎった。そして「私はハリマンが大金持ちだとは思わない。現に私ほどたくさんの金を持っていない。私は欲しいものはすべて手に入れているが、ハリマンは手にしていないじゃないか」

こんどはハリマンが話す番だ。彼は夕食のあとでミューアの隣りに座った。「私は仕事をする上で力としてのお金に関心を持っているが、それ以外ではまったくお金に関心がない」と彼はミューアにいった。「私がもっとも楽しんでいるのは想像力だ。何かよいことをすることで自然とパートナーシップを結び、人を養い動物に食物を与えて手助けをしたい。誰もがそしてすべてのものが少しでもよくなり、幸せになることを願っている」。これを機にほとんどありえないような友情が二人のあい

（6）尊敬を集めている博物学者のキーラーは、エルダー号の乗客の中ではもっとも変わった人物だった。彼の著書で一番よく知られているのが『簡素な住まい』で、これはもともとがインテリア・デザインと景観設計の宣言書だった。晩年になって彼は「第一バークレー宇宙協会」を設立して、普遍的な宗教を作り出そうとした。彼はまた「遺体の処理と埋葬」の儀式について書いたことでも知られている。この儀式は毎年、個人的なボヘミアンクラブの集会で挙行された。陰謀説を唱える人々はこの集会を強力な悪魔崇拝儀式だと信じていたが、現実にはこれはただの滑稽な儀式にすぎなかった。

だで生まれた。そしてそれはハリマンの命が果てるときまで続いた。

しかし、環境保護主義者と資本家が意気投合したとはいえ、それが最後の言葉を投げかけるミューアを阻止することはできなかった。だが、これはいつものことだった。ミューアはマーチネスの農場に帰ると、ハリマンの娘たちに長い手紙を書いた。手紙は次のような文句で結ばれている。「あなたがたが感じた後悔の思いをけっして忘れないように。そして、あなたがたの仲間をできるかぎり殺さないように。博物学についてどんなことでもいいから勉強なさい。少なくとも、自然の持つ調和だけでも理解できるようになるまで、私のことを忘れないでください。神のご加護がありますように」

33　クマに囲まれた生活

ユーヤク・ベイ

コディアック島は大きい。ロングアイランドの二倍以上あり、クレタ島やコルシカ島よりもさらに大きい。地図上では、アラスカ半島とアリューシャン列島によって形成された牙が、アジアに向かって突きだしはじめた地点のすぐ南に置かれている。コディアック島はひろい上げて、そのまま北のクック入江のすきまに押し込むことができそうで、ジグソーパズルのピースのようだった。私はアンカレッジから飛行機で飛んで、島の中心街のコディアックで丸一日ぶらぶらして過ごした。この町はアラスカの基準からするとかなり大きい（マクドナルドやウォルマートがあり、コディアックの大きな沿岸警備隊の詰め所の隊員たちにはたいへんな人気があるようだ）。次の朝、島を横断してラーセン・ベイへ行くプロペラ機を捕まえた。ラーセン・ベイは、コディアックの北西海岸にあるユーヤク・ベイの入口近くにある小村だった。他の乗客も私もプロペラ機が貨物便だったことにあとになって気がついた。本来は人間が占めているスペースに、箱があふれんばかりにすきまなく置かれている。だが上から眺める景色はバローズが書いていた通りで、青々としていて思わず歓喜を呼び覚ますものだった。コディアックは湿潤で丘が多い。木々は少なく、晩夏には標高がもっとも高いところを除くと、雪も氷もほとんど残っていない。水が貯まったところや岩場の褐色の部分はゴルフのハザードの形を取っている。したがって、それ以外のところはフェアウェイということになる。コディアックはこのところ、これまでもっとも高い気温が続いていて、今年で三度目の最高気温を記録した。いつもは七月の終わりに実をつける果実が、今年は六月中旬に実が熟した。クマは果実をがつがつとむさぼり食べているが、サケが産卵のために川に戻りはじめたら、そちらのほうへ関心が向かうのではないかと科学者の中には危ぶむ者たちがいる。

ハリマンと同じように私もコディアックにやってきたのは、ここが――期待していた通り――大きなヒグマに近づくことができる場所だという情報を手にしていたからだ。そしてそれから先のことはすべて、ある専門家に任せることにしたのである。ハリー・ドッジ三世が小さな空港で私を待っていてひろってくれた。見たところラーセン・ベイの町には、砂利を敷きつめた仮設空港、缶詰工場、スポーツマン用の宿泊施設が二つ、それに小さな学校などがあった。缶詰工場の中のあまり品数のそろっていない雑貨屋に立ち寄ったあとで、ハリーのスキフ（小型モーターボート）に乗り込むと、ユーヤク・ベイの広くて緑の湾の入口をめざして進んだ。

コディアック島のクマについてはハリーは他に類を見ないほど精通している。野生生物学者として何年も活動していたし、猟をする人々を案内するすぐれたガイドでもある。いまは妻のブリジッドとベア・トレックを紹介する会社を経営している。ベア・トレックの仕事は猟をする人々の案内と似ているが、銃を手にすることはない。コディアック・トレックはクマの跡をたどり、客がニコンやキャノンのカメラでクマを撮影できるように案内する仕事だ。ハリーは大学のクリエイティブ・ライティングのコースでＭＦＡ（美術学修士号）を取得していたが、私にとっても、ＭＦＡをもつアウトドアのガイドに出会ったのははじめての経験だった。

「アメリカの東海岸についていえば、コディアックやそのクマを実際に有名にしたのはハリマン遠征隊だったんだ」とハリーは南へボートを走らせながらいった。年齢は現在六〇代前半だろうか、何となくジョン・ミューアに似たあごひげを生やしている。彼はカンボジア作戦の期間中、一年のあいだヴェトナムに滞在していた。私は彼に質問をするのだが、彼はどこかぼんやりとしていて答えを返してこない。耳がいくぶん聞こえづらいのだと気がつくまで、私は彼の無口をアラスカ人特有の寡黙さだとばかり思っていた（ユーヤク・ベイでは会話が途切れて気まずい沈黙が続くと、実際、自分の心臓の鼓動が聞きとれるほど静かだった）。ハリーは自分の業績をことさら自慢するタイプではない。彼が『コディアック島とクマ――アラスカのコディアック群島におけるクマと人間の交流史』というタイトルの本を書いたことを認めたのは、ハリマンの猟をガイドした者について名前を挙げて話したあとのことだった。

ハリーとブリジッドのドッジ夫妻と犬のロイヤル。コディアック島にて。

ロシア人とともにマスケット銃がやってくるまでは、クマを殺すことはたいへんな仕事だった。それは一五〇〇ポンド（約六八〇・四キログラム）もあるクマに立ち向かうのに、狩猟者の武器が棒の先に鋭利な刃物を結びつけた程度のものだったというだけではない。「初期の文化ではその多くで、クマは人間と自然の聖なる力の仲介者だと見なされていた」とハリーは『コディアック島』の中で書いている。「古代の狩猟社会ではそのほとんどで、狩猟に出かける前に行なうしきたり――それはいくつかの活動を避けることだ――があった。他の人々から隔離されること、性交渉を慎むこと、それに儀式用の発汗浴などだ」。ロシア人はクマをただ厄介なものとして見るだけで、ほとんど関心を示さなかった。ところが「アラスカが売り渡されたあとでは、アメリカ人が『すべてを』殺してしまった」とハリーはいう。一八九九年にエルダー号がやってきたときには、ラッコの数はすでに少なくなっていて、ハンターたちの多くはその関心をクマのほうに向けていた。

鳴りもの入りで宣伝されたハリマンの訪問後の数十年のあいだ、コディアックはヒグマを殺す場所として定着した。ハート・メリマンは一九一八年にクマの分類法を完成させて、コディアックベアを亜種に類別した。それは一つにクマの大きさのためでもあった。ブーン&クロケットクラブが一九九〇年代に、いままで仕留めたヒグマの中でもっとも大きかったものを二〇頭挙げている。そのうちの一七頭がコディアック島で撃ち殺されたものだった。クマのハンティングはコディアックではいまも大きなビジネスである。毎年少なくとも一五〇頭のクマが捕獲されているとハリーは推測する。州外からやってきたスポーツマンがクマを一頭仕留めるために使われる経費は、許可料金、ガイド料、その他費用を含めて二万ドルほどだ。ハリマンの時代と違って母クマと子グマを猟することは禁じられている。「四〇年前にここへきたときにくらべると、いまのほうがはるかにクマの数は多いよ」とハリーはいう。「クマたちの生産能力はフル稼働なんだ」

何十年ものあいだ、コディアックのガイドの仕事は思いも寄らない敵と対峙していた。人々はコディアック国立野生生物保護区の奥深くで暮らしていて、そこはいわば原始林のようなところだった。しかしハリーがいうには、一九二〇年代には入植がはじまり、家畜の飼育も試みられたという。「牧場経営者たちもここへやってきて土地の草を調べては、もしかしたら、ここはウシを飼うのに適した土地かもしれないと思ったんだ」と彼はいう。ウシとクマとではしょせんいっしょにいられない。理由ははっきりとしている。ウシを飼っている牧場主の数人が、クマを完全に撲滅してほしいと執拗に要求をした。一九六三年、アラスカの州知事はこの問題を処理するためにひそかな計画の立ち上げを認可した。アラスカ州魚類鳥獣部はセミオートマチックのライフルを、クマのパトロールをしているパイパー・スーパー・クラブのプロペラ機に取りつけた。ターゲットの動物（クマ）が見つかると、パイロットは副操縦士がみごとに一発で仕留めることができるように何度も旋回した。ある牧場主は回想している。「もしクマがハンの木に隠れていたりすると、爆竹が茂みの中に落とされた。するとクマが走り出てくる」。空からの殺戮は一年後には終わった。だが、数人の牧場主たちはいまもコディアックでウシを飼いつづけている。ハリーが彼の本で控えめに書いていたように、「それは困難だがやりがいのある活動だということが証明された」

ハリーとブリジッドは湾のまんなかにある小さな島に数エーカーの土地を所有している――この島は幅が二五マイル（約四〇・二キロメートル）ほどの海峡によって本島と隔たっている、大きな島のふところにくるまれるようにして片隅に位置していた。ユーヤク・ベイは土曜の夜に何か刺激的なことを探しにいくにはあまりいい場所ではないが、クマを探すのにはもってこいの場所だ。二三〇〇頭と推定されるクマが野生生物の保護区に棲息している。毎年、このクマを見るために飛行機やバスでたくさんの人々がアラスカへやってくる。ハリーとブリジッドはこれには少々忍耐が要求されるが、クマに対して衝撃の少ない、なるべく環境に配慮した接近の方法を奨励している。

われわれは小さな入江にゆっくりと入っていった。ハリーは浅瀬にジャンプして下りるとボートを係留した。黒いラブラドル・レトリーバー犬のロイヤルは、新しい訪問者の私を見つけるまで、ハリーのあとを懸命に追いかけた。私に駆け寄るとロイヤルは立ち上がって私にからみついてきて歓迎する。胸を押された私は息を詰まらせた。砂利だらけの浜辺から道が岩場の斜面を通って上っていき、赤い家まで続いている。家のまわりにはいくつかお客が宿泊できる別棟がある。キッチンでブリジッドに会った。ブリジッドはコーヒーを入れてくれ、私に客を何人か紹介してくれた。客はみんなフランス語を話していた。ヨーロッパのエージェントを通じて、コディアック・トレックにやってくる者が急増している。ブリジッドは客の一人に、私が「ア・コテ・ドゥ・ラ・セール」の部屋に泊まる予定だと話した。このフランス語はなんだか贅沢な感じに聞こえたが、何のことはない、「温室の隣り」の小さな部屋という意味だった――庭師たちが植物を鉢植えで育てるための納屋だという居心地のいい宿泊施設だ。温室の立地条件も完璧に近かった。折り畳み式のベッドはゆったりとしていて寝心地がいいし、ドアを開けるとすぐそばにサーモンベリーの茂みがあり、果実は熟れていて食べごろだった。みんなはすでに食べていたので、私が茂みに立って指が赤くなるほどたらふく実を食べても誰も文句をいう者がいない。

夕食を食べたあとで、われわれは二艘のボートに乗り込んで、フィヨルドのくさび状になった入江の奥深くへ進んだ。私はハリーといっしょに船尾に船外機のついた、甲板のないアルミニウム船に乗った。みんなトロール船で働いてもいいような雨具を着込んでいる。コディアック空港でニューヨークの天気予報をチェックしたのだが、ニューヨークの天気は気温が華氏九八度（摂氏約三六・七度）で晴れだった。ユーヤク・ベイでは華氏五五度（摂氏約一二・八度）で霧雨の予報だ。ハリーはこれまで本を書くためにコディアックの狩猟ガイドの人々にたくさんインタビューを重ねてきた。それで私は彼に、いつも濡れないですむ昔ながらのテクニックって何かないんですかときいてみた。彼はしばらくだまっていた。そして「四六時中濡れていればいくらか慣れてくるよ」といった。

まもなく天気がよくなった。えぐり取られた谷の上方の緑に包まれた側面が姿を現わした。一〇マイル（約一六・一キロメートル）ほど進んで、樹木が鬱蒼と茂っているところに上陸した。ハリーとブリジッドはそこにサテライト・キャンプをこしらえていた。われわれは大きな火のまわりに座って一、二時間おしゃべりをした。だが私はそのほとんどが理解できなかった。ブリジッドは若いパリっ子に「チーズを切ったのは誰？」（「おならをしたのは誰？」という意味）という英語のフレーズについてしきりに説明をしようとしている。この言葉はフランス語には直接類似した言葉がないが、任務を遂行しているときにサボっている「職務怠慢」を意味する言葉でもあるようだ。みんなでテントへ眠るために戻った。ハリーがクマの心配はしなくていいよといってくれたので、私は安心して石のように眠った。

クマの狩猟は次の朝、朝食を食べたあとからはじまった。軍隊がパトロールするように、われわれは一列縦隊で移動した。道に障碍物が何もないので浜辺からパトロールをはじめる。潮がちょうど引いたばかりで、海岸には巨大なコンタクトレンズのようなミズクラゲが散らばっていた。ハリーとブリジッドが前を歩いている。ブリジッドのしっかりと編んだブロンドのポニーテールが、われわれが身にまとっている暗い色調の服の中で、かがり火のように標識の役割を果たしていた（クマは明るい色をことさら嫌った）。二人はゴムでできた魚釣り用のウェルダー（防水長靴）を履いていて、体つきはいくぶん痩せ気味だががっしりとしている。それも毎日何時間も丘の多い土地を、重い荷物を背負って運んでくることで鍛えられたものだった（二人は前にユーヤク・ベイの家から九〇マイル［約一四四・八キロメートル］も歩いてコディアックで開かれていたミュージック・フェスティバルに行ったという。このことを知ったのは家へ戻ってクッキーを食べているときだった。たまたまハリーが書いたエッセイ本を手に取って読んでいてわかった）。ハリーは遠慮がちな人なので、誰かが質問をしないと自分からは話さない。それに対してブリジッドは社交好きで、クマの足跡でその大きさを推測する方法を教えてくれた。遠くの海岸にいるヤギをみんなで見ようとして、双眼鏡を順にまわしているときも（「ヴォアラ・シェーヴル！」［ほら、あそこにヤギが!」)、ブリジッドはカワウソの巣穴や気味の悪い墓地の遺跡――人間の上下の歯が残っている遺跡もあった――などのありかを教えてくれた。ときどきハリーが小さな声でクマについて何かおもしろいことをいうと、ブリジッドは「あなた、もう一度もっと大きな声で、みんなに聞こえるようにいってください」と叫ぶのだった。

流れが速い川から汲んだ水でボトルを満たして(あらためて浄水する必要はないようだ)、干潟を横切り、クマが通った跡をたどって丘を上った。丈の高い草がなぎ倒されて一フィート(約三〇・一センチ)幅ほどの道を作っていた。ところどころに糞が落ちている。だがクマはこの森の中で糞をしたばかりではない――あたり一面に魚の骨やサーモンベリーの種を散らかしていた。一帯の空気は腐った魚介類の匂いがした。これを私は好ましい兆候としてとらえた。というのも一年の早い時期に実った果実が、コディアックの名高い雑食動物のヒグマを果食動物に変えなかったからだ。ブリジッドが非常に大きな、こしらえたばかりと思われるクマの寝床や(「それは隕石の衝突によってできたクレーターのようだ」)、クマの通り道の脇に立っている木々についていた褐色の毛をいくつか見つけて指し示した。私はハリマンが示したルールをつとめて肝に銘じるように努力した。それはただ長い距離を旅すれば、自分の都合のいいときにクマが現われるわけではないというもの。したがってわれわれは斜面でしばらく足を止めて、一五分ほど池を眺め、何かが立ち現れるのを期待して待つことにした。

「ハリー、あなたが持っているのは何という銃ですか?」と、フランス語を話すグループで二人いる男性のうちの一人がたずねた。ハリーはライフルをあいかわらず大きな長方形をしたバックパックにしばりつけたままにしていた。うしろから見ると、まるで彼は巨大なトランジスターラジオを運んでいるようだ。中間の土地に住み混じり合った言葉を話すグループではよくあることだが、言葉の壁に感じる最初のとまどいは、どうしても伝えたいという気持ちに押されてすぐになくなってしまう。

ベルナールや他の人々はまずまずの英語を話した。マルセル・マルソーもやりすぎだと思うかもしれないほど大げさな手ぶりと、私は両言語の中間ともいうべきスペイン語を使うことで、われわれはかなり効果的なコミュニケーションの方式を手にすることができた。ベルナールはなかなか魅力にあふれたフランス人で、その魅力には抗し難いものがある——彼は愉快でハンサムだし、アメリカのポピュラー・カルチャーが大好きのようだ。歩きながらハリー・ベラフォンテの歌の一節を口ずさんでいた。

「銃は〇・三三八口径のウィンチェスター銃だよ」とハリーはいった。そしてカートリッジをサイドポケットから取り出すと、それをベルナールに手渡した。「もちろん、まだ弾は込めていないよ」。ベルナールは真ちゅうのシリンダーを指でまわした。そしてフランス風にわかったとうなずいた。「これはとてもすばらしいですね。私も猟をするときはプラスチックの弾より、鉛の弾のほうを選びます」

そのあとでわれわれが川の堤の上を三〇分ほど歩いていると、ブリジッドが突然片膝をついて唇に指を当てた。静かにしているように、そして安全なところへ避難して身をひそめているようにとみんなにサインを送った。八人全員が茂みの背後をはうようにして進み、下の浅い水たまりをちらっと盗み見た。たくさんのサケがゆっくりと輪を描いて泳いでいる。そして飛び跳ねたり、身をふるわせたりするたびに軽い音を立てていた。「あれは何でもないよ」とハリーがいう。「ときどきポップコーンをまいたような音を立てるんだ」

「サケたちは死ぬ前にひと仕事をしているんですか?」と、ブリジッドがサンドイッチの人ったパンの袋をみんなに順繰りにまわしているときに、彼女にそっときいてみた。私はこれが太平洋サケのライフサイクルの最終章だと思ったからだ。サケは自分が生まれて産卵し、そこで息を引き取る場所の上流へと泳いできた。

「いえ、それはまだです。雄は雌が横向きになって腹を見せるのを待っています。それは雌が巣を作る合図なんです」とブリジッドはいう。雌が砂利で産卵床を作ると、雌は体をふるわせながら卵を産み落とし、雄が放精して受精させる。それは飛行機からふりまく農薬のロマンチックな散布といったところだ。受精した卵は孵化して海へと移動する。そして（もし捕食者や漁師をかわすことができれば）いつの日にか、この川へ戻ってきてライフサイクルを継続させることになる。

しかしたくさんの魚も、もう少し上流のほうに行けばまちがいなく死ぬ運命にあった。そこには母親のコディアックベアと二頭の子グマがいるのが見えたからだ。クマたちはある時間内にどれだけたくさんのサケを食べることができるか、そんなサケ食いコンテストを楽しんでいた。子グマたちは一匹サケを口に入れると、それを落とした。そしてもう一匹のサケを口に入れる。「あの水たまりには五〇匹ほどのピンク・サーモンがいたにちがいない。それをこの子グマたちはみんなつかまえたんだ」とハリーはいう。「それが彼らの学んだやり方なんだ。それも遊びながら学んだね」。母クマが一声ほえた。すると二頭の子グマはサケを捨てて、母クマのもとへ駆けていった。

「母クマはいろいろなことを声で命令することができるんです」とブリジッドはいう。「おいで。そこにいて。あの木に上りなさいってね」

われわれは丈が胸まである草をかき分けながら、さらにクマの通り道をたどっていった。ブリジッドは大学時代にはじめてこのコディアック島に来たときのことを話してくれた。一九八〇年代の夏のことである。ミネソタ州のミネアポリスにあったレストランで働いていた友達が、たまたま店でコディアック島ってすばらしいところだよというお客さんに会った。友達とブリジッドはさっそくアンカレッジまで飛んで、ヒッチハイクで南へ下り、キーナイ半島のはずれまでやってきた。そしてそこでコディアック行きのフェリーをつかまえた。コディアックに着くと、その日のうちに缶詰工場で仕事を見つけた。「ハリーにどうしてガイドの仕事をするようになったのかきいてみたらどうなの」とブリジッドがいった。

一九七五年にハリーもまた、夏場の仕事を探しにコディアックにやってきた。その年の九月にチャンスがきた。ベニザケを島のある場所からもう一方の場所に、古い水陸両用の飛行艇グラマン・グースに載せて移す仕事だ。そのグループに加わるチャンスが来たのである。このグラマン・グースはボートの船体のような幅広の機体を持つ飛行機だった。(7) 移動はサケを運搬可能な木製のタンクに入れて行なわれる。しかし悪天候が続いたために、六人の作業員たちは湖岸の小屋に三日間待機せざるをえなかった。四日目になって事態が好転すると、ハリーとパイロットのハル・デリックが飛行を試みることになった。しかし雨のために湖面の高さが上昇し、水が飛行艇の機体にまともにぶつかってくる。「扉を閉めるころにはもう水が飛行艇の床を水浸しにしていた」。最初の魚を湖に放つ作業は何とかうまくいったが、機体は「お尻の部分が少々重く感じられた」

二度目の離陸はさらにのろのろしたものにならざるをえない。湖面はなお高いために飛行艇に入った水を排水することができない。しかしようやくハルが飛行艇を浮揚させた。「五〇〇フィート(一五二・四メートル)ほど浮き上がったんだ」とハリーはいう。「飛行艇は機首を空に向けて垂直状態を

(7) グラマン・グースはもともと、あるビジネスマンたちのグループによって通勤用の飛行機として発注された。グループの中には、父親といっしょにエルダー号の上であちらこちら、おもちゃをヒモでひっぱりながら行ったり来たりしていたローランド・ハリマンもいた。遠征についてきたハリマンのもう一人の息子アヴェレルは駐ソ連大使やニューヨーク知事となって国に仕えた。

しばらく保っていた。ハルはともかく機体を傾けて四五度くらいにしたよ。そしたら機体が湖面にはげしく衝突してしまったんだ」。水がコックピットに流れ込んだ。ハリーは古いテレビドラマのワンシーンを思い出した。それは『シーハント』の中でロイド・ブリッジズが同じような事故にあったときに、頭を客室の天井近くの空気が取り残されている空間に突っ込むことで命びろいをしたシーンだった。ハリーも同じようにして、胸いっぱい大きく息を吸い込んだのだが、窓を開けることができない。あとで窓はしっかりとワイアーで閉められていたことがわかった。ハリーはハルのあとにつづいてコックピットの窓から外へ出た。二人は翼の上に立って、これからどうしたものかと思案をしていた。「そうしたら飛行機が沈みはじめたんだ」

墜落したときの衝撃でハルは背中を痛めていた。痛みが激しいので泳ぐことができない。「俺は前にライフガード（水難救助員）の訓練を受けたことがあったので、二人で湖岸にたどり着くために、とりあえず大きな長靴を投げ捨てたよ」とハリーはいう。ハルは大男だったし、冷たい水が徐々にハリーの体力を奪っていく。しかしようやくのことで二人は浅瀬に着いて、そこに立つことができた。「ハルは俺に湖岸をまっすぐ小川のところまで行くように、そして小川に沿って行けば古い缶詰工場があるから」といった。距離は四マイル（六・四キロメートル）ほどある。「俺は命が助かったことがうれしかった。それではだしで歩くことなどまったく気にならなかったんだ」

ハリーはクマの通り道をたどった。秋の寒さのために足は凍えて感覚がない。やっとのことで工場の煙突から出ている煙を見つけた。工場のドアをノックするとビル・ピンネルが出てきた。彼はコディアックが誇るクマの案内人のレジェンドだった。ピンネルはハリーを火のそばに座らせると、ウイスキーをコップに注いで飲ませた。レスキュー隊がハルの捜索をはじめていたが、ハルは自力で缶詰工場にたどり着いた。ピンネルとガイドのパートナーのモリス・タリフソンは明らかにハリーの粘り強さに感銘を受けたようだ。というのも二人はハリーに、秋に行なうクマ狩りでパッカー（荷造り人）として働いてみないかと打診したからだ。「それから一七年ものあいだ、彼らのために働くことになろうとは思ってもみなかった」とハリーはいう。「二人は私にクマのことをたくさん教えてくれたよ」

グラマン・グースは湖底から引き上げられて、もとの状態に戻された。「そののち、ハルはまたパイロットの仕事を再開したんだ」とハリーはいった。「しかし、のちに彼と四人の乗客は事故で亡くなったんだよ」

天気が回復してクマの跡をたどるには絶好の日になった。われわれはある場所から次の場所へと歩いたり、泥だらけになるまで四つんばいになって進んだり、たがいのバックパックに手を伸ばして、カメラやサングラスや双眼鏡を探り合った。小川を見下ろす丘に座って、みんなでプリングルズを食べていた。すると五〇ヤード（四五・七メートル）ほど離れたところを雄のヒグマが通りすぎていった。そしてゆっくりと肩越しにこちらを二度見した（クマがわれわれに気づいたのは、われわれの匂いを嗅ぎつけたのか、あるいは誰かが着ていた鮮やかな赤紫色と水色の水玉模様のジャケットを見たためなのか、ハリーとブリジッドの意見は分かれた。ベルナールと私はわれわれが食べるプリングルズの音をクマが聞きつけたにちがいないと思った）。もう一つの小川は行き止まりのようになっていて、そこは浅い水たまりを作っていた。母クマと子グマがそこで運の悪いサケを吸い込むように食べていた。不運なサケは大洋からここまで、種を繁殖させるという最後の瞬間を華々しく過ごすことを期待してやってきたのだった。太陽が沈みはじめていた。われわれは丘の中腹で腰を下ろして、下の浜辺を見下ろしながら潮が引くのを待っていた。えもいわれぬような大きな感謝の気持ちが私の胸に湧き上がってきた。それはクマを見かけたすばらしい日というほどではないが――たしかにそれはジョン・バローズがコディアックで経験したときのことを書き記しているように、壮大で叙情に満ちたものだった――アラスカの野蛮な刺咬《しこう》昆虫〔蚊のことだ〕がその年の店じまいをしていたためだった。

ラブラドール・レトリーバー犬のロイヤルは、クマが前に現われても冷静でいるように訓練されていた。しかし、キツネを目の前にすると冷静でいることはとても難しい。キャンプへ向かって浜辺へ下りていくと、一〇〇ヤード（約九一・四メートル）ごとにある森からキツネがひょっこり現われてきて、われわれに向かって金切り声で鳴いた。これまで私はキツネの鳴き声を聞いたことがなかった。したがって、その金切り声が自然の中でもっともイライラさせる音だということを知らずにいた。「あのキツネはたぶんわれわれのあとをキャンプまでずっとついてくると思うよ」とハリーはいう。「夜中に老婦人が生きたまま皮を剥がされる、そんな泣き声を耳にしたら、それはまちがいなくキツネの鳴き声なんだ」

ブリジッドが遠くにいる非常に大きな母クマと二頭の子グマを見つけたのは、ちょうどわれわれが一日の終わりのばかげた会話を、英語とフランス語の入り交じった「フラングリッシュ」でしていたときだった。クマの親子は三日月形の海岸線に沿って、われわれのほうへゆっくりとぶらぶら歩いてきた。われわれが取るべきただ一つの選択は、浜辺の背後に生えている葉叢の中へはっていき、親子が通りすぎていくのを待っていることだった。母クマと二頭の子グマは、われわれがのぞいている場所からおそらく一五ヤード（約一三・七メートル）ほど離れたところを一列縦隊で歩いていた。私は母クマの独特な肩の盛り上がった筋肉をはっきりと見ることができた。そして興奮した私は四〇枚近くのぼやけた写真を撮ることになる。それはことごとくひどい写真ばかりで、あとでみんなで点検したときには、ブリジッドが笑いすぎて涙を流すほどだった。二頭の子グマは水の中に駆け込んで、たがいに水をかけてじゃれ合っていた。そのときあのキツネが森から飛び出してきて、奇妙な鳴き声を立てながら子グマたちの目の前にやってきた。われわれは目を丸くして「こんなことってあるの？」という顔をたがいに交換し合いながらその光景を見つめていた。しかし母クマがうなり声を上げると、キツネは駆けて逃げ出してしまった。ショーはここで終わった。

キャンプに戻る前の午後一〇時だった。ベルナールがノルマンディーの自分の農場で作った手作りのブランデー、アルマニャックのフラスコびんを取り出した。シャルキュトリ〔ハム、ソーセージ、パテ、テリーヌなどの総称〕もいっしょに。キャンプに着くとブリジッドとハリーは夕食の仕度に忙しかった。それで私が一時的にアメリカのスポークスマンの役を引き受けて、できるかぎりうまくさまざまな質問に答えるように努力した。なぜアメリカ人はそんなに加工食品をたくさん食べるのか？　なぜ彼らはそんなに休暇を取らないのか（われわれのグループの者は誰もが多かれ少なかれ、夏の最後のひと月は仕事を休んでいた）？　なぜ彼らは銃を愛するのか？　旅行中しばしば私がこんな状況の中に置かれるのだが、その際に共和党のやり方をことごとく非難すると、それはつねにヨーロッパ人を満足させることになった。ブリジッドとハリーはこの冬をアイオワのミシシッピー川近くの町で過ごすことを楽しみにしているとブリジッドがいう。しかし、この時点ではその町も月に行くようにはるか遠くに思えた。夜中を過ぎるころまで起きて話し込んでいたが、火のまわりでみんながうとうとと居眠りをしはじめたので、そろって寝床へ向かった。

夜中の三時四五分ころにキツネが友達を連れて戻ってきた。二匹は明らかにたくさんのことをいい合っている。それを聞いていると私も徐々に、キツネ狩りに反対する訴えを理解しはじめていた。

朝は寒かった。ハリーは早々と起きてきてキャンプ用のコンロでコーヒーを作っている。「葉っぱは地面に落ちて、空気も少し冷たくなってきたね」と彼はいう。そしてガスの火に両手をかざして暖めていた。「夏が終わりかけている感じだな」。季節は八月の半ばだった。アラスカの気候についててはすべてがすべてめちゃくちゃというわけではなかった。

ゆっくりと時間をかけて朝食を取っていると、インスタントのオートミールを食べているあいだに、たがいのこまごまとした生活の様子がほの見えてくる。ベルナールは「バナナ・ボート・ソング」を口ずさむだけの、ただのいたずら好きな人ではなかった。彼は名の知れた自動車の輸出業者だったし、フランスの一八ある地域圏《レギオン》の一つでは有力な政治家でもあった。パートナーのナターシャは地質学者だ。ジャン＝ミッシェルは北の国でサンタクロースの帳簿係をしている小人にちょっと似ているが、彼は以前ヒマラヤに登頂したことのあるアルピニストだった。ブリジッドは同時に二カ国の言葉を使ってみんなにある話をしていた。それは母クマがハンターに殺されたときに、ハリーと二人で三頭の子グマの救助を手伝ったときの話だった。

一八九九年にハリマンが町の近くで獲物を追いつめていたとき、ジョージ・バード・グリンネルとハンターたちのチームは、ユーヤク・ベイの海岸をやはり獲物を求めてうろついていた。四日のあいだ彼らはクマの気配すら見つけることができなかった。ユーヤク・ベイのサテライト・キャンプで迎えた二日目は、われわれもすばらしく天気のいい日を楽しんで、何時間ものあいだ歩いた。この日のハイライトはおそらく、ブリジッドが私を連れてビーバーが作ったダム――まずまずの大きさの川をせき止めていた――のてっぺんへ上ったことだろう。ビーバーの巧みな技術に私は思わず賛嘆の声を挙げた。「正直なところこのビーバーたちってろくでなしなんですよ」とブリジッドはいう。毎年、彼らが作る建築上の創作物がもう一方ではサケが遡上する川をブロックしてしまう。それはエコシステムの見方からすると隣りの者に対する配慮がまったく欠けていることになる。コディアックの森には出っ歯のジョン・ゴールトがはびこっているのだ〔ジョン・ゴールトはアイン・ランドの『肩をすくめたアトラス』に出てくるヒーローで、さかんにストライキを組織する〕。

われわれはもうクマを近くで見ることはなかった。その夜、ボートで島へ戻った。翌朝、デ・ハビランド社の黄色い色のフロート付き水上飛行機がブーンと音を立てて飛んできて、浜辺に滑り込んだ。われわれは緑の丘々を眼下に見ながらコディアックへと向かった。空港で数時間をつぶしていたときに、私はスマートフォンを取り出して調べものをした。それはクマに関するこまかな情報で、まだ私の頭に生々しく残っているうちにチェックしようと思ったのだ。いろいろ調べた情報の中にオハイオ州のデイトン発の新しい物語が書かれていた。それは親を失くしたコディアックのクマを最近養子にしたという話だった。それを書いた人の名前はドッジと記されていた。

34 過去から吹く風

一万本の煙の谷

エルダー号はコディアック島を訪問したのだが、実はその前後に、シェリコフ海峡を隔てた真向かいの本土のクカク・ベイにある二つの場所を訪れていた。ハリマンはクマを追いかけることに夢中だったが、科学者たちのチームは野生生物の調査をしたいので船から下ろしてほしいと願い出ていた。いまはカトマイ国立公園内となっている海岸へ出かけた人々の偵察任務は、ハリマンの遠征隊では語られることがめったになかった部分で、記述にしても写真によっても十分に記録がなされていない。バローズは人から聞いた受け売りの情報を大皿に盛って出すレポーターのような印象を与えるが、その彼が次のように書いている。「本土に一週間ほど滞在していろんなものを収集し、植物を採集したいと願った」グループがエルダー号から下りて小さなボートに乗り移り、暗闇（その時期だとおそらく真夜中を過ぎていただろう）の中を数マイル離れた本土の海岸をめざして滑り出た。出発の状況が普通ではない。そのことはおそらくエドワード・ハリマンがコディアックへ行くことを急いでいたのと、科学者たちがコディアック以外のどこかに行きたいという二つの願望をほのめかしているのだろう。ボートには「五人か六人」が乗っていたと記録されている。しかし、スミソニアン協会のコレクションには、少なくとも七人の人々が集めた鳥と植物の化石が収められていた。「本土で彼らが過ごした日々はあらゆる点で満足のいくものだった」。バローズは『ハリマン・アラスカ・シリーズ』の中でこんな風に、まるで彼もまた始新世の昆虫よりもっと興味のある話題へ早く向かいたいかのように大あわてでまとめている。

しかし、バローズも自然のすばらしさについて、熱心にもの思いにふけることに抗することはできなかった。彼の書いた記録では数ページあとでクカク・ベイへちらっとではあるが引き返している。科学者たちのパーティーがそこで目にしたものについて、魅惑的な報告をしていたが、それを彼は払いのけることができなかった。

彼らはある情景について語っている。それは聞く者を、自分も彼らといっしょに行けばよかったと思わせるものだった。彼らはキャンプの背後にあった長い緑の斜面を上って頂上へ立った。そこで突然わかったのは、自分たちがほとんど垂直に切り立った山壁のふちにいることだった。そこから二〇〇〇フィート（六〇九・六メートル）下の谷底をのぞくと、はるか向こうにそびえ立つ白い雪の頂きから、徐々に広がって下りてきている巨大な氷河が谷にも侵入していた。その光景があまりにもすばらしく思いがけないものだったので、彼らは思わず息を呑んだ。

この緑に覆われた高山の夢のような情景に私が魅了されたのは、その大部分がいまでは存在していないからだ。はっきりとした人数はわからないが、エルダー号の専門家たちがクカク・ベイの背後の風景に驚きを感じてから一三年後、彼らが目にしたものはすべて二〇世紀で最大の火山噴火によって消し去られてしまった。

アラスカを円に見立ててそれを四等分すると、その右下の四分円——ここにはインサイド・パセージが含まれ、大まかに北と西の境界としてフェアバンクスとコディアックが入る——は、アラスカ州の人口の少なくとも八〇パーセントを占めている。厳密にいえば飛行機やボートでなくては行くことのできないアラスカの土地は、どんなところでも「低木地帯」と当然考えられる。だがそれなら、残りの四分の三の人がまばらにしか住んでいない地域は、低木地帯の中でもとびきりの低木地帯といってても過言ではないだろう。ハリマン遠征隊に参加したメンバーたちの日記の記述を読むと、ひとたびコディアックを離れてイリアムナ山の煙がたなびく山頂を目にすると、目には見えない線を越したかもしれないと、ほとんどの人が感じるにちがいない。もはやその先には風変わりでおもしろい町もないし、息を呑むような氷山もない。海岸から奥まったところでそびえている、六〇〇〇フィート（一八二八・八メートル）から一万フィート（三〇四八メートル）もの高さの山々はたしかに壮観で目を見張らせる。だがそこには一万八〇〇〇フィート（五四八六・四メートル）のセントイライアス山の下を航海したときのような印象的な感動はない。この山々はアリューシャン山脈の火山の頂上で、太平洋プレートが北米プレートの下にもぐりこんだところで形成されたものだ。そしてプレートの移動が、マグマを地表に噴出させる原因となっている。アリューシャン山脈の成長はときにその山頂が吹き飛ばされることで抑えられてきた。

真夜中過ぎにエルダー号からボートで標本を採取しに出かけた人々は、いまのカトマイ国立公園を訪れた。カトマイの歴史学者ジョン・ハッセーによると、一八九八年にこの地域を訪れた地質学者が「ウカク川の青々と繁茂した緑の渓谷へ下りていった」。そして「地震と火山活動の証拠」を記録していたという。それは温泉だったり、余震だったり、山々の中にはときどき煙を吐く山があるという地元の先住民たちの報告だったりした。一九一二年六月六日、カトマイ山から二〇マイル（約三二・二キロメートル）もの高さの煙の柱が出はじめた。その二時間後には巨大な噴火の爆発が起こり、その音は西方七五〇マイル（約一二〇七キロメートル）も離れたジュノーでも聞かれたという。火山灰の雲は空中で大きく波打って風に運ばれ、何百平方マイルにおよぶ地域に雪のように降り注いだ。コディアック島は六時間のあいだ真っ暗闇となり完全に麻痺してしまった。降下する火山灰のブリザード（猛吹雪）は屋根を破壊するほど激しいものだった（ハリー・ドッジはコディアックの家の庭に降った塵を「一〇インチ（二五・四センチ）の灰の上に四インチ（一〇・二センチ）の表土」が積もったと記している）。カトマイから吹いてくる風は三日間続いた。その風がひと段落するころには、三立方マイル（約四・八立方キロメートル）以上の灰と軽石が噴出された――それは一九八〇年に起きたセント・ヘレンズ山の爆発のときの三倍の量である。大気の灰がすっかり消えたころにはカトマイ山の頂上は、その数百フィートが消えてなくなっていた。

一九一二年の爆発は米国地理学協会によって資金が援助された探検の絶頂期に一致している。協会はつい最近ロバート・ピアリーの北極探検レースを後援したり、ハイラム・ビンガムのマチュピチュ発掘にお金を出したりしたばかりだった。一九一六年、協会は植物学者のロバート・グリッグスを派遣して、先端が断ち切られたカトマイ山の頂上や以前は緑豊かだったウカク川の渓谷をつぶさに探査させた。彼は以前この地域に旅をして、植生の回復について研究したことがあった。山の頂上でグリッグスは深いクレーターを見つけた。それは幅が二マイル（約三・二キロメートル）あり水で満たされていた。丘を上っていて四年前には深い森に覆われていた谷をちらりと見たときに、もうもうと上がる不可思議な蒸気の雲の出所を追跡しようと思った。

小さな丘を上りきったとき目に飛び込んできた光景は、これまでに人間が目にした中でもっとも驚くべきものだった。谷全体が見渡すかぎり何百、いや何千――もはや何万といってもよい――もの煙でいっぱいになっていて、それが谷底から渦を巻いて次々に吹き上がってくる……まるで世界中の蒸気エンジンがいっしょになって安全弁を即座にあけて、蒸気をいっせいに放出させているようだ。……われわれはたまたま、世界のすばらしい不思議を見つけることになった。

ガスは噴気孔から漏れて出てくるのだが、その際、何百フィートにも達する火山灰もシューと音を立てて噴出する。グリッグスはこの場所にさらに三度ほど戻ってきて探査を行なっているが、最初に訪れたときの印象が強く、彼はそのときこの不思議な場所に名前をつけていた――「一万本の煙の谷」

グリッグスが人生を変えるほどの発見をしてから一〇〇年と二週間ほどが経ったころ、私が数夜借りていたアンカレッジのマンションをカイル・マクドウェルが訪ねてくれた。カイルは一万本の煙の谷へ私を道案内してくれるという。そもそもカトマイ国立公園が設立されたのは、この谷を保存することがおもな理由だった。アラスカの融解する氷河の緩やかな変動はあまりにゆっくりとしているために、写真を除いてはなかなかそれを見届けることができない。それに私は臆病でリツヤ湾の一七〇〇フィート（約五一八・二メートル）に達した大津波の現場を訪れてみようという気が起きない。そして一九六四年の聖金曜日に起きた地震の影響も時の経過とともに消えていった。しかしアメリカでもっとも自然災害が発生しやすいアラスカ州で起きた、いままでいちばんの大惨事の証拠は記録に残されていて、今もその多くが展示陳列されて目にすることができる。

谷床が冷えてくるにしたがって、一九三〇年ころになると噴火孔も消滅した。だがその消滅は灰と色さまざまな岩でできた月面のような風景を、われわれの心に忘れられない記憶としてあとに残した。一万本の煙の谷には道路もなければ、森林警備員（レインジャー）もいない。そのかわりにいかなる法的な強制力のある法律もなかった。もしあなたが歩いて上って、一九一二年の大噴火の現場であるノバルプタの巨大な溶岩ドームに触れてみたいと思うなら、そこにはそれを押しとどめる者は誰もいないだろう。「そこにあるのはおびただしい火山灰だけで、まるで先週爆発が起きたような感じがするにちがいありません」。私が一万本の煙の谷についてたずねると、アラスカ州の地震学者マイク・ウェストは興奮を抑え切れない様子で私に語った。「そこに行くにはちょっとロジスティックス作業（後方補給の準備）が必要になります。しかし、もしそれができるのなら、絶対に行くべきですよ」

一面火山灰で覆われた「一万本の煙の谷」に立つカイル・マクドウェル。二〇世紀最大の火山爆発によってできた谷。

ロジスティックスはカイルの得意とする分野だ。彼はキング・サーモンへ向かう飛行機の予約をすると、一万本の煙の谷へわれわれを運んでくれるブッシュ・パイロット（辺境地を飛ぶパイロット）を雇った。旅行プランを見直すのと私が四日間の旅行のために必要なものをすべて準備しているかどうか、入念にチェックするために自分のマンションへ立ち寄ってほしいといった。カイルは角刈りの頭をしていて、銃の安全装置を教えてくれた。そして率先して「不測の事態」について話をした。われわれは床にひざまずいて私の雨具をこまかく点検して靴底を調べた。カイルがいう。「私はその日のためにいつも前もって予行演習をするのが好きなんです。あちらで目にするものに基づいて不測の事態をA、B、Cとランク分けして準備をします」

次の朝、カイルはピックアップトラックで五時きっかりにやってくると、私を乗せてアンカレッジ空港へ向かった。カイルがアラスカに来たのは比較的最近のことだ。彼はミシガン州で育ち、アリゾナ州で家を建てる仕事に従事していた。そして四年前に家族とともに北へ移動した。それは共同体(コミュニティ)意識を探していたためで、ロワー四八ではけっして見つけることができなかったものだ。彼はアラスカ州が持っている独立独歩のパイオニア精神が好きだった。彼と妻は自分たちの子どもを自宅で教育した。それに冷蔵庫には、カイルが狩りで仕留めた動物の肉がいっぱい入っている。空港でわれわれはしっかりと詰め込んだ道具類をもう一度点検し直した――「あなたに大きなサマーソーセージをあげていませんでしたよね。ちょっと待って。はいこれ」。カイルは予約係のところへ四五口径の銃を預けて、われわれはキング・サーモンへと飛び立った。

アラスカの大半の土地は道路網から何百マイルも離れている。そのために州にはたくさんのパイロットがいる。その数は一人当たりで他の州の六倍の数に達する。ブッシュ・パイロットは州の遠隔地が機能し続けるためにはどうしても必要な人々だ。アラスカの僻地へ人々や物資を送ったり、そこから運び出す必要に迫られたとき、大都市ならタクシーを呼んだり、ウーバーを使うところだが、アラスカではブッシュ・パイロットに頼んで値段を決めて運んでもらわなければならない。整備した着陸装置を備えているので、ブッシュ・パイロットはおおよそ平らな土地ならどんなところへでも着陸することができる――氷河、ツンドラ、湖、川床、火山灰で覆われた渓谷など。予測ができない天候の変化や異例の着陸状態が生じたときに、頼りになるのはもちろんコックピットの計器だが、それにもましてブッシュ・パイロットに要求されるのが長年の経験と勘だった。アラスカはまた飛行機事故の数（年間で一〇〇件近い）でも、事故による死者の数でも（これは大差で）合衆国の先頭を行く。テッド・スティーブンス・アンカレッジ国際空港はアラスカでもっとも著名な政治家にちなんでつけられた名前だが、当のスティーブンスは彼が乗っていた水上飛行艇が山腹に衝突した事故で亡くなった。一九七二年には二人の連邦議会議員を乗せた飛行機がアンカレッジからジュノーに飛行中に行方不明となってしまった。そしてその飛行機は、その後発見されることがなかった。アラスカでは飛行の安全性について古い格言があり、簡潔に事実をいい表わしている。「年取ったパイロットはいる。それに大胆なパイロットもいる。しかし年を取って大胆なパイロットはいない」

ブッシュ・パイロットのデイブがキング・サーモン空港でわれわれをひろってくれると、そのまま彼の会社の格納庫へ向かった。そこは飛行機の部品やおんぼろの家具類、それにコンピュータが置かれた二つの机などでごった返していた。彼は長そでの迷彩Tシャツを着て、ラバーシューズを履いていて、ラップアラウンド型のサングラスをかけていた。飛行機はセスナ二〇六で後方の床にはベニアが貼られていた。デイブは緊急時用の出口を教えてくれた。そしてやはり緊急事態が発生して、遠隔地に緊急着陸したときのために準備されている七日分の食料や、緊急着陸をしたあとで、それが「どんなところでも歩かなくてはならない」場合に備えて、モスバーグの口径〇・五四〇のショットガンが置かれている場所なども指し示してくれた。カイルはクマと遭遇したときのいまではなじみとなっている心得のリスト——音を立てないで、走らないで——に一通り目を通していた。離陸前に何千回もくりかえされる救命道具の説明、それを聞く人が往々にして陥るように、私も心得のリストを見るたびにもうろうとして意識を失いそうになった。しかしカイルのクマに対する改善された安全技術を耳にすると、ともかく私自身の安全もさることながら、それ以上に動物の幸福についても配慮するようになった。「もちろん私は銃を持っていますよ。それに警告の意味で銃を発射することはあります」とカイルはいう。「そして警告を相手が聞き入れないときにだけ私は銃を使います」

キング・サーモンの空は晴れていた。われわれの目的地は五〇マイル（約八〇・五キロメートル）も離れていない。だからといって地上がどんな状態になるのか、ほとんど予想がつかない。というのもカトマイの天気は昔から予測ができなかったからだ。「昨日は風と雨が入り混じったような天気だった」とデイブはいう。「それで一日中、地面から五〇〇フィート（一五二・四メートル）ほどのところを飛んでいました」。もし天気が崩れはじめたら、そのときには携帯でカイルにメールを送ると約束した。「あなた方を向こうへ届けても、迎えにいけなかったらそれこそたいへんですからね」

旅のはじめは、下に広がる風景も焼け焦げた地面とは真逆だった。巨大な青い湖がうねって流れる川に出会い、その川はメコンデルタのように繁茂した緑をさっと切るようにして流れていく。そこはブルックス・キャンプだ。サケが豊かな場所で、あたりのヒグマはしばしばサケ漁に忙しく、それに没頭しているために、上を飛んで彼らを観察している人間を気にする余裕はとてもない。カイルが道路を指差した。それは一日に一回公園局のツアーバスが通る道だった。バスはブルックス・キャンプの宿舎から、一万本の煙の谷のへりで遠くまで見晴らしのきく場所まで、訪問客を乗せて折り返し運転をしていた——もし飛行が不可能になったときには、帰りはこのバスで戻ることになる。これがわれわれのB案だ（カイルは自分用の余分の食べ物を持ってきていた。それは考えられるC案として、徒歩で帰らなければならなくなったケースを想定していたからだ）。ジョン・ミューアは前に「すべて二本のマツのあいだには新しい世界へ通じる入口がある」と書いていた。ここでわれわれは二つの低い山のあいだを飛んでいたが、もしかしたらワームホールを通り抜けていたのかもしれない。広い平原が開けてきた。それがあらゆる生命のしるしが洗い流されてしまった荒れ地で、一万本の煙の谷だった。

デイブが飛行機をだだっ広い殺風景な場所のどまんなかに着陸させた。飛行機から表に出ると、足元は地面がグラハムクラッカーの堅くなった表面のような感じだった。まわりは非常に高くて険しい砂の小山に囲まれている。その中腹あたりが泡状の雲に覆われていて頂きの部分が見えない。どちらを向いてもすべてが黒焦げの土地で、四〇平方マイル（約一〇三・六平方キロメートル）にわたって何一つない荒れ地が広がっている。

「これはカトマイ惑星ですね」とカイルが叫んだ。「まったく道というものがないんですから。行きたいところへはどこにでも行けます。ここにはアメリカ地質調査所（USGS）の人々もパークレインジャーもいません」。前の年にこの一万本の煙の谷に行く許可を求めた人の数は、火山学者たちを含めても二〇〇人に満たない。デイブが飛び去ったあとで、はるか遠くの地平線に二人のハイカーの姿が一瞬現われたと思ったが、すぐにいなくなってしまった。それから三日のあいだに、われわれが目にしたのはこの二人だけだった。

「聞こえませんね。何が聞こえないのでしょうか？」とカイルがいう。「鳥ですよ。どこでもいいのですが、アラスカに鳥の声さえ聞こえないところなんてあるのでしょうか？」といって、彼はぐるりと見渡した。「こんな静かなときに、ここへきたのははじめてかもしれません」。カトマイはひどい突風が吹くことで悪名が高い。それは、山々が海と出会うところで突然生じる激しい暴風のことだ。一八九八年に地質学者のジョサイア・スパーがここに立ち寄ったことがあった。その彼が報告をしている。「突風はかなり大きな石が運ばれてしまうほど強烈だった」。ロバート・グリッグスはこの報告を疑っていたが、自分が突風に足元をすくわれ、泥の土手に吹き飛ばされてはじめてそれが正しいとわかった。カイルは山の頂上にいくつか立っている地質調査所の小屋を指差した。「この下でも風は時速一〇〇マイル（約一六〇・九キロメートル）になることがあるんです」と彼はいう。「もしものときには、あそこまで上ることもできます」

風以外に聞こえる音といえばただ一つ、それはレーテ川の轟音だ。レーテ川はギリシア神話に出てくる黄泉の国ハデスを流れる忘却の川にちなんで、グリッグスが名づけた川である。氷河の流水が長い年月をかけて、火山灰と岩を削って細長い渓谷を作り上げた。それがレーテ川の起源だった。流水によって侵食された峡谷は深さが六〇フィート（約一八・三メートル）ほどあり、その底では大きな石が転がっていたり、荒れ狂って白く泡立つ急流――実際はピンクがかった褐色の水だ――が流れていた。『こんな割れ目は飛び越えることができるよ』ってみんないうんです」と二人でへりからのぞきこんだときにカイルがいった。「たしかにそれはできますよ。しかし誰もそれをする者がいない。そんなことをしてもし割れ目に落ちたら、誰も探しにきてくれませんもの。そこに五人の人々が落ちたことがあったんです。でも誰一人見つかった者はいませんでした」

火山灰の上を歩くのは不安定だったので杖を使った。そしてレーテ川に沿って巨大な青い氷河に向かう。この氷河は前方の山腹の高いところにかかっていて、ここがきょう一日でわれわれがおおよその目的とした場所だった。カイルが指差した山はこれまでに誰も上ったことがないという。アラスカにはそんな頂きが何千もあり、この山もその一つである。次に見えた谷は緑にあふれていて、カイルがいうには一九一二年の大噴火から完全に再生していた。「まるでハワイのようです」。しかし、一万本の煙の谷の床でただ一つ目に入る植物は小さな草の塊だけだ。おそらくそんな塊が数エーカーおきにあるのかもしれない。かつてウカク川に沿って繁茂していた古い森はいま、われわれの眼下七〇〇フィート（約二一三・四メートル）のところにあり、それは完全に火山灰に埋もれてしまっていた。

ところどころで軽石が解けて石になっているようだ。それは一九一六年にグリッグスを魅了した火山の噴気孔だったところで、当時はまだ熱かったために、彼のチームはそこでコーンブレッドを焼いたという。その蒸気もいまでは弱々しくなり、深い穴は赤やオレンジや黄色の小さな岩の塊（砕いて溶けたクレヨンのようだ）に取り囲まれていた。

レーテ川の峡谷はわれわれが先へ進むにしたがって、高さが徐々に同じレベルになっていった。枝分かれしていた水の流れも一つの方向にまとまり、青色の速い流れとなった。われわれはその流れに沿って歩いていく。二度ほどカイルは立ち止まって、杖で水の深さを測っていた。流れのまんなかあたりまでじわじわと進む。そして流れの底を探り当てられないときにはまた戻ってきた。ようやく流れを渡るのにほどよい地点を見つけると、私はズボンの裾をまくり上げてカイルのあとに続いた。ちょっと前には――何時間前？　何日前？――この水も氷河の氷だった。水温はまだそれほど変わっていない。

われわれはひと休みして遅い昼食を取った。カイルがテニスボール缶ほどの太さのサマーソーセージを取り出した。雲の割れ目から太陽の光が差し込んできて、丘にスポットライトのように当たっている。最終的に光線はカトマイ山に落ち着いた。グリッグスはこの山が一九一二年の大噴火のもとになったものと考えていた。そしてその頂きから何立方マイルもの岩が失われているのを証拠として挙げていた。「山の頂上には深さが四〇〇フィート（約一二一・九メートル）ほどもあるカルデラ湖ができているんです」とカイルは、ソーセージの最後の一切れを食べながらいった。グリッグスはカトマイ山にほとんど岩屑《がんせつ》がないことに当惑した。彼の考えによれば当然あたりには数マイルにわたって、深さが一六フィート（約四・九メートル）ほどの岩屑があってしかるべきだったからである。火山学者たちがはじめてその理由を解き明かしたのは数十年後のことだった。カトマイ山は爆発していなかった。核心部のマグマが移動して空になり、火道を通って六マイル（約九・七キロメートル）離れたところで噴出し、そのときにカトマイ山は崩壊してしまったのである。この新しく生まれた火山は「ノバルプタ」と命名された。ラテン語で「新しい噴火」という意味だ。いくつかの写真を見てみると、それは型通りの円錐形をした火山丘ではない。むしろ高性能のカーステレオについたウーファー（低音再生用のスピーカー）のようだった。低くて円形をしていて、そのクレーターは巨大な黒い溶岩で詰まっている。それは高さが二〇〇フィート（約六一メートル）以上で差し渡しは四分の一マイル（約四〇二・三メートル）ほどもある。ルイジアナ州のニューオーリンズにある多目的ドーム「スーパードーム」のような感じだ。おそらくまだ亀裂から蒸気を出している噴火孔を見つけることができるだろう。私はそれを近くで見たくてしかたがなかった。

われわれがキャンプを張ったのはターコイズブルーの融氷水をたたえた湖の軽石が散らばる岸辺だった。湖は岩壁の背後にしまい込まれるようにしてあり、そこにははるか上方の氷河から滝となって解けた水が流れ込んでいた。それは私がこれまで目にした中でも、もっともひとけのない辺鄙な場所だったかもしれない。地平線の彼方に消えていったハイカーたち、それにあたりで散見できる動物たちの足跡や植物は別にしても、ここへやってきてからわれわれは生物の兆しを一度も見たことがなかった。カイルはキャンプ用のストーブを取り出して用意しはじめた。そのときに私は遠くの浜辺を何かが横切っているのに気がついた。クマだ。こんな食べ物もない荒野をなぜさまよい歩いているのだろう。三〇マイル（約四八・三キロメートル）も向こうでは、ブルックス・キャンプで仲間たちがお腹いっぱいサケを食べているというのに。だがクマは向きを変えると、（たぶん何かを見たのだろう）山の向こうへと立ち去っていった。カイルは銃を取ってくるとそれをホルスターに収めた。

夕食を食べながら二人で少しだけおしゃべりをした。それは二二歳で世を去ったクリス・マッカンドレスのことだった。マッカンドレスはアラスカの荒野で行方不明となって死んだのだが、それが『イントゥ・ザ・ワイルド』（荒野へ）という本と映画のベースになった。

カイルは最近仲間たちと連れ立ってヒーリーの近くへ狩りに出かけたという。ヒーリーはマッカンドレスが死んだ場所にもっとも近い町だった。そこでは公園局のレインジャーたちがナイーヴな訪問者たちに不満をもらしていた。彼らは世界中からやってきて、マッカンドラが自撮りした有名な写真を自分も同じシチュエーションで撮りたいと思うのだった。それはマッカンドレスが「マジック・バス」と呼んでいたバスの前で座って、にっこりと笑っている写真だ。多くの人々にとってこの写真は、アラスカへの逃避行というファンタジーをカプセルに包み込んだものでもあった。旅行者たちはみんな、彼らの反抗するヒーローの何ものにもとらわれない自由な精神と親しく語り合いたいと思う。だが、残念なことに彼らは森林地帯が危険なことをまったく考慮に入れていない。アラスカを完全に無視してしまっている。毎年、少なくとも一人は結局救助が必要という事態になっていた。二〇一〇年にはスイス人のハイカーが溺れ死んでいる。

「私は道に迷った人々の話をよく聞いています——道がなくなったり、準備が不十分だったりして」と二人で食事をしているとカイルがいった。数分ごとにどちらか一人が山の背へ上って、クマがやってこないかどうか様子を見た。「彼らはそこで向きを変えてUターンすべきなのでしょうが、そのまま行ってしまう。ときには戻ってくる者もいますが、ときには戻ってこない者もいます。私はマッカンドレスのような男の精神はすばらしいと思います。もちろん『何でも自分でやろう』(DIY)という考えも理解はできます——それがたくさんの人々がここへやってくる理由なんですから。しかし、そこには荒野でこれから起こりうる事態や未知のことについて、何ひとつ準備をしていないという状況があるんです[8]」

カイルはこんな曖昧なやり方にがまんができない。夜中じゅう、二時間おきに目を覚ますと浜辺をパトロールしていた。近くに熟練の射撃手がいて、おかげで心安らかにしていられたのだが、それでも多かれ少なかれ、クマに対する恐怖心に脅かされていたことを私は誇らしく思っていた。夜が明けると雨が降って寒い朝となった。だがカイルは暑い時期がすぐにでもやってくるかのように、水をごくごく飲んだ。水が豊富にあるときには水分が過剰になるほど取り込んだ。私も負けずにどんどん飲もうとした。「いつもお腹を水でいっぱいにしておくことはいいことなんです」と彼はいう。出発する前におたがいに水をボトルに三リットルほどしまい込んだ。「昨夜パイロットのデイブからメッセージが届いたんです。きょうの天気は誰にもわからないし、明日も同じだといってました。水曜日はちょっとやばいというんです。ですから私は緊急時の対策を立てています」

われわれはふたたび川を渡った——水はまだビールを冷やす冷蔵庫のように冷たい。そしてカトマイ山の方角へ坂を上っていくのに、もろくて砕けやすい土の上を行くべきか、あるいは夏のあいだ中解けることなく、かちかちに固まった雪の上を行くべきか、その判断に迫られた。「土はいくぶん柔らかです」とカイルはいう。「雪はそれより固いですが、滑り落ちる心配がありません。まったく落ちることはありえません。ひとたび前へ進めば、その勢いで一気に岩場までたどり着くことができます」

われわれはゆっくりと慎重に、暗くて荒れ模様の天井のような雲をめがけて進んだ。ふたたび太陽が雲の合間からほんの数分だったが顔を見せた。振り返ってはるか下のわれわれがキャンプを張っていた浜辺を見たが、すぐに忍び寄ってきた霧のために見えなくなってしまった。ようやく雪が消えてなくなり、火山灰や大きな石でいっぱいになった岩場の山あいが姿を現わしてきた。上りつめて頂上近くにいくと、紫色の花が一本強い風に吹かれて揺れていた。腐った卵のような硫黄の匂いがふっと吹き抜けていく。目の前にはアラビアの砂のように起伏する渓谷が開けていた。それを見ることができるほど二人は高くまで上っていた。カイルが杖で北を指して、あれが火山灰で覆われた一万本の煙の谷の山並みだと教えてくれた。

「左から右へ、ケルベロス山、カトマイ山の頂き、トライデント山です」と彼はいう。「トライデントはもっとも最近噴火した山です。硫黄の匂いが来るのはあの山からです。あの黒い一画から」――山腹に張りついているしわくちゃでダークグレーの膨らみ。「あれはみんな溶岩なんです」

さらに上りつづけると、うわべを覆っていた火山灰と石が剥がれ落ちはじめて、下に埋もれていた大きな氷の塊が現われてきた。すぐに明らかになったのは、われわれは巨大な氷の厚板の上を歩いていたということだ。「これが何だか知っていますか?」とカイルが興奮気味にたずねた。「遠い昔に埋められた氷なんです。こんなところまで誰も来たことがないんです――私もこれまでに一度も来たことがありません。われわれはこれを目にした最初の人間かもしれません」。氷はおそらく一九一二年以来姿を見せたことがなかっただろう。そして一世紀にわたって吹き荒れた突風がうわべの灰を吹き

(8) クリス・マッカンドレスの物語は私の心に響いた。それは私がほとんど解雇されそうになったところを救ってくれたからだ。四分の一世紀ほど前の話だ。ジャーナリズムの経験など皆無で、そんな訓練を一度も受けたことがなかった私だったが、マッキントッシュのコンピュータの腕前を少々誇張したおかげで、何とかある雑誌の編集部に見習いとして雇ってもらうことになった。編集部に入って最初の週の金曜日、土壇場で特集の記事がだめになった。そして私が緊急にピンチヒッターの作家――ジョン・クラカワー――に話をつけて、彼の原稿ファイルからモデムを使い、雑誌に載せる原稿を読み出すことになった(これは一九九二年の話だ)。数分ですますべき仕事だったが、それに半日を費やしてしまったのだ。二つのコンピュータをどうすればたがいに通じさせることができるのか、それがまったくわからない。自分の無知を何とかして隠さなければならない。そこでこっそりと『マックユーザー』を購読している友達に急いで電話を入れた。写真でしか顔を見たことのなかった編集長までが、ときおりパーテーションの壁越しに顔を出し、遅れているがどうなっているんだと問いかけてくる。マッカンドレスの悲劇的な物語はあまりに人を感動させずにはおかなかった。そのために誰もが私の能力のなさをすっかり忘れてしまったのだ。

飛ばしたために、ふたたび顔を見せたということだ。カイルはもしかすると自分たちはほんとうの発見をしたかもしれないと考えていた。「今日、どれくらい多くの探検家たちが新しいものを見つけ出しているのでしょう?」と彼はたずねて、杖を氷の裂け目に差し込んでいた。

「そう、ハリマンにはすでに自分の名前をつけた氷河があります」と私はいった。「おそらくわれわれもあなたに敬意を表して、これをマクドウェル氷河と呼ぶことはできますよ。誰かがわれわれに違った名前を告げるまで」。カイルはそれはいい考えだと同意した。

風がまた強くなってきた。そのためにマクドウェル氷河のすぐ上にあって、大きな石の詰まった山あいを流れる川のそばでキャンプを張ることにした。歩いていると、ところどころですぐに膝まで脚がはまってしまうくぼみがあった。それは地下の氷が解けはじめている兆候だった。夜は静かだったが、朝、目が覚めると下方の谷は霧のベールに包まれて見えなかった。雨が降っていて空気は冷たく気持ちが悪い。寒気がやってくるのを感じると、じめじめした状態が引き起こしたビクトリア朝の病気の名前をしきりに思い出そうとしていた――カタル、クループ〔ひどい咳が出る喉頭炎〕、(結核による)衰弱。

キャンプ生活も二日目が過ぎると、私のテントはまるで灰皿をひっくり返して中のものを空にしたような感じになっていた。それにロッカールームのような匂いがしはじめていた。体臭と赤ちゃんのお尻ふきやハンドジェルの「ピュレル」がいっしょになったような匂いだ。カイルはティピー〔アメリカ・インディアンのテント〕のようなテントで眠っている。中は清潔そのもので、ベドウィン族のシャイフ〔アラブの族長〕の住まいに似ていた。カイルはコーヒーを入れてくれたり、驚くほどおいしいフリーズ・ドライ卵を作ってくれた。そのあいだも何とかしてこの先の天気がどうなるのか、それを知ろうとしていた。もっとも近くの測候所ででもそれを訪ねたいと思えば、キング・サーモンまで戻らなくてはならない。しかし、一万本の煙の谷は天候が他と違っている。それを考慮に入れると、正確な予報を手に入れるためにはアンカレッジの測候所まで行かなくてはならないだろう。カイルはジョージ・バンクーバーが一七九四年に行なった方法を使って天気の予報を試みた。それは気圧を測定して空の様子を観察することだった。カイルは、しばらくは動かずにいまの場所にとどまっていたほうがいいという。もし雨の中でテントを畳んだりしたらすべてが濡れてしまい、次の晩にスケジュール通りデイブが二人をひろいにくるまで、ずっと湿った状態でいなければならなくなるからだ。

「楽しみには三つのタイプがあると私はいいたいのです」とカールは二杯目のコーヒーを入れ、二リットルの水でボトルをいっぱいにするといった。「第一のタイプはやっていると楽しいし、そのあとでそれについて話すのも楽しいことです」。晴れた日にノバルプタのくすぶっている亀裂のあいだを歩くことは、典型的な第一タイプの楽しみだ。「第二のタイプの楽しみは行なっているあいだは楽しくないが、あとで話すとおもしろいことで、それは無事にそのことをやり終えたからです」。氷のように冷たい川を歩いて渡ることはこの第二タイプの楽しみに属する。「第三のタイプの楽しみは行なっているあいだも楽しくないし、それをあとで話すのも楽しくないことです」。寒冷前線が近づきつつあるときに、湿ったテントの中で眠ることは典型的な第三タイプの楽しみだ。

昼近くになると風と雨が弱まってきた。これは嵐がやってくる前に下の荒れ地へ下りて、ノバルプタを近くで見るチャンスだった。このチャンスを生かそうとわれわれは判断した。ケルベロス山のふもとをまわっていると、激しい突風が火山灰を顔に投げつけてくる。近道に挑戦して前の日よりさらに険しい氷原を上っていこうということになった――カイルが警告を発している。われわれがいるのは「ひどい、つまり深刻なノーフォール・ゾーン〔ミスが許されないエリア〕です」――が、緊張が続いた数分後に彼は振り向くといった。「すいませんが、ここは引き返しましょう。あまりに危険すぎます」。カイルがあわてた様子を見せるのははじめてのことだった。それでも彼は数分ごとに立ち止まって、私が追いつくのを待っていなければならなかった。われわれはところどころに深いクレバスのある氷原をよじ上っていった。氷原は目の前にコーデュロイのように広がっている。もしこれが急いでいないときだったら、どれほど楽しいことだったのか。ロバート・グリッグスが「しばしば岩石雪崩が起きるため」に「落下する山」（フォーリング・マウンテン）と名づけた山の砕けやすい尾根に沿って進んだ。大きな石がいくつも頂上にボーリングの球のようにとどまっている。われわれはさしずめボーリングのピンだった。「もし岩が落ちてくるのを目にしたら『岩だ』と叫んでください」とカイルがいった。

しばらく立ち止まって休息を取り、持ってきた残り少ない水を少しずつ飲み干した。「ノバルプタをどうしても見たいんですね？」とカイルがいう。「そのためにはベイクド山を上って山小屋まで行かなければなりません。あなたにはそれができるとお思いですか？」

たしかに私はノバルプタを見たいと思った。だが、ベイクド山には上りたくなかった。「どうしてあの小屋まで行かなくてはならないの？」

「うしろをご覧ください」とカイルはいう。アラスカ湾のほうを見ると、そこはまるで戦いに向けて気合いを入れているような空模様だった。

「深刻な状況になるまでどれくらいの時間がかかるのか、私はそれ次第だと思うのですが」

「マーク、もうすでにいま深刻な状態になっていますよ」と彼はいう。カイルはあまり大げさなことをいわないタイプの人間だったが、嵐は確実に地平線の上で起ころうとしていた。そしてわれわれはキャンプを出てから水のありかを見つけることができないでいる。カイルは力づけるように、雨をともなう突風はときどき止むかもしれないといった。われわれはさらに「落下する山」の向こう側へと前進をした。そして解けた氷の小さな水たまりを見つけた。カイルは岩で水をせき止めると、ボトルをゆっくりと水でいっぱいにしながら、どこか適当な避難場所はないかと探していた。

カイルが水をボトルに入れているあいだ、私は小さな尾根へ上って、ノバルプタの黒い隆起を見た。それは衝撃を受けるのに十分なほど近い距離に思えた――そういえばそこにはもっと衝撃的なことがあった。つまりわれわれは一九一二年に起きた大噴火のまさに中心に近づいていたのである。あそこまで行くには二〇分ほどかかるとカールは見積もった。

「ほんとうにあなたはあそこへ行きたいんですよね?」とカールはたずねたが、すでにその答えは知っていた。「わかりました。デイブから何かメッセージが入っているかもしれません。携帯をチェックしてみましょう。そしてもし状況が難しいようでしたら、ここから数時間かかりますが山小屋へ向かっていくか、あるいはどこか安全な場所に避難をしましょう」

二、三分すると携帯電話に返事がきた。デイブのメッセージがあった。「アリューシャン列島の東側から低気圧が近づいている」と彼は書いている。「あちらこちらで困難な状況だ!」。次の日にデイブがわれわれをピックアップするころには、カトマイ、コディアック、それにアラスカの南海岸のいたるところでひどい天気になりそうだった。一〇万本の煙の谷でも嵐がわれわれを四日間ほど閉じ込めてしまうかもしれない――あるいはそれ以上の期間。

われわれが着陸したのはレーテ川の近くだったが、その地点へ戻ってくるぎりぎりの時間をデイブが指定してきた。午後九時。これを変えることはできない。もしこの時間までに戻れないときには、風と雨の中をベイクド山まで長い険しい道のりを歩かなくてはならない。だが、これが望みうる最善の手だてだった。そのあとも何一つない空っぽのベニア板でできた小屋で、湿っぽい毎日を何日か過ごさなければならない。第三タイプの最高度の楽しみだ。それにまた私はアリューシャン行きの船を予約していた。私のためにタスツメナ号が出発を遅らせてくれるわけはないだろう。

「決めるのはあなたですよ」とカイルがいう。「もしあなたが行こうというのでしたら、私はまだノバルプタに挑戦する気はあります」

「やめましょう」と私はいった。

あこがれの眼差しでノバルプタの黒いドームを最後に眺めて、私はバックパックを持ち上げるとふたりで集合場所へと急いで戻った。わずか二時間あまりでその場所へ着いた。カイルはデイブに携帯でスケジュールの時間より早く着いたことを知らせた。早い到着はいいことだった。というのも嵐を含んだ雲が速い速度で東からやってきつつあったからだ。強い風が渓谷を激しく吹き抜けていく。われわれはたがいに大きな声で叫ぶように話をしなければならなかった。「ここに一五分から二〇分ほどいさえすれば、何とかうまくデイブが来てくれるでしょう」とカイルは七時三〇分に叫んだ。

八時から数分過ぎたころ、ちょうどもうだめかなとあきらめはじめていたときだった。地平線に閃光が現われた。五分後、デイブの飛行機が着陸した。「うわあ、天候がひどくなるみたいだよ」と嵐の方角を見ながらデイブがいった（あたりはほとんど暗くなっていたが、デイブはまだサングラスをかけている）。カイルと私がバッグをセスナ機に放り込むと、飛行機は飛び立った。デイブはサード・アイ・ブラインドのカセットの再生ボタンを押した。最初の歌がちょうど終わりかけたころ、飛行機は雲の合間を抜けて太陽の光の中に出た。下を見ると褐色の火山灰が緑の草木に変わっている。九時ころにキング・サーモン空港に着いた。暖かくて乾燥していた。私は地面にキスをしたい気分だった。

一つ小さなことだが問題が生じた。いまは釣りのシーズンの真っ盛りだった。サケのもっとも貴重な種にちなんで名前をつけられた町なので期待されるのだろうか、ホテルの部屋はどこも満員だった。デイブは自分のアパートメントの床で寝たらどうなのかといってくれた。だが、われわれはそれを丁重に断わった。するとデイブは、もしテントを張るのなら空港の隣りにホテルがあるので、その裏手で張れるかもしれないという。ホテルは夏のはじめに突然閉館してしまったという——デイノによると、あまりに突然の閉館だったために、シーズンを問わずスーツケースをもって到着した人々はみんな、予約がキャンセルされていることをまったく知らなかった。ホテルの本館の裏手へまわり、手入れのされていない草のあいだを通り抜けて歩いていると、何だかその場所からいやな気分が漂ってくるような感じがした。おそらくそれはピクニック・テーブルの上に放り出された空っぽの酒びんや部屋の窓に張られた紙のせいだろう。部屋のドアは蹴って壊されている様子だった。カイルはこんなことを取り立てて気にしていないようだったが、そのあとではしっかりと銃を持ち歩いていた。カイルと私は荷物を持ったままで通りを横切り、エディーズ・フィアプレース・インへ行って、とりあえず今夜の寝床について話し合うことにした。

バーに座ってビールを注文した。カイルは隣りにいた男と話をはじめた。男はわれわれがホテルの裏手から逃げ出したことを聞いてうなずいた。「注意をしていないと、アラスカはすぐにあなたを殺すからね」と彼はいった。

「その通りだ、アラスカは」とカイルはいって、男にビールを一杯おごった。そして彼はバーの隅にいたカップルにもビールをおごった。私にも一杯よけいにくれた。しかし、私はまだ最初のビールを二口飲んだだけだった。

他に常連客でもいたら、やはりきょうの寝場所について意見を聞いてみたかった。だが、反対側の席を占領していたのはラブラドール・レトリバーで、犬はハイボールのグラスからビールを飲んでいた。カイルの気前のよさの先手を打って、私は犬にもう一杯ビールをあげようとした。しかし、犬の飼い主が犬は一杯が限度だといった。というのもこの犬は飲み過ぎの傾向があるようだ。カイルはマイクという名のバーテンダーに、一晩どこかキャンプを張れるような場所を知らないかとたずねた。

「駐車場のうしろの草の中に張ってみたらどうだろう」とマイクはいった。そして、うしろを振り返ると窓の外を見た。「古いボートが見えるだろう。あそこのうしろへ行けば、誰も邪魔する者なんていないよ」

カイルのビールを飲む習慣は朝の水分補給の反映なんだ、とつい私は思ってしまう。そして私の喉の渇きぐあいなどはおかまいなしに、目の前の二つのビールグラスに、さらに二パイント（約〇・九五リットル）のビールを注いでいた。カイルはエディーズの店のコックと友達になり、何とかコックをおだててステーキを焼いてもらおうとした。しかし、彼の新しい飲み友達は九時にタイムレコーダーを打って帰ってしまい、ステーキを焼いてはくれなかった。しかたがないのでカイルと二人で夕食はビールですませた。私も四、五パイント（約一・九から約二・四リットル）のビールを飲んで顔が紅潮し、いつまでも残っていたアドレナリンが洗い流されると、ちょっとふらついてはいたが、駐車場のほうへと歩いていった。そしてボートのうしろの草の中にテントを張ろうとした。ボートはブロックの上に載せられていて、長いあいだ水を見ていないようだった。私は酔っぱらっていて、テントを張る第一段階を忘れてしまっている。組み立ててはまたばらばらにするプロセスを二〇分ほど続けていた。そして地面の上に丸くなると、テントを毛布がわりにして眠ってしまった。カイルがやってくると、私の愚劣な姿を見て信じられないといわんばかりに首を振った。そして私のためにテントを張ってくれた。朝になって私は彼がボートの下で眠っているのを見つけた。

35 絶滅寸前

プリビロフ諸島

コディアック島からアリューシャン列島にかけて西へ八〇〇マイル（約一二八七・五キロメートル）航行すると「緑、白、青の三色がいちだんと際立って見える」とジョン・バローズが『ハリマン・アラスカ・シリーズ』の中で書いていた。「海と空の青、海岸と低い斜面の緑、そして高い頂きと火山の円錐丘の白——その三色が最後まで入り混じってコントラストをなしている」。三つの色が織りなす風景が何マイルにもわたって続いていくと、遠くで蜃気楼が現われた。島々が空中に浮かんでいるようだ。ギリシアの神殿が岩だらけの台地の上に姿を見せる。そして鐘楼のある古い大修道院が海岸に沿って「午後の太陽のやわらかい光を浴びて」現出した。

濃い霧が流れ込んできて、エルダー号の船上では動きが緩やかになり、ほとんど止まっているようだ。植物学者のウィリアム・ブリュワーは前に人々を奮い立たせた「七月四日」のスピーチを再現しようと試みていた。昆虫について活気のないプレゼンテーションをする者もいる。シュマージン諸島のサンド・ポイントでつかのまの停泊をしているあいだに、遠征隊の人々はわずかに一人しか居住者のいないさびれた村を見つけていた。船上に戻ると、以前島を撃つことの害悪について、鳥類学者たちに講義をしたことのあるバローズがそっとメリアムに近づいてきた。そしてサンド・ポイントで手に入れたスズメの巣とひきかえに、前から欲しがっていた鳥の表皮をもらっていた。メリアムがバローズの秘密を他の船客へ漏らすと、あとでそれを彼らがやんやとからかい、あじけがなくなっていた船旅に適度の楽しみをもたらした。

七月八日の朝、エルダー号はダッチハーバーの港町のドックに入った。やっとのことでアリューシャン列島を横断してきたことになる。ロシア人がやってきてここを毛皮交易の拠点とする前は、アリューシャン列島は何千年ものあいだアレウト族の土地だった。ハリマンの遠征隊員たちは新たに再建された教会を見つけた。これはもともとヴェニアミノフ神父によって建てられたもので、その跡地に新しく建てられた(ヴェニアミノフはのちにシトカの「ロシア主教の家」の住人となった)。そして他にはそれほど大した建物はない。アリューシャン列島にはクマが棲息していないし、島に生えている木といえば小ぶりなトウヒの小さな木立だけだ。これも何十年も前にロシア人によって植林されたもので、列島の激しい風のために成長が妨げられていた。ダッチハーバーはNCC(ノーザン・コマーシャル・カンパニー)の活動拠点だった。NCCは給炭港を運営し、利益の上がるアザラシ猟の基地としてこの町を利用していた。

エルダー号がダッチハーバーに停泊していた時間は、ほんの一日に満たないほどだった。それはバローズにとってあまりにも短すぎた。公式の報告で彼は、ダッチハーバーの花が咲き乱れた丘で何日かのんびりと過ごしたかったと書いている。そして「透明な急流に沿って高い峰を上り、ツメナガホウジロの音楽のような鳴き声に耳を傾けたかった」という。しかし真実をいえば、海の上の長旅でうんざりしたバローズは、エルダー号が遠いプリビロフ諸島やシベリアへ向けて航海しているあいだ、地元のあるご婦人の家に逗留する準備をしていた。小さなかばんに荷物をまとめて、タラップを下りていったところで、散歩から戻ってきたジョン・ミューアとチャールズ・キーラーに見つかってしまった。「ジョニー、そんなかばんを持ってどこへ行くの？」と不審顔のミューアがたずねた。バローズは言葉を濁したが、そのあとで実は荒れ狂ったベーリング海が怖いのだと告白した。ミューアはベーリング海は「水車用の貯水池」みたいなものだよ、旅の佳境はこれからじゃないかといった――たしかにバローズはプリビロフ諸島の有名なオットセイの繁殖地をぜひ見たいといっていたんじゃなかったのか？ バローズは仲間たちのプレッシャーに押されてやむなく船に戻った。

どちらかといえばミューアはプリビロフ諸島のよさを控えめに述べるにとどめていた。エリザ・シドモアは一八八五年に書いたアラスカ案内の中で、プリビロフ諸島は「あまりにも小さくて普通の地図には載っていない」が、「このあたりのどの場所よりたくさんの注目を集めてきた」。プリビロフ諸島の海洋アザラシはおそらく、一八六七年にアメリカがアラスカを購入した時点では、アラスカ全土でもっとも有益な資源だったにちがいない。NCCがアザラシ猟の独占権を握っていた。

メリアムはプリビロフ諸島やその貴重なアザラシについてよく知っていた。彼はこの島々を一八九一年に訪れている。それはアザラシの棲息個体を安定した数に維持するための規則を作る委員会の一員として参加し、その現実的な解決策を提言する報告書を共同で執筆した。海洋のアザラシ狩り（外海で殺すことだ）の禁止は毎年殺すアザラシの数を制限し、長い距離を餌を求めてやってくる、子どもを宿した母親アザラシの殺戮を抑えた。プリビロフ諸島の繁殖地は基本的にハーレムをなしていて、有力な雄アザラシが小グループの雌アザラシを妊娠させる。したがって雄アザラシの猟を抑制することは重要な種畜（子孫を残すために繁殖に用いられる家畜のこと）の個体数を維持することになる。エルダー号が北へと航海をしているとき、メリアムは夕食後に、政府が認可している繁殖地ではどんなことが期待されているのかについて講義を行なった。

ミューアがバローズにいった、ベーリング海はやさしいよという言葉は、もちろん善意ではあったがまったくのいつわりだった。夜間、船がプリビロフ諸島に近づくにつれて風は強さを増してきた。フレデリック・デルレンボーの報告によると、目を覚ますと船は「前後左右にひどく揺れて」いて、その揺れは朝になるとさらにひどくなった。デルレンボーはコーラの葉のエキスをウィスキーに混ぜた自家製の船酔い薬をぐいっと飲み干した。そしてすぐに船の手すりに身を預けた。他の船客たちはさらに症状がひどい。ミューアがバローズをダッチハーバーに停泊中のエルダー号に引き戻すのを手伝ったキーラーは、申し訳なさそうに「バローズは寝台に横になってうめいていた」と記録している。キーラーはせめてもの償いにバローズのベッドサイドに座って「ワーズワースの詩を彼に読み聞かせた」

海は午後早くになってやっと落ち着いた。遠征隊のメンバーたちはエルダー号から漕ぎ出して、迎えにきたホスト役のＮＣＣの人々と会った。遠征隊のチームは草原を一マイル（約一・六キロメートル）ほど横切って、アザラシが集まっている岩場の海岸へと向かった。メリアムは海岸で目の当たりにしたものに大きなショックを受けた。それは彼が最後にここへやってきてからわずかに八年しか経っていないのだが、アザラシの個体数が少なくとも、前にくらべて七五パーセントに減っていたことだ。皮を剥がれたアザラシの屍体が岩場の多い浜辺に並んでいた。誰一人として一八九一年の規則を遵守しようとする者などいなかった。それにはＮＣＣが政府の割り当て分を無視したということがあるだろう――監視の欠如がそれを可能にした。だがそれだけではない。ロシアや日本やカナダのハンターたちが何千頭という雌のアザラシを撃ったり、それに銛を打ち込んだりしたからだ。

ジョージ・バード・グリンネルはこの状況が、オルカの消失したサケの状況に酷似していると思った。一世紀のあいだアラスカ経済のバックボーンとなっていたアザラシが、これから四年のあいだに絶滅してしまうだろうと彼は推測した。「この減少を食い止める薬は一つしかない。それは海洋のアザラシ猟を全面禁止することだ」と、グリンネルは遠征から帰ると、『フォレスト・アンド・ストリーム』誌の論説に痛烈な記事を書いた。グリンネルはイエローストーンでリョコウバトやバッファローの絶滅を間近で経験している。その経験が彼に痛ましい教訓を与えた。アラスカに忍び寄る生態系の破壊に対する持続的な解決策は、どんなものでも政治的にならざるをえないのである。

36 アリューシャン列島の地元民

タスツメナ号に乗って

コディアックやカトマイまでは私も、ハリマン遠征隊が訪れた重要な地点にことごとく停泊した。だが一万本の煙の谷を過ぎるころから、なお彼らのあとを追うとなると自分専用の船が必要となってきた。一八九九年に彼らが訪れた僻遠の地は、その多くがあまり興味を引くような場所ではなかった。それは当時もいまも変わらない。そこへアクセスすることが難しくなればなるほど、それはますます時間とお金がかかる場所となるのだった。しかし、人の住んでいないボゴスロフ島だけは私の好奇心をそそった――エルダー号がここでひと休みしたときには、ちょうど新しい溶岩を島が噴き出した直後だった。そして好都合なことに、そこへ向かう海洋生態学者の一団を見つけた。彼らの乗る船はジャック・クストーが海洋調査に使った海洋調査船のカリプソ号に似ていて、その禁煙の最新版といった感じだった。生態学者たちは私が同行することを許してくれたので、このボゴスロフ島行きはかなり期待ができそうに思えた。だが、それもアシカの生息地である海岸に、私が足を踏み入れることができないとわかるまでのことだった。生息環境が外界の刺激の影響を受けやすいからというのがその理由だった。セントローレンス島はハリマンがここでならシロクマを仕留めることができるかもしれないと勘違いをしていたところだが、この島もわずかではあるが期待ができそうだった。今日ここを訪れる人の数は少ないが、そのほとんどはバードウォッチャーか人工物の収集家たちだ。収集家の連中は収入源として古代の墓を掘ることが許されていた。

ミューアは一八八一年にセントローレンス島を訪れている。それは捜索隊の一員としてカッター船のトマス・コーウィン号に乗ってやってきたのである。捜索隊はアメリカ政府によって派遣されたもので、その任務はアメリカの軍艦ジャネット号の生存者を探して救助することだった。この軍艦は二年前に北極圏に向けて船出して、叢氷〔浮氷の群れが長いあいだにくっついて大きな塊となったもの〕に捕まってしまったと信じられていた。しかしコーウィン号のパーティーは生存者を一人も見つけることができなかった（ジャネット号の乗組員はほとんどが凍死をしていた）。だが、この遠征の一部始終はミューアの死後に刊行された『コーウィン号の航海』の中で描かれている。そしてこの旅行記が何より貴重だったのは、ベーリング海の先住民たちの文化（しかもそれが急激に崩壊しつつある中）を映し出したスナップ写真になっていたことだ。

ミューアはセントローレンス島で荒廃した状況に遭遇した。島には一五〇〇人のユピック族の先住民がいたのだが、その三分の二が死んでいた。二年前に飢餓の犠牲になった。生き残ったユピック族も酒のために人事不省に陥っていた。それはアメリカの悪徳商人によって不法に持ち込まれた酒のせいだった。これまで長いあいだ先住民は動きののろいセイウチを狩猟して食料にしてきた。それが新たに手に入れたライフルのおかげで、セイウチの殺戮が幾何級数的に増えた。そして殺したあとでは貴重な牙を貯め込むことになった。アメリカの捕鯨船がさらに多くのセイウチを何万という単位で狩猟した。そのためにセイウチの個体数は一気に激減した。セントローレンス島の花が咲き乱れているツンドラ——ミューアはそれが「青く広がる空があらゆるものをやさしく覆っている」下で「雪をかぶった火山のところまで伸びている」と書いた――で、コーウィン号の乗組員たちは縮んで小さくなったセイウチの屍体を目にした。中にはまだ皮をつけたまま腐敗して、台所から出る生ごみの上に積み重ねられていたものもあった。カラスについばまれて跡形もなくきれいに片づけられたものもある。ミューアはベーリング海の先住民についても、この先に待ち構えている大きな不幸を見通していた。「もしわれわれの政府が何らかの救助の手を差し伸べなかったら」と彼は書いている。「せいぜい数年も経たぬうちにセイウチはすべてこの地上から消え去ってしまうだろう」

バローズによると、ハリマン遠征隊は当初プリビロフ諸島のアザラシの繁殖地を訪れたあとで、そのまま故郷へ戻る計画だったという。バローズにとって残念だったのは、ハリマンの妻のメアリーがシベリアを見たいといい出したことだ。そのためにエルダー号は急遽ベーリング海を横切るために出帆した。濃い霧が発生して出発から一時間後には船が突然停止した。珊瑚礁に激突してしまったのである。「われわれの中にはこの事故のおかげで、ハリマンが故郷に戻る決意をしてくれると期待した者もいた」とバローズは報告している。しかし、ハリマンの意志に対する抵抗はむだに終わってしまった。彼は夕食のあいだに立ち上がると乗組員たちに向かって、エルダー号の船体はダメージを受けていないので、針路を若干変更して航海を続けるようにと指令を発した。そして数分後には「まるで何一つ起こらなかったように」、彼は子供たちといっしょにキャッキャといって跳ねまわって遊んでいた。

エルダー号はシベリアのチュクチ半島でプロヴァー・ベイに停泊したが、それもほんの短いあいだだけだった。ミューアは以前一八八一年にコーウィン号でここに来たことがある。この場所で彼はある幸せそうな先住民の村を見つけたと報告している。住人たちは暖かく彼をもてなしてくれ、しきりになま物をいっしょに食べようと勧めてくれた――ここには樹木がきわめて少ない。さらに彼らは

「寒さの一番厳しい季節でも真っ裸で」、皮を何枚も重ね着して眠るという。ハリマン遠征隊の中ではメリアムが最初に海岸に上陸した。彼は地元のエスキモーの人々の風貌を見て、たちまち強い嫌悪を覚えた。彼らの頭にはまだ傷口のひらいた傷跡があったからだ。これはロシアの船員たちがもたらしたまぎれもない梅毒のしるしだった。遠征隊の人々はスナップ写真を撮ったり、品物をたがいに交換し合ったりした。中にはエスキモーの人々の住まいに顔を出して中をうかがう者もいた。デルレンボーは彼らの住居が「煙だらけで汚く悪臭に満ちていた」と報告している。そこにはクジラの脂身や血に染まった切れ端がいっぱい転がっていた。強い風が吹いて遠征隊のみんなを震え上がらせた。だが、ハリマンだけはダッチハーバーで買ったトナカイのコートのおかげで寒さから身を守ることができた。彼は隊員たちをもてなしてくれるシベリアの人々に、たばこやガラスのビーズを手渡していた。メリアムはプロヴァー・ベイを「自分がこれまでに見たこれくらいの規模の土地では、もっとも不毛でもっとも荒涼とした場所だ」といっている。彼は前にカリフォルニア州のデスバレーで一シーズンを過ごしたことがあった。

ハリマン遠征隊はアジア（チュクチ半島）でほんの二時間過ごすために、ほとんど二日間にわたる荒れた航海を耐え忍んだ。今日ではどんなアメリカ人も、四八時間を使ってシベリアに出入りしようとは思わないだろう。ノームの小さな航空会社が不定期ながらチャーター便を出している。だが、うんざりするほどビザの申請に時間がかかるのと空席を待たなくてはいけないのとで、むしろアンカレッジ、フランクフルト、モスクワ経由でシベリアへ飛んだほうがずっと簡単のようだ。しかし、こんな長旅の遠端で私を待ち受けているのは、崩壊しかけたソビエトの地方都市ペトロパブロフスクだ。人気の旅行ウェブサイトはこの町を、何とか気を引こうとして「避けては通れない場所」という言葉で表現している。

私はタスツメナ号には乗らず、船がダッチハーバーへ出発する予定だった前の日に飛行機でホーマーへ飛んだ。ホーマーはケナイ半島の南端に位置していて国道一号線の終点部分にある町だった。空港のフロントドアの外側で、レンタカーの代理店からやってきた少年が私に挨拶をした。私が借りるスバル・アウトバック二〇〇三に乗っている。車のフロントガラスにはひびが入っていた。「マニュアル車だけど運転できますよね？」と少年はキーを私に手渡しながらいった。

シベリアを訪れるかわりに、私は車で北のニコラエフスクへ向かった。そこは古儀式派と呼ばれる宗派の本拠地である。もともとはシベリアにいた宗派だったが、一六六六年にロシア正教会から分かれていっとき南アメリカや中国で活動をしていたが、その後アラスカに落ち着いた。村人の多くはいまも昔ながらの伝統的な衣装を身に着けている――ホーマーはかなり進歩的な町だが、そこでも長い服をまといヘッドスカーフをつけたご婦人方を見かけることができる。古儀式派は閉じられた共同体を作っていて、これが多くの臆測を呼ぶもとになっていた。あるアラスカ人によると、ニコラエフスクは州内でもっとも裕福な郵便番号を持つという。この近くに住んでいたカール・マクドウェルは、古儀式派の男たちはみんながみんな高級車を乗りまわしていると思っていた。私はニコラエフスクでタマネギ型ドームの教会を見つけたが、そこでは誰もがいうような金持ちのしるしを見つけることはできなかった。道路はさびれていてひとけがなく、ただ一つ見かけた商売はごてごてと飾り立てたサモワール・カフェのような店だけだった。ただし店は閉まっていたのでボルシチを食べることができなかったし、そこで情報を集めたり、マトリョーシカのような木製の入れ子人形を手に入れることもできなかった。

次の朝、「ランズ・エンド」ホテルで目覚ましが突然三時に鳴り出した。私はバックパックをつかむとまだ暗くて肌寒い中を、アスファルトの通りを横切った。この通りはアメリカの道路網が行き着いた最後の数フィートということになる。タスツメナ号は出発の二時間前だったがすでにブーンというエンジンの音を立てていた。パーサーの事務所に立ち寄った私は、船室の順番待ちリストにサインをした。しかし、空き室の見込みはなさそうだ——アンカレッジからやってきた旅行クラブがダッチハーバーまでずっと、ほとんどのベッドを予約していた。だが、もし空き室が出たときにはスピーカーで私の名前をアナウンスしますとパーサーがいってくれた。そして「一度だけですよ」とクリップボードから目を上げずにつけ加えた。

甲板と同じ高さの展望ラウンジにはすでに寝袋や保冷ボックスなどが置かれていたので、私はあきらめて二階の屋外のサンルームに行くことにした。ここではふたたびガイドブックで大げさに宣伝されていたシェーズ・ロング〔足を伸ばしてのせられる、背もたれのついた長いソファ〕などはまったくなく、完全な作り話であることがわかった。私は滑り止めの処理が施されたデッキの上でマットレスをふくらませ、張り出した屋根の下で寝袋を広げた。タスツメナ号のエンジンが大きくうなりはじめた。だが上に灯っている赤外線ランプが私のいた場所を温かく乾いた状態にしてくれる。これはとてもありがたいことだと思った。というのも、カイルが電話で知らせてくれたのだが、われわれがやっとのことで一万本の煙の谷から逃れることができた嵐は、この数日間アラスカの南部海岸全体をずぶぬれの状態にしたという。われわれも逃げ遅れていたらおそらくいまごろは、ベイクド山の山頂の小屋に閉じ込められていたことだろう。そして粉末卵〔乾燥して粉にした卵〕を食べて、じゃんけん遊びをしていたにちがいない。二人の不運な男たちがサンルームにやってきた。一人はスノーボーダーだ。おおよそ五〇〇ポンド〔二二六・八キログラム〕ほどの道具を車輪のついた二つのトランクに入れている〔彼はこれからコディアック島に「仕事を見つけ」に行くという〕。大学を卒業したばかりだったが、オーバーオー

アリューシャン列島へ向かう３日間の航海で、著者が利用したタスツメナ号の戸外宿泊設備。

ルを着ていてむさ苦しい。所持品を小さなナップザックに入れていたが、その格好だと棒にバンダナを結びつけて持っていたほうが似合いそうだ。私はバックパックを枕がわりにして、この数時間で最後に船がノームを出たのはいつなのかインターネットで調べてみた。そうしたら、クリスタル・セレニティ号と五つ星の心地のよさは、ちょうどノームを離れて北西航路に向かったところだった。私は床に敷いた寝袋の上に寝転んで眠りに落ちた。

　目が覚めると髪が濡れていた。船はしとしとと降る雨の中を走っている。雨はプレキシガラスでできた屋根をつたって、途切れ途切れに寝袋の上に落ちてきた。私は寝袋を雨のかからない場所へ移して階下に下りた。ケチカンからメトラカトラまで乗ったリツヤ号を除くと、これまで見た中でタスツメナ号がもっとも質素なフェリーだ。アラスカ州はここ数年のあいだ、これにかわるフェリーを検討してきた。だが、現在の予算危機の状況では、アリューシャンの航路そのものが（政府から多くの助成金を受けてはいるが）廃止の危機に瀕している。タスツメナ号には無料でおかわりのコーヒーが飲める沸かし器がない。あるのは二ドル出してカップコーヒーが買えるキューリングのコーヒー・マシーンだけである。食べ物のサービスも違っている。カフェテリアというよりは道路沿いにあるトラック・トップ・ダイナー〔長距離トラック運転手を対象にした軽食レストラン〕のようだ。食事は一日三回で、時間は一時間に限られている。ナイフやフォークが置かれたテーブルに座ると、ウエイトレスが注文を聞き、キッチンの中にいる料理人に大声で伝える。壁には州法でチップが禁じられているという掲示があった。

展望ラウンジの各ブースは寝ている体であふれていて、それが塊となってむしむしするような暖気を発していた。私はコーヒーを持ってガチョウの綿毛でできた私の繭の中に戻った。そしてほんの一握りのトレイル・ミックス〔レーズン、ピーナッツ、アーモンド、ヒマワリの種子、チョコレートなどをミックスしたもの〕を食べた。そしてときどき立ち上がっては、陸地の兆候は見えないものかと探していた。

その日の午後コディアックで、待ち合わせ時間のあいだに私はバーボンの飛散防止ボトルと睡眠薬を買った。前の晩、船が外洋へ出ると海はますます荒れ模様となった。揺れ――ともかく寝袋の中でも感じられた――がシーソーの上下動ではなく、洗濯機の中でゆっくりとまわっているようだった。オーバーオールを着た私のサンルームの隣人は、二、三時間おきに数分間男の部屋へ入り込んだ。部屋のドアが開くと、マリファナたばこの煙がこちらまで漂ってきた。われわれは目が合えばたがいに言葉を交わした――彼はこのアラスカの大冒険で教育システムから自由になったことを祝っていた――が、たがいの何気ない会話はすぐにマリファナ愛好家特有の独白へと移ってしまう。エルダー号の乗客たちはアメリカでもっともすぐれた人々の講義を聞いていた。だが私は二二歳の青年のひとり言を聞かされることになる――科学も歴史も「みんなたわごとです。悪く思わないでくださいね」

二日目のランチタイムのころに、船がチグニックに着いた。ほとんど二カ月ものあいだアラスカの海岸地方で過ごしていたのだから、当然私は期待を抑えるすべを知っているべきだった。だが「漁村」というフレーズが無意識のうちに頭に宿ってしまっていた。そのために、いくぶん険しい緑の丘に建っていた建物群に近づいていたときに、ポルトガルの海岸都市のアメリカ版のようなものをいくらか期待していた。それは太いウールで編んだセーターを着て帽子をかぶった漁師たちが、網焼きしたタコが盛られた皿を前に辛口の赤ワイン「ヴィーニョ・ティント」を飲んでいるといった風景だった。親も子どももみんなで波止場にやってきて興奮した面持ちでフェリーを待ちかねているというのは、見込みのあるしるしのように思えた。しかしおそらくこれは、低木に覆われたアラスカで誰もが期待できる暖かい歓迎のようなものだった。そこではみんなが拡大家族のような気分を味わうことができる。

しかし現実はどうだろう。彼らはしきりに船の上に来て持ち帰り用のハンバーガーやフライド・ポテトを買いたがった。というのもチグニックにはレストランが一軒もなかったからだ。二週間に一回やってくるフェリーは彼らにとって特別な楽しみだったのである。私は小さな町を一時間ほどぶらぶらした。学校は空っぽで誰もいない——生徒や先生たち、それに親たちもハンバーガーを注文するのに忙しかった。たった一軒だけあった商業施設はキャンディーやチョコレート・バー、ちょっとしたアクセサリーなどを売っている店だった。

「たったいまフェリーで着いたばかりなんです」とカウンターの女性にいった。

「そうだと思いました」と彼女はいう。

「ここにいるあいだに見ておいたほうがいいような、何かおもしろいものはありますか？」

「何もありませんよ」

午後、タスツメナ号の船長ジョン・メイヤーが展望ラウンジの前に立って、乗客たちからの質問に答えていた。ちょっとした記者会見のようだ。船長はチグニックを出発するのが少し遅くなった理由を説明していた。それは船のバランスを保つために底荷を動かしたためだという。「サンド・ポイントの空港へ届けるために、ダンプカーに目一杯砂を積んで、ダンプごと船に載せました」と彼はいう（メイヤー船長は海に関することなら知らないことはないのだが、なぜサンド・ポイントの町がその町と同じ名前の粒状のものを輸入しなければいけないのか、その理由については知らなかった）。彼はまた外洋に出て挑戦をしたことも話した（「船長たちの中には震え上がってしまう者もいるんです。でも私は震え上がるどころか、一度も退屈することなどありませんでした」）。さらにGPSのシステムが機能しなくなったらどうなるのかという質問にも答えた（「心配はいりません。いまも天測航行で成果を挙げていますから」）。私も一八九九年にここで行なわれた航海といま行なっている航海とでは、何か違ったところはありますかとたずねてみた。「ちょっと向こうをご覧ください」と船長はいう。一方の側には大洋が開けていて、もう一方の側には人が誰もいない丘が見える。そこには遠くに雪をかぶった山々が望める。ダッチハーバーへ向かう航路では、いまも目に入ってくるのは緑と白と青の色彩だ。「クック船長がここへきたときからほとんど何も変わっていないんです」

バローズがくすねてきたスズメの巣でメリアムと取り引きをしたときに、秘密があっという間に船中で広まってしまったことをバローズは回想していた。だが、私もそれと同じ思いを経験した。展望ラウンジで座っているとあるご婦人が近づいてきた。白髪を三つ編みにしてうしろに垂らし、頭にはろうけつ染めの布で作ったヘッドバンドをしている。ジュディですと自己紹介をして、あなたが作家だというのはほんとうですかときいてきた。しぶしぶそうですと私は答えた。こんな情報がいっしょに旅をしているグループの中で広まると、彼らは『カンタベリー物語』に出てくる巡礼者たちのような行動を取りはじめた。そう、私がチョーサーの役まわりだ。「たまたまわれわれはこうして長旅をしているのだから、私がなぜここにいるのかを話し、おそらくは興味深いと思われる話を一〇話ほどしようと思う。おい写字生よ、この話を書き写さない手はないだろう」

ジュディはいった。「そうですか、よかった。私もじつは作家なんです」。そして私に彼女が持ち歩いているらせん綴じのノートを見せてくれた。私の直感的な反応は「うわっ、やめてくれよネコの詩なんて」。しかしやむなくちらっと見た。三行ほど読んでみると、直感は気をつけの姿勢を取った。ジュディはいける。彼女はアラスカの海岸のポートレートを散文でスケッチしていた。それはすぐにでも旅行雑誌に掲載できるほどよく書けていた。

「これはすばらしいですよ、ジュディ」と私はいった。

「わあ、そうでしょう」

ジュディと彼女の夫はメーン州からやってきて、アラスカ中を放浪しているのだという。彼らのように放浪して歩いている人々はおそらく船客の三分の一を占めているのだろう。他の三分の一はこの船の航路沿いにある小さな町の住人たちだ。アンカレッジや州外から故郷へ帰る人々で、近づきつつある冬をやり過ごすために新しいトラックや食料などの必需品を手にした帰郷の途中だった。そして残りの三分の一は旅行クラブの人々である。ほとんどは定年に達したご婦人方で、彼女たちはダッチハーバーへの往復旅行を申し込んで参加していた。太陽は輝いていて、海岸の風景は島と本土のあいだを通りすぎるときに、いちだんと美しく感じられた。しかし海に出て二日もすると、往復の旅もその五〇パーセントがアリューシャンの海ばかりで、厳密にいえば必要な楽しみとはとても思えなかった。パーサーが「これからエンターテインメント・ラウンジで映画を放映します。魚の薫製について撮影した映画です」とアナウンスすると、二〇人ほどの人々が部屋に集まってきた。しかし、DVDが途中で最初に戻ってしまった。だが、誰一人不満を漏らす者はいない。それは他にやることなど別にないからといった風だった。

さらに西へと旅を続けていると、土地はだんだん平坦になり樹木の量もさらに少なくなってきた。

遠くに火山が並んでそびえているのが見える。その一つのパブロフ山からは煙が立ち上っていた。それはちょうど一八九九年と変わらない。乗客たちは船首へ出てスナップ写真を撮った。ジュディは双眼鏡を私に手渡してくれた。パブロフ山とその双子のようなパブロフ・シスター山は、チワワ犬の頭のシルエットに似ていた。この巧みな見立てを私は同僚のライターと共有したくてたまらなかった。

「フクロウのほうがもっと似ていませんか？　そう思いませんか？」とジュディはいう。海に出て三日目ともなると、けだるい無力感が広がって船を押し包んだ。みんなはあちらこちらと動いていても、たまたま動きを止めたところで深いうたた寝に落ちていくのだった。乗船したときには二五セント硬貨の束（筒状になったもの）を二つ持ってきた。そして他のフェリーのときと同じように、それをロッカーにしまっておこうと思った。だがタスツメナ号にはロッカーがない。すぐにわかったのだがここではそんなものが必要ないのだ。アラスカ半島の先端近くに近づくと、私はバックパックをそのあたりに置きっぱなしにして、他の者たちのように iPad を充電するために男たちの部屋へ行った（二五セント硬貨はもっぱらキューリング・マシンに入っていった）。船はさらに寂しい小さな町に停泊した――キングコーブ、コールド・ベイ、フォールスパス。地元の人々はハンバーガーを求めて列をなすように船上へやってきた。タスタメナ号の乗組員たちは、公共のためのサービスを提供できたことを明らかに誇りに思っていた。彼らは固いきずなで結ばれた一団で、ことのほかメイヤー船長を愛していた。一度私が船のサイドデッキへこっそり行って、彼らが食事をしているダイニングルームをのぞいたことがあった。そこには丸いテーブルが二つあって白い布がかけてある。集まったクルーはみんな途方もないほど楽しげに会話をしているようだった。

どの停泊地でも旅行者が探検できる機会は限られている。船を下りて出歩いてみようとする船客の数がだんだん少なくなっていった。そして航行の最後の日に、アクタンで午前六時に停泊したのだが、さすがにこのときは一人も船を下りる者がいなかった。こうして船はクマのいないアリューシャン列島を横切ったのである。夜明けは美しい。あまりの美しさにこれまで目にしたことのなかったタスツメナ号の、カバーオールを着た乗員仲間たちも船の底から姿を見せてしきりに写真を撮っていた。アクタンではアフリカ人が三人乗船してきた。そして彼らはアメリカにソマリアの難民としてやってきたと私に話しかけた。夏場は缶詰工場で働いていたという。二人はこれからダッチハーバーへ帰る。非番の日だったので、片道三時間半をかけアクタンへやってきてぶらぶら歩きを楽しんだ。三人目の男は飛行機で歯医者に診てもらいに行くのだといって口を開け、虫歯を私に見せた。

「いつかぜひモガディッシュ（ソマリアの首都）へ行ってみてください」と彼は私にいった。「暴力を回避する仕方を知ってさえいれば、それはそれはすばらしい町ですよ」

37 忘れられた前線

ダッチハーバー

一八九九年にエルダー号が立ち寄る前の一世紀以上ものあいだ、ヨーロッパ人たちは風雨を避けることのできる、穏やかなダッチハーバーの港に惹かれつづけてきた。キャプテン・クックがこの近くに錨を下ろしたのは一七七八年のことである。それは彼がそこで命を落とすことになるハワイへ向かって出発する直前だった。クックの乗組員たちは、わずか一世代のあいだにロシアの商人たちが、この土地のアレウト族を力ずくで鎮圧してしまったのを目にしていた。コディアック島のアルティーク族やアレクサンダー諸島のトリンギット族はなお数年のあいだ、自分たちの独立を守っていた。しかしゴールドラッシュの時代がすでにはじまっていたのである。

クックがダッチハーバーに到着したころにはすでに彼も、自分の遠征のおもな目的だった北西航路がほんとうにあるのかどうか疑問に思いはじめていた。アラスカ最北端の地域とシベリアのあいだに広がるチュクチ海へとクックは航海を進めた。そして、通り抜けることが不可能な氷の壁に遭遇する。壁は「少なくとも一〇か一二フィート（約三メートルか約三・七メートル）の高さが」あるように見えた。クックはこの氷のあとを追って西へとはるばるシベリアまでついていった。どこか海岸を見つけることを望んでいたが、結局最後はそれをあきらめた。ワシントン大学の数学者ハリー・スターンが最近、クックがもどかしい航海をして以来チュクチ海を訪れた船舶の記録を調べた。そして結論づけたことは、この海の氷が一九九〇年代までは大きさに程度の差はあるものの、北緯七〇度あたりできまって作られていたことだ。そして一九九〇年代になってはじめて、氷が数百マイル後退をしはじめたという。北西航路はいまでは毎年短いあいだだが（これは年ごとに伸びている）航海が可能になった。クリスタル・セレニティ号はダッチハーバーに、私がやってくる一週間前に停泊していたが、いまはカナダの小さな町ウルクハクトークに着岸している。この町にはじめて白人がやってきたのは一九一一年のことで、探検家のヴィルヤルマー・ステファンソンが犬ぞりに乗ってきた。

タスツメナ号のタラップを下りていくと、ジェフ・ディックレルが波止場で待っていた。短パンにサングラスという出で立ちだ。まるでこれから浜辺へ行くようなスタイルだった。ダッチハーバーはウナラスカとも呼ばれる。交互に使われているのでわれわれもたぶんそうすべきなのだろう（正確にいうとダッチハーバーはウナラスカの町の中にある港だが、そこに住んでいない人々は二つの名前をほぼ交互に使っている。ウナラスカの意味はアレウト語［自称はウナンガン語］で「本土に近い島」だ）。ウナラスカは風の強度を五段階にわけると、もっとも高い等級のカテゴリー五として知られている。またエンドウ豆スープの霧［空気の汚染のためにしばしば黄色や緑色、あるいは黒い色をしている濃い霧のこと］が出ることでも有名。しかしふだんは気温が華氏六〇度台の半ば（摂氏約一八・三度）で空は晴れている。私が車の助手席に滑り込むと、ディックレルが「シートベルトは締めなくてもだいじょうぶです」といった。「ここはシートベルトもいりませんし、イグニッション・スイッチにキーを差し込んだままでいい町なんです」

ディックレルはウナラスカ学区で歴史の先生をしていて、町の歴史についても広くものを書いている。「ハリマンが来たときにはおそらくほんの少しの建物しかなかったと思います」と彼は私にいった。その中にはヴェニアミノフ神父がアレウト族の先住民たちの助けを借りて、一八三〇年代に建てたギリシア正教の大聖堂もあった。ダッチハーバーは数十年のあいだ、全権を掌握していた毛皮交易会社によって、いわばアラスカ王国を支配する拠点として使われていたとディックレルはいう。

アザラシやラッコの数が減ってくると、にわか景気と不景気が交代するパターンができあがってきた。アメリカの作家E・B・ホワイトが旅に出て汽船に乗っていると、上流階級とおぼしい旅行の常連さんたちといっしょになった。一九二三年のことだ。彼らはダッチハーバーに停泊したときに遭遇した陰鬱な光景に失望していたが、それを隠すこともしない。「人の住んでいない廃屋が数軒、インディアンの家族、雌ブタと三頭の子ブタ――それはサンフランシスコからやってきたご婦人方に見てもらえるような場所ではとてもなかった」

ウナラスカの沈滞低迷は一九四〇年まで続いた。ちょうどこの年に枢軸国側の膨張に心を悩ましたアメリカ軍が、アリューシャン列島の主要な海軍基地としてダッチハーバーを選んだ。「この町のすべてのインフラは第二次世界大戦のときに整備されたものなんです」とディックレルはいう。道路はすべてそうだし、発電所はいまも使われている。他にフェリーの終点の隣りに作られた灰色のぶあつい石版がある。それは空爆に持ちこたえるために厚さ五フィート(約一・五メートル)の鉄筋コンクリートで作られた壁だった。「しかしこれは軍港としてはとてもひどいところでした――第一船の向きを変えるスペースがないし、飛行場を作る土地もありません」

今日、ウナラスカの周辺をドライブするのは、中世のリサイクルされた羊皮紙を虫眼鏡で見るようなものだ。羊皮紙の上にはまだ消しきれていない古代の文字が残っていて、その上から修道士が何か独断的なたわごとを書き記している。一見するとこの町は産業化された漁業の町のように見える。アラスカのどこの町よりも大きな加工工場がいくつかある。ハクトウワシは大きなカニ捕獲用のカゴの山にハトのように集まって止まっている。ウナラスカはつねにアメリカ合衆国で最大の漁港として第一位を占めていた。そして入江に係留された船は、コードバのような港に停泊している船より二倍も三倍も大きい。四〇フィート（約一二・二メートル）の輸送コンテナを持ち上げることのできるクレーンがドックにそびえていた。「あの大きなコンテナは時速一七五マイル（約二八一・六キロメートル）の突風が吹く中をここまでやってきたんです」と、港から本土へ向かう橋を運転しながらいった。「もしこの橋を風の強い日に車で渡ると、車が左右に揺れるのを確実にあなたは感じますよ」

ウナラスカの町をさらに注意して見ると、かつてはジョン・バローズが何日か、ゆっくりとそこで過ごしたいといっていた樹木のない緑の丘はジグザグの塹壕で切り込まれ、そこここには錆ついたクォンセット〔かまぼこ形のプレハブ兵舎〕がまばらに建っていた。海岸の近くでは合衆国のメールボックスではなく、第二次世界大戦時のピルボックス（丸薬入れ）がたやすく見つかる。ディックレルは私に、このあたりの史跡が書かれたガイドブックを渡した。車で移動しながら私はぱらぱらとそれをめくって見ていた。丈の高い草むらに先のとがった金属の杭が打ち込まれているので注意をするようにと書かれている。七五年前に敵の上陸に備えて配備されたものだ。ウナラスカでは近い将来、旅行産業が大きく成長することを望んでいる者などいない。それは北西航路を船で一巡できるかどうかにかかわらずだ。「この町では誰もが観光事業などどうでもいいと思っているんです」とディックレルはいう。「片道の航空券は発着いずれも五〇〇ドルです。それは一年前にあらかじめ買っても一時間前に買っても同じです」。たとえ確認ずみの座席を手にしていても、到着や出発は保証されていない。このあたりでいわれているのは、霧のために何日も飛行機が飛べないことがよくあること、そして飛行機が飛べるかどうかそれを知るただ一つの方法は、六〇〇フィート（約九六五・六メートル）のバリフー山の頂上が見えるかどうかを知ることだという。

アラスカを通して人やものの動きが激しくなったのは、一九四一年一二月にパールハーバーを日本軍が攻撃したあとである。ダッチハーバーはおおまかにいって、東京からでもシアトルからでもほぼ等距離のところにあった。ハワイの奇襲作戦を立案した山本五十六提督は、北太平洋で大規模な攻撃を展開することを計画していた。

「アメリカ軍は日本側の暗号を読み解いていたんです」と、車が私の投宿していたホテルの駐車場に入りかけたときにいった。このホテルは「グランド・アリューシャン」といって、アラスカでは一番といわれた豪華なホテルだった。その名前はスティクスのアルバム『グランド・イリュージョン』によく似ている。「暗号を見破ったアメリカ軍は爆撃されることはわかったのですが、それがいつのことなのかわかりません」。一九四二年六月三日の陽が昇りはじめた直後、日本軍の爆撃機と零戦が襲ってきた。しかし破壊しようとした飛行場が見つからないので――ウナラスカは平地が少ないために近くの島々に空軍の基地を作っていた――、パイロットたちは標的をフォート・ミアーズの兵舎に変えて攻撃し三五人の兵士を殺した。「爆弾はいまホテルが建っているところにも落ちてきたんです」とディックレルはいう。次の日、日本軍はふたたび攻撃を仕掛けてきて、さらに犠牲者の数が増えた。しかし物質的な被害は比較的少なくてすんだ。

第二次世界大戦に詳しい歴史通ならまだしも、現在ダッチハーバーの戦いを記憶している人はほとんどいない。それはまったく同じ時期にミッドウェーで大きな海戦が起こっていたからだ。この戦いにおける日本軍の完全な敗北は太平洋戦争のターニングポイントとなった。戦いが激しさを増すにつれて、日本軍はダッチハーバーの攻撃から徐々に撤退をしはじめ、アリューシャン列島の西端に位置するアッツ島やキスカ島を占領した（経度からするとアッツ島はニュージーランドのオークランドよりはるかに西にある）。通信士が一人殺された。そして彼の妻と四四人のアレウト族の住人たち（中には子どももいた）が船で日本へ送られて、捕虜収容所に入れられた。彼らの三分の一が栄養不良と病気のために収容所で亡くなっている。キスカ島では一〇人のアメリカ人が捕虜になった。一九四三年に行なわれたアッツ島奪還の戦いはこの大戦のもっとも激しい、もっともたくさんの血が流れた戦いだった。それは日本軍兵士たちが降伏するより、死ぬまで戦うことを選んだ結果でもあった。日本は二三五一人の兵士を失った。捕虜になったのはわずかに二八人だけだった。そしてふたたびアリューシャン列島のニュースは、他の場所で同時に行なわれていた軍事活動によって、暗い影を投げかけられた。戦闘はガダルカナル島で起こっていた。

アレウト族の人々にとって、日本軍の攻撃は戦時中に味わった悲惨さのほんのはじまりにすぎなかった。「日系のアメリカ人が戦時中『抑留されて』いたことはご存知でしょう」とディックレルはエアクォーツ〔人の言葉を引用して話すときに、両手の人差し指と中指を出して目の高さに上げ、二回折り曲げるジェスチャー〕しながらいった。「ここの先住民たちが同じことをされたんです。それはアメリカ史上もっとも恥ずべきことでした」。日本軍がダッチハーバーを攻撃してひと月が経ったころ、ウナラスカと他の場所に住んでいた八八一人のアレウト族の人々――彼らはまぎれもないアメリカ市民だ――は、二四時間以内にその場所から立ち退くようにと通告された。その際に持って行けるのはスーツケース一つだけ、しかも中身は衣類だけで身のまわりの品はだめだという。そして、ウナラスカの白人たちはそのまま居住することが許された。アレウト族の人々はアラスカ・パンハンドルの南部にある打ち捨てられた缶詰工場に収容された。そこで戦争が終わるまでみじめな生活を強いられたのだった。「三年半ののちに彼らは戻され、キャプテンズ・ベイのこの場所に下ろされたんです」とディックレルはいう。「もちろん彼らが収容されているあいだに、アメリカ軍の兵士たちがドアを蹴破り、何もかにもすべてをむちゃくちゃにしていった」。ダッチハーバーの大聖堂は貯蔵庫として使われていて、雨や雪や風のためにひどく損壊してしまった。アッツ島で生き残った人々が日本から戻ってきたとき、彼らは故郷の島に帰ることが許されなかった。島では行政のサービスをするのに、経費がかかりすぎるというのがその理由だった。

戦後さらに衰退した時期を過ごしたあとで、一九六〇年代に入るとダッチハーバーの運勢は反転してふたたび上向きになる。それはタラバガニを急速冷凍する新しい方法の開発によって、これまで安価な缶詰食品だったものを、新たに高級品としてリブランド（ブランド再生）したことによる。タラバガニを獲っていた漁師はにわかに使い切れないほどのお金を持つようになった。「そこには一九七〇年代に登場して、わずか二、三年のうちに百万長者となった若者たちのサクセスストーリーがあるんです」とディックレルはいう。何年ものあいだウナラスカでは、若者が短期間にあまりに多くのお金を手にしたときに、往々にして起こりうる不品行の数々がはびこることになった――飲酒、麻薬、ときおり発生する暴力沙汰。そして一九八三年にはタラバガニの個体数がにわかに激減した。急遽カニ猟のシーズンは打ち切られたが、カニ資源はいまも完全には回復していない。

ふたたびウナラスカの人々は神に嘆願した。ディックレルがいうところの「昔からあるアフスカの祈りの言葉『どうぞ神様、われわれにもう一つブームをお送りください』によって」。一九九〇年代になるとこの願いが聞き入れられた。スケトウダラの餌釣りがはじまったのである。ウナラスカの巨大な処理工場は漁獲したスケトウダラのほとんどを、フィッシュ・スティックやすり身を作るための骨なしの切り身に変えてしまう。切り身の多くはひとまとめにして冷凍され日本へ送り出される。日本ではそれが値段の手ごろな寿司になるのである。「それを寿司にするころにはもう匂いもなく、味もないただのタンパク質になっているんです」とディックレルはいう。一世紀のあいだに地元の経済は毛皮から戦争へ、戦争からタラバガニへ、タラバガニからにせのカニへと展開していった。

次の日は天気のいい日曜日だった。おそらくディックレルが勧めてくれたハイキング・コースを探索しに出かけたほうがよかったのだろうが、私はきれいなシーツが敷かれた大きなベッドでゆったりと横になり、テレビの政治討論番組を見ることでタスツメナ号からの回復をはかった。それにグランド・アリューシャンの有名なビュッフェで満腹になるまでたらふく食べた。私は午後三時ごろに飛行機で飛び立つ予定にしていた。そして予定の便がまさかキャンセルされるなどとは思ってもみなかった。有名な宇宙飛行士がダッチハーバーを訪れたときに起こった出来事をある者が私にいうまでは。この飛行士は静かに月面を歩いた男だった。だが、アリューシャン列島から飛び立つ予定だったのが霧のためにキャンセルとなり、五日間足止めを食らった。そのときにはさすがにこの宇宙飛行士も、がまんがしきれなくなり思わず当たり散らしたという。

思っていた通り、見ているあいだに霧が巻き込んできた。私のフライトはキャンセルとなった。次の日、タスツメナ号でいっしょだった旅行クラブのご婦人方にひょっこり出くわしたときには、心底うらやましいと思った。アンカレッジ行きの朝の便に乗るために、彼女たちはグランド・アリューシャンのシャトル用バスで出発するところだった。この便に私は座席を予約することができなかった。しかし一時間後に彼女たちは荷物を手に戻ってきたのだ。彼女たちの乗る飛行機は出発直前になって霧のために地上で待機となった。

「今夜も出発することができないと思うよ」と私は昼食を運んできたウエイトレスにいった。

「コールド・ベイから霧が入ってくると考えられています」と、午後遅くに搭乗手続きをしたときに、チケット・カウンターの係員がいった。

「バリフー山の頂上が見えないうちは、やつらに飛行機を飛ばす気なんてないよ」と空港のバーで誰もがいっていた。バーはいつでも大はやりだった。

搭乗券を手にした乗客たちはガラス窓のそばに立って、じっとバリフー山を見つめていた。一時間ものあいだ人々は西の地平線を見渡して、世界でもっとも退屈な霧と山との一騎打ちを見守っていた。

38 新ゴールドラッシュ
ノーム

一八七九年にジョン・ミューアがはじめてアレクサンダー諸島にやってきたとき、彼が出会ったトリンギット族の男はアメリカ人を「ボストン人」と呼んだ。この名前はニューイングランドから来た船員たちに由来する。彼らはアラスカの海の富を思う存分利用しようとして来たのだった。それからというもの「ボストン」は先住民ではない者の行ないを表現する万能の形容詞となった。「われわれが村に入って決まりきった挨拶を送ると」とミューアは、グレイシャー・ベイを訪れたあとで、ホール・ヤングといっしょにはじめてトリンギット族の村に立ち寄ったときの様子を書いている。「彼らはボストン人の食べ物をわれわれのために用意できなかったことをごくあたりまえのようにわびて、われわれがインディアンの食べ物を食べることができるのかと真剣な顔でたずねた」。ボストン人たちは当初、プリビロフのような場所で毛皮に魅せられて、さらに西へと向かった。だが、ニューベッドフォードやナンタケット島からやってきた船員たちは、ベーリング海が商業捕鯨の可能性を秘めていることにすぐに気がついた。

エルダー号はシベリアから東へ、アラスカ本土のクジラの貯蔵所だったポート・クラレンス（スワード半島の先端）へ向かった。エルダー号は沖合に錨を下ろしたが、港の中には一〇隻の船が停泊していた。ハリマンはおそらくアラスカ文化が持つ珍しいものが衰えていくのを危惧したのだろう、捕鯨船の船長たちをエルダー号の船上に招いて、酒や葉巻きで歓待した（そして捕鯨を控えるようにと依頼した）。しかしウミア〔エスキモーの木製大型ボート〕を漕いで近づいてきたエスキモー族の人々にまでは申し入れを広げなかった。

エルダー号の船上で話を交わした者たちの中に、アメリカ政府のトナカイ調査基地でマネージャーを務めていた男がいた（トナカイはもともとアラスカで生息していた動物ではない――伝道者のシェルドン・ジャクソンがシベリアから食物源として輸入したのがはじまり）。そのマネージャーの男は、じつはトナカイの飼育は自分にとっては単なる副業にすぎないと打ち明けた。ほんとうにやりたい仕事は金の採掘だという。五〇マイル（約八〇・五キロメートル）ほど南のさびれたノームの海岸では、一攫千金の夢を抱いて金鉱を探しにやってきた者たちを乗せた船が続々と到着しはじめていた。

ポート・クラレンスは死に瀕していたアメリカ捕鯨業の最後の砦だった。一九世紀の末になるとクジラの数が激減し、南北戦争まではランプの主要な燃料源として使われていた鯨油が、石油からとれるケロシン（灯油）を含む他の燃料に取ってかわられるようになった。しかしアラスカではいつものことだが、一つのブームの終わりは次のブームの扉を残していた。

一八九八年九月、金鉱を探していたスカンジナビア人の三人組――彼らは「幸運な三人のスウェーデン人」として永遠に語り継がれることになる――が、アンビル・クリークに沿った土地で金鉱床を見つけた。この発見が外部に漏れるころには、スウェーデン人たちはこの地域の鉱区をすべて封鎖してしまった。ところがノームの海岸で散らばっている金については、彼らもそれを自分たちが見つけたものだと説明することはできなかった。それはとっくの昔になくなっていた氷河が前進したり後退することで、部分的にあとに残した金の鉱床だったからである。浜辺の権利を主張することなど誰にもできない。スキャグウェイと違ってノームの採鉱者たちは、二〇〇〇ポンド（約九〇七・二キログラム）の食糧を馬の死骸が散乱している峠を越えて運ぶ必要などなかった。彼らはただ海岸に足を踏み入れて、砂をふるいにかけるだけでよかった。エルダー号がポート・クラレンスの沖合で停泊していたとき、何百人という人々が押し寄せて、カナダのユーコン準州でひと山当てようと思っていた計画を見直しては、ノームまで行く船のキップを予約していた。一八九九年の終わりころになると、ほんのひと握りだったノームの人口は二〇〇〇人に膨れ上がった。そして一年後にはそれがおよそ二万人に達したとされている。そのほとんどの人々はテントの中で暮らしていて、テントの列は海岸に沿って何マイルも先まで伸びていた。

こんなニュースをもしひと月前に知っていたら、エルダー号に乗っていた鉱物学者たちはまちがいなく、ノームを探検させてほしい、いまにも起こりそうなゴールドラッシュを探らせてほしいと頼んだにちがいない。しかしポート・クラレンスはハリマン遠征隊の最北端の停泊地だったし、折り返し点でもあった。ハリマンの気持ちはすでにウォール・ストリートと、そこで彼を待っている大切な鉄道ビジネスのほうへ戻ってきはじめていた。ポート・クラレンスを離れて数日後に、汽船はふたたび標高一万五〇〇〇フィート（四五七二メートル）の壮大なフェアフェザー連山の頂きの下を通りすぎていた。今回はまれに見るようないい天気だった。ハリマンは船の向こう側で奥さんといっしょに座っている。ハート・メリアムはそのハリマンをむりやりこちらに連れてきた。

「あなたはこの旅行を通して、もっともすばらしい景色を見落としてしまっていますよ」とメリアムは叫んだ。

「この先もう景色を見ないとしたら、別に気にすることもないじゃないですか」。これがハリマンの素っ気ない返事だった。

アンカレッジからノームへ飛行機で行くと、五〇〇マイル（約八〇四・七キロメートル）の距離を飛行しているあいだに、特徴的なものが二つ目に入ってくる。それがデナリ山とユーコン川だ。以前私が飛んだ日はあいにくの天気で、アメリカでもっとも高い山の頂きがゆっくりと渦を巻くようなやな雲の中に包みこまれていた。うねるようにして流れるユーコン川も、ジュノー氷原からはるばる二〇〇〇マイル（約三二一八・七キロメートル）にわたって運ばれてくる沈泥《シルト》で水は濁っていた。アラスカの西海岸から太平洋へ三つの膨らみが突き出ているが、そのまんなかの出っ張りへわれわれの飛行機が近づいていくと、ユーコン川は鋭く南へ方向を変えていた。このまんなかの出っ張りがスワード半島で、二万年前はベーリング陸橋の一部だった。それがいま、太平洋で生じた荒々しい風に完全に吹きさらされたツンドラの端くれとなっている。

私はいつもアラスカの地図を、アメリカ大陸の地図の上に重ねて持ち歩いていた。二枚を重ねるようにして見ると、ケチカンやメトラカトラはフロリダ州のジャクソンビルの近くに位置している。アンカレッジはミズーリ州のカンザスシティにぴたりと合致する。ダッチハーバーはニューメキシコ州の南西部のどこかで浮かんでいる感じだ。アッツ島はほとんど完璧にサンフランシスコと一致する。スワード半島――大まかだがウェストバージニア州の大きさで、人口はたぶん一万人だろう――はサウスダコタ州とネブラスカ州の州境をまたいでいた。ネブラスカ州のオマハとコロラド州のデンバーのちょうどまんなかあたりに、大陸の端にくっつくようにしてあるのが非常に小さな町ノームだ。

小説家のジョン・ウィリアムズが前に次のようなことを書いていた。ノームには明らかにヤシの木はないが――他のさまざまな樹木もすべてない――、それを見て見ぬふりをすればここにはフロリダ州のキーウェストを想起させるものが何かある。キーウェストは北アメリカ大陸の反対側でぶら下がっている、いわばノームの対蹠的な双子といってよいだろう。この二つはともに大きな評判を持つ小さな町だった。さらに大酒を飲むことでも知られている。つまりそれはよく津波に襲われるということだ。ともにビクトリア朝後期の木造の建物が多いために、ひとたび海が激怒するとチョークで描かれた絵のようにあっというまに波に洗われてしまう。ノームとキーウェストが天候以外で大きな違いを見せているのは孤立という点だ。近郊の村はほんのわずかしかないが、その一つから車で入ることをしなければ、ノームへ向かう道路は一つもない。

ノームの観光案内所は八角形の形をした建物で、フロント・ストリートの酒屋の隣りにあった。海からは一〇〇フィート（約三〇・五メートル）ほど離れている。道路の向こう側に木造のアーチがある。三月になるとこのアーチを、アイディタロッドの漁師たちが得意満面の様子で犬ぞりを駆ってくぐり抜けていく。ダッチハーバーから私がこの案内所をたずねて、ノームの市長に会いたい旨を伝えたのは、市長が前に電話で、私が町に来たおりにはぜひ案内所へ立ち寄ってくれといっていたからだった。「だいたい市長はそんなに見つけにくい人じゃないです」と私はいわれた。

案内所に来てみると、何人かの地元の人々が丸いテーブルを囲んで座りコーヒーを飲んでいた。彼らが話していたのは失踪したノームの住人を探し出す話だった。この住人の車が町から数マイル離れた道端で駐車しているのが発見された。これまでたくさんの人々がノームでは消えている。それで一〇年前にはFBIがやってきて連続殺人の可能性について捜査したことがあった。しかし真実はもっと悲しいことだった。人々は北の「罪の町」へやってくる。そして疲れ果ててふらふらと波間や寒さの中に迷い込んだ（一月のはじめはノームでは日が昇らないときは――ランチタイムのころに数時間だけわずかに姿を見せて、地平線をピンボールのように転がっていく――夜間の気温も急激に下がって、華氏零下四〇度［摂氏マイナス四〇度」を下まわることがあった)。それからというもの深夜の安全パトロールが問題をほとんど解消したのだが、宇宙人による誘拐というもう一つの原因の臆測をまったく取り除くことはできなかった。

私は市長のリチャード・ベネビルに会いたいと思っていた。彼は市長の他にノームのナンバーワン宣伝マンだったし、旅行ガイドでもあった。そしてこの二週間のあいだ、アラスカのニュースをにぎわせていた張本人だった。彼が語っていたのはクリスタル・セレニティ号がノームを訪問することが、この町の未来におよぼす影響についてだ。誰もこの市長の居場所を見つけることができない。案内所の近くでうろうろしていた男たちの中に、私を車に乗せて一走りしてやろうという者——彼のことを私はロバートと呼ぶことにする——がいた。ダッチハーバーとちがってノームはいまもなお、多少ではあるが最初のビッグブーム(ゴールドラッシュだ)の余韻を残していた。

「ロバート」は自分の本名をいわないでほしいという。それは仕事の大半を金で処理をしているからだという。また国税庁を違法だと考えているからだともいう。頭にはトラックの運転手がかぶるようなキャップを載せているが、その帽子には手書きのメッセージがセロテープで貼りつけてあった。「インフォウォーズ(米超保守派のメディア)——アメリカよ目を覚ませ。お前の政府は腐り切っている」。ロバートが乗っているトラックは八〇年代はじめのシェビー・カスタム・デラックスで、それは道路の塩分と酸化によって分解しつつあった。「揺すぶらないと動かないので、とびきり安い値段で手に入れたんだが、それはまあ運がよかったよ」と彼はいう。左手でステアリング・コラムを動かして、右手でイグニッションをまわした。大型の雑種犬がバックシートに乗ってきた。名前はノームという。フロント・ストリートへ向けて車が走りだすと、ノームは頭をわれわれのあいだに突きだして休ませていた。

ロバートは一年の半分をノームで働いた。冷たい水をさらって金を探した。「シーズンは氷から氷まで、大まかにいうと五月から一〇月までなんだ」と彼はいう。「一〇インチ（二五・四センチ）ほどの掃除機を持っていって、ただ吸い込むだけだ」。ロバートと相方の運がよければ、数トンの沈殿物をふるいにかけて、ほんのわずかな金を見つけることができた。「採鉱については古いことわざがあるんだ。それは『（金と砂利を分ける）樋流し箱は嘘をつかない』というもの」

ノームの人口は三八〇〇人だが、これは大挙して金を探しに人々が押し寄せてきたときの人口にくらべるとほんの一部でしかない。しかしそれでもなおノームはまだ金の町なのである。私の投宿しているホテル、ノーム・ナゲット・インのブロックで、私は二つの会社を見つけている。それは金を鑑定しその純度を決定する会社と金を精錬する会社だ。ロバートが車を海岸から奥まったところにある山麓の丘に乗り入れると、そこには殺風景な景色の中に採掘現場が点々と存在していた。たいていの現場では作業をしているのは一人だけだった。「ここで採掘している男はもうやめたといってる」とロバートはいう。そしてもう一つの現場を指差して、「あそこにいる男たちはこの六週間のあいだで、二九〇〇オンス（約八一・二キログラム）の金を探し当てたんだ」といった。われわれはサッカー競技場を沈めたような巨大な穴のそばを通った。その埃だらけの底では小さなトラックが何台かぐるぐるとまわっていた。「あれが露天掘り金鉱なんだ。ここの労働者たちは一シーズンで五万から一〇万ドルのお金を稼ぐと聞いたことがあるよ」。そのお金はよそではたいていどこかへ行ってしまうのだが、ノームでは他に行かない。ガス料金はアンカレッジにくらべて二倍も高いし「ここのランチは二〇ドル」もする。

われわれは上り坂をアンビル・クリークめざして泥道を走った。そこは「幸運な三人のスウェーデン人たち」が金鉱を発見をした場所だ。「この山のまさにここが、ゴールドラッシュのときに大当たりが出たところだったんだ」とロバートはいう。丘には水のない乾き切った、深くて細長い溝がたくさん掘られていて、ゴールドラッシュ時に採掘作業で出た瓦礫の山がいくつもあった。「もしトラックから下りるのなら、足元に注意してください」とロバートはいった。「ここにはいたるところに、一〇〇フィート（約三〇・五メートル）ほどの深さの立て坑があるから」。毛むくじゃらで、巨大な角のある野生のジャコウウシが道路沿いに群をなしてたたずんでいた。アンビル山の頂上には大きな白いアンテナが四本並んでいる。風雨にさらされたドライブイン映画のスクリーンのように見えるが、それは冷戦の遺物でソ連に向けて作られた遠距離早期警戒システムだった。

町へ戻ってくる途中である年寄りのそばを通りすぎた。シャベルで泥をすくって三つのふるいに入れている。人気のあるリアリティテレビ番組でこの町が紹介された結果（その番組でロバートはプライバシーを守るために自分の顔が画面に映ることを拒否した）、ノームは金を求める観光旅行という割のいい商売をはじめることになった。一八九九年にはいろんなタイプの夢想家たちが汽船でここにやってきたが、いまでは彼らは夏の休暇を利用して飛行機で来る。ロバートはトラックをバックさせると、車のウインドウを下げて老人に採掘の調子はどうですかとたずねた。

「ここにきて一週間になるが、まだ何も見つかっちゃいないよ」と年寄りは答えた。「あと一週間ほどやってみるさ」

「いつ金に出会えるのかまったくわからないでしょう」とロバートは年寄りにいった。

「あの男はもしかしたら今日にでも小さな金の塊をひろい上げるかもしれないよ」とロバートは、そこから車を出しながらいった。「当たるかはずれるか、みんな一〇〇パーセント運まかせだからね――金が三フィート（九一・四センチ）先にあっても、それが見えないことだってあるからね」

われわれはロバートの小屋に立ち寄った。小屋は宅地の一区画（ノームバージョンというべきもの）の中にあった。そこにはベニアで建てた小屋とコンテナ車の小さな集まりがあった。それぞれの家では浚渫《しゅんせつ》用のボートが正面にとめられていた。船の脇からバキュームの管が垂れ下がっていて、それがスパイダーマンの宿敵ドクター・オクトパスのように見えた。小屋の中には錆びたストーブがあり、冷蔵庫はガス発生器やたくさんの缶詰類から離して置かれていた。私は小屋の外へ出た。ロバートが一分ほどあとに追ってきた。そして手にしていたものを私の手のひらにポンと置いた。それは小さな二つの純金の塊だった。形はやや不規則だ。それぞれの大きさはミニのハーシーバーくらいで、二つ合わせて七〇〇〇ドルの価値がある。「両方合わせると一二オンス〔約三三六グラム〕の重さがあるんだ」と彼はいう。「自分で精錬し鋳造したんだよ」

彼の小屋はどう見てもフォートノックス〔ケンタッキー州のルイスビル市にある軍用地で、一九三六年以来、米国連邦金塊貯蔵庫がある〕ではない。泥棒の心配はないのかときいた。すると彼は首を左右に振った。「ノームで金を運んでいる者はみんな武器を持っているよ」と彼はいった。「そしてみんながそれを知ってるからね」

次の朝、私は観光案内所に立ち寄って、私が残したメッセージを市長が手にしたかどうかを確かめた。彼は見ていなかった。それはちょっと奇妙な感じがした。ノームはそれほど大きな町ではない。それに前もってオンラインで私が見た何百枚の写真から判断しても、リチャード・ベネビルが人の注意をことさら避けるような人物には見えなかった。最新の『ノーム・ナゲット』の表紙にも、クリスタル・セレニティ号でやってきた観光客の前で、先住民のダンスグループといっしょに彼も踊っている姿が掲載されていた。フロント・ストリートを渡って、向かいにある市役所で私の運をひとまず試してみようと思った。するとそのときに、白い大きなバンが止まった。「市長が来られた」と誰かがいった。
車から下りてきたのは小柄でひどくやせた男で、頭は剃り上げていて、大きなくぼんだ目をしている。ちょっと見ると骸骨の衣装をまとった中学生のように見える。私は自己紹介をして、ノームの将来についで彼と話がしたいといった。「ノームの将来？　『もしもし電話局ですか』」とベネビルは叫んだ。「どうぞ、どうぞ、車に乗ってください」〔『もしもし……』は一九〇一年に作られたティン・パン・アリー（二〇世紀初頭のアメリカ歌謡界の総称）の歌のタイトル『もしもし電話局ですか、天国につないでください』の一部〕
なみはずれた性格を高く評価してベネビルには「最優秀」を与えたい。気さくで陽気だし、酒を飲んでいないのに気前がいい。彼は軍人の父親の子どもとして成長した。ミュージカル・コメディーの女王エセル・マーマンに憧れた。ニューヨーク市でどん底の生活をしたあとで結局はアラスカの奥地に落ち着いた。一九七〇年代に彼はミュージカルで成功を収めたことがあった――「アッパー・ウエスト・サイド、テノールの声、コーラス、ブロードウェイ公演まであとひと息」――が、酒に溺れてしまい、携帯電話の呼び出し音が鳴ることはなくなってしまった。「私はもうめちゃくちゃでした」。そののちはアラスカのノーススロープ郡のバロー（もっとも大きな石油の町）でセールスの仕事をしていたが、アンカレッジのメリル・リンチで働いていた彼の兄弟が仲介役をしてくれて、何くれとなくベネビルの仕事を援助してくれた。
「私がここへ着いたのは夜中でした。気温は華氏零下四〇度（摂氏マイナス四〇度）。どこでも雪が舞い散っていました」とベネビルは、二車線の海岸ハイウェイを突っ走りながらいった。「ジェット機から下りた私の出で立ちは、キャメルのラップ・コート、三つ揃いのスーツ、ネクタイ、それにインディー・ジョーンズさながらのフェドーラ〔やわらかなフェルトの中折れ帽子〕といったものでした。それがどうでしょう。空港のターミナルビルを見ていると、元気なエスキモーの人々が湯気で曇った窓ガラスを拭いていたんです。そして私を見ると『あれはいったい何なの？』っていったんです」

酒浸りのノームに落ち着いたあとではじめて、彼は何とか自分の酔いから覚めることができた。そして教師の職を見つけた。「ここにやってくるまでに私は、三〇以上の劇に出演してきました」とベネビルはいう。「しかし残念なことに、私は一九八二年にニューヨークを離れています。したがって私の上演可能なレパートリーにはすでに現在とのあいだにギャップが生じています。ブロードウェイではちょうどいま『キャッツ』の公演がはじまったところです」

ベネビルの携帯電話は数分ごとに鳴っている――地元民が些細なことで助けを求めてくる。それは病院へ行きたいのだが誰か車に乗せてもらえないかというものから、人生相談欄を受け持っている女性解答者の私事にいたるものまで。電話を受けている合間にベネビルは、前の年に教師を引退したあとで市長に立候補をしたのは、自然な次のステップだったように思うと説明した。「もしもし電話局ですか」と彼はいう。「私の足もとには草なんか生えませんよ」（「もしもし電話局ですか」――これを理解するのに二〇分ほどかかったが――はベネビルにとっては何にでも使える感嘆詞だった。彼は前に『もしもし電話局ですか』という地方のテレビ番組のホスト役をしていたことがあった）。彼の勝利のタイミングは思いがけないものだったという。それは一〇〇年にわたるゴールドラッシュの二日酔いのあとで、ノームはふたたび次の局面を受け入れる準備ができた、「その一歩手前の」町になっていたからだ。

ベネビルは車を道路脇に止めて海を指差した。そこには大きな船が錨を下ろしている。船はあるプロジェクトの不可欠な一部だった。そのプロジェクトとは、氷のない北西航路を利用してイギリスからアジアへ海底光ファイバーを開通させようというものだった。ノームは日本へと向かうケーブルの接続点となる。

「これは地球が縮まって近くなるということです。それにつれてベーリング海峡もアクセスしやすくなる」と彼はいう。「すべてが変わりつつあります。それも驚くほど速いスピードで。かつては氷も一一月には張りはじめていたのが、いまはそれが一二月の終わりになっています。そして氷が解けるのは以前は六月でした。それがいまは五月の半ばには解けはじめます」。気候の変化がノームに次のブームを探させることになったのではない。ノームでは気候の変化そのものが次のブームだったのである。「それは新しい北極圏なんです」と彼はいった。

忘れていけないのは、いま私がいっしょに車に乗っているのは以前歌や踊りをしていたが、そのあとで選挙で選ばれた役職者だということだ。このことを頭に入れて私は、気温の上昇にともなってノームの人々にこれから起こることが、おおむねいいことだと大げさに宣伝するベネビルの話に耳を傾けていた。一九五〇年代後半に立てられた計画に「チャリオット計画」というのがあった。これは核爆弾を何発か爆発させることで、ノームの北二、三〇〇マイル（約三二一・九から約四八二・八キロメートル）のところに深水港を作る計画だった。しかしこの計画は、一つにはベーリング海に港の必要がなくなったことで廃案とされた。積み重なっていた叢氷が薄くなったために、もはや事情が変わってしまったのである。中国の会社はすでに荷物をベーリング海経由でハンブルクへ船で運びはじめている、とベネビルはいう。スエズ運河を回避することで、三〇〇〇マイル（約四八二八キロメートル）以上の航路を短縮することができた。過去一〇年のあいだにノーム港へ出入りする船の数は五倍に増えた。氷のないシーズンがどんどん長くなるにしたがって、確実に船の数は増えていくだろう。ノーム港と昔の捕鯨の拠点だったクラレンス港は、陸軍工兵部隊によって新たな深水港の候補地と考えられている。しかし今回の計画は爆発ではなく浚渫によって行なわれることになっている。

「気候変動はこれから起こることを知らせる使者なんかではありません」とベネビルはいう。「気候の変動はすでに起こっているのですから。いま現にここで起きています。そしてそれは絶好のチャンスでもあるんです」

私は市長にたずねた。もしクリスタル・セレニティ号が、ノーム地区を走る黄色い通学バスのような定期往復便になってしまったら、セレニティ号に乗っている九〇〇人の高所得層の旅行者たちはそれに反対しないのだろうか。「みんながみんな超大金持ちということはありえませんからね」とベネビルはいった。「彼らの中にはリタイア組の教師もいます。そんな人々は歴史的な事件の現場に自分も立ち会いたいと思っています」。セレニティ号の所有者たちが氷を解かしたのではない。彼らはただ単に氷が消えたのを利用して、人々が欲しいと思うものを提供しただけだった。「観光旅行について私のスローガンをいえば、それは『行くことができれば、人々はどこへでも行くだろう』ということです。これがすべてです」と彼はいった。

われわれはノーム港へ出かけた。そこでベネビルが指摘したのは最近行なわれた改良工事のことだ。超過密になった船舶のために第三の波止場が作られた。深水港のおかげで燃料タンカーや大型の運用艦艇を停泊させることができるようになった。セレニティ号などのクルーズ船もスキャグウェイやケチカンの港のように、そのまままっすぐに港へ立ち寄ることができる。「軍人や外交官に限らず、誰もが北極海を新しい大洋だといっています」とベネビルはいう。「これについてはすべてのことが新しくてエキサイティングです」。北極圏の温暖化が世界の他の地域にくらべて二倍の速度で進行したら、科学者の中には五〇年も経たないうちに、貨物船が定期的に北極を横切って行き来するようになるだろうと予測する者もいる。

「『もしもし電話局ですか』。自分たちはいま偉大な探検家たちの時代——ヴァスコ・ダ・ガマのいたポルトガルみたいな——に生きているような気がしています。おわかりですか?」。われわれはバンから出て、波止場の端まで歩いた。そしてどこまでも続いている青い海を見つめていた。「ある人がいったんですが、それはまるで地中海をもう一度見つけたようなものだと」

39 グリーンマン

ワシントンDC

七月三〇日にハリマン遠征隊がシアトルに戻ってきたことは全国的なニュースとなった。『ニューヨーク・タイムズ』紙は第一面をこのニュースで飾った。帰郷のニュースを囲んだ周辺記事としてはバージニア州で発生した命取りとなる恐ろしい黄熱病や、ドレフュス事件をめぐってパリで起こった暴動、そして二台の自動車が平均で時速三〇マイル（四八・三キロメートル）の猛スピードで走った一日がかりのレースの特報などがあった。『サンフランシスコ・クロニクル』紙はエルダー号を「高さが五フィート（約一・五メートル）から六〇フィート（約一八・三メートル）のトーテムポールから微小の昆虫まで、あらゆるものをそろえている骨董品店」と呼んだ。

トーテムポールが船の荷物に積み込まれたのは遠征隊が帰郷の途につく間際だった。コディアックでフレデリック・デルレンボーが、年老いた採金者から荒っぽく描かれた地図を渡された。そこには打ち捨てられたインディアンの村の位置が示されていて、それがいまのケチカンの近くだった。故郷へ帰りつつあったエルダー号が、アラスカとカナダの国境に近づいたとき、ハリマンは採金者の地図とドラン船長の海図を見くらべて、船をケープ・フォックス・ヴィレッジと呼ばれた集落で停止する

E. H. HARRIMAN RETURNS

Pleased with Alaskan Tour and the Railroad Outlook.

UNKNOWN REGIONS EXPLORED

Important Results Obtained by Scientists Attached to Alaskan Expedition—No Anti-American Sentiment.

E. H. Harriman, the New York financier, who is now one of the powers in the rail-

1899年に帰還したハリマン遠征隊のニュースは全国に報道された。だが、帰還して数年間はそのほんとうの衝撃が感じ取られることはなかった。

ハリマン遠征隊は南へ帰還する途中で、ケープ・フォックスのトーテムポールを数本切り倒した。このトリンギット族の村は打ち捨てられたと思われていたが、実はそれはまちがいだった。

ように命じた。次の朝、エルダー号のランチが海岸に到着すると、遠征隊の面々は幽霊の町に遭遇した。海岸の背後にトリンギット族の昔ながらの家々が立ち並んでいたのである。家々の前には一九のトーテムポールが立っていた。

科学者たちは興奮した。衣服、毛布、仮面、彫刻、その他人工物があふれんばかりにある。ケープ・フォックス・ヴィレッジの沖合に錨を下ろしていたエルダー号は、そのために二日間停泊してそれぞれの専門家が自分の積み荷を最大限にできるようにした。遠征隊員たちは家々をくまなく探すと、いったいここの住人たちはどうしていなくなってしまったのだろうと不思議がった。「われわれにとっては、この村がなぜこれほどまでに完璧に捨てられてしまったのか、それも一見したところ、なぜこんなに忽然と遺棄されたのかが疑問として残った」とデルレンボーは書いている。

一番の収獲は巨大なトーテムポールだった。中には乗組員や科学者たちがいっしょになって、異常なまでに暑い天気の中で汗だくになりながら掘り出し、船へ移動させたものもある。船上では祝いのビールが開けられた。そしてハリマンの栄誉をたたえて一連の歌が歌われた。ハリマンは浜辺に遠征隊のメンバーを集めて、なお残るトーテムポールの前で全員がそろって最後の記念写真を撮った。夜中じゅう静かなインサイド・パッセージに、ハリマン・アラスカ遠征隊の歓呼の声が鳴り響いた。「われわれはいったい誰なんだ？　えっ、誰なんだよ？　そうさわれわれはＨＡＥ（ハリマン・アラスカ遠征隊）だよ！」

写真撮影に参加しなかった隊員が二人いる。一人はカメラのうしろに立って撮影していたエドワード・カーティス。そしてもう一人はむかっ腹を立てて、ふらりと出ていったジョン・ミューアだ。ミューアは隊員たちがこぞってトーテムポールを盗み出したことにひどく怒っていた。それに彼はまた、ポールのてっぺんで生活していたリスの家族が標本のためだといって捕獲されたことに不快な思いを抱いていた。一八七九年にミューアがアラスカを訪ねたとき、いっしょに旅をしていた長老派の宣教師の中に、カダチャン（トリンギット族のリーダー）の家族が所有していたトーテムポールを切り倒した者がいた。カダチャンはミューアをグレイシャー・ベイへ案内してくれた一人だった（「村の北のはずれでポールを切り倒している音が聞こえた。そのあとに重々しいドスンという音が続いた。それはまるで木が倒れるような音だった」とミューアは『アラスカの旅』で書いている）。キリスト教に改宗して、おそらくは異教の神像を捨てたばかりだったのだろう、カダチャンは宣教師の一団のリーダーをまともに見て問いかけた。「インディアンをお墓にやってあなたの家族の墓石を破壊させ、持ち運ぶようになさってはいかがですか？」

もしかしたら仲間たちがあやまちを犯しているのではないか、とミューアが不安を抱いたのならこれは彼が正しかった。ケープ・フォックス・ヴィレッジは打ち捨てられたのではない。村の住民たちは数マイル離れたところへ移動していた。おそらくそれは天然痘の蔓延を防ぐためであり、ほとんど確かなのは子どもたちを新しい学校に通わせるためだった。

エルダー号がシアトルに到着してひと月が経ったころ、地元のビジネスリーダーたちが作っているコンソーシアム（共同事業体）の面々がトンガスの村へ船で向かい、トリンギット族のトーテムポールを切り倒した。彼らはそれを運んできてパイオニア・スクエアに立てた。しかし、こんどというこんどは先住民たちもブレイディ知事に訴えた。そして大陪審は八人の実業家たちを起訴した。彼らは合計で五〇〇ドルの罰金を科せられた。シアトルはこのポールをトリンギット族に返さずにそのままにした。しかし、一九三八年に放火犯人がこのポールを燃やして破壊すると、トリンギット族の職人がかわりのポールを彫った。私がハリマン遠征隊のことをスモーキーベア・ハットをかぶった国立公園の森林警備員（レインジャー）から聞いたのは、このポールの下でだった。

シアトルでエルダー号から下りたハリマン遠征隊の人々は、新聞社のインタビューを受けたりして二、三日シアトルにとどまっていたが、そのあと散りぢりに解散した。ハリマンは好意的なマスコミの報道に気分をよくしていたが、すぐに迫りつつあった鉄道危機に対処するために出発した。ジョン・バローズや他の者たちもハリマンが用意してくれた特別列車で東へ向かって帰っていった。一四回目で最後のアラスカ旅行に夢中になっていたウィリアム・ドールは、こんどは新たな章を開くためにハワイへと旅立っていった。ハート・メリアムはサンフランシスコの沿岸地帯で三カ月を過ごし、哺乳動物の跡をたどった。そして『ハリマン・アラスカ・シリーズ』の編集作業の進行をしきりに心配して思い悩んでいた。結局この編集のために彼は生涯の一〇年以上の歳月を費やした。

ジョージ・バード・グリンネルは『フォレスト・アンド・ストリーム』誌に戻って、遠征に関する一連の報告を刊行した。そこで強調されたのが、アラスカの野生動物が直面している問題と政府の介入の必要性だった。その結果プリビロフ諸島のオットセイは、はじめて結ばれた野生動物を守る国際条約（一九一一年のオットセイ条約）によって救われた。エルダー号の船上でグリンネルは写真家のエドワード・カーティスに、次の夏モンタナへ行って、ブラックフット族のインディアンの儀式をいっしょに見ないかと誘っていた。この旅行はカーティスの二一巻におよぶ『北アメリカのインディアン』――この写真集は二〇世紀の写真撮影と民族学の傑作とされている――として実を結ぶことになる。カーティスが撮ったグレイシャー・ベイの融解しつつある巨大な氷河の写真は、アメリカ先住民と彼らの儀式を撮った写真とともに、すでに消え去った世界をとどめ残したものとなった。

ジョン・ミューアはマーチネスの果樹園へ戻ってきた。そののちの数カ月間、彼はメリアムからドラン船長まで、大挙して押し寄せてきた遠征隊の仲間たちを宿泊させて歓待した。船上で過ごした二カ月のあいだに、彼は原生自然の保護論者たちとの結びつきを深めた。そして、さらに他の者たちとも新たな同盟を結んでいた。果樹園に戻ると彼は早速ハリマンの娘たちに手紙を書いている。その中で彼は、エルダー号で過ごした時間を「洋上大学」に参加したようだったとつづっていた。「私はそこでたくさんのすぐれた仲間たちの講義や交際を楽しみました。仲間たちはまるで美しくバランスのとれた花束のように、選りすぐられた人々が各分野からやってきてせいぞろいしていました」

初期の環境保護運動はそれ自体で発展しつつあり、それは大まかに二つのグループで固まりつつあった。一つは実利にかなう功利主義者たちで、彼らはアメリカの自然空間はその潜在的な資源(おもなものとしては木材の切り出しだ)のために管理されるべきだと考えている。もう一つのグループはミューアやグリンネルなどのような人々に導かれている環境保護主義者たちだ。彼らは原生地は昔のままの状態で維持されるのが望ましいと思っていた。それは自然それ自体のためでもあり、未来の世代のためでもある。ミューアの叙情的なネイチャー・ライティングもいまではさらに鋭い切れ味を帯びるようになった。一九〇一年に書かれた『われわれの国立公園』の序文はちょっとしたマニフェストの感があり、そこでは田園の美しさや自然の光などにまで言及されている。「疲れ果ててしかもおびえて、過剰なまでに文明化された人々はいま、山々へ出かけることが故郷へ向かうことだと感じはじめている。さらに原生地が必要不可欠なものであること、そしてマウンテン・パークや保留地が木材や灌漑用の河川の源泉として役立つばかりでなく、生命の泉としても重要であることに気づきはじめている」

アメリカの環境保護運動は第一次世界大戦のようにゆっくりと、何十年もの期間をかけて形づくられてきたものであり、それがアナーキストが放った一発の銃弾をきっかけに突然爆発したように見える。一九〇一年の春ごろ、ブーン&クロケットクラブの共同創立者だったセオドア・ルーズベルトは、ワシントンDCで新任の副大統領としてウィリアム・マッキンリーに仕えていた。彼は友人のメリアムが送ってくれたハリマン遠征隊の報告書の下書きをしきりに読みたがった。他のさまざまな状況から判断して、徒歩で歩きまわるのが好きなルーズベルトは理想的なHAEのメンバーになっていたにちがいない。彼はグリンネルやメリアムとも長年の付き合いがあったし、片田舎についてもきちんとしたことを書いている。それにしばしば、彼の文字通りのヒーローでもあるジョン・バローズとも夕食をともにしている。彼は遠征隊のメンバーたちがエルダー号に乗って出かけた探検の旅をうらやましく思っていた。メリアムが書いたクマに関する著述に感想を述べながら「ルーズベルトはひそかに計画を立てていた。それはアラスカへ汽船で向かい、サケが泳ぐコディアックの川沿いに、アレウト族の案内で狩りをしようというものだった」と歴史家のダグラス・ブリンクリーは書いている。「彼はこの旅を見越して、ゴム長靴や撥水加工が施されたレインコートのスリッカーを注文さえしていた」

一九〇一年九月一三日、ルーズベルトはアディロンダック山地の山歩きから戻りつつあった。そのときにマッキンリーがバッファローで撃たれて瀕死の状態にあるという連絡を受けた。そしてマッキンリーは翌日死んだ。ルーズベルトはそのあとを受け大統領として就任の宣誓をした。選挙をすることなくこの国の最高職責についたこと、そして四二歳というアメリカ史上もっとも若い最高行政官になったことが、伝説になるほど有名なルーズベルトの自信を損なうことはなかった。アメリカの原生地の擁護を提唱する者たちは、突如、ホワイトハウスの中にその協力者を得たのである。ルーズベルトが大統領の就任宣誓をしてからほんの六週間後、ハート・メリアムがカリフォルニアにいたジョン・ミューアに手紙を書いている。新しい大統領は「事実を知りたがっています。それもとくに政府の仕事と関わりのないと同時に、人々によく知られて尊敬されているあなたのような人から事実を学びたいと願っています」

グリンネルはイエローストーンを保存するためにさかんにロビー活動をしていた。それをルーズベルトは見ていたので、富裕な実業家たちの利益を超えて、議会に進歩的な自然保護活動家たちのプロジェクトを支持させるのは、なまやさしい仕事ではないことをよく知っていた。そのかわりに彼には大統領として、恣意的な判断による政策を公布することができる。彼はそれによって広大な原生地を救うことを選んだ。一九〇二年八月、ルーズベルトはアレクサンダー諸島を保護林として残しておくという声明を発表した。同じ年にグリンネルやブーン&クロケットクラブの仲間たちの影響を受けて、ルーズベルトはアラスカにおける狩猟動物の保護をめざす、はじめての包括的な法律を議会に強く求めた。ムースやヒグマがいまでは生物調査局（メリアムがこの部署のチーフを務めていた）の監督下に入っている。一九〇七年、ルーズベルトはアレクサンダー諸島の保留地をさらに拡大して、一七〇〇万エーカー（約六万八七九六・六平方キロメートル）のトンガス国有林を作った。これはアメリカ史上最大の国有林だ。その数週間後には、彼が『ハリマン・アラスカ・シリーズ』で読んだカレッジ・フィヨルドやその他の地域を含む、五四〇〇万エーカー（約二一万八五三〇・二平方キロメートル）の土地をチュガッチ国有林として残した。エルダー号の乗客たちが目にした氷河のほとんどがいまでは連邦政府によって保護されている。

一九〇三年までには、絶大な人気を背景にしてルーズベルトはグランド・ループ・ツアーを計画していた。これは二カ月のバケーションを利用して、ミシシッピー州の西側に位置するほとんどの州を経巡ろうとするものだった。大統領とミューアの共通の知り合いたちは、はたしてミューアがシエラネバダ山脈にやってきた大統領を案内するのだろうかとささやき合った。二人は一度も会ったことがなかったが、ルーズベルトはミューアが書いた『われわれの国立公園』から深い影響を受けていた。

一九〇三年三月に彼はミューアに「私はあなた以外の人とはいっしょにいたくない」と手紙で書いている。「四日のあいだ私は完全に政治から離れて、あなたといっしょに屋外で過ごしたいと思っています」

ミューアはミューアで、大統領の訪問に対して自分なりの思惑を抱いていた。一八九〇年に設立されたヨセミテ国立公園はなお四角形をしたドーナッといった感じで、公園の中心にあるすばらしい眺望を誇るヨセミテ渓谷は、いまもなおカリフォルニア州の管理下に置かれていた。したがって製材業者や羊飼いたちは州のずさんな管理体制をいいことに、それを思うぞんぶん悪用していた。ミューアとシエラクラブはくりかえし州議会に、渓谷の権限を合衆国政府に戻すことを考えてほしいと要求していた。

ルーズベルトのヨセミテ訪問は思いのほか成功を収めた。大統領はカリフォルニア州の政治家たちが主催していた公式行事をほとんど無視して、こっそりと抜け出ると、ミューアとキャンプをしながら四日間を過ごした。二人はセコイアの木の下で眠った。そして馬に乗ってグレイシャー・ポイントまで出かけた。そこでは渓谷やハーフドームに雪が降っていた。ミューアは大統領に狩猟を控えたほうがいいとたしなめることができるほど、彼との関係は心地のよいものになっていた。

「大統領、生き物を殺すような子どもっぽいことを、いつまでなさるおつもりですか?」とミューアはきいた。

「ミューア、きみのいうことは正しい」と大統領は答えた。[9]

ルーズベルトはヨセミテ渓谷を保護しなくてはならないという意見にすぐに同意した。しかし、カリフォルニアの議会はおそらく、サザン・パシフィック鉄道の同意なしには、渓谷を管理する権限を連邦政府に返すことはしないだろう。サザン・パシフィック鉄道はサクラメントのもっとも強力なロビー勢力だったからだ。だが、幸いなことにサザン・パシフィック鉄道は、元気を取り戻していたエドワード・ハリマンがアラスカから帰ったあとで、彼に買収された。ミューアとハリマンとのまれに見るような友情はいまも変わらずに続いていた。そこでミューアはいくぶん気が進まなかったが、しぶしぶ鉄道界の大立て者に助けてほしいと援助を頼んだのである。一夜のうちにサザン・パシフィック鉄道は、ヨセミテ渓谷に対する意見を反対から支持へと変えた。ワシントンDCでは予算を気にした下院議長がこの法案をしぶしぶ承認した。ハリマンは議会の議長とも言葉を交わしている。ルーズベルト大統領はよろこんでサインをして案件を通し法律にした。

ルーズベルトの保護主義の武器庫にしまわれていたもっとも強力な武器は、おそらく一九〇六年の遺跡保存法だったろう。この法律が彼に「歴史的名所や歴史的建造物、それに科学的な関心の対象物」[10]を守る力を与えた。それからのちの二年半のあいだに、彼はデビルズタワー(ワイオミング州)、

(9) ルーズベルトが二度と、動物に対して銃を向けることがなかったと想像するのはいいことだ。だが、それはミューアに魅せられてほんのつかのま思いついたことにすぎなかったようだ。一九〇九年に大統領の任期が終わって数週間が経ったころ、ルーズベルトはスミソニアン＝ルーズベルト・アフリカ遠征隊を組んで出かけた。この遠征では一万一〇〇〇体の動物標本が博物館のために集められた。

(10) 遺跡保護法の議案は米国連邦議会の名もないヒーローの一人のおかげで議会を通過した。その名はアイオワ州の連邦議会議員でブーン&クロケットクラブのメンバーだったジョン・レイシーだ。彼は以前一八九四年の――「イエローストーン国立公園の鳥や動物を守る」――レイシー法の成立に携わったことで、ブーン&クロケットクラブの政治勢力としての世評を高めた。彼がイエローストーンの無法状態にはじめて気づいたのは、この渓谷を幌馬車で通っていて強盗に襲われ、ピストルを突きつけられたときだった。レイシーはまた一九〇〇年のレイシー法も書いている。この野生動物を保護する法案が議会を通過して法律となったとき、はじめて環境保護のための総括的な連邦法が成立した。

ペトリファイド・フォレスト（アリゾナ州）、グランド・キャニオン（アリゾナ州）、その他西部のすばらしい場所などを国定記念物に指定した。一九〇八年、ある金持ちの実業家がセコイアが生い茂る、北カリフォルニアの約三〇〇エーカー（約一・二平方キロメートル）の土地を政府に寄贈した。ルーズベルトは寄贈者のリクエストを尊重して、その記念物を「ミューアの森」（ミューア・ウッズ）と名づけた。一九二五年にはカルビン・クーリッジ大統領が、遺跡保存法を使ってグレイシャー・ベイを国定記念物に指定している。

一八六七年のアラスカ購入から一〇〇年のあいだ、先住民の土地の権利問題は法的に中ぶらりんの状態のままだった。しかし一九六八年にプルドー湾の海底で巨大な油田が見つかったことですべてが変わった。アラスカ州はすぐにこの油田の採掘リースを九億ドルで売却した。大手の石油会社が先住民の土地を通して八〇〇マイル（約一二八七・五キロメートル）におよぶパイプラインの建設を計画したために、いくつもの先住民の部族が土地に対する所有権を主張した。そして土地の権利問題が解決しないことには、一滴たりとも石油が流れないことがすぐに明らかになった。解決は一九七一年に制定された「アラスカ原住民権益措置法」（ANCSA）によって、四四〇〇万エーカー（約一七万八〇六一・七平方キロメートル）の土地と九億六二〇〇万ドルのお金を、一二の地域自治体と二〇〇以上の村落自治体のあいだで分けるという形で行なわれた。

合衆国政府はANCSAを受けて、残りのアラスカの土地をどうにか決着をつけなくてはいけなくなった。その最終期限に直面した大統領のジミー・カーターは一九七八年に、遺跡保護法を活用して五六〇〇万エーカー（約二万二六六二平方キロメートル）の土地を国立記念物に指定してしまった。在職中の最後の数週間のあいだにカーターは、一九八〇年の「アラスカ国家利益土地保護法」にサインして法律を成立させた。この法律はセオドア・ルーズベルトの政権以来、議会を通過した環境立法の中でもっとも重要なものと広く考えられている。この法律の施行によって北極野生生物国家保護区の範囲が大幅に広がったし、国立公園局の管理下の土地の広さも倍増した。さらにいくつかの記念物が国立公園へと格上げされ、その中にはグレイシャー国立公園やカトマイ国立公園も含まれている。

40 ランズ・エンド

シシュマレフ

皮を剥いだばかりのアシカは特大のビーフ・テンダーロインのようだ。それも端っこにひげを生やしたかわいい顔のついた。私がこのことを知っているのは、シシュマレフに着いてバッグを下ろしたあとで、最初に出会った人（アニー・ウェイウアナ）がゴマフアザラシの脂肪をこすり取っていたからだ。彼女はその日に夫といっしょに狩りに出て、このアザラシを撃ったばかりだった。「脂肪はそり用の犬にあげるつもり」とウェイウアナは、脂っこい脂肪の層を湾曲したウル［イヌイットの女性が使うナイフ］で切り剥がしながらいった。「皮は帽子やミトン（手袋）を作るのに使います」

ウェイウアナはシシュマレフの移転問題を取りまとめる役をしていた。本土へ移転すべきかどうかを問う歴史的な投票が行なわれてから二週間が経つ。市役所の扉にはまだ手書きの投票結果が貼りつけてあった。シシュマレフには約六〇〇人の住民が住んでいる。そしてシシュマレフはサリチェフ島の唯一の集落だった。この島は引き延ばしたピーナッツのような形をしている。長さが二マイル半（約四キロメートル）、幅は一番狭いところで半マイル（約八〇四・七メートル）以下だ。島はスワード半島の海岸から五マイル（約八キロメートル）離れた沖合にあり、ノームの北約一二〇マイル（約一九三・一キロメートル）の地点に位置している。北極圏は三〇マイル（約四八・三キロメートル）北になる。アラスカの気温が上昇するにつれて、シシュマレフの誰もが、思い出せるかぎり長いあいだあてにしてきた気候のパターン――つまりひどく寒い――がますます予測のつかないものになりつつあった。

「季節が変わりました」とアニーが私にいう。「春が早く来るようになりました。海が凍るのも前より遅くなりました。昔は一〇月には凍っていましたが、去年は凍ったのが一月でした」

シシュマレフは私がアラスカで訪れた最後の町だ。そしてそれはおそらく、訪問した町の中でもっとも古い町にちがいない。町の住人はイヌピアット族で、これまでにエスキモー族という名で知られてきた北方の人々（イヌイット族）の下位集団だ（エスキモーという言葉は他の先住民が使った軽蔑的用語と考えられていて、二〇一六年の時点で連邦政府は使用をやめた）。何千年ものあいだ遊牧民のキギクターミウト族――「島の人々」という意味――が、シシュマレフを取り囲む海岸地帯を占領していた。ノームでゴールドラッシュがはじまったのが、ちょうどエルダー号が航海をはじめた一八九九年ころだった。このゴールドラッシュの放蕩に応える形で、シェルドン・ジャクソンが率いる宣教師たちは、キギクターミウト族に対して、どこかに定住するようにと強く求めた。そしてそのためには学校や教会や郵便局も建てられた。こうして選ばれた場所がサリチェフ島だったのである。年間を通して食料が入手可能なことからも、サリチェフ島は居住地として当然の選択だった。

アニー・ウェイウアナは町の食料の九〇パーセントは、いまでも必要最低限の狩猟と採集でまかなわれていると推定していた――それはアゴヒゲアザラシ、カリブー、カモ、ムース、魚、セイウチ、葉野菜、液果類など。「海はわれわれのスーパーマーケットです」とアニーはいう。「ただしスーパーといっても、ただ起きてそのままウォルマートへ行くというわけにはいきませんが」

氷が薄くなることは、ノームの経済や世界中の船会社にとっては恵みを約束するものかもしれない。

だが、シシュマレフにとってはほぼ確実に最悪な事態をもたらすものになりかねない。薄い氷はあまりにも危険すぎて、その上で狩りをすることができない。私がアンカレッジで会った、UAF（アラスカ大学フェアバンクス校）の学生のエサウ・シノックはこのシシュマレフの出身者だった。彼が話してくれたのだが、晩春のことだったという、ふだんならしっかりと凍っているはずの氷が割れてしまい、水の中に落ちたおじさんが溺れ死んでしまった。秋になるとチュクチ海から激しい嵐が吹き込んでくる。これまでだと一〇月には海岸沿いに氷がしっかりと張っていて、それが緩衝材となって守ってくれたのだが、もはや氷は襲ってくる大きな波を安全な距離に遠ざけてくれない。気温の上昇はまた島の永久凍土を解かしはじめている。一九七〇年代以降は嵐が襲ってくる頻度が高くなり、その勢いも強くなった。そしてゆるい砂を侵食して、それといっしょに家々を吹き飛ばしてしまう。

夏がアラスカの過去と現在を天秤にかけながら過ぎていったあとで、シシュマレフは私の旅の終わりに、アラスカ州の将来について起こりそうなことをちらっとかいま見る機会を与えてくれた。もしこの町の近況が何らかの兆しになっているとしたら、それ以外にあらためて、別の兆しを手にする必要はないだろう。

私はシシュマレフ・スクールの教室で眠った。壁には生徒たちを鼓舞する標語が貼りつけてある。「猛勉強」や「他人への尊敬」を勧める文句が、「ハンターの成功」や「部族に対する責任」などの文句と並んでいる。町には給水設備があり、洗濯場（洗濯ができてシャワーが使える）と診療所を備えた建物が三つしかない。学校はその一つだった。太いホースが地面の上を走っている。そしてそれが三本接続されていた。決まった日常からいくぶんはずれた朝は、ニューヨークの郊外で私が迎える朝に少し似ている。ただ違っているのは、外に止めてある乗り物がみんなスポーツ四輪オートバイ（クアッド）だったことだ。そのタイヤはやわらかな砂を蹴散らすために、刻み込まれたパターンがごつごつとしていた。

世界の大半の人々にとってシロクマは気候変動のマスコットだった。しかしシシュマレフでは違っていた。学校がはじまる前に廊下で、私は小学二年生と三年生の騒がしい一団に遭遇した。好奇心に満ちた彼らは、見知らぬよそ者のまわりに集まってがやがやと騒ぎ立てていた。私は小学生たちから、すべてのクマがその色にかかわりなく危険なやっかいものであることを知らされた。

「パパは思わずスノーマシン（人工降雪機）でシロクマを追い払ったんだ」と一人の少年がいった。

「ヒグマならシロクマをやっつけられるよ」ともう一人の少年がいったものの、仲間たちの反応は疑わしげだった。

「ヒグマが七頭もいたんだ。それは死んだシャチが浜辺に打ち上げられていて、それをクマたちは嗅ぎつけてきたんだよ」と三人目の少年がいう。その前の日にもセイウチの屍体が岸に上がった。それが腐ってしまうので、訪問客はますます近づかなくなってしまう。

アラスカでは気候の温暖化がその風景を変化させつつある。シシュマレフの町はますます激しくなった嵐によって侵食され土地と家を失った。

ウィリアム・ジョーンズはシシュマレフの警官だった。一九八〇年からこの仕事についていて、明らかに彼は仕事を楽しんでいる（町にはまた村の公安官［VPSO］がいる。彼はアラスカ州によって訓練を受けた職員で、どんな仕事でもこなした。仕事は法の執行から防火、救急医療まで幅広い）。ジョーンズにはこのところ、引き受けたほうがいいのかやめたほうがいいのか、態度を決めかねていることがあった。それは私がこの町にやってくるちょっと前に、彼に押しつけられた市民の義務だ。「先週市長をやってほしいといわれたんです」と、タウンホールの二階の市役所で、われわれが握手を交わしたときに彼がいった。前の市長が突然やめたという。ジョーンズが議会によって臨時の後任者に選ばれたのだ。

ジョーンズはやぎひげを生やしていて、Tシャツにジーンズ姿をしている。銃や手錠を持っているのだろうが、彼と会っていた数時間のあいだはそれを目にすることがなかった。目が睡眠不足のせいなのかむくんでいる。午前三時に目を覚ましたという。安売りのウィスキーR&Rを数瓶こっそりと禁酒のこの島に持ち込む者がいて、どうにも手に負えないからだ（ジョーンズは誰かがシシュマレフに酒を密輸しようとすると、その数時間以内にはつねに気がつくという。そんな彼には自由に使える独房があって、一人だけだが収容できる。だが大晦日のようなせわしい夜には、いくぶん行儀のいい酔っぱらいは独房には入れずに、事務所で彼の隣りに座らせるのだといっていた）。われわれはミスターコーヒーのコーヒーメーカーで発泡スチロールのコップにコーヒーを入れて、隣りの会議室へ行った。会議室の壁には現在侵食が起こっている場所や、やがて侵食が起こりそうな場所を示した地図が貼られていた。

「たくさんの土地をなくしてしまいました」とジョーンズはいって地図を詳しく調べた。「海辺は西側が侵食されています。このあたりには家が立ち並んでいたのですが」。二〇一三年の嵐が海岸を五〇フィート（約一五・二メートル）も削った。そこには以前大きな道路が通っていた。陸軍工兵部隊が次々に堤防を築き、それぞれの堤防は一つ前のものよりはるかに立派だったのだが、どの堤防も波の力を和らげるのに有効な働きをしてくれなかった。

もう一つの地図はシシュマレフが移転する可能性のある、本土の二カ所の地点を示していた。海外のメディアが伝える息せき切ったレポートとは対照的に、シシュマレフの移住（ディアスポラ）はそれほど差し迫ったものではなかった。新しい町の候補として挙げられている二つの場所は、ともに本土の奥深い低木地帯にあった。もし新しい町がツンドラ地帯から立ち上がったとしたら――「そこには道路もまだ作られていません」とジョーンズは指摘する――シシュマレフ二世は北極圏のブフジリアになるだろう。移転の費用はおよそ数千万ドルになると見られている。だがその費用はいまのところまったく準備されていないようだ。アラスカ州にはこのような移転を扱う事務所があり、気候変動に脅かされている多くの自治体が住居の移転を考えている。八月の投票もじつはシシュマレフで行なわれた最初の住民投票ではない。最初に行なわれたのは一九七五年で、移動も二〇〇二年にはすでに投票で決定している。

「あなたは投票の結果に驚かなかったのですか？」と私は島にとどまるほうへ投票をした彼にたずねた。

「私はむかつきましたよ」とジョーンズはいった。「投票をしたのはもう四〇年も前のことです。しかしわれわれはまだここにいます。おたがいに話します、話す、話す、話しますよ。これから先の四〇年もわれわれは協議を続けていくつもりです。この島は故郷ですよ。しなければならないのははしけを手に入れて砂を運び、故郷を守るためにその砂をまわりに置くことです」

シシュマレフはどう見ても、店じまいセールを行なっている町のようには見えない。新しい石油貯蔵施設が計画されているし、教師たち（ほとんどが先住民ではない）の家も建設中だ。島の主要な道路は二、三週間前にはじめてタールマカダムで舗装されたばかりだ。ジョーンズは私を、一番最近に築かれた一番大きな堤防へ連れていってくれた。海岸線に沿って大きな石がきちんと積み重ねられた幅広の堤防が長く続いている。

「以前ここには海岸に沿って砂丘があったんです」とジョーンズはいう。「みんなでそこに座って、水を楽しんだものです」。波がしぶきで岩を濡らし、死んだセイウチを洗った。ジョーンズはセイウチの肉は美味だが、まずそれはしばらくのあいだ埋めておかなければならないという。適度に発酵させるためだった。「脂ぎっているけどとてもおいしいんです」と彼はいう。「それを食べるとおいしさに舌がうずきますよ」。レポーターたちはこの島へやってきて、アラスカの新たに発生してすでに有名になっている気候変動避難民たちから、ちょっとしたものでもサウンドバイト〔ニュース番組などで短く引用される音声や発言〕を集めようとする。そんなレポーターたちをからかうのが好きだとジョーンズは認めていたが――最近、ロサンゼルスからやってきたラジオ番組の司会者にこんなことをいったという。自分は二階建てのイグに住んでいて、「電気」という言葉にはなじみがないと――、セイウチは真に食材の掘り出し物だということだけは主張して伝えた。理想的にはセイウチの肉のあとにエスキモーのアイスクリームがボウル一杯出てくるといいのだが。このアイスクリームは主成分が地元のベリーとアザラシ油なので、乳製品を含まないごちそうだった。

　不動産の言葉でいうと、シシュマレフでは誰もが家を持っているが、それは「海辺の」家であり、「海辺まで歩いて」いける家だった。アラスカの他の町では缶詰工場があったり、トロール漁船がひしめきあうマリーナなどがあったりする。だが、サリチェフ島の本土に面した海岸には、木でできた小さなボートや肉や魚を潮風の中で保存処理をする乾燥棚が並んでいた。とりわけ危険な嵐がやってきたときには、いったいどんな指令が出るのですかと、二、三度ある人にたずねたことがあった。そこで私が期待したのは避難計画やヘリコプターの出動だった。だが誰もが同じことをいった。天気が悪くなりそうになったら、ひとまずみんなのボートと肉を干していた棚が安全かどうかを確かめる。それから彼らは安全な場所へ避難をする。緊急事態が発生すると住民たちは学校や教会へ避難した。

　ジョーンズは島をまわってみてはどうか、そして彼の隣人たちを訪ねてみてはどうかと誘ってくれた。四輪ATV（クアッド）を彼が運転して、私はリアラックにしがみつくようにして座った。気温が肌寒く、霧雨が降るあいにくの天気だった。島の海側で見えるのは、波をよけるための防塁として砂に埋められた黄色いブルドーザーの先っぽが数インチと、他には使われなくなった重機などだ。風が吹く方向を変えて、まともにわれわれのほうに突風となって、鼻につくいやな匂いとともに吹きつけてくる。シシュマレフの家庭には水洗トイレがないので、家庭で出る糞尿は集められて汚水槽（セスプール）に溜めておかれる。ジョーンズはにやにやして笑いながら、この汚水槽は旅の重要な一部なのだといい張っていた。

「この悪臭は汚水槽のものですか？」と私は肩越しに叫んだ。

「いいえ、これはセイウチの匂いです。あなたがセイウチを食べたらやはりこれに少し似た匂いがしますよ」

ノックもせずに突然入り込んでしまうドアの数が、もしジョーンズの捜査方法を示す何らかのしるしだとすると、シシュマレフには思いの他たくさんの未解決犯罪があるのではないかとつい思ってしまう。私はエサウの祖父のシェルトン・コキオクに会った。彼の家は砂浜の断崖の端に建っていた。すでに彼は侵食によって家を一つ失っている。「私はいつもあの窓の外を眺めているんです。そして浜辺がひどい天気になっていないかどうか見張っています」と彼はいった。ハワード・ウェイウアナ――シシュマレフで会った人はみんなウェイウアナという名字がついている――はとっくになくなってしまった砂丘の思い出を語っていた。砂丘では冬になると子どもたちが、シールスキン（オットセイの皮）で作ったそりで滑って遊んでいたという。

クリフォード・ウェイウアナは自慢のサワードウ・パンケーキを出してくれた。そして彼が飛行機の操縦を独学で覚えたいきさつを語った。一七年間、無許可で辺境地を飛ぶパイロットをしていたという。「捜索救助に飛んだときには七人の人々をぶじに救出し、二人の遺体を引き揚げました」と彼はいった。「生きている人を見つけたときには、その人々はいつも一杯のコーヒーとたばこをほしがっていました」。この二つはクリフォードも大好きだった。ジョーンズのように彼も移転を問う投票は時間のむだだと考えていた。ことのなりゆきは見届けたいと思っているが、結局は見れないだろうと認めていた。「移転が行なわれるとしても、イエスの再臨よりさらにゆっくりと起こるのではないでしょうか」と彼はいった。

われわれが最後に訪れたのはアルディスとジョニーのウェイウアナ夫妻が住む小さな家だ。アルディスが今朝集めたモスベリーを洗っているあいだ、みんなでキッチンのテーブルに座っていた。「私は一九五八年にここへ犬ぞりでやってきました」とアルディスはいう。「私と兄弟や姉妹を除くと他には誰一人英語を話す者がいませんでした。みんなはイヌピアック語で話をしていました。ハンターがシロクマを捕まえてくるたびに、それを祝ってエスキモーの踊りをよく踊っていました。そんな若者たちの一人がついこのあいだシロクマを殺したので、一度だけまた以前のようにダンスを踊りませんかといってみましたよ。でもいまは何だかんだといろいろなことがありますからね。ビンゴのように」

アルディスは移転のほうに一票を投じた。「これまでずっと住みつづけてきたこの場所を離れることは難しいでしょう。しかし、居つづけるとなれば、若い人々を犠牲にすることになりますからね」といって彼女は私にモスベリーを勧めた。モスベリーは小さなブルーベリーのようだったが、思っていたより苦みが強い。私は思わずしかめっ面をした。「エスキモーのアイスクリームがあるので、ここに滞在しつづけるのはちょっとむりだと思いますよ」と彼女がいった。

シシュマレフで何人かの人々から聞いた話がある。古いいい伝えによると、シシュマレフは「水に浮かんだ島」で、その下には水が流れていたという。この物語にはどんな意味があると思いますかとアルディスにきいてみた。

「ずっと昔に年寄りたちがいっていたそうです。『シシュマレフは海からできている。そしてある日、それは海へと戻っていくだろう』」と彼女はいう。「思うんですが、それはわれわれが消え去る運命にあるということでしょう」

ジョーンズと私は彼の小さな家へ戻って、ノームへ飛ぶ飛行機を待った。町の雑貨屋でマルボロを買って、一箱贈り物としてジョーンズに手渡した。彼はお返しにといって浜辺で見つけたマストドンの歯をくれた。サワードウを作ってくれたクリフォード・ウェイウアナはピックアップ・トラックで空港までやってきた。シシュマレフで普通サイズの車を見たのはこれが二台目だ。クリフォードは二〇ポンド（約九・一キログラム）ほどの魚の箱を、ノームにいる彼の姉妹に届けてほしいという。ジョーンズはマルボロの箱を開けて、クリフォードにたばこを一本与えた。

「あっちもこっちもずっとここいらは砂丘だったんです。中には二階建てくらいの高さのものもありました」とクリフォードはいった。「あのあたりも飛行機が着陸できるほど広い浜辺でした」。彼はたばこを一服大きく吸うと、軽くたたいて灰を落とした。「なくなってしまった。どれもこれもみんな消えてなくなりました」

エピローグ
ニューヨーク市

ジョン・ミューアは何年ものあいだ力を振り絞って自伝を書いていた。一九〇八年、エドワード・ハリマンは家族で夏を過ごしていたオレゴン州のクレーター・レイクにミューアを招いた。そのころハリマンは胃がんと闘っていて、その病状は古い友達だったセオドア・ルーズベルトとのあいだで起こった論争のためにさらに悪化した。進歩的な大統領はモラルに反する実業家の一人として、鉄道業界の大物ハリマンに白羽の矢を立てた。彼が率いる独占企業を国家の利益のために解体する必要があるというのだ。ハリマンは最後まで仕事を効率よくこなして有能だった。というのもミューアが彼の屋敷に滞在していた三週間のあいだ、秘書に命じてミューアの話す言葉を一言ももらさず速記で書き留めさせた。その結果ミューアは一〇〇〇ページにおよぶ思い出を口述したのだが、それがのちに『私の少年時代と青年時代』を書くときの核になった。ミューアが滞在した一年後にハリマンは死んだ。「友達のハリマンが逝ってしまったのでとても寂しい」とミューアはジョン・バローズに書いている。「はじめはちょっと反発していましたが、最後は彼を好きだといえるようになりました」

一九一四年のクリスマスイブに、結核を患っていたミューアはロサンゼルスの病院のベッドで一人寂しく死んだ。七六歳だった。最後まで考えていたことはおそらく氷河のことだったと思う。ベッドのまわりには原稿が散らばっていて、それは彼の遺作となった本の原稿だった。『アラスカの旅』がその本で、トリンギット族の案内人とインサイド・パッセージへ行ったはじめのころの旅について語ったものだ。

『ハリマン・アラスカ・シリーズ』の第二巻に載せたエッセイ「一般地理学」で地理学者のヘンリー・ガネットは、一世紀以上あとでもなお、アラスカをユニークなものにしているものをさっと見渡している——大いなる山並み、極端な気候、雄大な氷河、そびえ立つ森林、そしてミステリアスな奥地。アラスカの資源の概要を述べたあとで、彼は最後にいくぶん過激と思えるような提案をしている。「金や魚や材木よりはるかに貴重な」アラスカの資源は風景だという。「それはけっして使いつくされることがないからだ」。エルダー号の乗船仲間だったジョン・ミューアに同調するように、アメリカの地図製作の父でもあるガネットは次のように書き留めている。カリフォルニア州にはヨセミテ渓谷が一つあるだけだが「アラスカ州にはそんな風景が何百とある」

結論としてガネットは、これからアラスカへ旅をしようと考えている人に「アドバイスと注意の言葉」を送っていた。「もしあなたが年を取っているのならぜひとも行かれるのがいい。だがもしあなたが若い人なら、ちょっと待ったほうがいい。アラスカの風景は世界中のどの風景にくらべてもそれよりはるかに雄大だ。したがって、そんな至上の風景をはじめから見ることで、楽しみを感じるあなたの能力を摩滅させてしまうのは賢明ではないからだ」

私がニューヨークへ戻ってきてから数カ月後に、新しい政権が選挙で選出されてホワイトハウスに入った。環境に関するかぎり第四五代大統領（ドナルド・トランプ）はセオドア・ルーズベルトではない。彼が最初に提案したのはまず国立公園の予算を大幅に削減すること、そして連邦政府が禁止していた冬眠中のクマの狩猟を解禁すること、さらには地球温暖化による影響を遅らせるために、世界がもっとも大きな期待を寄せていた気候変動枠組条約（パリ協定）から離脱することだった。このところ連続で記録破りだったアラスカの気温は二〇一六年には史上三番目の暑さとなった。新しく任命された環境保護庁の長官は前職で、石油産業やガス産業に対する規制の緩和をめぐって、環境保護庁を訴えることで最後の数年間を費やした人物だった。その彼が二酸化炭素は気候変動のおもな原因ではないと宣言したのである。新しい内務長官は（国立公園のボスでもあるが）北極野生生物国家保護区（ANWR）――北のセレンゲティ〔タンザニアの国立公園〕ともいうべきところ――における石油の掘削が最優先事項の一つだと公言した。アラスカがキャピトル・ヒルに送り込んだ代議員たちも口先だけでは彼らの州の気候変動がもたらす影響について同意をしているが、内実はANWRにおける掘削という夢の実現をあと押ししていた。

私がジュノーを訪れてから一年後、石油の価格がほんのわずかだが上昇した。だが経済学者のスコット・ゴールドスミスは、それがふたたび一バレル一〇〇ドルに近づく兆候をほとんど見ていなかった。アラスカ州議会は特別議会を三度開いて、膨大な予算の格差を何とか埋める方策を模索した。数多くの議論を重ねたのちに、州の所得税案は否決され、毎年支給される永久基金配当金は一人当たり一一〇〇ドルへと引き上げられた。予算の中にはタスツメナ号のかわりの船を建造するための二二〇〇万ドルも含まれている。タスツメナ号は船体に亀裂が見つかり、夏のほとんどの航海をキャンセルしていた。新しく建造される船の総工費は二億四四〇〇万ドルとなり、その九〇パーセントを連邦政府が寄付することになった。クリスタル・セレニティ号はふたたび一カ月間にわたる北西航路のクルージングに出発した。北極圏へ向かう前に途中でダッチハーバーやノームに停泊する。

冬は驚くほど寒かった。シシュマレフに何一つ変わりはなかった。新しい市長が選出され、移転の計画は引き続いて検討されている。ウィリアム・ジョーンズは幸いなことにフルタイムの警官の仕事に戻ることができたのだが、その後、予算削除のために職を失った。コディアック島では厳しい寒さのために夏のベリーの収獲が最少を記録した。だがハリーとブリジッドのドッジ夫婦は、サケが海からたくさん戻ってきたので、それが飢えたクマやそれを見ることが大好きな人々に、好ましい結果をもたらしたと報告している。私はアラスカの大きな地図の下で机に座っているが、クマ公に対してちょっと嫉妬を感じていた。そうこうしていると、私にビデオを転送してくれる者がいた。ビデオには森から急に飛び出してきたクマが、二車線のヤクタットの道路で自動車のあとを追いかける姿が映し出されていた。この道路は一年前に私がろくに考えもせず平気で自転車に乗って下ったところだった。それを私はすっかり忘れていた。

私の心がいつもさまよい徘徊するのはたいていアラスカの隅っこだったが、その一つがグスタバスの周辺である。そこでは氷河が解けつづけていて、地面がゆっくりとパン生地のようにもとの姿を見せはじめている。デーヴィッドとブリトニーのキャナモア夫妻は、キムとメラニーのヘイコックス夫妻の隣りに土地を購入した。そこで彼らはカヤックのシーズンが終わったら、家を建てはじめる計画を立てている。ヘイコックス夫妻は自分たちの家と土地をゆくゆくは「ジョン・ミューア・アラスカ・リーダーシップスクール」へと変えていきたいという構想を思い描いていた。この学校では次の世代の環境保護主義者たちを教え育てていきたいという。キムはまた冬の憂鬱な時期に次の小説を手がけていた。メラニーはクルーズ船の乗客に、ミューアや彼に同行したトリンギット族の案内人たちの話を説明できるレインジャーをさらに何人かまとめて訓練した。ただし彼女が心配しているのは、いつもよりいちだんと雨の多い夏に恐れをなして、たくさんの人々がこの土地に戻ってこないのではないかないかということだった。

ヘンリー・ガネットがいっていたアラスカ訪問に関する忠告の半分——目を見張るようなアラスカの景色はどんなものとくらべても、それを台なしにしてしまうという警告——はいまもなみはずれた程度に真実そのものだった。自然保護論者セオドア・ルーズベルトの善意に満ちた独裁が驚くほどうまく年を重ねた期間中は、アラスカの土地もそのままの姿を保っていた。『ハリマン・アラスカ・シリーズ』に出てくる風景はおおむね一八九九年から変わっていない。私はこれまでにパリで、マチュピチュの廃墟で、そして象がそここにいるアフリカのサバンナで、地平線から昇ってくる太陽を見たことがある。しかしそのどれもがグレイシャー・ベイで見た夜明けには、とても太刀打ちできるものではなかった。

ガネットの警告の残り半分は、将来性のある若い訪問者たちは少し年を取るまで、アラスカの驚異を目撃することを控えるべきだというものだった。しかしこの警告はもしかすると急速に有効期限が近づきつつあるのかもしれない。私はアラスカへ旅することが、よそで自然の美を鑑賞する息子たちの能力を鈍麻させるとは思わないし、心配もしていない。私が心配しているのは、現在の気候傾向がそのまま続いていくと、目を見張るようなすばらしい風景が年を追うごとに輝きを失っていくのではないかということだ。

ハリマン遠征から戻ってきた直後、ジョン・ミューアは次のように書いている。「幸いなことに自然には、人間の力ではとても破壊することのできないほど偉大な場所がいくつかある——大洋、氷に閉ざされた地球の二つの極、グランドキャニオン」。ミューアの希望に満ちた考えはジョージ・バード・グリンネルの共感を呼んだ。グリンネルは一九〇二年に刊行した『フォレスト・アンド・ストリーム』誌の年末号で、最初のページにこのミューアの言葉を引用している。

ミューアやグリンネルのような人々の楽観主義《オプティミズム》がアラスカを次の世代のために保護する手助けをしている。しかし、いま私がこれを書いているあいだにも、大洋は温暖化が進み、何百万トンものプラスチックで塞がれつつある。氷で閉ざされていた南極と北極は驚くほどのスピードで海へと解け込んでいる。アメリカの新しい大統領は、これまで遺跡保護法で保存されてきた記念物の再検討を進めていて、グランドキャニオンの周辺地域でいままで禁止されていたウラニウムの採掘の解禁を考えはじめていた。だが、この解禁がもららすものは渓谷の水の汚染に他ならない。

もしあなたが年老いているとして、それでもどうしても世界でもっとも美しい風景を見たいと思うのなら、思い立ったが吉日、いまがチャンスだ。そしてもしあなたが若いのなら、あなたは何を待っているのだろう？　すぐにフェリーの時刻表をチェックして、寝袋をつかんで出かけるべきだ。そしてしばらくそこにとどまってみることだ。私を信じて。必ずやそれはあなたの生涯の一大イベントになるだろう。

資料について

森羅万象の中で、書物の中にあやまちを見つけて、そのことを著者に知らせたいと思う衝動ほど強い力はないだろう。これは科学者たちもはっきりと証明しているところだ。もしあなたが何か訂正を施したい、自分の考えを伝えたい、あるいはムースのレシピをぜひ教えたいと思ったら遠慮なくメールを turnrightmp@gmail.com まで送ってください。

アラスカの歴史や環境について、またハリマン遠征隊とそれぞれの関係について、興味を持ってさらに知りたいと思う人には以下の資料が役に立つだろう。

The Harriman Alaska Series, vols. I–V, VIII–XIV

ハート・メリアムの編集した一二巻のコレクションはオンラインでも利用できる（紛らわしいのだが六巻と七巻は刊行されていない）。もっとも興味深いエッセイが含まれている最初の二巻——とくにジョン・バローズの旅行記と、バード・グリンネルが絶滅の恐れのあるサケについてはじめて書いた生態学上のエッセイ——はさまざまなペーパーバック版で読むこともできる。

Looking Far North: The Harriman Expedition to Alaska, 1899, by William H. Goetzmann and Kay Sloan

The Harriman Alaska Expedition Retraced: A Century of Change, 1899–2001, edited by Thomas A. Litwin

Green Alaska: Dreams from the Far Coast, by Nancy Lord

Goetzmann と Sloan は一八九九年の航海の歴史をもっともわかりやすい形で書いている。Litwin はハリマン遠征隊の跡を追った二〇〇一年の遠征をまとめている。この遠征には学際的な専門家が数多く乗船していて、彼らは忠実にエルダー号の航海のあとをたどった（さらに一八九九年の遠征中にケープ・フォックスから盗んだトーテムポールの何本かを村に戻す手配をした）。*Harriman Retraced* には当時と現在のエッセイが収録されていて、その他にも航海に参加した人々の言葉が、各停泊地に関する Litwin の説明のあいだにちりばめられている。Lord の本は一八九九年の旅について、アラスカでもっとも知られているネイチャー・ライティング作家がじっくりと思考を巡らした印象的な書物だ。

Travels in Alaska, by John Muir

Alaska Days with John Muir, by S. Hall Young

インサイド・パッセージのクルーズ船を一〇〇〇隻進水させた本と、同じ出来事についてその仲間が書いた報告書。

Alaska: Saga of a Bold Land, by Walter R. Borneman

Alaska, an American Colony, by Stephen Haycox

Exploration of Alaska, 1865–1900, by Morgan Sherwood

Borneman と Haycox の歴史書は一七四一年以降、アラスカで起きた大きな出来事がどのようにして州とその人々を作り上げてきたのかを説明している。Sherwood の本はこの広大な土地の感嘆すべきものを、はじめて目録にしようと試みた者たちについてくわしく語る。

The Life and Legend of E. H. Harriman, by Maury Klein

　この壮大な伝記はすべての章を一八九九年の遠征に割いた。そしてそれをハリマンの全盛を極めた晩年の生涯の中に置いている。

The Only Kayak: A Journey into the Heart of Alaska, by Kim Heacox

John Muir and the Ice That Started a Fire: How a Visionary and the Glaciers of Alaska Changed America, by Kim Heacox

Only Kayak は著者の自分史を、ジョン・ミューアが書いたグレイシャー・ベイの訪問報告に結びつけている。*Ice That Started a Fire* はアラスカの氷河でミューアが過ごした時間を、アメリカの環境保護運動のきっかけとして分析する。

Coming into the Country, by John McPhee

　何かいい案内書がないかときかれたときに、アラスカ人ならほとんどすべての人が勧めるのがこの本だ。それには正当な理由がある。これ以上に四九番目の州のユニークさと、人々の厳格な個人主義の精神を伝えている本（それでもやはり書いているのはよそ者だが）はないからだ。

著者ノート

この本のサブタイトルにある三〇〇〇マイルという数は紙の上で鉛筆と定規で計算したものだ。そこには船の旅、飛行機の旅、そして地上の旅のすべてが含まれている。つまりこの数字はかなり大まかで正確な数から少し、いやかなり大きくはずれているかもしれない。「原生のアラスカを巡る私の三二八六・四マイルに及ぶ旅。そのおおよそ半分は海の上だ。したがっておそらくそれは海里で計算すべきだったろう」とすれば、これがより正確なサブタイトルになったのだろう。だが、これをサブタイトルにして本の背にならべるわけにはいかない。誰か「技能章」取得に励んでいるような若いボーイスカウトの団員が、ワシントン州のベリンガムからアラスカ州のダッチハーバーまで、海を突っ切ってマイル数を計算してみてくれるといいのだが。その数は偶然にもおよそ三〇〇〇マイルだということに気づくだろう。

あまり重要でないものの身元は、人の名前も含めていくつか変更を加えている。それは私が書いた人の誰もが、本の中の登場人物になっていることを知っているわけではないからだ。

謝辞

アラスカのたくさんの人々が、よそ者の思いがけない電話やメールの問いかけに親切に対応してくれ、専門的な知識をじかに教えてくれた。アンカレッジでは Diane Benson, Scott Goldsmith, Stephen Haycox, それに Esau Sinnok. フェアバンクスでは Terry Chapin, Vladimir Romanovsky, Ned Rozell, Martin Truffer, Michael West. Kim and Melanie の Heacox 夫妻は、私がグスタバスを訪問する前に、グレイシャー・ベイを通り抜けて、ジョン・ミューアの足跡を追うのを手助けしてくれた。だがそれだけではない。部屋を提供してくれ宿泊を許してくれた。またのちには私の原稿に目を通してくれ、恥ずかしいまちがいを指摘してくれた。

旅と歴史が入り交じった本を書くのに、私はつねに見知らぬ人々の親切（それにおしゃべり）に頼りきっていた。ケニコット号の船上では Beau Bailey と Paul Rambeau, メトラカトラでは Naomi Leask. ケチカンでは Dave Kifferln, ランゲルでは Lawrence Bahovec, Lydia と Mike の Matney 夫妻、Eric Yancey. ヘインズでは David Nanney. シトカでは Charles Bingham, Harvey Brandt, Peter Gorman, Andrew Thoms. グスタバスでは David と Brittney の Cannamore 夫妻。ヤクタットでは Jim Capra, Jack Endicott, Marcia Suniga. コードバでは Kristin Carpenter, Nancy Bird, Karl Becker. ウィッティアでは Lazy Otter Charters のみなさん、とくに Kelly Bender, Ben と Kerry の Wilkins 夫妻。コディアック島では Harry と Brigid の Dodge 夫妻。カトマイ国立公園とキング・サーモンでは Kyle McDowell と Kenai Backcountry Adventures のチーム、パイロットの Dave, バーテンダーの Mike, ビールを飲むラブラドール犬の飼い主。ウナラスカでは

Jeff Dickrell と Bobbie Lekanoff. ノームでは Richard Beneville と Leon Boardway. シシュマレフでは Donna Barr, Barret Eningowuk, Dottie Harris, William Jones, Shelton と Clara の Kokeok 夫妻、Susie Kokeok, Harold Olanna, Darlene Turner, Annie Weyiouanna, Ardith と Johnny の Weyiouanna 夫妻、Clifford Weyiouanna, Howard Weyiouanna.

私が調査をしているあいだに、重要な助言をしてくれたり、人脈を紹介してくれたり、あれこれと心に描いた思いつきを話してくれた人々もいた。それは次のような人々だ。Mark Bryant, Rab Cummings, Daniel Coyle, Maurice Coyle, Mique'l Dangeli, Jen Kinney, Tom Kizzia, Nancy Lord, Elizabeth Marino, Bruce Molnia, Riki Ott, John Reiger, Dan Ritzman, David Roche, Marin Sandy, Ted Spencer. Kay Sloan は自分がハリマン遠征隊について書いた本で使用した研究資料を大きな箱に入れて送ってくれた。それは前ネット時代の資料で、中には遠征隊のメンバーたちによって保存されていた新聞をコピーしたもの（あるいは手書きで写したもの）もあった。また Pelham Public Library の職員のおかげで私は資料を存分に読むことができた。とりわけ感謝しているのはアラスカ・ハイウェイ・システムの従業員たちと、アラスカのすばらしい本屋や図書館で出会った知識の豊富な書店員や図書館員たちだ。

ニューヨーク市ではいつものように舞台裏で、いつもの人々によって魔術が行なわれた。その人々とは Jessica Renheim, Amanda Walker, Emily Brock. Ben Sevier は率先して仕事を進めてくれた。John Parsley はおもしろそうなタイトルを考えてくれた。David McAninch, Maura Fritz, Jason Adams には未編集の原稿に目を通して、きわめて重要な軌道修正を進言してもらった。Gillian Fassell は原稿を二度通して読んでくれ、ふたたび必要なアメとムチの一服を私に盛ってくれた。Will Palmer は昼メロの外科医よろしく注意と技とで原稿の整理編集をしてくれた。私の代理人の Daniel Greenberg はときにはランチを食べながら、しっかりと私を支えてくれる。Olivia Notter は何時間も行なったインタビューを文字に起こしてくれ、おかげで私は自分の考えを健全に保つことができた。

とくに感謝の言葉を伝えたい人々の名前を、以下に不完全ながらリストアップしておく。David Adams, Mary McEnery, Robert Corbellini, Barbara Miller（それにネコたち）、Natividad Huamani, Fred と Aura の Truslow 夫妻、Veronica Francis. いつものことだが、心からの感謝を妻の Dr. Aurita Truslow に捧げたい。今回も夏の期間中、私はほとんど家に帰らず失踪状態だった。そのあいだ家庭を守ってくれたのが妻の Aurita だ。また息子の Alex, Lucas, Magnus には、私がいないあいだ君たちの母親をひどくイラつかせなかったことに特別賞を授与したい。

参考文献

Askren, Mique'l. "From Negative to Positive: B. A. Haldane, Nineteenth Century Tsimshian Photographer." M.A. thesis, University of British Columbia, 2006.

Berton, Pierre. *Klondike: The Last Great Gold Rush, 1896–1899.* Toronto: McClelland and Stewart, 1987.

Brinkley, Douglas. *The Quiet World: Saving Alaska's Wilderness Kingdom, 1879– 1960*. New York: Harper, 2011.

——. *The Wilderness Warrior: Theodore Roosevelt and the Crusade for America,* 1858–1919. New York: HarperCollins, 2009.

Brooks, Paul. *Speaking for Nature: How Literary Naturalists from Henry Thoreau to Rachel Carson Have Shaped America.* Boston: Houghton Mifflin, 1980.

Cole, Dermot. *North to the Future: The Alaska Story, 1959–2009*. Kenmore, WA: Epicenter Press, 2008.

Cruikshank, Julie. *Do Glaciers Listen? Local Knowledge, Colonial Encounters, and Social Imagination*. Vancouver: UBC Press, 2014.

Dall, William. *Alaska and Its Resources.* Boston: Lee and Shepard, 1870.

Dauenhauer, Nora Marks, and Richard Dauenhauer, eds. *Haa Kusteeyí, Our Culture: Tlingit Life Stories*. Seattle: University of Washington Press, 1994.

Dodge, Harry B. *Kodiak Island and Its Bears*. Anchorage: Great Northwest, 2004.

——. *Kodiak Tales: Stories of Adventure on Alaska's Emerald Isle*. Bloomington, IN: AuthorHouse, 2010.

Egan, Timothy. *Short Nights of the Shadow Catcher: The Epic Life and Immortal Photographs of Edward Curtis*. Boston: Mariner, 2012.

Emerson, Ralph Waldo. *The Essential Writings of Ralph Waldo Emerson*. Edited by Brooks Atkinson. New York: Modern Library, 2000.

Emmons, George Thornton. *The Tlingit Indians.* Seattle: University of Washington Press, 1991.

Fagan, Brian M. *The Little Ice Age: How Climate Made History, 1300–1850*. Boulder, CO: Basic Books, 2000.

Fortuine, Robert. *Chills and Fever: Health and Disease in the Early History ofAlaska*. Fairbanks: University of Alaska Press, 1989.

Fox, Stephen. *The American Conservation Movement: John Muir and His Legacy.* Boston: Little, Brown, 1981.

Goldsmith, Scott. "The Path to a Fiscal Solution: Use Earnings from All OurAssets." Anchorage: Institute of Social and Economic Research, 2015.

Griggs, Robert F. *The Valley of Ten Thousand Smokes.* Washington, DC: National Geographic Society, 1922.

Grinnell, George Bird. "The Harriman Alaska Expedition." *Forest and Stream*,February–June 1900.

Haycox, Stephen. *Frigid Embrace: Politics, Economics, and Environment in Alaska*. Corvallis: Oregon State University Press, 2006.

Henry, Daniel Lee. *Across the Shaman's River: John Muir, the Tlingit Stronghold, and the Opening of the North*. Fairbanks: University of Alaska Press, 2017.

Hussey, John A. *Embattled Katmai: A History of Katmai National Monument*. San Francisco: National Park Service, 1971.

King, Bob. *Sustaining Alaska's Fisheries: Fifty Years of Statehood*. Anchorage: Alaska Department of Fish and Game, 2009.

Kizzia, Tom. *The Wake of the Unseen Object: Travels Through Alaska's Native Landscapes*. Lincoln: University of Nebraska Press, 1998.

Kolbert, Elizabeth. *Field Notes from a Catastrophe: Man, Nature, and Climate Change*. New York: Bloomsbury, 2006.

Krakauer, Jon. *Into the Wild*. New York: Villard, 1996.

Lord, Nancy. "Glacial Gospel." *River Teeth* 16, no. 1 (Fall 2014): 47–53.

Marino, Elizabeth. *Fierce Climate, Sacred Ground: An Ethnography of Climate Change in Shishmaref, Alaska*. Fairbanks: University of Alaska Press, 2015.

McGinniss, Joe. *Going to Extremes*. New York: Alfred A. Knopf, 1980.

Miller, Don J. "Giant Waves in Lituya Bay, Alaska." U.S. Geological Survey Professional Paper no. 354-C, 1960.

Molnia, Bruce. "Glaciers of Alaska." U.S. Geological Survey Professional Paper no. 1386-K, 2008.

Muir, John. *Edward Henry Harriman*. New York: Doubleday, Page, 1912.

——. *The Cruise of the Corwin*. Boston and New York: Houghton Mifflin, 1917.

——. *The Mountains of California*. New York: The Century Co., 1894.

——. *My First Summer in the Sierra*. Boston and New York: Houghton Mifflin, 1911.（邦訳『はじめてのシエラの夏』、宝島社、一九九三）

——. *Our National Parks*. Boston and New York: Houghton Mifflin, 1901.

——. *The Story of My Boyhood and Youth*. Boston and New York: Houghton Mifflin, 1903.（邦訳『緑の予言者：自然保護の父ジョン・ミューア』、文溪堂、一九九五）

Nash, Roderick Frazier. *Wilderness and the American Mind*. 5th ed. New Haven, CT: Yale University Press, 2014.

Ott, Riki. *Not One Drop: Betrayal and Courage in the Wake of the Exxon Valdez Oil Spill*. White River Junction, VT: Chelsea Green, 2008.

Punke, Michael. *Last Stand: George Bird Grinnell, the Battle to Save the Buffalo, and the Birth of the New West*. New York: Smithsonian Books/Collins, 2007.

Raban, Jonathan. *Passage to Juneau: A Sea and Its Meanings*. New York: Pan- theon, 1999.

Reiger, John. *American Sportsmen and the Origins of Conservation*. Corvallis: Oregon State University Press, 2007.

Ross, Ken. *Pioneering Conservation in Alaska*. Boulder: University Press of Colo- rado, 2006.

Scidmore, Eliza. *Appletons' Guide-Book to Alaska and the Northwest Coast: Including the Shores of Washington, British Columbia, Southeastern Alaska, the Aleutian and the Seal Islands, the Bering and the Arctic Coasts*. New York: D. Appleton, 1893.

Sides, Hampton. *In the Kingdom of Ice: The Grand and Terrible Polar Voyage of the USS Jeannette*. New York: Doubleday, 2014.

Sterling, Keir B. *Last of the Naturalists: The Career of C. Hart Merriam*. New York: Arno Press, 1977.

Tarr, R. S., et al. "The Earthquakes at Yakutat Bay, Alaska, in September, 1899." U.S. Geological Survey Professional Paper no. 69, 1912.

Wendler, Gerd, and Martha Shulski. "A Century of Climate Change for Fair- banks, Alaska." *Arctic* 62, no. 3 (November 2008): 295–300.

West, Michael, et al. "Why the Great Alaska Earthquake Matters Fifty Years Later." *Seismological Research Letters* 85, no. 2 (March 2014): 245–51.

Wolfe, Linnie Marsh. *Son of the Wilderness: The Life of John Muir*. New York:Alfred A. Knopf, 1946.

Worster, Donald. *A Passion for Nature: The Life of John Muir*. New York: Oxford

訳者あとがき

この本は『*Tip of the Iceberg: My 3,000-Mile Journey around Wild Alaska, the Last Great American Frontier*』（2018）の全訳である。

アラスカ州南東部の太平洋岸地域は、フライパンの取っ手のような形をしているためにパンハンドルと呼ばれている。この多島海の島々をつないでいるのが、巨大な氷河が作り出した水の回廊インサイド・パッセージ（内海航路）だ。そこは野生動物や海洋動物が数多く生息するフィヨルドや、沿岸の雄大な温帯雨林、それに青々とした緑が生い茂る島々からなる美しい地域で、空ではハクトウワシ、ツノメドリ、アホウドリが飛び交い、海ではラッコ、サケ、クジラ、シャチ、アザラシが泳ぐ。そして陸ではトウヒやアメリカツガ、ヒマラヤスギが林立する中をヒグマ、オオカミ、ムースが徘徊する。

一八九九年五月、一隻の汽船がこのインサイド・パッセージを通って航海をはじめた。汽船の名前はエルダー号。船に乗っていたのは本書『アラスカ探検記』で描かれる「ハリマン・アラスカ遠征隊」の面々である。エルダー号はインサイド・パッセージからアリューシャン列島に沿って西へと向かい、そこから北上して、アラスカの西端スワード半島に達したが、さらに足を伸ばしてシベリアまで航海を続けた。

この本はエルダー号のあとを追って三〇〇〇マイルの旅を行なった、著者マーク・アダムスの旅行記（トラベローグ）である。アラスカ遠征隊を組織して、みずからそれを率いたのは鉄道王のエドワード・ハリマンだった。大きな汽船をプライベート用のヨットに改造したエルダー号には、当代を代表する科学者、作家、画家、写真家たちが乗り込んでいた。遠征の目的はアラスカ沿岸の動植物の調査研究だったが、そこにはハリマン自身のクマ（コディアックベア）を捕獲したいという願望も含まれている。だが、ハリマン遠征隊がもたらした真の成果は、参加者たちがたがいに意見を述べあった「交流」にこそあったのではないか、とアダムスはいう。その中から、将来の自然保護運動へと大きく花ひらく芽が育つことになるからだ。

物語はエルダー号の航海と、その航跡をたどるアダムスの旅について語られるが、この二つのプロットにもう一つのストーリーが絡んでいる。それがアメリカ・ナチュラリストの草分けジョン・ミューアの探検旅行だ。遠征隊に先立つこと二〇年、一八七九年にミューアはカヌーでインサイド・パセージの旅を試みた。この旅行は道中、グレイシャー・ベイを発見したことで、アメリカの探検史上もっとも有名な航海とされている。みずからを「氷河研究家」と名乗るミューアもまた、一八九九年のハリマン遠征隊に参加していた。

マーク・アダムスのノンフィクションはいつもきまって、複数の筋が微妙に交錯しながら進行していく。たとえば前々作の『マチュピチュ探検記』では、メインストーリーとしてハイラム・ビンガムのマチュピチュ発見の旅があり、それにビンガムの跡をたどるアダムスの旅が絡み、その合間にインカ帝国の衰亡史が語られた。今回の『アラスカ探検記』でも彼の手法は踏襲されていて、エルダー号で行くハリマン遠征隊の航海と、そのあとを追うアダムスの旅、そしてその隙間に、氷河を探し求めるミューアの小旅行が巧みに埋め込まれてストーリーが展開する。

だが、アダムスが描くノンフィクションの真骨頂はその先にあった。彼の探検記にはつねに旅の途中で、これでもかといわんばかりに現地の人々との対話が挿入される。十分な調査と準備をした上で出かけるのだが、目的地へ到着したら、それで旅は終わりというわけにはいかない。彼の旅はつねにその途中が重要だった。もちろん旅立つ前に十分な知識は携えていく。しかし、先入観はいっさい持っていない。旅のあいだに人々と対話を重ねることで、現地のイメージを作り上げる。これがアダムスのやり方だった。彼の探検記が「新しいスタイルのノンフィクション」といわれるゆえんもそこにあった。

『アラスカ探検記』で会話を交わすのは、トリンギット、ハイダ、ティムシアンなどの先住民たち、それにアラスカへ一攫千金を夢見てやってきた者たち、そして、文明から逃れようとアラスカへ移り住んだ者たちだ。人々との会話を積み重ねることでアダムスはまた、アラスカが現在抱えているさまざまな問題を明らかにしていく。

アメリカは一八六七年にロシアからアラスカを購入した。それ以来、アラスカは二重の性格を持つようになる。野性美にあふれた「最後の辺境」のアラスカはまた「最後のポークチョップ（ブタの骨つき肉）」でもあった。ただ盗み出されるばかりの「食料貯蔵庫」になってしまったのである。

たしかにアラスカは天然資源の宝庫だった。これまでに三度ゴールドラッシュに見舞われている。そしてそのつど、さまざまな傷跡がアラスカの地に残された。第一はソフトなゴールドラッシュ。一八世紀の中ごろにラッコやアザラシの毛皮を求めて、ヨーロッパの国々から船団が大挙して押し寄せた。第二はハードなゴールドラッシュで、これは文字通り金を求めて、一八九〇年代に何千という者たちが北へとやってきた。第三は液体（原油）のゴールドラッシュ。一九六八年にプルドー湾で油田が発見され、七〇年代にアラスカを縦断する石油の油送管「トランス・アラスカ・パイプライン」が建設されると、一気にラッシュはヒートアップした。

エルダー号に乗船した科学者たちが、アラスカで目のあたりにしたのは、無秩序に金鉱の採掘が進められたあとの惨状だった、そこに残されていたのは絶滅の瀬戸際に立たされた動植物、汚染された原始の土地や水、そして破壊された先住民の文化そのものだ。缶詰会社によるサケの乱獲や捕鯨船によるクジラの乱獲が先住民の生活をさらに追いつめていく。

原油のゴールドラッシュはどうなったのか。一九七〇年代から四〇年ほど続いた原油景気も、合衆国が石油の備蓄量を減少させたことで、原油価格が暴落し、アラスカ経済は機能不全の状態に陥った。今やアラスカは難しい選択を迫られている。従来通りに石油の開発を進めて、原生地域の掘削を行なうべきか。しかしそれは温暖化傾向の点からいっても、取るべき対策とは真逆のものになる。

次々にやってきたゴールドラッシュによって、アラスカの大地はいじめ抜かれたが、気候の変動による温暖化もまたさまざまな変化をアラスカにもたらした。美しい氷河は後退しはじめ、海水の上昇による侵食でアラスカの島々は海中に埋没する恐れが出てきた。アラスカ湾では水温の高い海域（暖水塊）が出現し、海洋生物に破滅的な影響をおよぼしている。

しかしその一方で、温暖化を好機としてとらえる人々もいた。北極圏の温暖化が速い速度で進行しているために、やがては北極を横切って、北西航路〔北極海を経由して北太平洋と北大西洋をつなぐ航路〕を貨物船が定期的に往来するようになるのでは、と彼らは期待する。

さまざまな思惑が入り乱れるアラスカの現状だが、「いま私がこれを書いているあいだにも、大洋は温暖化が進み、何百万トンものプラスチックで塞がれつつある。氷で閉ざされていた南極と北極は驚くほどのスピードで海へと解け込んでいる」とアダムスはいう。

「もしあなたが年老いているとして、それでも、どうしても世界でもっとも美しい風景を見たいと思うのなら、思い立ったが吉日、いまがチャンスだ。そしてもしあなたが若いのなら、あなたは何を待っているのだろう？　すぐにフェリーの時刻表をチェックして、寝袋をつかんで出かけるべきだ。そしてしばらくそこにとどまってみることだ。私を信じて。必ずやそれはあなたの生涯の一大イベントになるだろう」と、最後にアダムスは読者に呼びかけている。

もはや地球上に未踏の土地がなくなってしまった現在、「探検」という言葉ははたしてどんな意味を持つのだろう。マーク・アダムスは旅の途次、人々と対話を重ねることで新たな探検の世界を切り開き、ノンフィクションの可能性を探っている。『アラスカ探検記』はその果敢な試みの一つである。

本書の翻訳を勧めてくださったのは青土社の篠原一平さんで、実際に編集の作業をしてくださったのは菱沼達也さんです。ご両氏にはいつもながらお世話になりっぱなしで、感謝の言葉もありません。ありがとうございました。

二〇一九年八月　森 夏樹

索引

さ行

な行

は行

ま行

［著者］**マーク・アダムス**　Mark Adams（1967-）

アメリカの作家、ジャーナリスト、編集者。イリノイ州オークパーク出身。「ナショナル・ジオグラフィック・アドヴェンチャー」の寄稿編集者。『GQ』『ESPN: The Magagine』『Men's Journal』『Rolling Stone』などのライター。邦訳書に、『マチュピチュ探検記』、『アトランティスへ旅』（以上、青土社）がある。現在、妻と子どもたちとともにニューヨーク市の近郊に住んでいる。

［訳者］**森夏樹**（もりなつき）

翻訳家。訳書にM・アダムス『マチュピチュ探検記』、R・カーソン『海賊船ハンター』、W・カールセン『マヤ探検記』、D・C・テイラー『イエティ』（以上、青土社）、T・ジャット『記憶の山荘■私の戦後史』（みすず書房）ほか多数。

アラスカ探検記

最後のフロンティアを歩く

2019 月 8 月 23 日 第 1 刷印刷
2019 年 9 月 2 日 第 1 刷発行

著者――マーク・アダムス
訳者――森 夏樹

発行者――清水一人
発行所――青土社

〒 101-0051 東京都千代田区神田神保町 1-29 市瀬ビル
［電話］03-3291-9831（編集） 03-3294-7829（営業）
［振替］00190-7-192955

組版――フレックスアート
印刷・製本――シナノ印刷

装幀――竹中尚史

ISBN978-4-7917-7207-0 C0098
Printed in Japan